神啊！
赐予我房子吧

三月江南 著

重庆出版集团 重庆出版社

图书在版编目(CIP)数据

神啊！赐予我房子吧 / 三月江南著. —重庆：重庆出版社，
2011.1
ISBN 978-7-229-00718-8

Ⅰ.①神… Ⅱ.①三… Ⅲ.①长篇小说-中国-当代
Ⅳ.①I247.5

中国版本图书馆 CIP 数据核字(2010)第 192649 号

神啊！赐予我房子吧
SHENA CIYU WO FANGZIBA
三月江南 著

出 版 人:罗小卫
丛书策划:李 子
责任编辑:李 子 李 梅
责任校对:李小君
装帧设计:第七印象

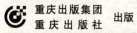

重庆出版集团
重庆出版社 出版

重庆长江二路 205 号 邮政编码:400016 http://www.cqph.com
重庆出版集团艺术设计有限公司制版
重庆市伟业印刷有限公司印刷
重庆出版集团图书发行有限公司发行
E-MAIL:fxchu@cqph.com 邮购电话:023-68809452
全国新华书店经销

开本:720 mm×1 000 mm 1/32 印张:16 字数:248 千
2011 年 1 月第 1 版 2011 年 1 月第 1 版第 1 次印刷
ISBN 978-7-229-00718-8
定价:25.00 元

如有印装质量问题,请向本集团图书发行有限公司调换:023-68706683

目录

一 没房的烦恼

1

莫南使劲揉了揉眼，小孩也来抢房？还是买房附送小孩儿？

只见偌大的售楼大厅里东南西北每个角落都是人，沙盘上还坐着一个马铃薯头小鬼，两手抱住楼房模型，口水滴滴答答往下掉。

身旁的老太太正在眉飞色舞："这个盘是三环内最后的大型社区，一水儿南北通透的六层小板，配套幼儿园和小学，开盘价五千！"

莫南顿时热血沸腾。五千，才五千！苍天呐，你终于舍得掉馅饼了！

大厅里响起了售楼小姐甜蜜的忽悠声："名额有限，先到先得，请大家按顺序排队领号！"

莫南撒丫子往前冲，眼看就要得手，凭空冒出个彪形大汉一膀子撞飞她，率先捞出一根号签，虎躯一震，热泪交流，仰天长啸："谁敢跟我抢！"

莫南从半空看下去，底下的人正围着签筒扭打在一起，眨眼间已经血肉横飞。莫南恨不能凌空一个千斤坠掉下来砸死那抢签汉子，哪想到居然有根号签脱手飞出，不偏不倚扎进她怀里。咣！撞上南墙的同时莫南大叫了一声："苍天呐，终于交上狗屎运啦！"

忽悠声再次响起："现在摇号，摇到的号码就可以买房啦！"

骂声顿时此起彼伏。纯粹泄愤的："操，老子过来消费，还得先他妈的摇号啊！"发狠要横的："老子有钱，凭嘛不让老子买！"自我安慰的："哎哟，幸亏出门前烧过香，佛祖保佑哟！"

售楼小姐心中默念着"视而不见、听而不闻"八字真言，面无表情开始摇号："第一个幸运号码是12！"

莫南拽出怀里的签，12！中了！苍天呐，中了！

莫南乐得放声大哭，李天辉的声音突然插了进来："醒醒啊南瓜，要迟到了！"

李天辉糊满眼屎的脸在面前晃悠，嘴里说着莫名其妙的话："做噩梦了？哭得可

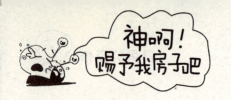

真够大声的。"

莫南流着眼泪笑:"中了,摇号中了!赶紧请假办贷款去!"

李天辉愣了半天,放声大笑:"想房子想疯了吧!咱还没起床呢,你在周公那儿摇号?"

莫南愣了,放眼四望,八平米的小屋,沾满油烟的窗户,只穿着内裤的李天辉,还有和他挤在同一张单人床上的自己,天哪,居然是个梦,苍天呐,你为啥就不肯掉个馅饼呢!人间的悲喜轮换太过突然,莫南这次是真哭了:"刚我摇号中了,多好的房子啊,才五千块!谁叫你把我弄醒的!"

李天辉又是心疼又是好笑,拍着她光溜溜的肩膀安慰道:"苦了咱家南瓜了,没事,今儿晚上咱接着做梦,好好对房子来次装修,怎么样?"

"你去死!天天跟你说留神看着点房,你全当耳旁风,敢情买房是我一个人的事呀!"

李天辉笑着跳下床:"好了好了,我认错,咱这屋五个人抢一个卫生间,还是赶紧去收拾收拾你的门面吧。"

一句话提醒了莫南,顾不上讨伐李天辉,套上衣服冲出房门,住在客厅里的严志已经起床,被子的一角拖在肮脏的地板上,另一间屋里杨明明坐在床上喝牛奶,刘轲趿拉着鞋正从卫生间走出来。

时机正好,莫南一个箭步冲进卫生间,反手正要锁门,李天辉拼命挤了进来:"七点半了,让我上个厕所先。"

李天辉一屁股占住马桶,莫南刷完牙洗完脸梳完头,李天辉还没有起来的意思,莫南忍不住叫道:"喂,你准备蹲多久?"

"嘿嘿,貌似不通畅,再等五分钟。"

"七点四十了已经,快点嘛!"

李天辉还没说话,咚咚咚几声门响,严志的声音饱含着兵临城下的痛苦:"老李,快点啊,憋不住了!"

李天辉从裤兜掏出手纸,叹气道:"再这么下去,真要便秘了。"

莫南也叹气:"要不怎么催着你看房,早点买了房搬出去,不说别的,上厕所不也安生点嘛。"

门刚一开,严志一手脱着裤子就冲了进来,抬头看见莫南,脸上顿时飞起两朵红云:"你也在啊……"

莫南假装没看见他印着麦兜的性感小裤裤,低头走了出去。正在厨房热面包,严志痛苦的叫声再次闯进耳朵:"忘带纸了,谁行行好帮我拿一下?"

七点五十。李天辉咽下最后一口面包,惬意地一抹嘴:"爽!酒足饭饱,正好去300抢座位!"

"我还没抢到厕所呢。"

李天辉抬手看表:"给你两分钟解决战斗!"

半秒钟后,莫南去而复返,一脸憋闷:"杨明明还在里头,今儿多半得憋去学校了。"

拜著名天桥艺人郭阿刚所赐,300路公交车以其挤得跟挂炉烤鸭似的形象在全国抖了一把,此时它俨然一副名车派头,一路轰鸣着以迅雷不及掩耳盗铃之势冲向站台,李天辉顿时白了脸:"完了,又赶不上了!"顾不上莫南,撒丫子奔了过去,莫南推出电动车时,正看见他叉着腰在公交站牌底下大喘气,眼前是绝尘而去的300路留下的一屁股黑烟。

秋高气爽,风和日丽,汽车尾气亲切拥吻着一切暴露在外的物体,莫南的电动车以五十迈的最高时速匀速行驶在早高峰的路上,艰难穿越公交车、私家车、自行车和行人交织而成的大网。四十分钟后,终于能看见在树叶中闪光的工商管理学院的金色招牌了。

经管系学生办公室的窗口正对着楼下的停车场,莫南端着咖啡站在窗前,一眼瞄见电动车旁边熠熠闪光的大奔,难得地起了伤感,点着头自言自语道:"一栋楼里办公,为嘛人家开大奔,我骑电驴,连个房子都没混到?真是同人不同命啊,该死!"

学生助理杨林燕哼着歌进来,四下一看,笑着说:"姚老太还没来?好嘛,比我这临时工还舒服哪!"

莫南生怕给她看见自己垂涎三尺的呆模样,没敢转身只接了一句:"她不是老规矩吗?老温不来她不来,估计又得十点钟才能见着她老人家的金面了。"

杨林燕打开电脑,随口问道:"周末看了几个楼盘?有没有中意的?有好的给我也介绍一个呗。"

"下了整两天的雨,看个鬼的房。"

"下雨怕什么?"

"那些售楼小姐最会看人下菜碟了,我就这么泥一脚水一脚冲过去,准把我轰出来不可。"

"不至于吧,你给她送钱她还敢给你摆脸色?"

"一听就知道是菜鸟,"莫南一脸身经百战的得意,"售楼小姐比开发商还跩呢,

3

瞧见开车的眉开眼笑，要是坐11路过去，哼，那脸比秋茄子好看不到哪儿去。"

杨林燕若有所思："那不是跟姚老太一样？对老温春天般温暖，对我就是秋风扫落叶。我就奇怪这人一上岁数怎么心理素质这么好？也不管别人怎么说她，爱干吗干吗。老温也是，天天跟咱们较劲，对姚媛倒不管不问，由着她晚来早走，我可真够倒霉的。"

莫南扑哧一声笑了："我还没说话，你喊什么冤？你比她还舒服呢！你一学生来打工，想来来想走走，拿着公家的电脑爱干吗干吗，每个月工资照发不误，你还喊冤？这楼里就数我最可怜，天天早来晚走的还不讨领导喜欢。"

"研究生办的张岩不也跟你一样打卡上下班嘛！"杨林燕话没说完，莫南就听见斗地主的背景音乐从她电脑里传来，跟着看见她伸着脖子骂："去死，又是一手臭牌！"伸手捞起茶杯，吐了吐舌头笑："莫姐姐真好，又给我泡茶了，赶明儿我请你吃呷哺！"

莫南笑道："说了七八回还不见动静，尽哄着我给你泡茶。冲你这态度，我就是找到好房子也不告诉你！"

杨林燕拉着她笑："今儿就请，绝不敢晃点姐姐！你瞧我地主都不斗了专门给你赔罪，赶明儿有好房子可别忘了我哟。"

"我连做梦都想着好房子哪，可不是没这个命嘛！"

杨林燕笑说："别灰心，我也帮你看，等明年姚老太退了，咱干脆把办公室改成买房论坛，找一帮人天天讨论，免得你一个人挂在网上搜房，连个参谋都没有！"

两人正嘻嘻哈哈说着，忽然咚咚咚三声敲门，系主任老温一脸庄严走了进来："姚媛还没来？这都几点了！等她来了让她去我办公室一趟。"

在这时候见着老温，两人都吓了一大跳，系里对教师的上下班时间没有规定，老温一向是没事不来，有事十点半以后来晃一圈，怎么今天这么早就来了？

莫南看了一眼杨林燕，对方回了一个"内中大有文章"的眼神，两人不约而同想到："出大事了。"

2

十点差五分，会计姚媛姗姗迟来。她蹑手蹑脚走过系办公室、研究生办公室、财务室、档案室，扭得半老的柳腰有些生疼，所幸一路走来悄无声息，系楼正面威武的银杏树又挡住了大半的窗口，不必担心老温从窗户里看见她才进楼门。姚媛一边

走，一边庆幸今天的迟到又轻描淡写混过去了。

总算到了走廊最里头的学生办，姚媛飞快关了门，拍着胸口吸气："你们不知道，路上堵死了，我八点就出了门，愣是堵到现在。"

杨林燕忍不住就要笑，看见莫南点头做赞同状，只好也嗯了一声，又说："老温让你去他办公室一趟。"

姚媛愣了一下，半天才说："老温已经来了？什么时候的事？"

莫南看她一副慌张的模样，心说，谁让你爱钻空子，满以为只要老温不发现就没事，今天算盘打错了吧？笑道："九点多一点吧。"

姚媛心里毛毛的，直后悔早晨贪睡，以致被老温抓了现行，晚节不保；转念一想，迟到又不扣钱，顶多挨个口头批评，自己明年就退了，老温犯得着管这闲事？这么一想就安心多了，慢条斯理擦了桌子，放好了包，动身之前自己又皱着眉头说："老温一向晚睡晚起，怎么今儿来这么早？这里头肯定有猫腻，等我去探探他的口风再说。"

姚媛刚一出门，杨林燕就拍着手笑："这老太太心理素质真是贼拉好！你说老温会不会训她一顿？"

莫南一边哀怨自己早来晚走却没人表扬，一边评论道："不像，老温早上来的时候又不知道她迟到，肯定是有别的事找她，顶多捎带着说她两句。"

"你猜老温找她有什么事？"杨林燕话一出口就笑了，"不管是什么事，等老太太一回来这一栋楼就都知道了。"

二十分钟后姚媛果然带着一副"我知道天大的秘密"的表情进来了，一进门赶紧上锁，神神秘秘地说："你们都还不知道？出大事了！"

莫南见惯了这副表情，未免有些兴致不高，杨林燕随口答了句："是吗？"

这一句就够了，姚媛两眼放光，先拉开门往走廊上瞅了一会儿，末了跑到窗子跟前拉开百叶窗往外伸脑袋，莫南扑哧一声笑了："姚姐，咱在二楼呢，总不会有人搭梯子爬上来偷听吧？"

姚媛瞪着眼睛说："要不怎么说你们年轻人不谨慎呐！二楼才多高呀，楼底下都听得见！"

莫南心说你那些小道消息还用守在楼下听？不到两分钟你不就要挨屋汇报吗？

姚媛做好安全工作，这才端起茶杯，不慌不忙喝了一口，开口说："刚我在老温

那儿得到第一手的消息——现在还是秘密,你们千万别说出去!"

莫南懒洋洋答道:"哦。"杨林燕干脆不吭声。

姚媛哪里管别人有没有兴趣呢?自顾自说下去:"刚才老温问我退休教师的工资,我立马就猜着他要……"说到这里却不续下去,滴溜溜转着眼珠子看莫南两个,那眼神的聪明伶俐愣不像是五十多岁的人。

杨林燕有一搭没一搭听着,心想能有什么要紧事?真要是大事她也轮不着被问。所以就没满足她的炫耀欲,一句话也没接。

莫南正在查新生档案,预备学生干部的提名人选,哪顾得上这些小道消息?再说姚媛一天之内就要传递五六件小道消息,要是件件都支棱着耳朵打听,那还不累死人了!

姚媛等了半天不见下文,叹了口气道:"不能跟你们说,都是秘密,系里还没宣布呢,万一传出去就不好了。不行,真不能跟你们说。"

莫南跟她一个办公室坐了四年,知道她正施展欲拒还迎的手段,好引起别人的好奇心,于是继续保持沉默。不到两分钟姚媛就憋不住了,站在她俩办公桌之间,招手叫:"别忙乎了,快过来,我悄悄地告诉你们,你们千万别说出去,这可是天大的大事!"

杨林燕笑嘻嘻地答应着却不起身,姚媛一把拽过她:"凑近点,离那么远当心让人听见!"压低声音说,"老温问我退休工资怎么领,级别怎么算,我猜他快退了!"

老温已经六十有三,早过了退休年龄,无非因为没人肯做这个光干活不涨工资的系主任,所以他一直在这儿顶缸,每隔几个月就有谣传说他找到了替死鬼准备退休,早不是什么新鲜事。莫南见姚媛神神秘秘这么半天就弄出这么件老掉牙的消息,失望地想笑,于是顺势笑说:"真是大事!"

姚媛被这么一句夸得心眼俱开,得意地眯着眼睛说:"他一张嘴我就猜到是这事,赶紧跑回来告诉你们!"

杨林燕见她报告完毕,懒洋洋退回去,正要继续网聊,姚媛叫她:"忘了说,老温让取张支票,你去一趟吧。"

取支票本来是出纳袁明的事,她三个月前喜得千金,正在家休产假,姚媛只好顶了出纳的差,不过跑腿取钱的活就交给了杨林燕和莫南。杨林燕接过来一看,笑道:"三万?按规定得两个人一起取呢,我跟莫姐一起去吧。"

"我还有事找小莫,你叫张岩跟你一起去吧。"

杨林燕刚一出门,姚媛噌一下便扑到了莫南桌前,行动之敏捷吓得莫南一个愣征，正要问怎么回事，姚媛已经凑上来咬耳朵："天大的喜事！我特意支开小杨，免得她听见了妒忌。"

莫南笑："老温退休，她妒忌什么？"

"什么退休，比退休严重一百倍，一千倍，一万倍！"姚媛暑假时跟着小孙女一起看湖南卫视《还珠》三部曲夺命连环播，不知不觉学了一口地道的琼瑶腔，"咱们要分房了！"

"真的？"莫南终于在现实中体会了一把热血沸腾，喉咙有些发紧，呼吸顿时困难起来，"老温说的？在哪儿？"

姚媛得意地笑了："老温没直说，我猜的。"

莫南顿时泄气，又是小道消息？姚媛的小道消息没一次准过。

"你别不信呀，老温说学校要征地扩建，还让我和高秀云一起调查教职工住房情况，做个表报给他，你说不是分房还能是什么？"

莫南半信半疑，也不是没可能，至少姚媛她们这个岁数的住的都是学校分的房，难道真像梦里一样走狗屎运，从此以后不用再为房子拼命了？

姚媛得意地挑眉毛："怎么样，天大的好消息吧？我听见这事头一个就想，哎呀，我们小莫可算熬出头了！咱系里就你可怜，我们这些老的就不说了，虽说学校分的房子破点小点，好歹便宜嘛，我分的那套三居才花了不到五万！那这些大教授就更不用说了，哪个不是好几套？就连袁明、张岩他们也都解决了，唉，小莫呀，就你还猫在宿舍里，所以我一听见这消息就打心眼里替你高兴，可算熬出头了！"

莫南半真半假道谢，恍惚间已经做起分房的美梦。姚媛说的是实话，系里这些人，老的不算，就连跟自己同龄的张岩和袁明，一个家里给买了房，一个老公给买了房，唯独自己和李天辉，一个住教工宿舍，一个跟人合租，果然算是最可怜的一对。上班到现在整四年了，敲锣打鼓到处看房，却一套也买不起。如果姚媛说的不假，学校要福利分房，至少能少掏一半的钱！哪怕只给一套四十平的小房子呢，好歹买得起呀！

姚媛一脸大侠的仗义："咱们一个办公室这么多年，我不帮你谁帮你！"说得好像她双手托着一座好房子送给了莫南，跟着又感叹，"你真是怪不容易的，谁晓得房价涨这么快，我年轻的时候北京最好的地段也才两三百块钱！"

莫南心说，你年轻的时候猪肉还两毛一斤呢！

姚媛回忆完往事，放眼再谈未来："还有一件事，小莫你不要难过，系里准备给

咱们办公室再招一个助理。"

莫南心不在焉说:"招就招呗,其实有杨林燕也就够了。"

"不是学生兼职,是正式编制。"姚媛眼看莫南一张俏脸开始阴晴不定,仗着刚给她报告过好消息,便继续说,"跟你一样,都是当本科生辅导员。上个星期老温说刚开学你这儿太忙,想找个人帮忙,我正好有个外甥挺合适,我就推荐了,下周面试。"

莫南想到姚媛居然保守秘密长达一周之久,可见这事对她的重要性,只好笑了笑说:"谢谢。"

姚媛知道她不高兴,顺口夸她:"你这么能干,等我外甥来了你教教他怎么做。"

莫南胡乱点头,姚媛心满意足,晃晃悠悠走去别的屋里继续传播消息去了。

3

快下班时闺密吴敏打来电话,叫莫南一起吃饭。莫南想起跟李天辉约好了去烤肉,便说:"我跟李天辉说好了一起吃饭的,要不你叫上你们刘家明一起去?"

吴敏的声音里充满了南方美人特有的娇慵:"你俩天天腻在一起还没够呀?你告诉他一声,今晚是 Lady Time,我要借你一用。"

莫南给李天辉打电话,李天辉很爽快地答应了,跟着却叹气说:"人家是重色轻友,你是重友轻色,你家男人这么英俊潇洒,你整天让我独守空房,就不怕别的美女趁虚而入,夺走我一颗芳心?"

莫南笑着挂了电话,杨林燕脸上挂着一眼就能识破的虚情假意抢着说:"哎呀,晚上本来想请你呴哺呴哺的,你又美人有约,只好下次咯。"

吴敏选的是家精致的日本料理,装修极有风味,正衬托出她精致的妆容和万中挑一的美貌。只可惜莫南瞪着眼睛扒拉了半天,愣却没从盘子里找到一块熟肉,只好敲着筷子说:"明知道我从来不吃刺身,你成心害我饿肚子啊?我恨你!"

吴敏微微一笑:"老土,我朋友告诉我说,这家料理是从日本空运过来的食材,最新鲜不过了,正是要做成刺身才能尝到那种鲜甜爽脆的滋味,做熟了反而会破坏食材本身的鲜味。"

莫南恨得拿筷子敲她的手:"装得跟大厨似的,谁不知道你十指不沾阳春水,连厨刀都拿不动吗?你哪个朋友带你来这么矫情的地方?"

吴敏笑着闪躲,又说:"好啦,我也是一片好心,你跟着李天辉不是大盘鸡就是水煮鱼,好歹提高下层次嘛!"

"胡说，我们今晚本来要吃韩国烤肉，跟你的日本料理一样是进口货，而且人家做熟了！"

"韩国烤肉很有品吗？老土，现在只有穷人才大块吃肉。有钱人都改吃素了，喝点香槟、红酒，潜潜水做做日光浴，唉，那才叫生活呢。"吴敏眼中闪烁着几分羡慕，几分惆怅，"有钱没钱，活得真是大不一样。"

莫南笑道："你们刘家明虐待你了不成？瞧你可怜的。"

吴敏轻轻叹气，说："他倒没有。只不过他就是一年不吃不喝，也不够过一个月这种生活。"

莫南摇头大笑："真搞不懂你，有肉谁还吃素！"

莫南到底要了一碗猪排乌冬面，正埋头大吃，忽然听见吴敏说："你前一阵子不是嚷着买房吗，怎么样了？"

莫南顿时没了胃口："别说了，房子看了不少，没一个买得起，连南四环外都要一万五，真是没天理。"

吴敏笑着说："回龙观还要一万多，何况南四环。"

"别说回龙观，现在五环外叫什么大亦庄范围的都敢要一万，我这穷鬼怎么买得起？"

"西四环新开了一个楼盘，精装修，才一万二，你们没去看看？"

"你说高原风景？别提了，我们去看过，都是层高五米二的复式，按两层加起来的面积算钱，楼下是胡同似的一长条，楼上一间卧室一个厕所，就这样的破房还一堆人抢，我们去的时候已经卖光了！"

"旁边不是有个梅树小镇吗？都是六层小板，一楼还带花园。"

"说得也是，那个楼盘也就两万五一平米，我不吃不喝攒上十年工资就够买个厕所了。"莫南撇了撇嘴，"咦，怎么你对这些楼盘比我还清楚？你跟小刘子也要买房？"

吴敏垂下眼帘，闷闷说道："他哪有钱。我陪别的朋友看的。"

"我看了大半年的房，没一座买得起，郁闷得都想回怀柔了。"

"怀柔这两年发展得挺好，你爸妈又弄果园又开家庭旅馆，应该有能力给你添点首付吧？"

莫南皱眉："果园还行，家庭旅馆一年就两三个月有生意，其他时候都闲着，再说我弟刚上班，工资月月精光，房租都不够交，我爸妈还得顾他呢，我就没好意思跟家里提。"

吴敏耸耸肩："早晚得向家里伸手，晚说不如早说。你跟李天辉上班都有四年了，应该也攒了点钱，不至于看什么都嫌贵吧？"

"我就别提了，本来就是三流学校，我又不是教师，上哪儿挣钱？熬到今年工资才涨到四千多一点，统共存了不到十万。"

"李天辉工资不是挺高的吗？他去年又升了项目副经理，年薪该有十五万了吧？"

莫南叹气："他还有家呢，他姐姐做生意赔了本，妹妹刚上大学，他爸妈一个高血压一个冠心病，整天吃药就没断过。"

吴敏的筷子顿在半空："就算他是凤凰，也不至于一大家子都伸手向他要钱吧？"

莫南苦笑："不问他要问谁要？连着四年的年终奖都贴补家里了，说是年薪十来万，其实年终奖就占了快三分之一，他手头现在有的不比我多多少。"

吴敏一声轻笑："敢情你俩统共才20万？那还真买不起。你们两家也真够可以的，好歹也是80后，怎么还姐姐、弟弟一大串，难道都是超生游击队里出来的？"

说得莫南也笑了，越发起了生不逢时的感慨："农村人嘛，不生个带把的死也不能合眼。李天辉他们家更夸张，听他说他爸的理想是生四个儿子，亏得家里穷不够罚，要不还要生呢。"

"可以想象你将来如果生女孩会有什么下场。"

"哼，我早跟他说了，要是生了女孩他敢放半个不字我就不让孩子管他叫爸！"

吴敏摇头道："希望你真能做得了他的主。"跟着又笑了，"现在就开始讨论生小孩，莫非你已经决定在他这棵树上吊死了？不准备换人？什么时候结婚？"

"结什么呀，连房子都没有，结了婚住哪儿？"一回到这个话题，莫南连饭也吃不下了，"周末一去他那儿我就不爽，60平米的房子住5个人，转个身就能撞上，反正我是没有房子坚决不结婚。"

吴敏又笑了："那你有得等了。"

"别光说我，你呢？你们刘家明准备什么时候把你娶过门？"

吴敏目光迷离，一声轻笑："你这么看好他？我可不敢指望。"

刘家明是莫南和吴敏的大学校友，也是公认的校草，上学时女生宿舍的夜谈总离不开这个高大帅气潇洒的男生，而吴敏则是公认的系花，两个万花丛中过的家伙大四时突然看对了眼，不顾毕业在即搞起了"黄昏恋"，很是让一帮痴情男女伤心了一阵。他俩一直是莫南心中的金童玉女，如今听见吴敏说得奇怪，忍不住问道："怎么了？"

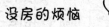

吴敏垂下眼皮不吭声，拿筷子拨弄一片三文鱼。

"吵架了？我说你怎么舍得丢下大帅哥不管，拉我出来散心。"

吴敏抬起头，淡淡说道："没有，在一起混了四五年，连吵架都翻不出新花样，腻味到极。"

莫南越听越觉得不对，笑道："怎么说的跟相看两厌似的。"

"可不就是相看两厌嘛。"吴敏两手支着下巴，盯着一盏造型灯出神，"年轻的时候就晓得看长相，现在才知道帅哥也要吃饭穿衣，帅哥一样会没房住，没钱花。"

莫南总算抓到一个重点，忙问："你们也准备买房？唉，我说你怎么不高兴呢，的确是件头疼事，不过你们比我强，刘家明工资多高啊，你们又没家庭负担，都不知道你愁什么。"

"别逗了，靠工资买房还不得几十年吃糠咽菜才供得起。"吴敏又出了一阵子神，突然说，"你吃饱了没？咱们出去散散步吧。"

账单送来时，莫南赫然发现居然是4打头的三位数，一边掏钱一边说："你这家伙怎么挑这么贵的地儿？人家正闹财政危机呢。"

吴敏笑着推开她："我来吧。"

"别，这么贵呢，AA好了。"

吴敏再次推开她："说了我来，跟我还客气呀。"

莫南跟她一个宿舍混了四年，连化妆品都是混着用，如今见她坚持，就缩回手笑道："那下回我请吧，不过我有言在先，坚决不吃生肉。"

出了门，莫南正盘算着去哪儿，吴敏的手机忽然响了，跟着就见她匆匆忙忙走去旁边小声讲电话，不多会儿走过来说："不好意思啊南瓜，我有事要先走，不能陪你了。"

莫南气得捏她的腰："我可是甩了男朋友过来陪你的，你倒先走了？坏透了的家伙！"

吴敏笑着闪过，娇声说："对不起嘛，下不为例！"

"还想下回呢，以后我再也不陪你出来了！"

莫南走出老远，回头却发现吴敏仍站在原地，正想回去问她，忽然多了个心眼，闪在一边看着，十分钟后，一辆黑色大奔戛然停在吴敏身前，跟着见她拉开车门，一扭纤腰坐了进去。

刘家明？不，要是刘家明的话吴敏不会躲着自己，再说刘家明也没车，那会是谁呢？

二 郁闷

1

周五下午照例是经管系的例会时间。

拜姚媛这小广播所赐，整栋楼都知道了老温退休、可能分房和学生办招人这三大八卦，就连到处忙着讲学、上访谈节目的副主任安义信也赏脸参加了例会。此时他虽然安安稳稳坐着，心里却七上八下：老温退的话，会不会找自己顶缸？该死，如果这次再推说风湿病就瞒不过去了，谁都知道这不到半年的时间他几乎把全国所有设经管系的学校讲了个遍，身体一点问题也没有。难道就忍气吞声做这个有虚名无实权的系主任吗？老温忙了这么多年，到老还是个教授退休，天天为系里的杂事跑腿，挣钱的机会错过不少，研究生却一个不能少带，这不是累死人不偿命的买卖嘛！

他越是心里没谱，越是做出一副稳坐钓鱼台的安逸模样。老温并没有找自己谈话，校办那边也没有一丁点风声，姚媛那人的嘴又不牢靠，或者这只是个谣传吧。

高秀云最近找到个新消遣——替上小学的女儿做手工，有时候是折纸，有时候是十字绣，有时候是插花，大多数时候她会把活带到办公室做，反正袁明不在。老温曾提起过一次，说姚媛是会计，跟学生办坐一个办公室有点不合适，应该在财务室给她张桌子，高秀云坚决反对——她一看见姚媛眨巴着眼睛神神秘秘把人拉到一边咬耳朵的模样就头疼，现在不在一起办公还时不时被她骚扰，何况在一个屋？

她借口办公室太小，老温就建议财务室跟学生办换个房间，高秀云郁闷地想对老温说：要不你跟姚媛坐一起试试？可她终于忍住了，只说袁明跟姚媛合不来，这倒也是实话。老温一时想不出对策，又想到新来的人可能会在学生办办公，换办公室未必合适，只好作罢。

高秀云虽然受不了姚媛，可是对她最近卖力散布的分房谣言倒是很喜欢。她八年前赶上了学校最后一批福利分房的尾巴，分到了一套六十平的小两居，总算解了燃眉之急。可是女儿一天天大起来，房子显得越来越小，他们夫妻俩工资都不高，再买房只能是个长远的计划,如果真像姚媛说的那样又要分房,价钱肯定比市面上便宜一大截,岂不是有指望换房了?

此时她紧张地看着老温平静的老脸,恨不能跳进他的脑袋挖出点最新消息,让自己一颗心早点放下来。

档案室的程星河一直在偷偷看莫南。听姚媛说学生办要招人,招的还是她的外甥,进来后跟莫南一样当本科生辅导员。虽说经管系连年扩招,学生多了不少,但是弄出两个辅导员,听起来还是有点可笑。据他观察莫南最忙的时候无非是开学跟毕业,一是组织新生联欢,二是组织毕业生联欢,除了这两个联欢,就没见莫南干过什么正经大事,饶是这样还有个杨林燕在帮她,如今还要招一个,有必要吗?

程星河不自觉地犯了老毛病,自言自语说:"我管着几千个学生的成绩查询和论文存档,也没见谁想着给我找个帮手。"旁边的张岩模糊听见几个字,以为是跟自己说话,忙问:"你说什么?"吓了程星河一跳,慌忙摆手说:"没事,没事。"

莫南一早就给所有人都泡上了一杯茶。系里为了节省办公经费并没有招服务员,一栋楼统共只有一个阿姨负责打扫卫生,所以每到开会的时候莫南这样的小字辈便兼任会议服务的职责。如今她见人都坐齐了,赶忙过去把空调出风口向上抬了抬,免得直吹着人脑袋。

老温环顾四周,发现人员前所未有的整齐,除了在家奶孩子的袁明,其他人都到了,而且都是一副聚精会神的模样,这情形令他有些惊诧,不过照旧咳嗽一声开口说:"都来了,那好,现在开会吧。"

老温先简要总结了开学一个多月来的工作,诚恳表示了对手下人的满意,委婉提醒了预算做得不够细、学生活动经费支出过多等诸多小问题,表达了只要众人齐心协力,经管系就能稳步向前迈进的美好愿望,最后停顿了一下,说道:"最近系里将要有些人事变动,你们要有新同事了。"

安义信一颗心提到了嗓子眼:看来用不着自己顶缸,已经找到倒霉蛋了!

老温接下来的一句却让他大失所望,老温说:"这几年一直扩招,本科生和研究生多了不少,咱们两个学生办却都没有增加人手,一到开学张岩跟莫南都有些忙不过来了,所以系里决定再招一个人帮着小张跟小莫,暂且不定分到研究生办还是学生办,来了以后根据实际情况再定吧。"

程星河不由得在心里笑了起来:这个姚媛,小道消息怎么就没一回准过,还是她外甥呢,连来干吗都没闹清楚,什么本科生辅导员,原来只是个没名分的打杂!

高秀云对退休、招人一点兴趣也没有,眼巴巴盯着老温,只盼着他嘴里吐出"分房"俩字,谁知道他跟着却说:"接下来各办公室简要汇报一下前段时间的工作,每人五分钟。"

高秀云心里咯噔一下:得,姚媛又报空头消息,哪有一点分房的架势?

对面坐着的莫南就像长了顺风耳听见这句话似的,跟着叹了一口气,声音一出来又慌忙端起茶杯挡着嘴,顺便挡住一脸失望郁闷:汇报工作向来是散会前的压轴,照这样看分房根本就是谣传,就说狗屎运哪那么容易交呢!

程星河汇报工作的时候,莫南一抬头恰好看见老温的杯子空了,她环顾了下四周,除了老温其他人的杯子都是满的,没有必要添水,要不然单给老温添一点?可是那样会不会显得是在讨好老温,别人看见了会不会议论?

正当她犹豫不决的时候,张岩麻利地站起来,提着茶壶热情洋溢地给老温添满了水,跟着双手递了过去,老温点点头,轻声说:"谢谢。"张岩一脸真挚笑意退回了座位。

该死!莫南在心里骂自己,每回都是这样,干了一大堆活没人看见,该出头露面的时候又被别人抢了先!

正在自怨自艾,程星河已经汇报完毕,轮到莫南了。莫南一向对开会不感冒,发言时更是尽可能简略,眼下她三下五去二便总结了一个多月的工作:"组织了一次新生联欢会,一次爬香山比赛,分配了宿舍,并且在磨合期内进行了局部调整,组织了一次健康讲座,一次励志讲座,一次礼仪讲座,跟会计系搞了一次联欢。目前准备票选班干部和学生会,下个月开始调查入党意向,组织上党课。"

莫南说完后看看表,一分半钟,正是她一贯的简短风格。

老温面无表情地点头,同时叫下一个:"张岩。"

张岩先喝了一大口水:"开学一向是研究生办最忙的时候,今年也不例外。感谢温主任、安主任的支持,感谢诸位同事的帮助,这一个多月的工作还算顺利,现在我做一个简单的总结。"

莫南有些不耐烦,汇报工作而已,做什么感谢来感谢去的,真够假的。抬头看其他人,却都是一脸温和的笑。

张岩侃侃而谈:"研究生的辅导和管理相比较本科生来说有许多不同,难度也有所增加。本科生刚从高中升上来,集体意识比较强,容易沟通,容易管理,研究生经过四年的本科生活,形成了相距颇远的人生观和价值观,也习惯了单独行动,要想组织一次集体活动很不容易,光是这次新生联欢我就联系了两个多星期。对于那些反馈说没兴趣参加的同学,我没有放弃,挨个找他们谈了话,强调了集体活动的重要性,使他们充分意识到自己是这个大集体中的一员。当然,也有部分同学始终有抵触情绪,觉得这些活动占用了个人时间,没有必要参加,针对这部分同学我……"

莫南不知不觉冒出了一头冷汗。已经两分钟过去了,张岩难道准备把工作汇报搞成个人表演?他处处强调工作的不容易和自己的劳累、耐心,不是正好映衬出自己的无所作为吗?该死,单是为了联系那几个讲座就不知道花了多少心思,事先在学生中调查了意向,跟着又联系讲座资源,比较价钱,向学校借教室,借投影设备,又要准备矿泉水和小点心,该死,为什么不懂得像张岩一样往细里说,多诉诉自己的苦楚呢!

老温边听边点头,露出赞许的笑容,甚至开始做记录,七分钟过去了,十分钟过去了,张岩整整讲了十四分钟,怪不得他开口前先要喝水。

老温点点头:"张岩说得很好,既有工作,又有思考,还有总结,年轻人能做到这么细心周到很不容易,值得我们学习。当然,小张说的时间有点长,下次要注意控制。"

张岩忙不失迭地点头。莫南只觉自己沿着一个黑暗的洞呼呼往下掉,同样是干活,为什么人家干了八分的活有十二分的声响,自己干了十二分的活却只有八分声响?这该死的、不懂得表白的嘴!

2

下班时莫南的郁闷还没散尽,想起又要去李天辉那又小又挤的合租房就头疼,索性跟他说不过去了,径直回教工宿舍,预备一个人反思一会儿。

正泡方便面呢,门外传来一串紧密的笑声,同屋朱晓云一手提着羊肉萝卜,一手拽着男朋友肖力推门进来,一见莫南,脸上分明一沉,半天才说:"你今天不出去?"

莫南嗯了一声,继续泡面。

肖力一边往里走,一边说客套话:"要是不方便我就下回再来呗。"

朱晓云一把扯住他:"没事,咱们吃咱们的。"

羊肉一下锅,腥膻之气立刻弥漫了整间屋,方便面再也吃不下去,莫南强忍着

反胃推开窗户,朱晓云忙叫:"纱窗上好大一个洞,开窗户要进蚊子,快关了吧。"一边走去开了门,放下帘子。

屋里屋外灯火通明,宿舍斜对面就是公用浴室,不时有冲凉回来的女生衣衫不整地从门前经过,隔着帘子看见一个黑脸汉冲门坐着,无不花容失色,一通小跑。

莫南终于忍不住开了口:"还是把门关了吧,大夏天的,两头都不方便。"

朱晓云满不在乎地说:"没事,管她们呢。"一边把肖力推到床上坐下,自己拿了一本书靠住他,笑嘻嘻地说:"这下看不见外头了吧?瞧你这色迷迷的样儿,没见过女生穿睡衣啊。"

肖力无限猥琐地一笑:"老婆别怕,她们都没你好看。"

莫南压在嗓子眼的方便面险些喷薄而出。

朱晓云哈哈一笑,轻轻一巴掌拍在肖力脸上:"臭色狼,没我好看也不许看,再看瞧我怎么收拾你!"说着在他腮帮子上亲了一口,又搂住他脖子说,"咱们看片吧,我下了好多电影呢。"

莫南心里咯噔一下,怎么,准备长期驻扎?

八点四十,朱晓云的喜剧片如火如荼地演着,小两口欢快的笑声响彻云霄,莫南目不暇接地欣赏着帘外或愤怒或鄙夷的脸,只好捞了本书歪在床上心不在焉看着。

九点。夜生活太过无趣,莫南的上下眼皮忍不住打起架来,有心睡觉,肖力却还没走,假装无意说了句:"困死了,今晚得早点睡。"

朱晓云头也不抬:"没事,你睡你的,我们不介意。"

莫南堵得想大喝一声:可是我介意!张了张嘴到底没好意思说出来,只是与这个没心没肺的同屋积攒了多年的龃龉再也憋不住,偷偷打开窗户,眼看着几只蚊子张牙舞爪穿过纱窗上的大洞,心里简直乐开了花——有朱晓云在,蚊子绝不会另找他人。

九点二十。肖力还在盯着电脑傻笑。莫南的火气越来越大。

九点半。莫南一个鲤鱼打挺从床上弹起来:"小朱,我要睡觉,肖力同学是不是该回避了?"

"没事,你把床帘拉上不就行了?"朱晓云笑着搂住肖力的脖子,"莫南要换衣服了,不许回头哦。"

莫南气得发昏,到底还是抹不开面子放下了床帘。越发闷热起来,何况胸中还堵着一口窝囊气,莫南在床上烙饼一样翻来覆去,到最后一咬牙:惹不起我还躲不起吗?

莫南临走时特意把剩下的大半盒方便面打开放在桌上,鼻尖嗅到食物腐败前的味道,心里便有一种复仇的快意。出门刚走了两步,隔壁的高琳跳出来拦住她:"你怎么也不说说朱晓云,大热天弄个男人过来大半夜不走,平常他们关着门就算了,今儿还四门大开的,成心找事儿是不是?"

高琳是个火暴脾气,莫南风闻自己不在的时候她曾登门骂过朱晓云深更半夜留男人,如今见她又是一触即发的模样,赶紧辩白说:"我说了我要睡的他还不走,我有什么办法,只好我躲着算了。"

高琳恨铁不成钢:"你呀,你越不吭声她越蹬鼻子上脸,亏你忍得住她!我跟你说,每次你前脚走她后脚就把她男人领进来,都不知道在你那儿睡过多少回了,你们屋简直就是她的情人旅馆!"

怪不得上回在床底下看见一个拆开的安全套包装。莫南越发堵了,但是还能怎么办?只要自己周末去找李天辉,就挡不住朱晓云利用宿舍会情人,除非自己买了房彻彻底底搬出去,从此眼不见心不烦。

房子,又是房子,这该死的房子!

高琳见她不吱声,狠狠一跺脚:"你呀,也太抹不开面子了!你不去我去!这都几点了,这是女教工宿舍,又不是酒店的钟点房!"

莫南三步并作两步跑出楼门,跟着便听见噼里啪啦的叫骂声,杂沓的脚步声,帮腔的和劝架的吵嚷声,宿管员拿着折扇飞也似的朝楼内冲过去,看来一栋楼都全体出动去看这场大热闹了。

莫南远远地听着,忽然有些凄凉。都因为没有房子,如果有房子,谁会憋在宿舍里受这份窝囊气!

鼻子有些酸涩,想哭又觉得太夸张。深吸一口气安慰自己:蚊子放进去咬她,方便面留下来熏她,高琳冲过去骂她,罢罢罢,好歹我也出了口恶气!心里平衡多了,正给李天辉发短信说要过去,不知怎的却想到了伟大的先行者阿Q。

李天辉见天色已晚,特地在街边等着莫南,一见面就笑:"想我了老婆?"

"去你的,要不是没地方去我才懒得理你呢!"

莫南一边絮絮叨叨诉说朱晓云的"恶行"和"报应",一边气喘吁吁爬楼梯。李天辉租的是一座80年代七层单元房的顶层,对于晚饭没怎么正经吃的莫南来说,爬

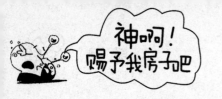

楼梯绝不是件轻松活儿,才到四楼就已经汗流浃背,肚子也咕咕叫了起来,莫南没好气地说:"都是朱晓云害的,饿死我了。"

"家里还有些面条,给你做炸酱面吧!"

李天辉来自江西农村,非但相貌堂堂,亦且心灵手巧,出得厅堂下得厨房;而作为新时代女性的莫南,如实秉承了现代女人的优良传统——菜不会做,嘴偏会吃——两人的结合堪称优势互补,李天辉做饭莫南品尝评点,由于莫南一向高标准严要求,李天辉的手艺水涨船高,用吴敏的话说就是"南瓜本来就是饭桶,偏偏又找了个厨子"。

作为土生土长的北京妞,炸酱面是莫南唯一会做亦且能够下咽的菜品,她得意洋洋教给了李天辉,没想到人家轻而易举就青出于蓝而胜于蓝,莫南痛定思痛,越发觉得应该主动让贤,于是立意告别厨房,倒霉的李天辉从此就定格在家庭妇男的位置上不得翻身。

如今莫南一听见"炸酱面"三字,越发饿得狠了,紧跑几步进了屋,刚刚放好东西,就听见厨房传来葱姜爆锅的声响,莫南立马跳出去交代:"别放芹菜,多搁点甜面酱!"边说边往厨房跑,刚到卫生间,呼一声门开了,裸体的刘轲吹着口哨湿淋淋地跨了出来。

两人面对面愣了两秒钟,莫南一声尖叫落荒而逃,刘轲双手捂住重要部位一个虎跳冲进了对面自己屋里。

被尖叫声吓了一跳的李天辉掂着铲子冲了出来,一迭声追问:"怎么了怎么了?"

回答他的只有莫南涨红的脸。

跟着传来杨明明含怒带笑的骂声:"你露阴癖呀,又不是你一个人住,光着屁股转来转去干吗,显摆你身材好吗?"

刘轲无限委屈地辩白:"谁知道她突然来了!我想着屋里就三个老爷们外加你,我怕谁看呀我!"

李天辉刚明白过来怎么回事,鼻端便闻到一股焦煳的味道,冲过去看时,肉丁早已变成了炭丁。

莫南一边扒拉着炭丁面,一边发狠:"这屋是没法住了,李天辉,明天就给我去买房!"

3

　　"一品堂"是莫南盯了半个多月的新盘,8月底开盘,广告上说位于五棵松地铁站附近,交通便利,闹中取静,更完美的是整个楼盘以56平米到89平米的两居为主,小面积精装修,均价一万六,虽然还是贵,但考虑到精装修能省下一大笔装修费,而且面积最小的户型用公积金贷款的话一年还贷还不到4万,莫南对这个楼盘抱了极大的希望。

　　两人在地铁五棵松站下了车,按照广告上的地图朝东一直走,原以为十来分钟就能看见梦想中巍峨的新房,谁想一直走了半个多小时仍然不见楼盘的踪影。李天辉汗流浃背,一把夺过地图:"你是不是看错了?"

　　莫南跟他一样又热又急,指着地图嚷道:"怎么会看错? 这上面明明画着朝南的路标嘛!"

　　李天辉研究了半天没摸出名堂,只好说:"方向没错啊,看着也不远,要不再走一阵子?"

　　二十分钟后头顶冒热气脚下打水泡的莫南终于忍不住给售楼处打了个电话,接线员的回答昭示出不止一个人没找到这神秘的地方:"你也在五棵松地铁下的车? 咳,下次你来的时候先打电话问问,路虽然不远可是不大好找。你现在在哪儿?"

　　莫南没好气:"照着你们的地图一直往南走,都走了快一个小时了!"

　　"哦,那不远了,你往前走看见蒋家坟的路标就向西拐,然后沿着青塔路向南,在岔道口上拐到小屯路,再找吴家村,到了吴家村再走五六百米就是售楼处。"

　　李天辉一把抢过手机:"这还不远? 你们地图上明明说离五棵松地铁只有十分钟路程!"

　　"开车喽,要是不堵车的话八分钟就到!"

　　两人倒了三趟公交车,找到售楼处已经是一小时后的事了。李天辉叹气:"好嘛,这也敢说是五棵松地铁附近? 离了怕有几十里地吧!"

　　莫南一腔郁闷无处发泄,狠狠瞪了他一眼,李天辉知趣地闭嘴。

　　售楼大厅照旧一副热闹模样,有跟销售代表谈得热火朝天的,有坐在格子间里聚精会神签合同的,有站在沙盘跟前指点江山的。售楼小姐见又来一对儿送钱的,赶忙迎了上来,边走边打量:衣着平平,女的背的包不像是值钱货,男的穿着运动鞋,还不是耐克、阿迪,两人都是满头大汗,不像是开车来的。

这么一打量，热情不觉减少几分，脸上堆起职业性的微笑："先生是来看房的吗？事先有跟我们预约过吗？"

李天辉如实回答："没约过，头一次来。"

"哦，那我先介绍一下我们的楼盘吧。"售楼小姐拿起小巧的指挥棒，熟练地指着沙盘，"我们的楼盘是个大型社区，一共有三期，这次开盘的是一期，共有四栋，两座南北朝向，两座东西朝向，都靠着路边，出入十分方便。两居是这次推出的主力户型，面积从56平米至89平米都有，大一点的还有108平米至140平米的三居……"

售楼小姐滔滔不绝讲了半天，看这两人都没有明显的反应，于是停下来问："两位主要对什么户型比较感兴趣？"

莫南不自觉地答道："便宜的。"

李天辉忍不住想笑，跟着又觉得没面子，忙弥补道："两居，两居比较合适，56平米的均价多少？"

售楼小姐越发肯定眼前站的是两个穷鬼，不过有生意做总比闲坐着强，于是保持微笑答道："我们的价钱跟层高、朝向和户型都有关系，而且这四栋楼既有塔楼，又有板塔结合的，价钱都不一样，两位对哪种户型比较有兴趣？"

莫南关注了一年多的房子，晓得塔楼因为采光和通风不好要比板楼便宜许多，想说要塔楼又怕人看不起她，耍了个心眼说："这两栋板塔结合的楼是南北向的，哎呀，太阳一天到晚照着阳台，是不是太热了？我最怕热啊。"

李天辉暗赞一声"老婆真会装面子"，忙也说了句："楼层太高也不好，万一停电就得爬楼梯了，还是五层左右比较好。"

售楼小姐低着头偷偷翻白眼："想捡便宜货就直说嘛，谁不知道高层太贵你买不起？"懒洋洋地答道，"四号楼的三到八层比较符合你们的要求，户型朝西，每天只有下午四五点钟才能晒到太阳，不过视野和采光都不是很好，还有……"

莫南抢着说："没关系，我不怕暗最怕热，你给我算算，总价多少？能不能用公积金贷款？"

售楼小姐心里说了句"穷鬼"，微笑不觉又少了一分："均价一万五千八，能用公积金贷款。不过刚才我还没说完就被你打断了，这几层因为价钱便宜，开盘的第一天就已经卖光了。"

李天辉脱口而出道："靠！"跟着不好意思地讪笑，"这么抢手啊。"

"我们这个盘很好的，位置好，价钱合适，生活配备设施齐全，抢手得很，一期一共推出了四百多套,现在只剩下不到一百套了,两位要是不抓紧点,恐怕下次再来一套也没有了。"

莫南呆了半天,厚着脸皮继续问:"那现在剩下的楼层不太高的小户型还有多少?有塔楼吗?"

售楼小姐一抢指挥棒:"2 号楼的七至十层还有几套房,七层朝西的这两套均价一万七千二,八层均价一万七千三。"

"你们广告上不是说均价一万六吗?"

售楼小姐的不耐烦从心里过渡到脸上:"那是开盘时的价钱,我们的楼盘位置好,户型好,一出来就抢得差不多了,当然会涨价。"

莫南看见她的臭脸,忍不住嘟囔说:"就这还叫位置好?广告上说在五棵松地铁附近,我看这附近是按开飞机的速度算的吧。"

售楼小姐貌似答非所问,实则暗藏玄机:"我们这个社区主要针对的是年收入二十万左右,有车并且注重生活品位的都市白领。"

莫南十几秒后才品味出这话里的意味,又气又臊,不觉红了脸,李天辉本着想捡便宜就不能怕挨呲的大无畏精神继续追问:"七层多大面积?有户型图吗?"

售楼小姐不说话,噔噔噔径直向服务台走去,莫南正在疑惑,只见她两根手指夹着一张纸递了过来:"户型图,看吧。"

莫南忍着火气看了一眼,59 平米,两室一厅一厨一卫,形状是正方形加一个小长方形组成的不规则的图案,图纸上看不出明显缺陷。

李天辉心里算了一下,总价一百零二万的样子,首付二十来万,公积金 5 厘多的利息,分 20 年还的话每年不到四万,摊到每月也就三四千,马马虎虎该应付得起。忙笑道:"有没有样板间?"

售楼小姐听到这句话才勉强打起点精神,说了声:"请跟我来。"噔噔噔一扭身又走了。李天辉正要跟上,莫南一把扯住他:"不去了,瞧她那样子,分明瞧不起咱们,气死我了!"

李天辉见她吹胡子瞪眼睛怒得可爱,忍不住刮了一下她的鼻子:"傻瓜,只要房子好,计较这些干吗?再说咱们买房是给她们送钱的,她敢瞧不起咱吗?你要是觉得她态度不好咱就换一个,犯不着跟这种人生气。"

说得莫南倒觉得自己没气量,叹口气道:"算了吧,先去看房,大不了买的时候不从她手里签合同,让她赚不成提成。"

两人遥遥跟着售楼小姐的背影走了十来分钟，看见一片荒地上围着半人高的围墙，机器声震耳欲聋，戴着黄色安全帽的工人来回穿梭在砖石瓦砾之中，房屋的形状都还看不出来。李天辉忍不住问道："这楼看起来还早得很呢，什么时候交房？"

"明年8月份。"

"那就是要等将近一年喽，"莫南嘟囔道，"还得住一年的破房。"

李天辉比她有条理，跟着就问："房子都没成型，到哪儿去看样板间？"

售楼小姐不说话只管走，李天辉只得跟上，转过一个拐角，眼前赫然出现几间装潢一新的房子，售楼小姐一伸手指："我们照着户型图在旁边盖了几间一模一样的样板间，进来看看吧。"

莫南一进屋就倒抽一口凉气，什么样板间，分明是鸽子笼！李天辉一米七八的个子，天花板只比他高出一个半头，有吊顶的地方莫南伸手就能够到，大卧室不超过十四平米，放了双人床和一圈衣柜后只剩下一个小过道，小卧室跟李天辉现在住的小屋差不多大小，搁了单人床和书桌之后只剩下巴掌大小一片空地。

李天辉面露难色："客卧也太小了吧？"

"可以当儿童房，小孩子用不了多大地儿。"售楼小姐一转身，"卫生间三平米，厨房四平米，客厅没做隔断，将来你们可以自己隔出一个餐厅。"

莫南一眼瞧见客厅中央的大柱子，疑惑地问："这是什么？"

"哦，我们是框架结构的房子，这是承重柱。"

"能不能打掉？光这两根柱子就占了半个客厅呢。"

售楼小姐皮笑肉不笑："小姐，这是承重柱，打掉房就塌喽。"

莫南忍气说："面积不是59平米吗？这样一圈看下来，统共也就是40平米的样子。"

"59是建筑面积，使用面积46。"

李天辉嘘了一声："使用面积太少了吧？"

售楼小姐面无表情："三环内的楼盘基本都是百分之七十二三的使用率，我们的达到了百分之七十七，已经很高了。"

"层高呢？不是说有两米七吗？看着不像啊。"

"两米七是没装地砖没吊顶，从上一层地板算到下一层地板的高度，实际是两米三左右。"

莫南忍不住嘟囔："跟你们宣传的差得也太远了吧。"

售楼小姐不吱声。

李天辉也十分失望,笑道:"好像是有点不尽人意,没想到居然卖得这么火暴。"

售楼小姐扯了扯嘴角,像是在笑:"便宜不就够了!好房子倒是有,那不是一般人买不起嘛!"

4

莫南恨恨将包撂在床上,气哼哼地说:"你干嘛拦着不让我投诉啊,瞧她跩得二五八万似的,敢情房子都是她家的呀!"

李天辉只是笑:"好好地过周末,犯不着跟这种势利眼生气。再说你找谁投诉?他们那儿连个正经的经理室都没有。"

莫南虽然知道他说的是实话,仍然觉得一口窝囊气没处发泄,撅着嘴发狠:"下回再让我碰见这种人我一定要骂!没见过这么势利眼的!她是人家雇来卖房的,不定比咱还穷呢,跩得鼻孔都朝天了!亏你还一直笑,我都恨不得踹她一脚,指着鼻子问她'你打了肉毒杆菌还是怎么着,你再给我皮笑肉不笑个试试'!"

李天辉扑哧一声笑了,点着头夸赞:"不错,最后这句话骂的还有几分水准。下回咱要是再碰见这种人你可记着冲上去维权,别闹到受了一肚子气回来冲我嚷嚷。"

"下回更要记住走之前先打电话问清楚到底在哪儿,说不定广告上写着三环外,实际却在大兴呢,这些丧尽天良的虚假广告!"莫南抹了一把汗,"咱们下回打车去吧,我觉得那个臭屁的售楼小姐就是因为看咱们两条腿走过去的所以态度才那么恶劣。"

李天辉点头称是,又说:"下回咱也穿得人模狗样的,你戴金链子我戴金手表,一下出租车,珠光宝气的晃死她们。"

莫南发愣:"我哪有金项链?你也没有金表啊。"

李天辉一脸憋不住的坏笑:"你忘了侯总的八箭八星?简直帅呆了!咱俩一人弄一个戴戴,嘿,那体面,那派头!"

"去你的!"莫南顺手捞起枕头朝李天辉扔过去,笑骂道,"还不快给老娘做饭,饿死我了!"

李天辉笑嘻嘻地出了门,不到一分钟又回来了:"杨明明他们正做着呢,咱们等会儿吧。"

厨房只有一个,人却有两对情侣外加一个单身汉严志,虽说严志对厨房最大的

利用无非是热牛奶,然而杨明明两口子却是不折不扣的美食爱好者,而且一向秉持"自己动手、丰衣足食"的原则,所以一到周末,这个4平米不到的厨房就成了兵家必争之地。

既然为了看房耽误了抢厨房的绝佳机会,莫南只好忍着肚饿和李天辉继续上网搜房,好容易听见那屋开始收拾杯盘,莫南一推李天辉:"快去做饭!"

"大懒虫,什么活都推给我,你就不能搭把手?"李天辉笑着扯起她,"不会炒菜好歹给我洗两根葱剥几头蒜吧,再懒就要退化成蚕蛹了!"

莫南不情不愿地跟着来到厨房,一眼便瞧见自己常用的小蓝花碗摆在案板上,不用说,肯定是杨明明碗碟不够用,顺手捞了她的。果然杨明明探出头来:"我们碗不够用借了你的使,多谢啊!"

莫南只好挤出几分笑说:"不客气。"正在心里不舒服,又看见炒锅油晃晃地摆在那里,边沿还黏着几根菜叶,分明是没刷锅。两股气交在一起,莫南终于忍不住跑去敲杨明明的门:"你们又没刷锅啊?这都第几回了。"

杨明明笑嘻嘻:"铁锅容易生锈,老刷不好的,没关系,你们做完饭也不刷就完了呗。"

莫南无话可答,李天辉悄声说:"算了,刷个锅又不值什么,我刷不就得了吗?"

莫南叹气:"你真是个老好人。"到底不愿意用别人使过的脏锅,只得胡乱洗了洗。

李天辉见她一上午都闷闷不乐的,有心哄她高兴,便将她平常喜欢吃的菜多炒了几个,满满地摆了一桌子,莫南这才提起兴致,刚拿起筷子吃了两口,咣当一声闷响,严志开门进来,径直冲去客厅他的床底下扒拉,半天翻出一碗康师傅,一边拆包装,一边伸长鼻子四处乱闻:"哟,你们哪家做菜了?真够香的。"

李天辉笑道:"两家都做了,谁知道你闻着谁家的香气了。"

严志掂着方便面过来,站在门口伸脖子,脸上写着一览无余的饥饿和垂涎:"哟,你们两个人炒四个菜?真会享受!我看看啊,排骨、鸡翅,这个是茄子吧?那个是什么?"

"杂烩蘑菇。"

严志咽口水的声音连莫南都听见了,跟着又听见他酸溜溜、馋兮兮地说:"真幸福!我都吃了两星期的方便面了,可怜没人疼啊!要是能吃上这么一顿好的……唉,可惜没你们这么好命,没人给我做。"

李天辉不由自主说了句:"要不你一起吃点?"紧跟着看见莫南诧异的神色,还没来得及后悔,严志已经一头扎了进来:"好啊,好啊,饿死我了,我不客气了!"

莫南狠狠瞪了李天辉一眼,李天辉讪笑。屋里没有凳子,严志蹲在小桌旁拿手抓起一块排骨塞进嘴里,顾不得吐骨头先赞道:"好吃,真好吃!"

莫南虽然有气,到底看不过这副乞丐相,起身把他的椅子挪进来,又添了双筷子,严志更加如鱼得水,腮帮子鼓得像含着俩核桃,一边含糊不清地问:"有汤吗?吃太急噎着了,吃米饭没汤怎么行。"

莫南一把没拽住,好心的李天辉已经去做了碗紫菜蛋汤端来,严志也不怕烫,一手端起来凑在嘴边咕嘟嘟喝着,一手又去夹排骨。

莫南气呼呼地瞪了李天辉一眼,无声地谴责:都是你滥好心,又把这饿狼招来了!

李天辉讪笑,伸着筷子想夹菜,谁知一夹一个空,别说肉了,连蘑菇也没剩下几块。

严志一通风卷残云,最后留下一块排骨、一块鸡翅,以显示自己并非赶尽杀绝。这硕果仅存的一块谁也不肯动,孤零零地躺在盘中怀念它葬身口腹的弟兄。

严志吃饱了一抹嘴:"爽啊这一顿,多谢啊多谢!要不我去刷碗?"

李天辉忍不住又客套:"没事,我们自己来就行了。"

严志嘿嘿一笑:"行,那我就不跟你客气了!"一拍屁股真走了。

李天辉低着头不敢看莫南的脸色,一边收拾东西,一边小声说:"你歇着吧,今儿我刷碗。"

莫南鼻子里哼了一声。

"要不要吃水果?冰箱里有葡萄,给你洗洗?"

莫南又从鼻子里哼了一声。

"是不是没吃饱?给你下包方便面?"

莫南继续哼。

"小猪啊你?只管哼来哼去。"李天辉冲她做鬼脸。

导火索终于点着了。莫南一指头戳在他脑门上:"你才是猪,笨到底,臭没记性的猪!他这是第几回这样了?你怎么一点儿都不吸取教训?"

李天辉第一时间冲过去关门,然后摸着脑袋傻笑:"小声点嘛,被他听见了多不好意思。我就是随口一问,谁知道他会当真。"

莫南恨得牙痒:"又不是头一回,又不是不知道他每回都当真,你怎么就是忍不

住不搭他的茬？哪星期他不来蹭饭？吃得比狗舔得还干净,完了还要咱们刷碗！"

李天辉扑哧一声笑了："比狗舔得还干净,他当然不用刷了。"

"你！"莫南气得说不出话,半天才说,"你就不累呀你！大太阳底下晒了那么久,回来又饿着肚子等厨房,又洗又剁忙了一个钟头,倒把他招来吃了顿好的,咱们饿肚子！这就算了,吃了人家的好歹帮着收拾收拾,他就这么一拍屁股走了！都是什么事,上哪儿找这样的同屋！你不心疼你自己,我还心疼呢！凭什么你要伺候他呀,哪星期他不白吃一顿,有见过他请你吗？"说着心酸起来,眼泪不自觉便滚了下来。

李天辉一边给她擦眼泪,一边低声安慰："好了,别伤心了,以后我一定记住不理他,管他怎么说,哪怕他赖在咱屋不走我也决不喊他一起吃,怎么样？"

莫南抽抽搭搭答道："你脸皮比我还薄,你好意思不理他吗？"

李天辉笑着揉她的头发："你也知道你脸皮厚呀？门大开着你就开始数落严志,也不怕人家听见了脸上挂不住。"

"他只要有饭吃,他才不在乎别人怎么说哪！这地方我一天也住不下去了,赶紧买房子搬走吧。"莫南抹干眼泪,叹着气收拾碗筷,"你歇会儿吧,今儿累得够呛,我去刷碗。"

收拾完盘子准备洗葡萄,谁想打开冰箱门连个葡萄核儿也没见着。莫南以为李天辉记错了,正准备问他,杨明明开门笑道："真对不住,葡萄我以为是我们家刘轲买的就给吃了,等会儿我出去时再给你们买吧。"

莫南当然得连连回答："没事,不用了。"

李天辉笑："想吃的话我现在去给你买。"

莫南呆呆摇头,一屁股坐在床上,忽然说："真希望姚媛的小道消息能灵验一次,我们要是真分了房,该有多好啊！"

三 拜见未来弟媳

1

莫南坐上回怀柔的车时已经是下午三点多了,在车上给老妈陈春丽打电话,仍然听见她催命似的叫着:"快点快点快点,别误了事儿,小华头一回上门,你磨磨蹭蹭不回来别让她想多了!"

莫南想她周五的时候不打招呼,赶到星期天下午这时候了突然催着回去看莫北的女朋友,害自己今天晚上要坐夜车回城,不免有些不满,拉着脸答道:"要快你得跟司机说,催我有什么用。"

"总之你快点,小华都来了一个小时了!"

"谁叫她来之前不打招呼,当咱家是旅馆呢,想来就来想走就走。"莫南觉察到老娘对未来弟媳的明显厚爱,越发不满起来,"上回李天辉去咱家时怎么没见你着急上火催小北回家?我可记得小北是第二天才回去的!"

"能一样吗?你将来是李家的人,小华是咱家的人,能一样吗?"

莫南挂了电话嘟囔说:"老封建,什么时代了还重男轻女。"邻座的大姐会意一笑,说:"傻丫头,就是再过一百年,儿子女儿到底还是不一样哩。"

莫南在远郊汽车上熬时间,陈春丽在家正忙得团团转。早晨打电话时只是顺口问了一下儿子莫北有没有女朋友,谁想他立马千里迢迢从城里把人带回了家,闹了陈春丽好一个措手不及。莫北长这么大,爹妈交代的事情没一件不是拖拖拉拉的,这次居然如此麻利,陈春丽一边高兴二十三年来儿子头一回如此乖巧,一边忍不住犯嘀咕,别是另有什么隐情吧?

此刻她一边杀鸡拔毛,一边热情洋溢地跟未来儿媳丁小华套近乎:"晚上给你做板栗烧鸡,我们旅馆的招牌菜,好多客人就是冲这道菜年年都来我们家住哩!"

丁小华无可无不可地应了一声,莫北不满地嘟囔:"又是栗子烧鸡,从小到大吃了几千遍,烦也烦死了,就不能换一个?"

陈春丽笑说:"你吃惯了不稀罕,小华头一回来,好歹尝尝新鲜,咱们家养的正

儿八经的土鸡，比城里卖的好吃。"

莫北不耐烦地说："城里又不是没有土鸡卖，你真是搞笑！"

当着未来儿媳的面被儿子挑刺，陈春丽心里有些酸涩，但爱子之心到底占了上风，跟着便又笑说："自家做的跟外头卖的能一样吗？你不爱吃这个我给你做别的，这个让小华尝尝。你想吃什么？"

莫北没好气："随便。"

陈春丽又向丁小华笑："小华想吃什么？"

"都行。"丁小华还是一副心不在焉的模样，伸手推了推莫北，"你赶紧跟你妈说呀。"

莫北一脸火气："催什么催，刚回来就不能让人喘口气？"顿了顿又说，"没看见一地都是鸡毛吗，你就不能有点眼色顺手给扫了？"

丁小华狠命一甩手，鼻子里哼了一声："我又不是给你们家当保姆来的，你嫌脏你不会扫？"

陈春丽机警地觉察到这小两口之间似乎正在闹别扭，赶紧当和事老："小华来是客人，怎么能让她扫地，小北你真是的！"将扫帚递到儿子手里，笑说，"我腾不开手，你先扫扫，等会儿你姐回来了让她干。"

莫北气不打一处来，拿着扫把狠狠在墙上磕了一下："有事没事你叫她回来干吗！"

陈春丽愣了，半天才说："我想着小华头一回来咱家，不让你姐回来不是不礼貌嘛。"

"关她什么事，你真是麻烦，事先也不跟我说一声！"莫北气呼呼的扫着地，抬头看见丁小华在边上闲站着，越发火上浇油，来不及多想先吼了一声，"你就懒死算了！咱俩在一起也是我干活，到我家还是我干活，你动动手会死啊！"

陈春丽吓了一跳，正要责骂儿子安抚儿媳，丁小华已经冷冷地开了口："你吼什么？嗓门大了不起？现在你知道冲我吼了，当初追我的时候干吗又抢着干活？哼，当我不知道你！你是看事情闹大了后悔了是不是？昨天你赌咒发誓跟我说的又是哄我吧？哼，你有本事你就吼吧，逼急了我也不跟你商量，我爱怎么着怎么着！"

陈春丽呆若木鸡，这是拜见未来公婆的架势吗？这两人吃了枪药还是怎么的？

奇怪的是莫北听见这话倒没了火气，耷拉着脑袋半天不吭声，最后才说："你越来越懒了，你没见我妈忙成这样吗？别的你干不了，把栗子剥剥也行啊，就知道吃现成。"

丁小华见他主动休战，翻了翻白眼也不再叫嚷，果然走过去剥栗子。陈春丽等儿子到外面倒垃圾后，这才小心翼翼地凑过去问："你们为啥吵架？在城里是不是也吵？小北脾气是有点暴，心眼可好了，你女人家得让着点他，别跟他顶撞。"

丁小华不以为然地回答说："凭什么非得我让着他？他但凡让着点我，还有什么好吵的。"

陈春丽叹气，现在的年轻女孩子真是太娇惯了，哪有男人让着女人的道理？上回莫南带回来的那个李天辉就是，莫南让他干什么他都笑眯眯地去干，将来肯定怕老婆。不过自家的女儿找个怕老婆的男人是一回事，儿子娶个能降服老公的女人又是另一回事，总不能眼睁睁看着儿子去跳火坑吧？

陈春丽觉得大有必要替儿子开导开导媳妇，于是用比较严肃的口气说："男人是家里的顶梁柱，将来是要挣钱养家的，你得顺着他，别让他心烦，别让他生气，他要是气出个什么病来你以后可指望谁去？年纪轻轻的又是女孩儿，火气那么大不好。再说小北现在城里上班干大事，一天到晚忙得很，你得多照顾他，怎么老让他干活？累坏了他将来你可怎么办？"

丁小华扑哧一声笑了，说："什么干大事，不就是上班挣俩钱花吗？我还不知道他，能干什么大事。"

陈春丽没想到儿媳如此轻视丈夫的事业，不由地沉了脸："别瞎说，男人家干的怎么不是大事。"

"阿姨，这都是你们年轻时候的观念吧？现在可不一样，谁说只有男人能干大事？我跟莫北一样上班，挣得不比他少，一样要养家的，总不能我下了班累得半死还得伺候他吧？现在男人在家干活很正常的，你就别管我们了。"

陈春丽见未来儿媳显然不肯接受自己的指点，心里可怜儿子以后要受罪，不觉有些窝火。忽然又想到这些年轻人谈恋爱一天一个样，还指不定将来的儿媳妇是不是丁小华呢，稍微松了口气，跟着却又起了老实人生坏心眼后的惭愧。正在琢磨要不要继续开导她，莫北已经回来了，边走边说："昨天那张发票我装在裤兜里的，怎么不见了？"

丁小华白了他一眼："昨天睡觉时你裤子上不是沾了一大团油渍吗？今天早上我起来就把裤子洗了，发票给你搁在床头柜里，你难道没发现裤子都换了吗？真够可以的。"

莫北松了口气："吓我一跳，还当是丢了呢。你早上什么时候洗的裤子，我怎么不知道？"

丁小华笑道："我洗的时候你还在做梦呢。哪回过周末你不是睡到十一点？打呼噜跟打雷似的，吵得我一夜没睡好。"

他们小两口眼看是雨过天晴，陈春丽心里却是一紧：听这口气两人现在住在一起？现在的女孩子真是的！小北也真够糊涂，现在就跟她住在一起，占了人家的便宜，怪不得丁小华对他那么凶！

她心里埋怨儿子不争气，又担心媳妇欺负儿子，这么一分心手中的刀便不听使唤，本来是奔着鸡腿去的，结果却落到了自己手上。

莫家老爸莫福生正在前头算账，忽然听见老婆哎哟一声，跟着又见儿子飞跑出来翻箱倒柜，忍不住问道："你妈在喊什么？"

莫北头也不抬回答："刚我妈剁鸡的时候把手指头划了一道，创可贴怎么找不到？"

莫福生翻出一卷纱布，沉着脸走去后院，见老婆正拿着刀继续奋战，拽住手看时，虽然划了个口子，倒也不严重，忍不住埋怨她："做了一辈子饭还能剁着手？心都操到哪儿去了。"

陈春丽笑说："只顾着高兴小华来了，没留神。"

莫福生看伤口还不到需要包扎的地步，拿着纱布又走了，边走边交代："天气热，别沾了水伤口发炎，小北帮你妈把鸡收拾了，等你姐回来让她做饭。"

莫北应声道："别逗了，我姐啥时候会做饭了！就算她做了我也不敢吃！"

丁小华笑说："我手艺不行，要不然我就做了。"

陈春丽忙说："不要紧，我做。"

话音刚落，家中的大黄狗欢叫着窜了出去，跟着便听见莫南的声音："爸，妈，我回来了！"

2

莫南跟丁小华的首次会晤一丁点戏剧因素也没有，远不及电视上媳妇与大姑子之间斗法的精彩。

莫南进了院门一个人也没见着，只有大黄狗绕着她的腿欢蹦乱跳。正在纳闷，听见老娘在后院叫她："小南，我们在后头做饭呢。"

莫南心想，这未来弟媳妇挺勤快的，头一回进门就去帮厨。走到后院，迎面就看见一个身材高挑，浓眉大眼生得挺精神的女孩儿，正站在水井跟前剥栗子，一边剥一边端详手指，心疼自己才做的彩绘指甲。莫南心知这就是老娘口中的宝贝儿媳妇了，赶紧堆起笑准备打招呼，还没开口呢，莫北抢着先说："妈刚把手指头划了个口子没法沾水，你先把鸡收拾一下呗。"

莫南没好气地冲弟弟翻白眼，然而看在弟媳妇头一回来的分上，不得已接了刀张牙舞爪开始剁。丁小华在旁看着，差点笑出声来，这个姐姐长得倒是中上等姿色，眉清目秀身材苗条，身上虽然不是珠光宝气，好歹也衣着得体，是个清秀佳人的模样，只是为嘛拿起刀来不像做菜，倒像是劈柴呢？忍着笑说："姐我来吧，看你拿刀怪吓人的。"

陈春丽忙数落女儿："进门半天了也不跟小华打个招呼，还得人家小华先跟你说话，瞧你这姐姐当的。"

莫南心说，我刚进门不就被你的宝贝儿子支使着干活去了吗，哪儿有工夫说话。然而看在未来弟媳妇一脸讨人喜欢的爽朗笑容上，还是保持礼貌的微笑答道："你就是小华吧？我妈跟我念叨大半天了。"

丁小华笑道："我也常听莫北说你，就是没见过。"

"今儿在家住一夜吧，你们来得晚，都没时间带你出去逛逛。"

丁小华笑嘻嘻地说："住不了，待会吃了晚饭就得回去，都怪莫北，想起一出是一出，说好了下星期一起回来玩两天的，结果阿姨早上给他打电话，他就非要回来，害得我中午饭都没吃，就在车上啃了俩面包。"

陈春丽赶紧说："这孩子，怎么不早说没吃饭？床底下有我夏天做的黄桃罐头，自家种的桃，自家锅上炖的，比外头卖的好，我给你拿去！"乐颠颠往前院去了。

莫南见老娘闪了人，这才嘀嘀咕咕数落莫北："刚进门就给我派活，有你这么使唤老姐的吗？"

莫北嗤笑："顶多指望你把鸡剁好洗净，又不指望你做，你怕什么。"

丁小华也笑："姐，你平常不做饭吧？看你拿刀我都觉得怕。"

莫南见这个弟媳妇有说有笑，并不拿自己当外人，倒生出几分好感，笑说："我还真是不怎么做饭，要不是你们莫北给我硬派任务，谁愿意搭这个茬。"

丁小华笑着推莫北："你不是会做吗，干吗为难姐姐？"一边问莫南，"姐也在城里上班吧，住哪儿？改天我找你玩去。"

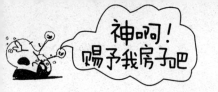

莫南不由自主叹气说："住在单位宿舍，唉，别提了。"

丁小华笑："宿舍多不方便，我听小北说你快结婚了，怎么还不买房？"

莫南越发沮丧了，索性菜刀往莫北手里一塞，摆好架势发牢骚："我倒是想买，看了大半年了，一个也买不起。"

丁小华笑嘻嘻地说："我们也准备买房呢，要不哪天一起去看？"

莫北慌忙打岔："八字还没一撇呢，别瞎说。"

莫南没料到他俩居然已经进行到这个地步了，诧异地问："你跟小北在一起多久了？"

"三月份认识的，大半年了吧。"

莫南越发惊诧了，顺着口气又问下去："准备什么时候结婚？"

丁小华不假思索回答："快了，哪天有空就去领证。"

莫南瞪大眼睛看弟弟，莫北低着头不吭声。

莫南还想再问，陈春丽端着两大碗罐头过来，笑眯眯地往丁小华跟前一摆，跟着又要给莫北，先瞧见他手里的菜刀，慌忙抢过来，立马又数落莫南："亏你还是当姐的，让你干点活你就去支使你兄弟。"

莫南翻眼："就知道你偏心，罐头没我的，还让我干活。"

"你又不是没吃过！时候不早了，你去厨房烧火，我去做饭，小北，你带小华出去转转。"

莫北小两口出去晃悠，莫南蹲在灶间烧火，看见老娘一脸平静，忍不住问她："妈，小北要结婚了你知不知道？"

陈春丽惊得手一抖，一大块鸡肉潇洒地飞落在灶台上。陈春丽顾不得去捡，先问："你听谁说的？"

"他女朋友刚跟我说准备领证，小北也没反驳。"

陈春丽举着铲子愣住原地，半天才说："咋事先一点儿消息都没有呢？他跟小华不是才好了没几个月吗，这婚怎么能说结就结，连家里都不知道？会不会是哄你玩？"

"别逗了，她没事哄我干吗，她还说他俩准备买房呐。"

陈春丽愁眉苦脸："这么快？唉，这孩子，怎么说风就是雨，好歹先跟家里商量一声再说嘛！这下可麻烦了，我想着小北还年轻不用着急，这什么都还没准备哪。"

"有什么好准备的，最多就是请亲戚吃饭呗。"

"你知道什么，又要给丁家送聘礼，又要预备新房，还得给小华买衣裳，丁家那边父母都没见过，事先怎么不得一块儿吃几顿饭……"

莫南头都大了，赶紧指着油锅说："别光顾着说话，锅冒烟了。"

陈春丽慌忙舀了一瓢水添上，眼看鸡肉烟了大半，水面上漂着一层黑渣，气得直埋怨莫南："你怎么连个火也不会烧？把肉烧煳成这样，让小北怎么吃！"

莫南气坏了，一撂火钳恨道："妈你也太不讲理了吧！明明是你光顾着说话给烧煳了，什么事都赖我！"

陈春丽见她像是真生气，忙又安抚："算了，我不说你，你从小就见不得我说你一句，赶紧烧锅，别使性子。"

莫南闷声不响往锅膛里添柴，冷不丁冒出一句："小北年轻你没想到，我可不年轻了，妈，李天辉你们见过也批准了，到时候我们结婚你和爸准备怎么安排？"

陈春丽没想到她居然好意思当面要嫁妆，想了半天才说："你们的婚事肯定得在李家办，隔这么老远，我跟你爸也过不去呀。"

"婚礼无所谓，不过我跟李天辉总得买房吧，他家的情况你也知道，一分钱也凑不上，就靠我俩的工资肯定不够，我想，"莫南犹豫了半天，最后硬着头皮开了口，"你跟爸能不能先给点？哪怕算是我们借你们的也行，过两年我们一定还，不耽误小北买房。"

原来莫南周六想了一夜，越发觉得宿舍和李天辉的合租房都没法再住，唯有尽快买房才是解决问题的根本，只是钱这块实在是个老大难，要是能再多个十万八万，选择范围就大多了，没准儿能早点买到。这么一来，唯有向父母开口了。虽说妈一向偏心莫北，可总不能对女儿一毛不拔吧？她私下算过，家里的果园子一年收入在三万上下，再加上养的鸡鸭喂的猪羊，外有农家旅馆，这几年爸妈应该攒了些钱。莫北还小，未必就要结婚，先向爸妈借点应该不成问题，如果爸妈心疼自己，没准儿直接就给了呢。

她盘算了一夜，觉得这个主意还算妥当，谁知道刚一回家就听见莫北也要结婚，直觉如意算盘要泡汤，只是又不甘心，到底还是问了一句。

果然陈春丽半天不说话，最后貌似下了极大的决心："你成天说我偏心，我就不知道我哪点亏待你了，落了这么个话柄。我也听出来了，你说借钱是跟我使性子，我跟你爸又不小气，谁家打发闺女出门一分钱不给？你也别说借，只当给你压箱钱吧。"

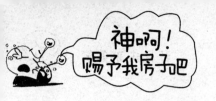
莫南大喜，还没来得及张嘴道谢，跟着就见老娘咬牙切齿，一脸悲壮地说："给你一万块，怎么样？"

莫南险些不曾昏倒。

3

陈春丽发狠要给女儿添嫁妆，一万块仨字刚一出口，自己先心疼起来，别人嫁女儿收彩礼，莫家嫁女儿倒贴，小南真是不开眼，那么多男人，偏偏要挑个家里穷得叮当响的！

莫南仰头看着一副英雄气概的老娘，失望地只好苦笑："一万块？妈你知道现在怀柔的房价多少钱？"

陈春丽皱着眉头回忆："新楼总也得五六千吧。"

莫南皮笑肉不笑地看着老娘，陈春丽被她看得心里直发毛，壮着胆子问："你笑什么？"

"笑你大方呗，给这点钱在咱县里够买两平米的地，能放下好大一张桌子咧！"

陈春丽再傻也听出来是反话，只好说："那你想要多少？"

"十万有没有？"莫南一瞧见老娘脸色煞白，立刻改口，"八万也行，现在房价实在太高，最便宜的也要一万四五，我实在没办法了才跟你们借，等过几年缓过来了一定还。"

陈春丽半天才答话："我们又不是财主，哪有那么多。"

莫南只好再次退让："五六万也行，好歹凑个首付。"

"小北也要结婚呢……"

"小北说的不一定靠谱，现在的年轻人谁愿意那么早结婚啊？我看他们也就是随口一说。刚我问过丁小华，他俩才谈了半年多，谁信他俩就要结婚呢！就是真结婚也不能这么快吧，小北那磨蹭劲儿你又不是不知道，说今年结，指不定得等两三年呢，到那时候我肯定把钱还上了。"

陈春丽赞同女儿关于儿子磨蹭脾气的断言，然而掏钱给儿子买房天经地义，谁见过拿钱倒贴女婿的？嘴上说借，这钱一出手怎么好跟自家女儿催债？只说："小北跟小华都住一起了，我看是真要结婚。"

莫南心说住一起不结婚的多了，我跟李天辉还一起住了两年呢！只不过同居这事一向瞒着老娘，于是只说："我跟小北都是你生的，你把钱留给他结婚，对我一毛不拔,你真好意思。"

陈春丽赶紧往老公头上推:"我又做不了主,你跟你爸说嘛。"

娘俩正说着,只听见一阵脚步响,陈春丽赶紧迎出去,只见儿子黑着脸走在前头,丁小华气呼呼、泪汪汪地跟在后头,陈春丽心里顿时不舒服起来,这孩子真不懂事,头一回上婆家就跟小北闹别扭,以后日子还怎么过?

莫福生跟进来问:"饭好了没有?时候不早了,别耽误事。"

陈春丽忙说:"马上就好,"一边喊莫南,"去把当间的桌子收拾收拾,再过来端菜。"

莫南一头嘟囔着:"放着宝贝儿子不舍得使唤,巴不得我长出四只手来干活。"一头放下火钳往外走,谁知道前脚刚迈出厨房就听见莫北说:"不吃了,我们要回去。"

陈春丽急了,赶紧说:"这孩子,好好的干嘛不吃?"

莫福生也发话说:"小华头一回来,哪有饭都不吃就走的?你要是怕赶不上车待会儿我开车送你们。"

莫北不耐烦地说:"我不想吃,你们自己吃吧。"

陈春丽正不知所措,丁小华开口:"不吃饭也行,话你得说明白。"

莫北呼一下转过身对着她,板着脸说:"不是跟你说回去商量吗,你凑什么热闹!"

丁小华直勾勾看住他,眼泪扑簌簌滚了下来:"回去还有什么好说的!你这个死胆小鬼,昨天说得好好的,临到跟前你又往后缩!"

莫北也火了:"闹闹闹,一天到晚就知道跟我闹!我难道不是为你好?有本事你养去!"

"我养就我养!"丁小华一梗脖子,冲着陈春丽嚷了一句,"阿姨,我怀孕了,他非让我打掉,你说怎么办!"

莫福生手里的盘子当一声掉在地上,栗子面小窝头骨碌碌滚了一地。陈春丽眼前一黑,嘴唇不由自主哆嗦起来,使了半天的劲儿愣没说出一句话。

莫南张着嘴站在门前,退也不是进也不是,直怀疑自己听错了,抬眼见莫北一脸气恼焦躁,这才意识到,丁小华说的并非假话。

"昨天他还说星期一就去领证,把孩子生下来,来这儿的半路上他就反悔了,逼着我去做人流。从他知道这回事就开始逼我做人流,要不是我一直扛着不答应,这

孩子早就没了！"丁小华指着莫北的鼻子，一边说一边哭，"就好像不是你自家的孩子，我就不信咱俩还养不活他一个！我就没见过你这样当爹的，头一个孩子就不想要！你当我不知道，你不就是怕结了婚你不自由吗？你只图舒坦，自己的亲骨肉你都下得去手！"

莫北额头上青筋暴跳，吼道："别光说我，你好到哪儿去！跟你说了多少回小心小心你不在乎，稀里糊涂弄个孩子出来谁养？你挣的钱还不够你买化妆品的，孩子生出来跟着你喝西北风？三天两头换工作，连房租都交不上，我看你能顾得住自己的嘴就不错，生个屁的孩子！"

"那你呢？你上班到现在不也还从家里要钱吗？我好歹没问家里要！"

"哼，你家里要是有钱你舍得不要！"

丁小华哇一声大哭起来："莫北我告诉你，我就是生下来吃方便面我也要生，我一分钱也不花你的，你个臭没良心的混蛋！"

莫北怒目相对："你不找我最好，我巴不得！"

莫福生咣一脚踢翻水桶，大吼一声："都给老子闭嘴！你俩明天就去领证，过两天请客摆酒，谁敢动我的孙子，我打折他的狗腿！"

莫北吓得一哆嗦，气焰不由自主矮了一截，嗫嚅着说："我养不起，我工资还不到两千，连个住的地儿都没有……"

莫福生气呼呼地说："你养不起送回来我养！"

陈春丽回过神来，眼泪汪汪："妈给你买房，你别犯浑，多少人想孩子都想疯了还怀不上，你可千万别干傻事。"走过去拉着丁小华擦眼泪，"你别跟他顶着，让你爸跟他说。你们年轻不懂得，怀孩子的时候生气，将来生小孩准是气胞胎，头大肚子大，送到医院都治不好，以后不准跟小北生气。"

莫南本来在替弟弟担心，听见老娘的"科学论断"，忍不住又想笑，又怕老爸看见冲自己撒火，赶紧低头。

莫福生下令一家老小回屋，板着脸说："明天就去领证，完了回家办酒，老老实实把孩子生下来！我跟你妈这些年攒了点钱，全都给你们买房去，再敢说没地方住要动我的孙子，看我不打死你！"

丁小华破涕为笑，忙说："谢谢爸！"

莫福生又看莫南："买房是花大钱的事，我跟你妈钱不多，你也帮帮你兄弟。"

莫南几乎要哭了："我刚才还跟我妈借钱呢。"

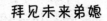

"你借钱干啥？"

莫南吞吞吐吐："买房，结婚。"

莫福生瞪眼："结婚向娘家要钱？李家干什么吃的？你们买房子找他家要去！小北这样子你也看见了，我那点钱还不够他折腾的。"

莫南呼一下掉了泪。莫福生不忍心，就把口气放软些又说："你别哭，我跟你妈商量过，等你结婚的时候给你一万块钱压箱。"

莫南心说，偏心眼，打一棒槌再给个蜜枣，当我是小孩啊！小北买房你们倾囊而出，我买房你们连借都不肯，小北是你生的，我难道是大街上拾的？那眼泪越发掉得快了。

陈春丽赶紧接着哄："不是我们偏心，你们结婚买房本来就是李家的事嘛，我们要是钱多肯定也给你，现在又不够。你在城里上了几年班，钱存得不少，小李工资又高，你们让李家再添点不就行了？你爸都开口说了给你办嫁妆，别哭了，小北过得艰难，小华又大着肚子，你当姐姐的懂点事，别跟他们争。"

莫南心里大声喊着：偏心偏心偏心！我难道是为了嫁妆，我是受不了你们俩偏心！一万块钱只够买半平米的地方，连个马桶都搁不下，我要那个干吗！半是赌气半是试探说："你要是这么说，我也不要压箱钱，干脆都添上给小北买房算了！"

陈春丽大喜："这才是当姐姐的样子嘛！"

莫南气得怔了，莫福生见势不妙，摆出一家之主的庄严宝相，清了清嗓子发话："你真是老糊涂，哪有让闺女空手出门的？说好了给一万，再穷也不能少了咱闺女的！"

莫南赌气说了句："我不要，都留给你们的好儿子吧！"摔门飞也似的往公交车站走了。

4

莫南在公园里徘徊了一个多小时，气渐渐消了，凄凉的感觉却越来越浓。

从记事起就是这样。小时候家里杀鸡，鸡腿是弟弟的，自己只能啃翅膀，后来生活富裕了肉不稀罕，情形便倒过来，翅膀归莫北，鸡腿归她。跟莫北打架，不管错在不在自己，父母责怪的人都是自己，理由永远是姐姐应该让着弟弟。成绩比莫北好，父母生气，怪莫北大男人比不过小女子；成绩比莫北差，父母还是生气，因为弟弟在进步当姐姐的却在倒退。

　　她望着不远处带着小女儿玩得正开心的一家人，眼泪不知不觉掉了下来。如果没有莫北，父母会不会对自己好点？然而细究起来，却也不是莫北的错，更何况一穷二白的他的确比自己更需要这笔钱。

　　天渐渐黑了下来，手机上存了四个未接电话，都是李天辉打来的，想必是他见这么久没有消息不放心。然而一百个李天辉的电话也抵不过家里的一个电话，如果他们肯打一次，起码证明他们心里还牵挂着女儿的安危，可惜，始终没有。

　　莫南沿着河边慢慢走着。广播蓦然响起，原来关门的时间就要到了，该回家了。可是，家在哪里？她有些茫然地看着向大门赶去的游人，大概他们都是有家的，不管大房子小房子，都会亮起一盏温暖的灯，等着外出的人早些归来。唯有自己，什么都没有。如果怀柔也算是家的话，也是莫北的家，自己虽然未嫁，却早已像泼出去的水，干干净净地被打发出了狭窄的双扉。

　　她想起李天辉，有些难过，有些抱歉。虽然在心底里，她觉得买房理应是他多付出一些努力，虽然对于他不断向家里贴钱她也有不满，然而今天父母的态度，却让她觉得对不起他，这么一来，他肩上的担子更重了，自己那点微薄的工资，根本是杯水车薪，难以缓解多少压力。

　　才恋爱的时候，吴敏曾经半真半假地说"李天辉好像是个典型凤凰男哟，你可得想好，以后的日子有你受罪的"。可莫南认为爱情才是最重要的，谈什么钱财啊家庭啊，多俗！吴敏笑她是不见棺材不落泪，力荐她看看那部鼎鼎大名的凤凰男教材片《双面胶》，莫南看过后对其中描画的情形大为恐惧，却不相信李天辉会让自己遭这份罪。只是出于防患于未然的目的，她买了一套碟拉着李天辉看了一遍，以为经此一番教育，李天辉必定会义无反顾与凤凰男彻底拜拜。

　　事实证明，这番呕心沥血的教育打了水漂，李天辉倒是义无反顾，只不过却是奔着典型凤凰男的道路去的。曾几何时，莫南一直认为关于买房和结婚这件事，李天辉是亏欠她的。他虽然挣得多，向家里贴的却更多，导致两人手里的钱始终不够。她想自己虽然挣得不多，但是全都存起来为了买房打算，何况莫家父母生活小康，非但不用补贴，或者还能倒过来帮他们。

　　然而，从今天的情形看来，原来错看了父母。情势急转而下，理亏的一下子变成了莫南。李家没有钱，有心帮忙却没有能力，莫家却是有钱也不给女儿。

　　手机又响了，还是李天辉。她有些不想接，铃声却执著地响了又响。公园管理员正在四处巡查，远远叫道："姑娘，电话响了，赶紧接完回家吧，咱要关门了！"

这来自陌生人的温暖声音让她有了重回人间的感觉，终于鼓起勇气按下了通话。

李天辉冲口而出："为什么不接电话？你急死我了！是不是出什么事了？你在家还是在哪儿？"

他的焦急让她感动莫名，抽泣着说："在超市旁边的公园里。"

李天辉听见她哭，焦急立刻变成了心疼，忙说："怎么了？你别哭，有什么事跟我说。"

她哽咽地说不出话来，李天辉只得说："等着，我马上过去。"

李天辉赶到的时候，管理员正在关门，他看见莫南垂头坐在门外树下的长凳上，孤独的轮廓让他心里一疼，慌忙赶上去搂住她，低声问："谁欺负我的小南瓜了，告诉哥哥，哥哥替你做主！"

莫南倒在他怀里，默默流泪。李天辉追问了几次，见她始终不肯开口，于是轻轻拍着她的背，摩挲着她冰冷的胳膊，心里充满了怜惜和感伤。

许久，他听见她的肚子发出咕噜咕噜的声响，嗤一声笑了，胡乱摸了摸她的头发，笑说："看你，偶尔多愁善感装一回淑女，肚子都不给你长脸。"

不出所料，这句笑话引得莫南顾不上伤心，扬手打了他一拳。李天辉趁势抓住她的手，笑说："饿了吧？哥哥请你吃饭，你想吃什么，鲍鱼还是龙虾？"

莫南摸着眼泪说："吹！哪一个你请得起？"

"小看哥哥不是？楼底下素鲍鱼二十五块钱一盘，麻辣小龙虾一块一个，哪一样哥哥买不起？"他拍了拍裤兜，做出一副牛哄哄的模样，"咱不差钱！"

莫南破涕为笑，轻轻拍了他一下："你就装吧！"

李天辉拽着她，摇摇晃晃向家里走去。他虽然不问，她却如鲠在喉，快到楼下时终于拉住他，低声说："先别回去。"

李天辉似乎早有预料，跟着就说："去天桥底下吧，那边安静，能好好说会儿话。"

她点点头正要往那边走，他却又跑开，不多会儿回来，手里拿着一袋热气腾腾的灌汤包子，笑说："吃吧，我可不想听你的肚子抗议。"

李天辉的温柔让她慢慢丢下了戒备和紧张，一五一十的，她把在家里的遭遇全都告诉了他。李天辉笑了，柔声说："我当是什么大事呢，你也太多心了！总不能让小北在出租房里养孩子吧？咱俩不着急，房子早晚会买到的。"

她有些疑惑地望着他："你不生气？要是我爸妈肯给咱们添点，房子不是好办些吗？"

"我怎么会生气呢，"李天辉笑呵呵地说，"你别太难为你爸妈了，他们挺不容易的，一年统共那么点收入，一分一分攒下来的，还不知道够不够小北用呢。再说房子这事，本来就该我操心的，我们家帮不上忙我就够惭愧了，你要是再跟家里伸手，我以后还真不好意思上你们家了。"

莫南知道他说这话有一大半是想安慰自己，松一口气的同时越发觉得愧对这个好男人。依在他怀里低声说："以后我再也不乱花钱买衣服了，咱们努力攒，肯定能买套好房子。"

李天辉摩挲着她的头发说："虽然咱们南瓜穿什么都好看，但也不能不打扮呀。听话，该怎么着还怎么着，别为了一套房子弄得自己难受。只要咱俩在一起好好的，什么都有了。"

莫南的眼泪忍不住又掉下来了，抽泣着说："一天没有房子我一天放不下心，怎么能好呢？"

"傻瓜，咱俩在哪里，哪里就是咱们的家，有什么不放心的？"

"不行，只要没房，我始终没有家的感觉。"

李天辉迟疑了一下，笑说："看来你是不会答应在租的房子里结婚了？"

莫南没注意他的犹豫，摇着头说："租的房子又脏又破，怎么能结婚？"

李天辉笑了笑，自己低着头出了一会儿神，拍拍她说："吃饭去吧，晚上早点睡，明天还要上班呢。"

她顺从地跟着他回去，远远看见顶楼的一星灯火，心里却不由自主打起了退堂鼓，看来严志他们也在家，又将是一个拥挤、没有私人空间的夜晚。偷眼看李天辉，他低着头若有所思，不知道是不是在为刚听到的消息沮丧。

莫南深吸一口气，买房，一定要早点买到房！买一套价廉物美的好房子，逃出这个该死的小破屋，跟李天辉好好过二人世界，也让老娘看看，就算她偏心至极，我一样能过上好日子！

四 新同事

1

杨林燕在经管系的首轮招聘面试中担任端茶递水的角色,掌握了第一手的资料,此刻趁姚媛到邻居那里交流小道消息的空当,对着莫南感慨万千:"这些来面试的真可怜,千辛万苦通过了笔试,根本不知道自己是来陪练的!老温太不人道了,既然内定了要于信,干吗又笔试又面试的折腾人,有个小姑娘还是从天津坐车赶过来的呢!"

莫南疑惑:"于信?谁是于信?"

杨林燕竖起耳朵听动静,低声说:"就是姚老太的外甥啊,不是内定了要他吗?系里怕学校说咱们招聘不正规,就在网上登了招聘信息,还安排了笔试、面试,这周末还有一轮呢!"想到自己也面临毕业,同病相怜的感触更加深刻了,"我看着那些人眼巴巴地跑来等着,我都可怜他们,太惨了!走后门好歹也堂堂正正地走,折腾别人算什么本事!唉,希望将来我找工作的时候少被人涮几回。"

话音未落姚媛推门进来,兴冲冲问:"你俩说什么悄悄话哪?"不等人回答跟着又笑:"我那个外甥真争气,笔试面试都排在第一,刚才老温也夸他哪。"

杨林燕递了个意味深长的眼色,莫南出于情面应了句:"是吗?"

姚媛一脸兴奋:"可不是吗!本来有我的面子在,他想来系里上班也不是难事,结果我外甥懂事,怕别人知道了眼红,非要跟着走招聘程序,哈哈!又考了个第一,真是俗话说的真金不怕火炼,这回可是正儿八经考进来的,看谁敢说闲话!"

杨林燕撇嘴:"都看见她跟高秀云要卷子了,还吹。"

姚媛只要一张开嘴,从来不管别人如何反应,只顾自己兴兴头头说个没完:"笔试题难得很,面试就更不用说了,老温跟安主任问的那些问题一个比一个刁钻,我在旁边听着都愣了,别说你们了!"得意劲儿一上来,又开始摆老前辈的谱:"要不我怎么平常老跟你们说要多学习呢,虽说咱们是金饭碗,你只要不走系里也不会撵你——除非傻子才走,咱这儿又清闲福利又好,打着灯笼也找不到,要不怎么说我

那外甥脑子活有眼力劲儿呢——但你们到底年轻，办事比我们还差了一大截呢，得紧着点向我学……"

杨林燕低声嗤笑："学什么，传小道消息？"

"我这个外甥就特别爱学习，那天老温问的那些问题——你俩肯定答不出来！那些跟他一起来面试的也都傻了，就他不慌不忙，问一个答一个，说得特别好，我一看老温的表情就知道他满意得很，哈哈，结果面试也是第一，系里那些领导都巴不得他明天就来上班！"

杨林燕翻白眼："牛皮都吹烂了，轮到于信的时候老温就问了一句'你以前在哪儿上班？'他要是连这个都答不出来他就去死吧！"

莫南正笑着，姚媛呼一下把头伸到她跟前："你别怕，我外甥来了肯定照顾你！"

莫南笑说："好歹我也是他的前辈，怎么能让他照顾我呢。"

姚媛今天心情大好，忘了忌讳，一不留神把心里话全说出来了："你年轻，不知道领导提拔人的规矩。你这个岁数的女同志正赶上结婚生孩子，哪个领导会提拔你？刚一提上来你回去生孩子了，撂下一大堆活谁干？别看我外甥来得晚，要说到提拔，他们男同志可比你们年轻女同志沾光。不过你放心，他心肠好，将来就算那什么，该帮的也肯定帮你。"

杨林燕被姚老太这神出鬼没的一席话说的一肚子火气变成一肚子笑气，顾不上批驳，推着莫南说："你赶紧求领导亲属将来罩你点。"一边笑得直不起腰。莫南正笑着，突然想起在父母跟前受的气，心里咯噔一下：谁知道领导会不会重男轻女呢？

姚媛高兴劲儿过罢，开始后悔多嘴，万一莫南想到自己没前途，存心为难外甥可怎么办？赶紧声明自己纯属玩笑："我刚才说着玩的，小莫你可别多心。别说我外甥资历浅当不上领导，就算他当了领导也不碍你的事，各有各的前途嘛！"再把才得的小道消息拿出来献殷勤："你眼下最艰难的不就是房子吗，我打听过了，咱们分房按的是工作年限，哪怕我外甥是系主任呢，只要他比你来得晚，分房就排不到你前头，你放心，他绝不会挡你的道。"

姚媛只顾着献殷勤，又忘了把分房的事瞒住杨林燕，其实杨林燕早听见风声，此时笑着说："你们各有所得，都是幸福的人，就我这临时工可怜，升官分房都没戏！"

姚媛生怕杨林燕看准系办是个好地方，明年毕了业也往这儿钻，岂不是来抢外甥的饭碗?赶紧掩饰:"唉,分房八字没一撇呢,你们别信,小道消息哪有一回准过!"

莫南和杨林燕相视一笑,心说:"你也知道这是小道消息呀!"

正说着电话铃响了,莫南接起来,老温温和的声音在耳边响起:"莫南?这周六面试你跟张岩都过来一趟,具体事情十分钟后你来我办公室跟你交代一下。"

莫南撂下电话感叹:"周六想去看房呢,老温又让我参加面试,有什么好面的,第一名都有了,直接让他来上班不就得了。"

姚媛以为是夸奖,乐滋滋地说:"你看看我外甥也行,包管满意。"

杨林燕说:"星期天再去看房不是一样嘛。"

"周六周日可大不一样,周六人看房的人特多,讲解得也仔细,那些人又好议论,每次都能听见好些别的楼盘的消息哪。"

姚媛抢着说:"看什么房呀,都说了要分房,你就是不信!"

十分钟后莫南来到老温办公室,跟正要离开的张岩刚好打了个照面。莫南看见张岩一脸可亲可喜的笑容,不觉有些犯怵,要是修炼不出这么张可爱的笑脸,拿什么亲近领导呢?

老温简单交代了面试的重点,顿了顿又说:"其中有个于信是姚媛推荐来的,上次面试成绩还行,你留神看看有没有大问题,这个职位将来要跟你共事,你得把把关,免得以后你诸事不顺手。还有一点我得跟你说明白,刚才跟张岩我也说了,于信虽然是你们同事推荐过来的,但要是他的能力不行也不能要,凡事首先应该考虑工作需要,其次才能稍微顾点情面。"

这几句话令莫南心花怒放,原来世上还有公道!恨不得立刻跑回去告诉杨林燕"你错怪老温了!"又恨不得对着姚媛喊一声"别臭美,你外甥也得自己考!"

正在心潮澎湃,老温又说出几句令她更加欢欣鼓舞的话:"系里这些年轻人中间,你一向比较稳重,凡事不张扬,不夸张,这样很好。等你带新人的时候你多留意这些方面,把时下年轻人那股子浮躁劲儿拧拧,争取都像你一样踏实肯干。"

莫南猜自己肯定脸红了,本来以为像张岩这样会往领导眼里钻的更得老温欢心,没想到自己多年来默默无闻的干活他都看在眼里!真想对着老温大喊一声"知己啊,伯乐啊",然而激动了半天只哆哆嗦嗦说了句"知道了"。

老温目光炯炯看着她,心想若是换了张岩他们,不知道能谢出多少花样,这孩子还真老实。本着悲天悯人的心又说:"做人踏实固然好,不过现在这个社会,不但得会做,还得会说,跟领导、同事之间的沟通也很重要,你这些方面还有些欠缺,今

后要多注意。"

老温等了半分钟，以为她总该说句感谢或者表决心的话，谁知空见她眼睛亮了半天，最后还只是一句"知道了"。

老温不由叹了口气，微笑说："没事了，你回去吧，记住周六早点来。"

莫南走出主任办公室时激动得两腿发软，胸中充满了千里马终于得遇伯乐的感恩和董存瑞舍身炸碉堡解放全世界的豪情，就连正在摇唇鼓舌的姚媛也变得分外可爱，望着她唾沫星子四溅的模样，莫南暗自下了决心：等新同事来了，我一定好好带他，非把这屋里光说闲话不干活的习气扭过来！

2

周六一早莫南就冲去系楼，早早打扫完会议室，擦好窗户、桌椅，又按人头取了茶杯，放好茶叶，忙完的时候张岩才来，看见一切整齐，笑说："都是你弄的？你可真勤快！"

刚说完安义信便走了进来，张岩慌忙倒水，跟着双手递过去，安义信闲闲地靠在圈椅里，随口说："小张来得挺早啊，这屋里是你跟莫南收拾的吧？不错，小伙子挺勤快。"

张岩含糊应了一声，看他开始掏雪茄，赶紧又送上烟灰缸。

要搁往日，莫南肯定早又憋了一肚子气，只是如今她得了老温的抚慰，心里想着就算我不到处表白功劳，只要我踏踏实实干活，领导不会看不见。因此只是笑了笑，忙又去调麦克风。

于信第一个面试，莫南冷眼看去，是个一米七上下长相平常的大男生，脸是二十三四岁的模样，衣服和发型是三十岁的模样，神情又像是四十岁的年纪，唯有从厚眼镜片后边透出来的目光还有几分青年人的灵活。他上周来过，知道面前这些主考官的身份姓氏，这时候站在那里没完没了地点头哈腰："温主任好，安主任好，刘主任好，高工好。"要不是开场白给的时间有限，莫南真怕他那杆细腰给弯折了。

老温、安义信和管人事的副主任刘安平循例问了几个无关痛痒的问题，高秀云拿着一本公务员面试的备选题目翻了个关于工作和个人利益冲突的问题问了问，于信答得还算流利，内容虽然一般，难得的是言谈之间居然极其自然地流露着对在座诸位主考的无限敬仰，小字辈的虚心求教以及对新工作的无限激情，连莫南这样不开眼的都开始赞叹：这么会说话的人不去当公务员，真是国家的一大损失！

张岩提的问题是："你对在高校从事学生工作有什么想法？"

莫南忍不住看了他一眼,心说,这算什么问题？刚刚安义信才问过他对学生工作有什么看法,准备怎么做,张岩这一问,岂不是跟安义信一模一样,还有什么必要再答？

她想在座的几位主考应该都会觉察到这个问题的重复,谁知道扫视一遍下来,除了安义信微微笑了一下表示赞同之外,居然没一个人有诧异的表情。

莫南只好咽下满肚子不以为然,听于信作答："我对学生工作其实也是有些经验的,首先是读大学的时候我做过学生干部,经常组织一些学生活动,与学生辅导员和学生助理打交道比较多,积累了一些心得。其次在应聘这个岗位之前,我非常全面地考虑过这个岗位所对应的职责,"于信恰到好处地露出一个诚实、恳切的笑,"用全面这个词其实有些不妥当,我毕竟年轻,在经验方面与温主任、安主任、刘主任、高工相比差得太远,我所认为的全面,难免也要遗漏很多方面,应该说只是我欠成熟的一些想法。今天难得有这么多领导和前辈在,我大胆把我这些不成熟的想法说说,希望各位点拨一下,即使到最后证实我不符合这个岗位的需要,能够受到各位领导的指点,对我今后的人生也是非常有益的。我认为学生工作……"

莫南倒抽了一口凉气,这番话除了共同的诚恳和虚心之外,居然跟回答安义信的话完全不一样!别看于信有那么个活宝阿姨,他这口头工夫跟姚媛比起来,简直一个是长岛的富人别墅,一个是皇后区的贫民窟!

于信又说些什么,莫南已经没有心思听了,满脑子想的只有一个问题:这不活脱又一个张岩吗,他也进来的话这系里我可怎么待!

望着于信不停开合的嘴,他那一脸诚实谦虚的表情,莫南心里进行着激烈的斗争:他是像他说的那样诚恳老实,还是像张岩一样能说会道,邀功多于干活？要不要对他投上否定一票？老温说过,人是要与自己共事的,如果反对的话,老温不会不重视。但是,万一是自己多心呢？万一于信就是这样老实诚恳,真心实意地尊敬领导,根本没有奉承讨好的企图呢？

脑子里越来越乱了。果然一遇到与自己利益相关的事就无法客观地判断。莫南于事无补地想,要是杨林燕能来参谋一下就好了。

于信终于答完了,老温微笑看着莫南,示意她问。莫南在一片混乱中将原来准备的问题忘得一干二净,鬼使神差地开了口:"如果你发现你的同事干活不如你卖力,却十分会说话,会跟领导相处,领导误解他比你更敬业,你怎么办？"

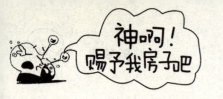

安义信的目光像 X 光一样打在莫南脸上，莫南本能地想到：坏了，说错话了！跟着看见高秀云疑惑的神色，张岩不自然的微笑，唯有老温仍是一脸平静，就好像这个问题绝没引起任何猜疑一样。

于信不自觉地推了推鼻梁上的啤酒瓶底，摊出一脸诚恳的笑："这个问题我以前没想过，猛一下被问到心里还有些紧张。不过我想一个人如果做了许多工作的话，即使他是默默无闻地干，从不声张，从不到处表白，但是领导也一定会看到他的努力，不可能他付出那么多却因为别人会说话而被抹杀。"

莫南有些茫然，他有回答自己的问题吗？一股子倔劲儿上来，顾不得安义信盯着她，紧跟着又问了一句："先不说有没有这种可能性，只说如果你碰到这种情况，你该怎么办？"

于信有些无奈地笑了笑，说："如果我遇到这种情况，我会选择继续默默无闻地干好自己的工作。不管付出与回报成不成正比，职责所在才是最重要的，在任何情况下我首先要坚持的都是做好本职工作，其他的我不会太在乎。即使有时候多做一些，也没什么，年轻人多干些活也是一种难得的历练。而且我相信，领导之所以是领导，一定有卓越的领导才能和敏锐的观察力，不可能任由这种情况长期存在，一定会及时发现，并且给各人恰当的待遇的。"

莫南稍觉松了一口气，从这话听来，于信好像是个实在人。

老温微笑着点头，面目和蔼地又扔下一个烫手的山芋："如果，我说的是如果，这种情况一直没有改善，领导一直更加信任会夸耀自己的同事，一直冷落踏实肯干的你，你该怎么办？"

于信又推了推酒瓶底。安义信的目光转向老温，带着研究意味地看他。刘安平好像面无表情看着于信。高秀云开始搓弄手里的原子笔。张岩专心致志研究会议桌的木头纹路。莫南在心里又激动地叫了声"知己啊，伯乐啊！"

于信决定回去后向姚媛好好打听打听这个莫南的底细。此时他不由得又推了推酒瓶底，带着十二分的疑惑说："会有这种情况吗？应该不会吧？如果一个单位存在这种情况，怎么会健康发展呢？经管系一向是咱们学校最重视的系，这几次来笔试面试，加上我从侧面了解到的一些情况，我相信我们经管系是个蓬勃发展，各项机能健全的大系，怎么可能出现这种不正常的现象呢？如果有这种现象，咱们系也不会发展得这么好了。更何况各位领导都是德高望重的师长，都有几十年的工作经验，怎么可能被表面现象蒙蔽，忽略事实呢？"

他的微笑真诚中带着恰到好处的憨厚："来面试前我想过各种可能性，唯独没有想过这个，从这些天我与各位师长和前辈接触的情况来看，以后我也不用考虑这点，因为在经管系绝对不会出现这种现象。"

莫南傻傻地看着他，不知道该不该相信他一览无余的诚实。老温不说话只点点头。安义信往椅背上一道，笑道："莫南啊，看不出你平常不声不响的，忽然提出个问题还挺犀利的嘛！"

3

周一早上姚媛的团团脸拉得足有山东烧饼那么长，虽然不说话，但是偶尔瞟向莫南的眼神饱含着控诉和受欺骗的痛苦，闹得莫南不敢抬眼看她。

杨林燕奇怪于办公室今天的冷清，于是问道："周末的面试结果出来了吗？怎么样？于信什么时候来报到？"

姚媛总算找到突破口，气呼呼地撂了一句："报到？差点就报不了到了！"

"怎么了？"

"怎么了？你莫姐姐问的好题嘛，亏我外甥底子过硬，换了别人肯定就被扫地出门了！"姚媛一边愤愤不平地说着，一边尽力不让目光接触到莫南，以显示自己的愤怒，催化莫南的羞惭。

果然莫南十分羞惭地说："姚姐你误会了，我怎么会是那个意思？"忽然灵机一动，顺着她的口气谄媚，"我知道于信肯定能答好，所以才问的，不信你问于信，他答得特别好，别说老温，就连安主任也夸他是个做学生工作的料，说话委婉和气又能抓住要点。而且面试的几个人中我给于信打的是最高分，后来举手表决，我也是第一个投于信的票，不信你问老温。"

姚媛哼了一声，脸色果然有些缓和："我也知道你不是那种背后捅人一刀的人，但你好歹事先提个醒嘛，忽然撂出那么刁钻的问题，你让孩子心里有个准备不是？"

莫南接着谄媚："咳，他那么厉害的人，还用得着提醒吗？没提醒就答得那么好，再提醒一下还了得？"被自己赤裸裸的恭维恶心得直想笑，一边暗自盘算：看来想做到有眼色、会说话也不难嘛，只要忍得住不犯恶心不偷笑就行。

姚媛总算露出一丝笑意："那倒也是，那孩子的确素质好得很，又会来事儿，又会做人。那天我也这么跟他说，我说'莫南是个老实人，肯定不是成心为难你的，以后上了班多接触接触你就知道了'，小莫呀，我看人从来没走过眼，我就知道你不是

成心！"

莫南极为叹服地笑："还是姚姐了解我。"

姚媛欣慰地笑："其实回头想想，也多亏你这么一问，那孩子才能给老温他们留下那么深刻的印象。不是我吹，换了别人，真不一定答得出来！"

莫南好人做到底，继续通报好消息："你放心，投票结果当天就出来了，肯定是于信，你跟他说准备来上班就行了。"

像是为了证实她所说不假，程星河跟着就进来笑道："姚大姐，刚才刘主任通知我这周把于信的档案调过来，好事吧？"

姚媛眉开眼笑："行行行！他的档案在人才中心搁着呢，明天让他自己去拿，你别跑了，歇歇，每天对着那么一大堆档案真够不容易的！"

程星河笑说："我可歇不成，我不跟着去一趟万一漏了什么，将来更麻烦。你跟于信说一声，明天九点来系楼找我。"

姚媛亲热地搭着她的肩，边往外走边凑在她耳朵边上说："行，没问题，明天让他一大早就来。我跟你说，有个天大的喜事我只告诉你一个人……"

姚媛的身影刚一消失，杨林燕就说："你猜老太太跟她说什么好消息呢？"

"分房？再不然就是老温赏识她？"莫南笑道。

杨林燕扑哧一声笑了，说："还说呢，你刚才那一番话也真够惊天地泣鬼神了，我在旁边听得鸡皮疙瘩掉了一地，你什么时候学会拍马屁了？"

莫南面红耳赤，嘟囔道："我不是没办法嘛，只好哄哄她，要不然她记了仇，出去给我散播点什么不中听的小道消息，我一世英名岂不就完了。下回我可记住了，再说这种话一定得拣身边没人的时候，免得让人背后笑我。"

杨林燕摇头晃脑说道："此言差矣！拍马屁怎么能拣旁边没人的时候呢？要是没人见证，被拍者怎么能感到无上荣耀呢？所以说但凡会拍的，都在人多的时候拍，这样才能效果最大化。"

莫南笑完了却又有些惊心，平时以为杨林燕是个不操心的小姑娘，可这一番话说出来，显然并非无心之人。难道只有自己是经管系头一号的傻大姐？

老温虽然交代说让于信十一月中旬报到，然而于信周三一早就走马上了任，挨屋见过同事，满面笑容说："我先过来学习学习，今后请您多指教。"

于信每天都第一个来，最后一个走，虽然没什么正经事交给他做，然而扫地洒水擦桌子，上午替女同胞买零食，中午替懒人打饭，不到两天，经管系上上下下都对他的勤快产生了莫大的好感,连带对姚媛也添了不少亲情分,杨林燕私下里笑说:"真想不到姚老太这么一个人,她的亲外甥居然还不赖!"

莫南庆幸自己找了个不错的搭档之余,隐隐却有几分失落。每个人都有讨人喜欢的一面,唯独自己,似乎一头也不占。也许这就是所谓的性格决定命运,生就这么一副不咸不淡的脾气,如何能在人群中脱颖而出?

周五下午莫南加班为即将举行的跨校联谊会做计划表,将近七点的时候昏昏沉沉走出办公室,蓦然发现张岩屋里的灯还亮着,她想起张岩也准备组织研究生的联谊,大约也在加班,于是推门进去,笑道:"还没弄完?要不要帮忙?"

一个憨厚的声音应声答道:"不用了,谢谢。"人却不是张岩而是于信。

莫南诧异道:"你在加班?"

于信笑说:"不是,我什么都不懂,就算想加班也帮不上忙。"

"那你怎么不回家?"

"我看见张岩在做联谊会的经费预算,就想跟他学学怎么弄。"

"张岩呢?"

"他肩膀疼,去操场上活动了。"

莫南不由地走近看了一眼,于信面前摊开的笔记本上空荡荡的,只列出车费、门票两项,还都是空白,旁边放着的铅笔倒是被他咬得坑坑洼洼。于信见她看见了,尴尬地笑道:"以前没弄过,没经验,想来想去不知道还有什么。"

莫南一边说:"想好是下午去还是一早去了吗?在外头野餐还是拉到饭店吃?有没有先调查过人数?"一边回想起面试时他的话,疑惑道,"你不是做过学生干部吗,难道以前没组织过?"

于信推了推眼镜,吞吞吐吐地说:"大二以后功课太忙就辞了,隔得太久,忘了。"

"张岩没教你怎么做?"

于信摇头:"他忙不过来,让我自己琢磨。"

莫南有些怀疑张岩是否真的忙不过来,果然有心指点的话,几十分钟也说清楚了,难道张岩并不想教他?

这念头一闪而过,莫南紧跟着惭愧自己的小人之心,忙拿过铅笔一项一项列着,又跟于信解释为什么得考虑这个,这项大概需要多少花费,系里关于这类开支的规定是什么。

　　大致说清楚时已经半小时过去了，于信抹了把汗，说："真是太谢谢你了，我都弄明白了。"

　　莫南笑道："要是张岩忙不开，有什么不清楚的就来问我好了。你现在可以回家了吧？"

　　于信一边使劲点头，一边挂着憨厚的笑容回答："张岩出去时没带钥匙，我得留在这儿看门。"

　　于信一直把莫南送出系楼，推了推眼镜低声说："那个，我当学生干部是好几年前的事，许多地方都忘了，面试的时候怕领导们看不上我，就瞎说很有经验，其实什么我都不懂，要不是你讲得这么清楚明白，我自己肯定不行，实在太谢谢你了！今后向你请教的地方肯定很多，我老听我大姨说你特别热心，到时候别嫌我烦你就好了。"

　　莫南开玩笑说："你放心，我决不泄你的底。"

　　于信尴尬地笑了："那个，我……"

　　莫南忙笑道："我说着玩呢，有什么事尽管找我好了！"

　　莫南走出系楼时一身轻松。这几天一直翻来覆去琢磨于信究竟是老实还是深藏不露，可如今他连面试说谎的底细都和盘托出，还有什么可担心的？有这样实在、勤快的同事，今后的工作肯定轻松多了！

五 温泉别墅

1

周六一大早李天辉就一迭声地催促莫南起床:"起来看房啦小懒虫,太阳都照屁股了!"

莫南懒懒睁开眼睛:"拜托,才七点多,上哪儿看房?"

"等收拾好赶去就差不多了,快起来嘛!"

莫南只好强睁倦眼爬了起来,一边梳洗一边问:"哪个盘?咱们在网上看过吗?"

李天辉神秘兮兮答道:"不告诉你,去了你就知道了,包你满意!"

莫南揣着一肚子好奇,跟着他倒了一趟又一趟车,眼前的景致越来越乡土,看看竟有了怀柔县城的模样,莫南忍不住问:"这都到几环了?我不是说过买房决不能出四环吗?"

李天辉笑眯眯地说:"刚出四环,没多远啦,傻子,住市里有什么好的?污染多房子差,咱们的钱在这里够买一百多平的大房子,在市里只好买五十平的鸟笼,傻子才会死守在市里。"

莫南这才知道被他骗到了荒郊野外,撅着嘴说:"你就知道房子大了好,难道要我每天早上五点钟爬起来挤公交车往市里赶?"

"咱们可以买车啊,买个便宜点的小车,我天天送你上班,多有情调啊。"

"屁情调!谁不知道上下班正好是交通高峰!要是住这里,五点半下班七点能到家就不错了,早上六点不到又得爬起来往城里赶,我图什么呢,一天的工夫全花在路上了!"

"还有周末嘛,周末咱们就能住在大房子里晒太阳,还能到附近看风景,市里哪有这条件?"

"要是我想逛商场呢?岂不是又要堵一个多小时的车往市里跑?想去家乐福买只烤鸡都得开半天车!"

李天辉赶紧打哈哈:"看了你就知道,房子特别好,我盯了一个多月了,就是想

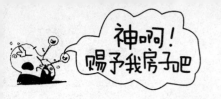

着你绝不出四环的禁令才没敢去看,反正都出来了,管他买不买咱们先看看,说不定你一看就喜欢呢!"

莫南心想已经走到这里了,难道什么都不干就回去?只好白了他一眼,扭过头看窗外茂盛的庄稼地。

十点半的时候才赶到目的地。莫南没好气,下车第一句话就是:"爽了吧,大清早不睡觉跑来郊游!"

"别生气嘛,我跟你说,绝对是好房子!"

"再好的房子这么偏僻也不行啊,我又不是不用上班,一半的时间都堵在路上,生活还有什么乐趣?"

"你得换个角度想嘛,要是住这里咱俩就能一起上下班,我开车你看风景,周末还能来个农家乐,你不是说我不浪漫嘛,这一下不就浪漫了?"

"有浪没漫吧!"莫南说完,自己也笑了,"有个鬼的风景,只能看见堵得三里长的车队,再说我就是农村出来的,我稀罕农家乐吗?"

李天辉见她露了笑脸,松了一口气:"你肯定不稀罕,咱不就是图个浪漫嘛!"

说话间已经看见土黄色的长围墙,墙内是一大片七八层高的小楼,红墙白窗蓝玻璃,颜色看起来甚是清爽,不远处的大门装修得极为气派,拦门一座大喷泉,哗啦啦的水声隔着老远都听得见。

李天辉指着时不时开进门内的轿车说:"你看吧,从城里过来看房的有多少!绝对是好房子,而且一水儿现房,你不就想早点搬出来吗?"

莫南虽然觉得太远,但对这漂亮的房子也并非不动心,犹犹豫豫走进售楼处,售楼小姐又是端茶递水,又是嘘寒问暖,完了极其热情地领着他们去看样板间。莫南从未受到如此热情的接待,心里越发动摇了:要不就是这里了?远点就远点,不是能买车吗?

通往样板间的路上散落着一栋栋两层别墅,红墙褐瓦小尖顶,墙内绿草如茵,每家门口又是一片玫瑰花,李天辉趴在她耳边低声说:"等咱有钱了,我也给你买别墅,你不是想养狗吗,咱们养个小博美陪你玩儿。"他的呼吸吹得莫南耳朵里、心里一阵痒痒,眼前的房子越发亲切起来。

李天辉看中的是一百二十平的三居,南北通透的八层板楼,卧室的外飘窗和客厅的半封闭阳台都不算面积,等于白送了将近四平米的空间,售楼小姐的笑容温暖如春:"这套房的视野最好,卧室的窗户看出去是花园,客厅的阳台对着别墅区,风景更好,你们可以把阳台密封上,在这里放个躺椅或者放套茶艺,冬天的时候晒着太阳看书特别舒服。"

说得莫南几乎嗅到阳光的新鲜味道。李天辉见她面带微笑,知道已经动了心,忙问:"使用面积多大?密度呢?带不带车位和储物间?"

售楼小姐微笑答道:"使用面积一百零五平米,将近百分之九十的使用率,最近开的新盘已经很少有这么高的使用率了。密度是2.1,一百平的土地上只盖了两百一十平米的房子,绝对是高档盘的标准。车位和储物间需要单独购买,我们的储物间大约有四平米,套数与房子的比例是1:3,定价在两万左右,车位都是地上车位,1:1配比,价钱还没定,应该不会超过五万。"

莫南赶紧问了最关心的问题:"均价多少钱?"

"九千七。如果交全款的话可以打九二折。"

李天辉心里一紧,糟糕,比开盘时涨了七百,还是来晚了一步。

售楼小姐见他不说话,忙道:"可以用公积金贷款,首付最低只用交百分之二十,也就是二十四万左右吧,还贷的话一年六万多一点。"

莫南虽然还是觉得贵,然而房子摆在这里,的确比过去看过的都好,而且,还这么大面积。李天辉拉过她咬耳朵:"怎么样?虽说总价有点多,咬咬牙也能扛过去。"

莫南踌躇道:"还没算税呢,再说还得装修,还得买车,这几项加起来至少又是十五万,这笔钱可从哪里弄呢?要不再问问有没有一百平左右的两居?"

李天辉迟疑了一下:"两居不够住吧……"

"怎么不够?咱们在城里连一居都看过,这时候怎么又说两居不够住?"

李天辉吞吞吐吐地说:"在城里没法计较那么多,现在既然出来买房,价钱又不贵,干脆一步到位,免得将来又要换房。"

"将来换房?为什么?"

"总要生小孩吧,住哪儿?"

莫南笑说:"两居还不够小孩住的?你准备生几个?"

李天辉扭扭捏捏说:"小孩住一间,咱们住一间,不是还有我爸妈吗?"

莫南只觉得一股凉气嗖一下跳上了脑门:"你说什么?怎么还有你爸妈的事?"

"我爸妈只有我一个儿子,将来肯定要跟我住的,总不能买个两居让他们睡客厅吧。"

莫南从没跟他讨论过父母的问题,此时乍然听他提起,惊愕之余更有几分受骗

的伤心："敢情你都想好了只等我往里头跳？你想接他们过来为什么之前一个字也没跟我说？好歹我也掏钱供房，总得听听我的意见吧？"

李天辉也觉得理亏，拉着她的手低声央求："这事咱们回去再说，你先说房子你满不满意？"

莫南一把甩开他："不说清楚谁跟你看房！"

售楼小姐一见他们开始说私房话就远远地站到一边，此时见他们说得热烈，以为在讨论房价，忙道："最近我们公司搞抽奖活动，最高能抽到九折的折扣，两位如果决定买的话我可以安排抽奖，两位肯定能抽到好运气。"

莫南赌气答道："我们回去再商量一下！"扭头就走。

李天辉百般无奈，只得向售楼小姐要了名片匆匆赶出来，拽住莫南说："别怄气了，过了这个村就没有这个店，这才开盘几天就涨了七百多，再不快点决定又要涨，到时候想买都买不起了！"

莫南气呼呼地说："买得起有什么用，你不是就想买了给你爸妈住的吗！"

李天辉急了："我就是这么一想，肯定还要跟你商量的嘛，谁家没有老人，你总不能把我爸妈撵出去吧？"

"谁也没说不养他们，可是为什么非要让他们来北京呢？他们一没有工资二没有医保社保，来北京怎么活？"

"到时候再慢慢想办法，他们都是六十多岁的人了，身体又不好，把他们撂在家里我不放心。来这儿就算艰难点，好歹我能照顾他们。"

"你就知道你，我呢？我跟他们从没见过面，谁知道处不处得来！再说咱俩就够穷的了，你每年往家里贴钱我从来没抱怨过，你还要把人弄来养着，你也不想想，你们家看病多少钱，北京看病多少钱？你把他们都接来你养得起吗？"

李天辉上火了："早知道跟你说不通！难道你没有爸妈？我就不信你放心把他们撂在家里！"

"我爸妈不是一个人在家里呆着吗？"

李天辉答不出来，勉强争辩："那是因为你家近！我家那么远，他们万一出事我都赶不及回去！"

"你把人接来简单，你想想，咱们一年还六万多的房贷，我的工资全搭进去都不够，再加上吃饭穿衣，将来再有个小孩，手里还能剩下多少？他们在老家花销不大，还能种地补贴，到这里什么都是现买，看病吃药贵出几倍，咱们还怎么生活？"

李天辉气呼呼地说:"你有理,都是你有理!我又没说现在就接,你急什么?就知道你不答应,到底不是你爸妈!"

莫南气得无话可说,又不肯哭给他看,一跺脚飞也似的跑了出去,恰好门外过来一辆出租,一招手钻了进去,正盯着计价表犹豫,老远看见李天辉在后面闷头追,顾不得肉疼,赶紧吩咐司机:"快走,去建国门!"

2

吴敏的收入虽然只勉强算得上一个小白领,对于生活质量的追求却远远超过许多富姐,因此她敢拿百分之六十的工资在建国门的繁华地段租一个小巧干净的单身公寓舒舒服服住着,又敢拿剩下的百分之四十用于添置衣服和化妆品。

此时莫南徘徊在她公寓楼下,心里犹豫不定:是打道回府跟李天辉和解,还是投奔吴敏,彻底将战争升级到白热化?每次跟李天辉吵架,吴敏分析到最后,结论只会有一个:谁叫你找个凤凰?这就是所谓的贫贱夫妻百事哀。莫南隐约觉得吴敏对她只顾爱情不管面包的择偶标准颇有腹诽,然而多年的闺中好友,一旦和李天辉吵架,她本能地还要去找她。

可今天是周末,吴敏大约跟刘家明在一起。莫南知道刘家明没有吴敏的传召其他时间是不敢贸然上门的,好容易见一面,大约又掏尽腰包陪她去国贸逛街,或者去看小剧场了,此时未必在家。即使在家,多半是两个人一起,总不能闯进去做电灯泡吧?

莫南想了半天,最后决定听从天意,如果吴敏在家而刘家明正好不在,那么就上楼,如果不是,就回去找李天辉。

吴敏的声音在电话中听来分外娇媚可人:"无事献殷勤,非奸即盗,说吧,是不是又跟你们家李天辉吵架了?"

"你在家吗?刘家明在不在?"

吴敏犹豫了片刻,笑说:"你在附近?"

五分钟后,一身鹅黄裙装的吴敏袅袅婷婷走近,莫南一刹那就将生气的事忘到九霄云外,拉住她上上下下打量一遍,赞叹道:"什么时候买的裙子?真漂亮!哪儿买的?多少钱?"

"燕莎,三千多吧。"

莫南咂舌:"你对自己是越来越狠了,可怜的小刘。"

吴敏轻蔑一笑："你替他操什么闲心，又没花他的钱。"

莫南进门后一眼瞧见躺在沙发边的 LV 拉杆箱，忍不住笑道："真有你的，不是说过绝不买 A 货吗，干吗又弄了这么个臭大街的伪劣产品？"

吴敏遗憾中流露着得意："谁说是 A 货？上星期才从香港买的，好几万呢，可惜是 LV 的，仿货太多，我都不好意思带出去。"

莫南冲上前看了又看，摸了又摸，越来越吃惊了："几万块钱就换了这么个破箱子？你下手也太狠了吧！"

"不是我掏钱，朋友送的。"

"你哪个朋友这么大方？这样好事也给我介绍介绍嘛！"

吴敏闲闲地打开箱子，将沙发上的衣服一件件塞进去："行啊，没问题。你也收拾一下，咱们待会儿就走。"

"去哪儿？"

"我跟一个朋友约好去泡温泉，他马上就到。"

莫南不禁埋怨说："怎么不早说？你都安排好活动了我来凑什么热闹？早知道这样我就不来了。"

吴敏笑道："没关系，我刚跟他打过电话，他说欢迎你加入。"

话音未落手机铃已经欢快地响了起来，吴敏一边接电话，一边打开窗户向下面挥手，莫南偷眼望去，那辆似曾相识的黑色大奔正在楼下熠熠闪光。

赵阳虽然才三十七岁，头顶却已是一片燎原之势，再加上隆起的小腹和略嫌肥大的脸，越发衬得身边的吴敏娇小如同刚绽开花苞的月季。上车后他递给莫南一张印制考究的名片，漂亮的檀香色底子上疏疏落落两行大字：通瀛集团执行董事赵阳博士。

莫南想：博士，又是董事，怪不得人家开大奔！只奇怪通瀛集团这个名字怎么这么熟悉，好像在哪儿听说过。

车走了一半，莫南忽然福至心灵，凑在吴敏耳边低声问她："就是他送你的箱子吧？"

吴敏看着赵阳臃肿的背影，心事重重地点头。莫南下意识地想，刘家明，你危险了！

车在温泉度假村的别墅区停了下来。两个穿制服的服务生慌忙上前开门、拉行李，莫南跟着吴敏走到门口，突然想起在哪儿听过通瀛集团这个名字，惊得一个愣怔,自己还不敢相信,拉住吴敏低声问:"是不是我记错了? 我怎么记得好像刘家明的公司就叫通瀛集团? "

吴敏轻咬着嘴唇点了点头。

莫南半天没合上嘴,忍不住又问:"那就是说他是刘家明的老板? 你怎么会跟他这么熟! "

吴敏低着头不出声。

屋里忽然迎出一个三十多岁、高个子长眉毛长眼睛、一身休闲装的男人,笑说:"这时候才到,堵车吗? "

赵阳笑道:"你已经到了? 怎么没见你的车? "

"我让司机回去了,明天再来接我。"又看着莫南两个,笑说,"居然有两位美女? 哪个是你说的吴小姐? "

赵阳也笑:"你不是一向夸自己料事如神吗? 你倒是猜猜看。"

那人盯着莫南看了几秒钟,笑说:"肯定不是她。"

吴敏嗤一声笑了:"为什么? "

"因为我料事如神嘛! "

赵阳哈哈一笑:"算你蒙对一回! 这位美女是小敏的好朋友莫小姐。"

那人笑着伸出手:"王磊,幸会幸会。"

莫南从来没有跟人握手的习惯,也极少接触这种场合,一时有些局促,没伸手只低声说了句:"莫南,幸会。"

王磊的手停在空中半秒钟,划了个漂亮的弧线缩了回去,脸上仍是笑呵呵的神气:"赵董一个人带来两位美女,加上我刚好一副麻将,还有没有别人要来? "

赵阳笑说:"还约了天昊的田总,你怎么一个人来了? 佳妮呢? "

"吵架了,跟我怄气呢。"王磊笑呵呵的,"不说她,先让两位美女到房间歇歇脚吧。"

莫南这才有机会细看以前只在传闻中听过的温泉别墅。一共有三层,大厅里最显眼便是一个超大的温泉游泳池,水波荡漾,雾气腾腾,看得人不由自主想跳进去畅游一番。服务生帮着把行李提上楼,莫南原以为要跟吴敏挤一间房,谁想却是每人一间足有三十多平的大屋,卧室里铺着厚厚的地毯,衣柜里浴衣、泳衣、浴袍叠得整整齐齐,卫生间里摆着欧式冲浪澡盆,管子里通着的又是温泉水。

莫南刚回过神,只听楼下一阵热闹笑语,赵阳口中的田总带着一个高挑冷艳,

美貌与吴敏不相上下的女孩进来了。

饭后赵阳带头搓麻,莫南一来牌技幼稚,二来怕他们赌太大,就推说想泡温泉下了楼,一个人冷冷清清泡在里面,脑子里思绪万千:吴敏怎么会跟刘家明的上司混在一起?他们已经分手了吗?这个赵阳年纪大不说,长相身材跟刘家明更是差了十万八千里,吴敏总不会为了他甩了刘家明吧?

莫南与吴敏七八年的交情了,知道她对高品位的生活有极大的热情,先前她跟刘家明在一起,固然是因为才貌相当,可莫南从她话里的意思猜想,大约也是因为刘家明家境还行,工作也不坏,不至于让她有比人矮一截的难堪。可这个赵阳呢,就算他比刘家明有钱,相貌相差未免也太远了吧!要说吴敏真心实意看上了他,打死莫南也不相信。

心里的感觉十分异样。她本能地可怜刘家明,却又不忍心责怪吴敏,毕竟她俩感情更深。有一个瞬间,她甚至觉得即使吴敏为了钱甩掉刘家明也无可厚非,谁叫小刘子买不起 LV 的包包呢?吴敏这样的美人,只有与香车豪宅放在一起才能光彩照人,总不能跟着他蹉跎了吧?毕竟他俩没结婚,良心上虽然有些难为,却也是天经地义。

莫南望着一池碧水,自我安慰地想:男欢女爱的事,每个人都有自己的想法,就算自己除了感情什么都不在乎,总不能要求吴敏也这样吧?她不是说过吗,帅哥也要吃饭穿衣,美女自然更要了。

可是隐隐却有一丝轻视。为了钱出卖感情,她没料到吴敏会走出这一步。接下来的刹那她又想,或许都是自己瞎想?认识这么多年,吴敏虽然有些虚荣,却不是坏人。

正在思绪万千的时候,忽然有人跟她打招呼:"莫美女不去玩牌,一个人在这儿想什么心事呢?"抬头看时,王磊摇摇摆摆走近了。

3

王磊随意披着一件五彩大浴袍,要是换作另一个男人,未免有些太过花哨,可是披在他身上却恰到好处,衬得这即将步入中年的男人格外成熟潇洒,又平添了几分不惹人厌的纨绔气息。

他随随便便在池边坐下,两条腿埋进水里,笑呵呵地说:"怎么不去玩牌?一个人不冷清吗?"说话的语气就好像两人相识已久。

莫南有些不自觉的尴尬和羞缩。极少在穿着泳装的情况下与一个初相识的男人这么近距离聊天。悄悄挪开几步,笑说:"王总怎么也出来了?"

"你们赵董今晚手气好到不像话,再坐下去我只好叫人送钱来还赌债了,还是早些抽身为妙。"王磊说着甩开浴袍,像条鱼似的无声无息滑进水中,一眨眼间已经凑近了,"何况有莫美女在这儿,更不用回去了。"

莫南莫名其妙起了鸡皮疙瘩,慌忙又挪开两步,跌跌撞撞向岸边摸去,直到挨住贴满天蓝色马赛克的池沿,这才有底气答了句:"水温还挺高。"

王磊看着她饶有兴味地笑了,跟着随意向后一倒,仰躺在水面上说:"是啊,热乎乎的,害得我都要睡着了。每次泡温泉都觉得浑身瘫软,除了睡觉没有别的想法。"

莫南还没反应过来,不知他怎么两脚一蹬,居然又凑过来了,笑容可掬的脸离她仅有几厘米远近,声音就在她耳边盘旋:"要不咱俩一起游一圈?莫美女肯定是高手,别把我甩得太远哦。"

莫南慌着往边上躲,水的阻力太大,差点绊倒,结结巴巴回答:"对不起,我不会游。"

王磊又流露出刚刚那种饶有兴味的笑容,好像在看着一个躲避猫儿追捕的小耗子,不过这次他没有跟过去,而是笑嘻嘻地说:"不会游泳?那你纯是泡温泉来的?多没意思,我教你吧,很容易的。"说着作势又要跟上。

莫南下意识地又躲了一下,王磊噗一下笑出了声,说:"莫美女好像不太欢迎我。"

莫南慌里慌张说:"没有,没有。"

王磊收起笑容,瞟了她一眼,冷不防扎进了水里,一眨眼工夫人已经滑到了一米开外,莫南正傻傻地看着,人已经又到了跟前,探出头说了句:"这样的温水里游起来反而不如冷水来劲,大概人到了太舒服的环境总是想懒洋洋地躺着。"

莫南还没有回答,人又游远了,这情形反倒让她疑心是不是自己太没礼貌以至于他不得不远着,不由得心虚起来。谁知王磊没多会儿游过来,倒扔给她一个救生圈,若无其事地说:"靠边站着多没劲,套上这个玩吧,不会呛水的。"

赵阳一群人麻将一直打到十点钟才散,田总提议K歌,吴敏想起许久不见莫南,便说先泡一会儿温泉再去,赵阳赶忙陪着她下了楼,迎眼先看见躺在水面躺椅上优哉游哉抽着雪茄的王磊,旁边是套着游泳圈,正以非标准狗刨姿势划水的莫南。赵阳再没想到他们两个居然在一起,怔了一下,意味深长地看着吴敏笑了。

吴敏也有点好奇，于是叫莫南："你一直在这儿？"

莫南还没说话，王磊先笑了："莫美女真厉害，愣是在这池子里泡了两小时没上岸。"

莫南赶紧说："又没什么可玩的，学游泳呢。"说话时脸色绯红，或许是累了，也或许是温泉水太热。

吴敏微笑说："套着游泳圈还想学游泳？王总也不教教我们南瓜。"

王磊双手一摊："我倒想教，可惜莫美女看不上我这个师傅。"

莫南脸更红了，七手八脚爬出来，湿淋淋地拉住吴敏说："累了，睡吧。"

吴敏抿嘴一笑："扑腾那么久，不累才怪呢。这才十点多，哪儿就睡了，快换了衣服唱歌去吧。"

莫南摇头，顾不上说别的，匆匆忙忙上楼去了。赵阳看见她进了屋，这才笑呵呵地对王磊说："还舍不得出来？美女都走远了，你总不会要在水里回味一晚上吧。"

吴敏瞪了他一眼，赵阳住了嘴只是笑，王磊懒洋洋地伸了个懒腰，摇着头说："美女从头到尾没搭理我，想自学成才呢。"

赵阳哪里肯信，冲着吴敏眨眼，吴敏却知道王磊说的不是瞎话，心里忍不住笑莫南的拘束迂腐。

吴敏玩到将近一点钟才回房，朦朦胧胧正要睡去，忽然听见极轻的敲门声。以为是错觉，翻个身正要睡去，敲门声不屈不挠地又响了起来，吴敏想难道是赵阳？这深更半夜过来，莫非……心里怦怦直跳，蹑手蹑脚趴着猫眼一看，却是莫南站在门外。吴敏松一口气，又觉得几分失望，拉开门故意打了个哈欠，懒懒说："这么晚了，还不睡？"

莫南一闪身钻了进来，并不征求屋主人的意见，盘腿向床上一坐，却不说话，只盯着吴敏出神。

吴敏又打了个哈欠，这次确实不是装假，懒洋洋倒在床上，闭着眼睛说："你房里也那么大床，非要跑过来跟我挤，难道有鬼抓你？"

莫南不搭理她。吴敏睡意越来越浓，懒得再开口，反正跟她"同床共枕"也不是一回两回，拉过抱枕往怀里一塞，合上眼便着了。正在半梦半醒之间，忽然听见莫南说："你跟刘家明，你们怎么了？"

这个名字让吴敏一个激灵，睡意顿时少了一半，可又不想回答，只闭着眼睛装睡。

不多会儿觉到莫南温热的鼻息从后颈蹭过来，害得她一阵阵痒，忍不住轻轻躲

了一下，跟着就听见莫南说："别装了，知道你没睡。"她的手跟着伸过来，冰凉冰凉的，隔着睡衣仍害得她一个冷战。

吴敏只好坐起来，靠在床头，充满幽怨地说："死南瓜，人家困得要命，有什么事明天再说不行吗？"

"我也不想这时候说，"莫南撅着嘴说，"本来是想回去以后再问你的，谁知道有心事就睡不着，躺得我腰都疼了，只好过来找你。你也别瞒我，你跟赵阳怎么回事？你跟刘家明分手了吗？"

吴敏抱着抱枕，头垂得低低的，柔软的长卷发搭在纤细白皙的脚踝上，勾勒出美妙的弧度，可惜她此刻的心情一点儿也不美妙。她就这样默默地坐了一会儿，忽然又软软地躺倒在床上，背对着莫南，似乎又睡着了。

莫南忍不住捏了她一把："别睡了，快说。"

吴敏反过手啪地打了她一下："吵死了！我还没问你呢，放着好好的牌不打，怎么跑出去跟王磊鸳鸯戏水？"

莫南忍不住呸了一声，咬着牙骂她："鸳你个头！再胡说八道看我怎么收拾你。"

吴敏闭着眼睛哼了一声："我怎么胡说了？难道你俩不是躲出去一起泡了俩钟头？"

"拜托，谁知道他也去了，我都郁闷死了，又不好意思走。"

"没准儿人家看上你了呢。"吴敏话音里带着坏坏的笑意，"你郁闷什么，难道嫌他配不上你？"

莫南爬起来拿枕头砸她："让你胡说！"

吴敏懒洋洋地挡了一下："别闹，困死了。你有什么不好意思的，想走就走呗，赖在那里不动，我看你就是做贼心虚。"

莫南气得使劲捏她的手，同时却觉得心虚，对啊，分明可以一走了之，干吗跟个陌生男人混了一晚上？自己出了一会儿神，再看时吴敏一动不动，似乎睡熟了。莫南叹口气，想今晚注定睡不着了，还没问出吴敏跟刘家明的底细，又被她拉扯上王磊。

正看着窗帘缝里透出来的光线发呆，忽然听见吴敏说："还没分，不过也快了。"

莫南反应了几秒钟才想到是说刘家明，脱口问道："为了赵阳？"

吴敏半天才说："迟早的事，就算没有赵阳也长不了。"

莫南还想再问，又不知道问什么，正在迟疑间听见吴敏匀细的呼吸声，这次她是真的睡着了。

六 接踵而至的意外

1

　　离六级考试越来越近了,杨林燕本着临阵磨枪的原则,天天窝在自习室里,去系里的次数屈指可数。想到与 X 大学经管学院的大型联谊活动马上就要开始了,她在繁忙之外有一分心痒痒,有两分惭愧,往常都要帮着莫南筹备的,如今缺了她,不知道莫南忙成什么样子了。

　　这天杨林燕上完早读,耳机里放着听力题,顺脚走到系里,果然见两个学生办的大门都开着,隐隐听见莫南在打电话联系自助餐厅,心里忍不住笑,去年搞新生联谊的时候联系了一家 K 歌带自助的地方作为腐败场所,那家店不知底细,热情欢迎不说还主动打了八折,谁知这帮学生胃口不是一般的好,形象点说简直就是一群饿狼,自助餐来一盆完一盆,直吃得那家店大伤元气,直接把他们打入了黑名单,不知道今年哪家倒霉的餐厅敢接这个活?

　　走进来时莫南已经放下了电话,皱着眉头翻电话本,杨林燕跟她打招呼,莫南忙得只顾上扯着嘴角皮笑肉不笑一下,跟着又抓起电话:"喂,植物园吗? 我想问下团体票的价格……"

　　杨林燕的惭愧之情又加深几分。要不是该死的考试,还能帮着干点活,不至于她这么忙乱。正在进行激烈的思想斗争要不要抽出一天来帮帮手,忽然看见桌子上整整齐齐放着几摞纸,上面密密麻麻都是字。

　　杨林燕好奇地凑近一看,不由得吃了一惊。一叠是参加联谊会的人员名单,性别、年龄、专业列得清清楚楚,备注栏里还注明了有没有可能缺席,有没有男女朋友。杨林燕忍不住拿起来翻了翻,足有四五张纸,两三百号人,这么多怎么组织? 哪里能找到容得下这么多人的场所?

　　正在疑惑,忽然发现人员表每隔一段就用双栏分开,表头上注明日期,妙在这日期又各不相同。杨林燕恍然大悟,原来是把这些人分成几拨组织,免得挤在一天没处安置。这倒是个好主意,只是这么一来,工作量又多出几倍,莫南忙得过来吗?

旁边一张纸上列的预算，门票、车费、场地租金、点心水果、礼物……条条款款十分清楚，还估算了浮动范围，哪几项可能不需要等等。杨林燕知道莫南做事向来细心，只是从前也没见她这么费心做预算，何况这次还缺帮手，真不知道她加了多少回班才做出来的。

杨林燕越发觉得抱歉，不由自主说："莫姐，今儿我不复习了，来帮你搭把手吧。"

莫南还抱着话筒呢，哪里顾得上跟她说话，只是摆了摆手。杨林燕以为她不好意思，赶紧又说："没事儿，我有时间。"

莫南捂住话筒，急急忙忙说了句："就剩下公园没敲定，别的都弄完了，你忙你的吧。"

有这么快？杨林燕又翻了翻桌子上的纸张。这边是节目单，搞得还挺丰富，游戏、小品都有，不过以互动游戏居多。杨林燕看见大多数游戏后面都注明"男女合作"的字样，忍不住又问："都是什么游戏啊，还非得男女搭配才行？"

姚媛刚好走进来，听见了哈哈大笑："哎呀小杨呀，你几天没来，系里的大事一点儿都不知道啦？你们同学也没跟你说过？"

杨林燕瞪大眼睛摇头。

姚媛更得意了："啊，我想起来了，你有男朋友，怪不得你同学没跟你说，这回办联谊会是想给那些单身的学生找对象，这主意还是我外甥出的呢！"

杨林燕脑门子上瞬间冒出三条黑线。搞什么搞，什么年代了还包相亲，再说个个有手有脚，又不是大龄青年，急什么！真是一点儿也不符合时代精神。

正说时莫南已经放下电话，抹了抹汗说："苍天，总算齐活了，燕子，后天你能来不？"

杨林燕撅嘴："来什么呀，后天我模拟考你忘了？"

莫南恍然大悟："怪不得分在后天那组的人一半都说不好确定来不来，这时间安排的不好，除了研究生，其他各个年级都有要考四六级的——不对，研究生也有考级的，哎呀，最好改个时间，别忙活了大半天一个人也不来，我去找张岩。"匆匆忙忙走了出去。

难道这次是跟研究生混在一起办联谊？汗，人也太多了，张岩手脚又并不麻利，莫南这不是给自己找事儿嘛。

杨林燕有心帮忙，又想到事情已经筹划了大半，想插手也不知从何做起，正没个头绪，姚媛又絮叨起来："小杨你说说，你上了三年学，有见过办这种联谊会的吗？嘿嘿，不是我夸自己亲戚，别看小莫她们来了几年，通没一个想得比于信周全。就说

相亲这一件事,你们整天忙着学习,认识的人又不多,可不把终身大事都耽搁了吗?这回这么一闹,可好啦,X大学牌子又硬男生又多,正好咱们系女生多,这一下两边都解决了,嘿嘿,于信这主意不错吧?要我说你们做学生工作的就得这么细心,替人家把各个方面都考虑到了才行……"

杨林燕耳朵都快磨出茧子了。早知道要听姚老太唠叨,还不如不来,瞧这忙帮的,正主儿一声不响出去了,倒把自己撂在虎口里了。不过这个于信倒真是,办相亲会,亏他想得出来!难道他自己也没有女朋友,想假公济私?

杨林燕把耳机声音调大了些,好盖住姚媛的声音,正准备出去,于信推门进来了,见到她赶紧点头示意,恭恭敬敬说:"杨姐来了?"

杨林燕不由自主撇了撇嘴,几天不见,于信就多了个管人叫姐姐的毛病?我还没你大呢,活生生叫你给叫老了!

于信见她没答应,又说了句:"杨姐有什么事吗?"

杨林燕终于忍不住摆了摆手:"拜托,别乱叫姐姐了,我有那么老吗?"

于信尴尬地笑,姚媛插嘴说:"是啊,以后别叫姐啦,小杨比你小嘛!"

杨林燕心说好嘛,阿姨还没解决,又招来这么一个"礼数周全"的外甥,今天真是不该来。正想出门,莫南风风火火冲了进来,一看见于信喜上眉梢:"正到处找你呢,咱们得把头一拨人的时间改改。"

于信赶紧凑到桌边:"刚才我去看场地试音响了,别的都还好,就是大礼堂的麦克风有问题,还有他们的舞台太小了展不开,我想找几个人待会儿去把前几排的椅子重新摆一下。"

莫南一边点头一边又抽出一叠纸:"这是头一拨的名单,还有具体安排,这一行是X大学学生会的联系人……"

眼看他们热火朝天说开了,杨林燕更觉得没必要待下去。回头看他俩拿着笔又圈又画又说,这才明白原来于信已经顶上自己的空缺,帮着莫南和张岩干了起来,从今天的情形看,于信干得还不坏,经管系头一回本科生和研究生一起搞活动,规模这么大不说,主题还这么开天辟地,直奔终身大事。她有些想笑,觉得回去后有必要问问寝室那个尚未有主顾的女生对这活动的看法。

临出门时杨林燕摘下耳机细听了一会儿,内容无非就是那几样,自己从前都做过,只是难为于信才来了几个星期就摸得这么熟,看样子能力不弱。再听莫南跟他说话的语气,两个人合作得似乎非常好,杨林燕听得出莫南对他十分信任,多少也有了点左膀右臂的感觉。

杨林燕想，也好，反正自己早晚要毕业走人，早点找到接手的对莫南来说好处多多。她看了看坐在一旁不知跟谁煲电话粥的姚媛，直奇怪她怎么有这能干的外甥，又看了看一脸沉稳谦虚相的于信，不无失落地想，真是长江后浪推前浪，前浪死在沙滩上啊。

2

莫南一直忙到快一点才稍微能松口气，伸个懒腰靠在椅子上，从半掩的门里看出去，一个楼里静悄悄的，看样子都出去吃饭了。

莫南又伸了个懒腰，这时候了，食堂就算有饭也都是残羹冷炙，犯不着去捡别人吃剩下的渣渣。前几天没去吃饭，于信每次都记得带吃的回来，有时候是煎饼果子，有时候是凉皮，反正没让自己饿着，估计今天他也会带饭回来吧。

莫南惬意地想，这个于信还真是不赖，手脚麻利，脾气温和，待人周到，当初投他一票真没选错，长久搭档下去，肯定能把手头这点活做得更好。

正有一搭没一搭想着，吱呀一声门推开了，消失数月之久的袁明探进脑袋来，笑嘻嘻说："哈，你一个人在，太好了，正不想见老太太呢！"

莫南没想到是她，惊喜之外又忍不住笑，都说女人生了孩子就会性情大变，彻底走向成熟，可袁明一张嘴她就听出来，还跟从前一样想到什么说什么，毫不避讳对姚媛的反感。

袁明走了进来，莫南匆匆打量一番，比从前胖了不少，白里透红的脸庞大约因为在家休养得好，也大概是因为胖了，鼓鼓的泛着光，几乎要透明了，于是赶紧忽略她严重变形的身材，高声赞扬："皮肤太好了！怎么保养的？"

袁明笑嘻嘻说："等你将来生了孩子，汤汤水水坐完月子，脸色肯定比我还好！"说着随随便便坐下来，"我正说趁着你们去吃饭过来拿几件东西，看见你门还开着就过来瞧瞧，怎么，又加班呢？"

"手头有点事没干完，多呆一会儿。"莫南笑说，"你什么时候来上班？"

"过完春节吧，唉，在家呆惯了真是不想再来。"袁明刚感叹完，忽然想起了什么，赶紧问，"我听人说系里要分房，你知不知道。"

莫南扑哧一声笑了："连你都知道了？晕，传得也太快了。"

"是不是真的？你听谁说的？"

"还能有谁,姚媛呗。"

袁明嘘了一声:"那算了,肯定是谣传,早知道是她说的我就不问了。"抬起手腕看表,"哎呀,都一点了,我老公还在外头等我呢,我得走了。"

到门口又回头:"哎,你不是要买房吗,看得怎么样了?"

莫南苦笑摇头。

袁明语速极快地说:"上个月我们在西边买了一套房,一流的开发商,一流的物业公司,最爽的是将来小孩能上人大附小,要不你也去看看?我给你介绍个业务员,她手里能走折扣。"

莫南眼睛一亮:"真的?多少钱?"不由自主站起身来跟到门口。

"三万二,我们买了套三居,将来我公公婆婆来带孩子也够住。"

莫南心凉了半截,摇着头说:"太贵了,买不起。"

"咬咬牙不就买了嘛!别的不说,能上人大附小呢,人都是冲这个才去的,你想买还未必买得到呢,我们也是托了熟人才弄到的,你要是想要我帮你想想办法。"

莫南忍着羡慕和郁闷再次摇头。

袁明饱含惋惜地说:"真不买?能上人大附小呢!多少人抢着交赞助费还进不去,多好的机会!买房不能光想着便宜,得为子女多考虑考虑。"

莫南叹口气,想果然饱汉子不知饿汉子饥。强打精神问她:"你买成多少钱?"

"我也搞不清,都是我老公办的,反正每个月还贷好像是一万三四的样子。"

莫南咽了口唾沫:"姐姐,你杀了我拿去卖也不一定卖得出一万块钱呢。"

"让你男朋友供呗!"袁明又看表,"哎呀,真得走了,你有什么不清楚的打我手机问吧!"

袁明走了很久,于信还没有回来,莫南倒有了一大段时间发了一个完整的呆。她想人生的幸福感为什么这么短暂呢?不过才高兴了几天,就被不相干的人几句话搅得沮丧万分。

那天从温泉度假村回来,她这才打开关了整整两天的手机,李天辉的短信铺天盖地涌进来,害她那落伍多年的手机不停地死机。她怀着一丝不安和内疚翻了翻,李天辉一口一个老婆亲热地喊着,表示歉意和倾诉担心的都有,最后一条短信写着"老婆,一直找不到你,我猜你跟吴敏在一起,是不是?她不肯接我的电话,老婆,我想你,赶紧回来吧,以后我再也不惹你生气了好不好?"

虽然只是平平常常一句话,莫南却莫名其妙湿了眼睛。吴敏不接电话是莫南交代的,可

66

那时候莫南反而有些郁闷她为什么不善解人意地接了电话,撮合他们和好呢?

吴敏那么聪明透亮的一个人,察言观色也知道她后悔了,冷笑着说:"早猜到你会后悔,真是懒得理你。你看着吧,有第一次肯定有第二次第三次,你的脾气我还不知道,安排好的事只要李天辉几句好话你就心软,我可先警告你,真要是把他爸妈弄来,你俩的日子别想好过。"

莫南知道吴敏对凤凰男根深蒂固的成见,不敢和她辩论,笑着告别,一出门就迫不及待给李天辉打电话,听见他惊喜的声音,自己心里也充满了欢喜,恨不得一个箭步窜到他身边。

那天晚上李天辉抖擞精神做大餐赔罪,举着酒杯含情脉脉说:"南瓜,这次是我不对,以后我什么事情都先跟你商量,好不好?"

莫南心花怒放,美得眼睛眯成了一条缝。

正在埋头痛吃,李天辉又说:"那个房子我想过了,现在买三居的确是有点贵,他们也有两居,要不咱们先定一套?"

莫南含着一嘴的饭含含糊糊回答:"好啊,先买两居,以后钱凑手了再换,你到时候再把你爸妈接来。"

李天辉暗自在心里叫了一声好,早知道她不会反对,都怪那天太心急,要是事先跟她商量一下,怎么会吵起来?说不定买房合同都签了哪!

两个人正说得高兴,忽然刘轲来敲门,出来时杨明明和严志也端坐在客厅里,俨然一副谈判的架势。莫南正在纳闷,刘轲吞吞吐吐开了口:"那个,我们商量了一下,那个,莫南每个月在这儿待的时间也不短,水费电费煤气费咱们以前都是四个人分摊,那个,是不是不太合理?"说到这里胆怯地瞥了眼李天辉,"我们想,那个,莫南是不是也交一份?"

莫南诧异地说不出话来,李天辉也有些吃惊,不过还是笑着说:"莫南一个月才在这儿待七八天,怎么能跟咱们比?"

杨明明笑嘻嘻地说:"可是她的衣服都是拿过来洗的,你俩又经常做饭,虽然严志一天不落住在这儿,算起来做饭的时候还没你俩多,要是四个人平分的话,嘿嘿,我们俩还好,严志就太亏了。"

李天辉还试图缓和气氛,莫南的火气已经开始呼呼往上蹿,脱口而出说:"你要是这么算的话,我也给你算一遍。周一到周四我跟李天辉基本都是在外头吃饭,在这屋里做饭只有周五夜里一顿,再加上周末四顿,一个月按四个星期算,统共做二

十顿。你俩每天一顿晚饭,再加上周末,一个月做三十六顿,差不多是我们的两倍。再说电费,就你屋里有空调,我们都没有,这个电费起码又是我们的两倍,你刚才说严志吃亏,哼,他还真是吃亏,饭又不做空调又没有,凭什么跟你俩一样平摊掏钱?"

李天辉饱含赞叹地看着莫南,用眼神传达讯息:"老婆,你太棒了!"莫南也没想到情急之下居然还能有条不紊地说出这么一番精打细算的话,忍不住对自己刮目相看,心说,原来我竟是个临危不乱、这么有条理的人!

严志嘿嘿一笑:"也是哦,莫南不说,我自己都没算清。"

刘轲两口子见严志这么快就倒戈,都是一脸猫咬尿泡的懊恼表情,李天辉赶紧做和事老:"这样吧,还是摊四份,你俩两份,我们三个两份。"

杨明明张了张嘴还没说出话来,严志一拍大腿:"高,实在是高,就这么定了!"

两个人钻进屋里继续吃饭,吃着吃着莫南扑哧一声笑了:"你从哪儿找了这么几个活宝同屋?不用吃饭都被他们气饱了笑饱了。"

李天辉无限怜爱地亲了亲她的脸颊:"多亏你机灵咱们才没吃大亏。南瓜,我想好了,我明天就去租房,咱们租个一居清清静静住着,不陪这帮人玩了。"

莫南喜出望外:"真的?太好了!"跟着又愁,"咱们还要买房,这里虽然不好,好歹便宜,租个一居的话是不是要多花好多钱?"

"还好,这里一个月九百,一居的话大概在一千五六,多花不了多少。"李天辉又亲昵地亲了她一口,"只要南瓜高兴就行。"

那晚的气氛分外温馨,关于家的憧憬头一次这么真实,似乎伸手就能摸到幸福,只是没想到,只因为袁明一句话,这么多天满满的幸福感一下就消失了。

莫南叹口气,忽然领悟到许多烦恼都是自找的,如果不去跟袁明比,现在不是还很快活吗?

3

接下来的几天莫南忙得头昏脑涨,正跟这里结账,那边又发现音响没声儿了,刚赶到那边,X大学又打电话要上次的活动的发票。工作几年来这么忙的情形不是没遇见过,不过这次人多事杂,操心得厉害,再加上夜里也隔三差五安排活动,莫南每天拖着麻木的双腿回宿舍时都觉得整个人要散在床上了。

张岩和于信也忙,不过张岩主要负责研究生,人算起来要比莫南那儿少了许多,再说到了读研的年纪对这些集体活动的兴趣多半不大,时常五十个人拉出去,时间刚过一半就只剩下三十个,所以张岩的情形要比莫南好很多,有时还会和于信一起来帮她处理。于信头一次接手这种活动,何况规模还这么大,积极性空前高涨,不仅担当了现场向导的角色,还主动请缨把收开发票、报销这些事都揽下来了。

莫南这些天忙得没工夫细问李天辉买房的事。不过李天辉那边进展颇为顺利,情绪也高得很,一天三四个电话向她汇报:"南瓜,我已经看好一个九十三平的两居了,两室两厅一厨一卫,南北向,还剩下四楼跟顶楼,咱要哪层?""南瓜,今儿晚上你能过来不?我跟业务员联系好了,要是你确定过来咱们就去看样板间,人家答应等咱们。""南瓜,你问问你们财务上你的公积金总共有多少,能不能跟我一起办贷款?"

莫南忙得心乱,统统回答"你自己看着办吧",没多久李天辉汇报说已经看过样板间了,十分满意,还把自己拍的房子照片传给了莫南,莫南临睡前强睁睡眼看了一下,大落地窗大阳台,宽敞的卧室,两面透亮的客厅,这几点足以令她心满意足,不顾深更半夜打电话给李天辉,乐滋滋地说:"行,就是这套了!"

李天辉的声音同样兴奋:"我算过了,算上装修和税咱俩只需要准备小三十万就行,剩下的咱先贷款。咱俩手头就有二十万,再加上公积金,这几个月的工资再攒点,我再从家里想想办法,过不了几天咱就能住新房啦南瓜!"

莫南兴奋得一夜没有睡着。一闭上眼睛,从前在建材市场看过的各色地砖、壁纸、浴缸、家具就走马灯似的在眼前打转,她一会儿觉得该排除杂念早点睡觉,一会儿又盘算着客厅刷什么颜色,卧室铺哪种地板,脑袋里跟大型交响音乐会排练似的嗡嗡直响,直闹到天明时才睡了一个多小时,挂着一对儿行军水壶似的大眼袋跌跌撞撞摸去了系里。

正在昏头昏脑地核对账目,忽然一愣,钱都拿去买房装修,拿什么买车?难道住那么远挤公交?再有,那边都是现房,装好就能住,犯得着再租房吗?

赶紧给李天辉打电话,李天辉胸有成竹:"没事,咱装修时省着点,家具什么的凑合着先买,以后再换也是一样的,省下来的钱差不多就够一辆小破车了。"

莫南想想倒也可行,于是又说:"那边不是现房吗,咱们装修快着点,差不多四五月就能搬进去住了,就不用费事租房了吧?多花一笔钱不说,找房子又未必容易,先凑合待着吧。"

李天辉充满歉意和温情地说:"我也不是为别的,这几年一直让你跟着我挤这个狗窝,太委屈你了,换个环境心情也好些。再说刚装修的新房味儿太大,对身体也

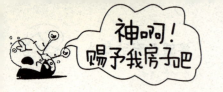

不好,至少得晾个三五个月再住吧,我还盼着一有新房你就给我生个大胖小子呢,可不敢掉以轻心。"

莫南正在甜蜜,听到后一句忍不住又呸了一声,压低声音说:"去死,谁给你生!"李天辉笑着挂了电话。

下午带着一帮孤男寡女游香山,玩了游戏唱了歌,也颇凑成了几对眉来眼去的。回来时在一家路边店吃桌餐,结账时于信自告奋勇去办,莫南累得头晕眼花,又想着他这些天办事都算稳妥,也就没检查,随便把票据一收就走了。

第二天于信填单子报销,姚媛从保险柜里数出钱来,笑嘻嘻说:"哟,你们那么多人吃饭才花了八十二?你还真会找地方!"

于信赶紧说:"大姨,是八百二。"

姚媛拿着那张发票顿时不言语了,于信凑过去一看,顿时也不说话了,推了推眼镜,呃吧着嘴不知所措。

莫南恍恍惚惚听见一声,半天没见下文,忍不住走过去看,姚媛没来得及藏,已经被她看见那个不起眼的"8200",原来那服务员开票时一个不留神,小数点错点了一位。

于信结结巴巴地说:"错了,我,我没注意。"

莫南想倒也不是什么大事,大不了找几张定额发票冲账算了,正要安慰他,忽然安义信悄无声息地推门进来,挂着一脸气恼相,环视了一下四周,冷冰冰地说:"下午两点到二楼会议室开会。"

莫南几个头一回见他亲自通知开会,都有些意外,姚媛笑说:"不管是谁带句话就行了,怎么还麻烦安主任亲自走一趟呢,这真是的。"

安义信黑着脸说:"哼,找谁带?还能找到谁?这个破地儿,一天都呆不下去了!"

莫南想也不知哪个没眼色的得罪了安大主任,让他跑到这儿发牢骚。姚媛听见话里火药味太浓,不敢再接茬,搓着手里那张发票只是傻笑。

安义信注意到他们三个始终站在一起,顺腿走过来,伸着脖子看着说:"你们盯着发票看什么?怎么,这张发票有问题?"

莫南虽然知道这不是大事,无奈于信并不知道,况且又是新岗位上头一回出错,难免慌张,一张脸憋得通红,厚眼镜片后面也滚滚地掉汗。姚媛正要替他遮掩,沉不住气的于信已经照实说出:"发票开错了……"

安义信一肚子郁闷可算找着缺口发泄了:"你们年轻人啊,我说过多少次了,办事早晚要记住认真两个字嘛,怎么一张小小的发票也能开错?怎么搞的!是你办的吗？"

莫南恍惚觉得听见了于信战鼓一样响亮的心跳声，看他实在紧张地让人怜悯，又想不是什么难以弥补的大事，于是抢先说："是我一时疏忽弄错了，不是于信。"

姚媛从头发帘底下冲莫南眨眼以示感谢。于信张了张嘴，仿佛想说什么，到最后只是推了推眼镜。

安义信有些意外，先说了句："是你？"跟着又摆出一副居高临下的口气洋洋洒洒训了起来，"奇怪，你是老同志嘛，该给他们带个好头，做好表率，要是你也这么马虎起来，还怎么带新人？一张发票虽然是小事，可是道理却不小，为人处事……"

安义信走后，姚媛扒着门窥探了半天才敢议论："往老温办公室去了，也不知道谁得罪他？拿咱们发脾气？"又满脸堆笑："多亏了你莫姐替你担下来，你这孩子，怎么连个谢字都不知道说？"

莫南听见安义信去了老温那里，暗叫一声糟糕，不会是去告状吧？这么点小事也犯得着去老温那儿说！究竟是谁得罪他了，这一通脾气发得真是莫名其妙！最好捡个机会跟老温解释一下，好容易在老温那里得点好印象，别都给安义信搅和了，一张发票而已，至于发这么大脾气吗？究竟谁得罪他了！

没等她找到机会跟老温解释，下午的会上就宣布了一个令所有人大吃一惊的消息：老温正式退休，安义信接任系主任。

怪不得安义信上午跟吃了枪药似的。莫南有些恍惚地想，姚媛的预言总算有一次准了。

尽管她对人事任免一向比较迟钝，此时也清楚地看出自己揽了多少破烂的一个包袱，安义信本来就不好伺候，偏偏又在他走马上任的头一天就撞到枪口上了！

她望着平和得几乎要与背景融为一体的老温，有种欲哭无泪的感觉：为什么刚刚得到上司的赏识，上司就要换人了呢？

当晚她向李天辉诉苦，李天辉笑呵呵说："不错啊，你现在挺有政治敏感性的，要搁几年前你肯定还意识不到这事对你的影响。"

"你去死吧，我都郁闷死了，你还说风凉话！"

李天辉随随便便在她脸上亲了一口："不说这些烦心事，告诉你一个好消息，房子谈妥了，周末就去签合同，南瓜，咱们有房啦！"

七 空中楼阁

1

周六莫南和李天辉起了一个大早,带齐了银行卡、身份证,兴冲冲跑去售楼处签合同。李天辉进了门径直去找事先约好的售楼小姐,还没开口,那姑娘已经堆起十二万分的抱歉,真诚地说:"李先生,实在抱歉得很,昨天接到您的电话我赶着把合同什么的都准备好了,想着今天尽快办完呢,谁知道今天一大早行政那边通知说这批售房合同有一个地方打错了,得全部收回重印。我给您打了几个电话,想通知您明天再过来,一直也没有打通,害您白跑了一趟,真是不好意思。"

李天辉一腔欢喜一下消散无踪,不知怎么的心头有些毛毛的,忙掏出手机一看,果然有几个未接电话。满以为今天一定办成的事情意外落了空,他有些说不清楚的焦躁,又想这事也不能怪售楼小姐,只得勉强笑了笑。

莫南虽然也很失望,不过这事她花的心思毕竟没有李天辉那么多,失望之情自然没那么强烈,见售楼小姐有些尴尬,赶紧好言安慰:"没关系,那我们明天再来一趟好了。"不放心又添了一句:"要是再有什么变故及时通知我们啊。"

售楼小姐小鸡啄米一般点头:"一定一定!"

出了门李天辉叹口气:"唉,我说怎么早起右眼皮一直跳呢。"

莫南笑道:"无非晚一天,又不是不让你买,至于你那么惆怅吗?"

李天辉只是叹气摇头,半天才说:"夜长梦多啊,早一天办完早一天放心。"

莫南转念一想,李天辉看中那套房自己从头到尾都没时间看,今天反正来了,不如好好看一次?

来到样板间,莫南只觉得眼前一亮,这套房虽然不如头一次看的三居敞亮,但设计极其精致温馨,莫南最喜欢的是玄关那里做成壁炉样的小储藏间,温暖的砖红色墙壁,用两扇小小的栅栏门与客厅隔开,门上还挂着一串小巧的金色铃铛,莫南悄悄对李天辉说:"咱们也照这个装修好吧?"

李天辉还在郁闷,心不在焉地点头。

莫南越看越觉得满意，恨不得立刻提上包住进来，到最后忍不住问："样板间多少钱？"

售楼小姐心领神会，赶紧说："小姐真有眼光，我们的样板间装修非常高档，设计也很棒，而且一平米只收一千五的装修费。"看见莫南一闪即逝的惊讶表情，忙解释说，"这个价钱已经十分优惠了，开发商请的是北京数一数二的装修公司东易日盛设计装修的，瓷砖用的是进口的蜜蜂砖，地板是高级实木地板，送两年的保养维护，橱柜是科宝·博洛尼，洁具是TOTO，客厅的红木桌椅免费赠送，其实这个档次的话自己请公司装修一千五根本办不下来的。"

莫南听着一个个如雷贯耳的名牌，恋恋不舍地看着满屋闪光的家具，只得违心地说了句："算了，还是自己亲手设计装修比较合心。"

出了门莫南长叹一声，半天没听见李天辉追问，只得自己开口说："装修真不错，可惜太贵了。"

李天辉皱着眉头说："样板间吊顶太低了，有压抑感，还是咱们自己装合适，又能省不少钱。只是今天没签成合同，倒霉。"

莫南笑他太过心急，一路上扯着他天南地北地畅谈装修大计，好容易见他心情好转，此时正在大望路上倒车，莫南看见公交站台上新光天地的大幅招牌，想起杨林燕说这是个新开不久的高档商场，里面全是没听过的外国牌子，顿时心痒起来，死拖活拽把李天辉哄了进去。

果然一派珠光宝气。莫南对于名牌的知识贫瘠得很，只认得Dior、Gucci、Chanel几个，也曾在柜台前垂涎数次，此时发现居然有许多柜台比这几个牌子还要豪华气派，不由暗自嘀咕：这又是什么顶级品牌，比这几个大牌还阔气？凑上去偷眼一瞧，一小瓶乳液一千八，顿时倒抽一口冷气，生怕导购上前搭讪，赶紧开溜。

李天辉觉察到她的退缩，走过去一瞧，咧嘴笑了："好嘛，比实木地板还贵，难道里头装的金子？"

两人满楼里瞎晃悠，莫南一次又一次被吊牌上的价钱震撼，只好自我安慰：也没几件漂亮的嘛，还不如动物园实惠。

正这么想着，迎眼便瞧见模特身上一件极飘逸精致的长裙，低调奢华的色彩，简洁立体的剪裁，再搭配恰到好处的蓬蓬裙摆，正是莫南心中的款式。莫南欢喜之下一时忘了价钱的可怕，忍不住上前摸了摸，围着模特转了一圈，越看越喜欢。

导购以为生意上门，忙走过来："这是才上的新款秋装，美女喜欢的话我帮你找

一件试试。"

李天辉明知道她不会买，拽拽她的手示意快走，莫南委实难以割舍，壮着胆子问道："有折扣吗？"

导购笑容可掬："美女赶得真是巧，今天是做活动的最后一天。"

莫南心内一喜，忙问："打几折？"

"九五折。"

莫南顿时泄气。九五折，这跟没打折有什么差别？不用说，又是买不起。转念一想，万一不贵呢？装作翻看面料，转到背后拽出吊牌偷偷看了一眼，六千九。

尽管有心理准备，这价钱还是出乎意料了点。莫南只能自我解嘲地想：这个价钱的话九五折还是能省不少钱的。

李天辉低声笑说："还试不？"

莫南赌气："试，干吗不试？试又不要钱！"

话虽如此说，望着衣服又踌躇起来，万一合身又漂亮，怎么好意思不买？这脸上怎么过得去！

导购还在一声接一声诱惑，李天辉见她又不舍得走又没底气试，低声说："要是真喜欢我给你买。"

莫南心里一阵甜，有这句话就算买不起也罢了。微笑着摇头，最后看了一眼那可爱的裙子，拉着李天辉的手正要走，忽然听见一个似曾相识的声音叫她："莫南？"

回头一看，居然是王磊优哉游哉走了过来。运动鞋休闲装，打扮随意，手里大包小包提了不少纸袋，显然是满载而归。他一语喊出，定睛看并没认错人，笑嘻嘻说："我眼力不错，看背影还把你认出来了。逛街呢？这位是你男朋友吧？"

莫南对他这种自来熟依旧不太适应，不大自然地笑了笑，李天辉以为是她的熟人，歪着头询问地看着她，她只好说："这位是王总。"其实她并不知道王磊是不是什么总啊董的，只不过那个圈子里的人都挂着这种职务，顺口就给他也加上了。

王磊翘着嘴角笑了："你笑我呢吧，我算哪门子总，闲人一个，到处给人打工还差不多。"

他这么一答，李天辉更摸不着头脑了，只好含糊招呼着，王磊极其自然地摸出手机："莫南，上回问你电话号码你走得急忘了吧？刚好，你给我拨一下，免得我再去找吴敏要。"

莫南只好照做，李天辉总没什么可说的，无奈王磊又不走，于是没话找话说：

"买了不少东西啊？"

王磊歪歪头看着手里的袋子："谁知道她买了些什么，反正我的任务就是刷卡。"

话音未落，一个苗条俏丽的女孩快步走了过来："王磊，你去看看那条披肩怎么样。"

王磊冲着莫南眨眼，压低声音笑说："我看有什么用，反正不管怎样她都要买。"跟着转身招呼，"佳妮你过来，这两位是赵总的朋友。"

佳妮打过招呼后试图与莫南交流血拼心得，莫南自然磕磕巴巴答不上来，慌忙说："我们还有点事，先走一步。"

王磊笑望着佳妮："我看你买的也不少了，要不咱们一起走吧？"

佳妮带着乖巧的笑容点点头。

等王磊开过他那辆拉风的悍马时，李天辉忍不住捏紧了莫南的手，要知道有这么一辆彪悍的越野车正是他多年未曾实现的梦想。一路上他沉浸在穷富对比产生的无限感慨中，连礼节性的谈话也忘了说，莫南更不想张口，唯有王磊两口子的声音偶尔打破沉默。

王磊一直将他们送到楼底下才走，车子刚一掉头，李天辉立刻抛出憋了一路的问题："你在哪儿认识这么个大款？"

2

第二天莫南又是起了个大早，熟门熟路倒了三趟车，双脚落地时李天辉拍着胸口说："阿弥陀佛，手机没响，这回总该签成了吧！"

赶去售楼处的路上不时碰见围成一团吵架的，莫南几次停下来想看个明白，李天辉一心办正事，死拖硬拽扯着她走，嘴里还嘲笑她："你真是继承了中国人爱看热闹的优良传统啊。"

哪知道进了售楼处，里面吵得更凶，甚至还有怒发冲冠捋袖子拍巴掌看着要打起来的，莫南看着李天辉得意地笑，李天辉也笑："好好，我去签合同，你想看热闹就呆这儿好好看吧。"

正说着忽然看见李天辉约好的售楼小姐在人丛里一闪，李天辉忙叫了一声，那姑娘跟没听见似的只管往外跑，莫南生怕她耽搁工夫，飞也似的冲过去拦住，劈头就说："我们来了，签合同吧！"

售楼小姐露出一个比哭还难看的笑："你们来得这么早啊。"

李天辉这时候也跟了过来，热情洋溢地说："是啊，想着手续比较多，早点来时

间不也充裕些嘛。"

售楼小姐勉强挤出一个笑："李先生，咱们到那边谈吧，你看厅里也乱糟糟的。"

"是啊，到底为什么事？一路上过来尽看见吵架的了。"

售楼小姐心说，待会儿只怕你们也要吵。低着头匆匆给领到过道边上的一个小隔间，取出一份崭新的合同双手送上，低声说："这是新印的合同，有几处有细微改动，您看看。"

李天辉笑说："都看过三四遍了，还看呀？哪些地方改过的你给我指一下不就行了？"

售楼小姐硬着头皮翻开合同，虚虚拿手一指："这里改了一下。"

李天辉一眼扫过去，笑容顿时化为乌有，噌一下跳起来高声质问："怎么又涨了！"

莫南赶紧凑过去一看，单价那一栏赫然写着：10300。莫南一愣，不是说九千八吗？

李天辉已经连珠炮似的嚷了起来："说好了九千八，怎么突然又变了？""你们到底讲不讲信誉？""前天我说先草签一个合同你推三阻四的，是不是就等着今天涨价？"

售楼小姐心虚却不羞惭，只是低垂了眼皮挂着职业性的微笑，静静等他发火完毕。

果然五分钟不到李天辉就自动闭嘴了。唱独角戏太过无趣，高腔高调地大喊又十分消耗元气，再说肚子里也没有新鲜词了，对方又死不回应。他无奈地望着莫南，说："怎么办？"

莫南被这突如其来的状况砸得有点蒙，此时还在恍惚，死活不相信真的涨价了。死死瞪着售楼小姐，一字一顿问："是不是涨价？"

售楼小姐平静地点头。

莫南这才觉得一股怒火从肚子里蹿上脑门，攥着拳头吼了一句："是不是今天才提的价？所以你昨天不让我们签合同？"

售楼小姐心说这个人反应也太慢了吧，这时候才想起来生气！用最甜美的声音解释说："小姐你误会了。提价是上周就已经决定的事，并不是为了提价所以才不跟你们签合同，昨天的确是新印的合同出了问题赶着去加印……"

"上周就决定了为什么一直没听你说过？我们跟你联系过这么多次你一句也没提，到跟前要签合同了你忽然说涨价，你什么意思？明摆着是等着提价所以拖着不跟我们签，这点把戏谁看不出来！你们公司是怎么回事，还讲不讲诚信，以后还要不要做生意？……"

售楼小姐早起开门到现在这已经是碰到的第四个冲她大吵大闹的。自打知道涨价的事就猜到这批确定购买却还没签合同的业主必定不好打发，早准备了防噪音耳朵和一颗油盐不进的心，此时不管莫南怎么吵嚷，只咬紧一句话："对不起，怪我之前跟两位没有沟通好。提价是公司上层研究决定的，我们作为雇员事先也不清楚，并不是有意拖延。怪我没有及时通知两位，实在对不起。但是小姐说我们拖着不签等涨价，的确是误会我们了。最近所有的楼盘都涨了，像旁边的第八街区，开盘比我们早，档次没我们高，都已经涨到一万一了，现在的行情就是这样……"

"价钱是你们一早就跟我们说定的，即使要涨价也应该是从现在开始涨，怎么能连我们这些已经定好价钱要签合同的一起涨？有你们这么做生意的吗？"

"是这样的，行里的规矩只要没签合同就必须按现在的价钱走……"

李天辉气哼哼加上一句："没签合同怪我们吗？要不是你打岔早签好了。"

售楼小姐心说我要不打岔上头岂不是给我记上一过？再说我一个吃提成的，难道白放着钱不挣去学雷锋？再一次强调说："两位的确误会了，昨天真不是故意拖延不签……"

莫南噼里啪啦又打起了机关枪，李天辉倒冷静下来了，瞟一眼大厅里吵得沸反盈天的人群，心知涨价已经无可挽回，于是按住莫南，平静开口："我知道你们是在打擦边球，不过来评理的不止我们一家，大厅里那么多人，难道你们公司真能不闻不问？这楼以后还要卖，开发商肯定也不会只开这一个楼盘，这种严重影响信誉的事难道你们公司就没有一点说法？我们这批人总不能跟新顾客一样对待吧，价钱究竟还有没有得讲？"

售楼小姐眼睛一亮，碰上个脑子灵光的，知道什么最实惠。忙说："公司也考虑到给大家带来了不便，十分抱歉，这样吧，我向上面反应一下这个情况，你们是早就确定要买的，我争取一下，也许能打个九八折。"

"九八折？太逗了吧，你们一下子涨出几万块，就拿一个九八折来搪塞人？"莫南怒气冲天。

李天辉又按住她的手："九八折太没诚意了，至少九五折吧。"

售楼小姐心说好嘛，涨五万，再打个九五折减五万，敢情涨价就是逗你玩大家图一乐啊？真会想好事！微笑答道："李先生，这个九八折还得我向上面递申请，批不批还是两说，我一个雇员，权力有限，我也很想帮你，只是这件事不在我的能力范

围。"

李天辉耐心问道:"最多能几折?"

"九八折已经是我最大的能力了。"

"九六折。"

"李先生,这样我真的很为难……"

莫南已经忍耐了多时,见李天辉还在讨价还价,气不打一处来,一掌拍在他肩上:"折个头啊,天底下又不是只有她一家卖房的,这房我不要了!"

李天辉拽住她:"耐心点,再商量商量。"

"谁稀罕商量!明摆着戏弄人!那么多楼盘,你干嘛非要在这棵树上吊死?走!"死命一拉没拽动,干脆自顾自走了,李天辉只得跟了出去,好容易在门外赶上她,忙拦住说:"你怎么又性急?慢慢商量嘛,这事还有转机。"

"转什么机,懒得跟她斗气!走吧,又不是非要在这儿买。"

"你明知道这里价钱最合适,再说房子你也喜欢。"

莫南想到那套房,一刹那有些动摇,抬眼看见大厅里吵得热闹的一群,顿时又来了气:"再喜欢我也不受这窝囊气,我宁可不要!"

"你傻呀,她要是能给打九五折,就等于没涨价嘛。"

"她能给打吗?"

李天辉沉吟道:"九五折有点悬,咱们再给她好好说说,看能不能争取到九七折,好几万呢。"

莫南见他一副谨小慎微恋恋不舍的模样,不知怎的忽然火气更大了,吼道:"明明是他们言而无信,你怎么搞得跟咱们求着她似的?有什么稀罕的,不要这房咱们难道就买不到了?真受不了你,上赶着给人送钱!"

李天辉对付完售楼小姐还要对付莫南,未免也有些上火:"价钱要是能谈下来为什么不买?明明已经看好了这套,你非要意气用事到头来还不是自己吃亏?想找套价钱、地段、户型都合适的容易吗?难道咱们是亿万富翁跟人怄得起这口气?咱们看了半年多的房,什么情况你难道不知道?乱使什么性子!"

莫南没料到他也发火,一下就恼了:"敢情我大老远跟你跑过来,受完了里头的气还要听你教训?你去死吧!"气冲冲跑了。

3

莫南走出老远,回头一看,李天辉并没有跟上来,忍不住站住脚四下张望,到处不见他的人影,多半是回大厅里继续跟售楼小姐讨价还价去了。

莫南定定站着,忽然有些灰心,悲从中来,支撑她多时的火气一下全消了,整个人有些瘫软,心灰意懒地拖着两条腿走去林荫道下的石凳上坐着,望着来来往往的人发呆。

自从决定买房,不知道这是第几次吵架了。李天辉一向脾气很好,以前每次意见不合,他总是让着她,碰到她发脾气闹别扭的时候,也总是笑嘻嘻地哄着劝着,极少与她针锋相对。可是这漫长的找房过程消耗了他太多的耐心,两人对房子抱着各自不同却同样太高的期望,现实的不如意于是更加难以接受,争吵在所难免,而且越来越频繁。

恋爱三年多来头一次出现这种情形,莫南茫然不知所措,心底的委屈一丝丝向上泛。要是在从前,他绝不会这么对待她,都是这该死的房子害的。

买房是为了生活的更加幸福,可如今看来,幸福还瞧不见踪影,痛苦倒先尝到了。曾经以为李天辉会在任何时候、任何场合迁就自己,永远以自己的喜怒哀乐为第一位,可惜,想错了。原来他并不是情圣,从前不发火不吵架,只因为没有烦心事。

莫南觉得眼泪咕噜咕噜滚了下来。定定神又觉得好笑,为这个哭,值得吗?无非是吵架。谁家不吵架?连刘轲那样对杨明明言听计从的男人,有几次还听见他扯着嗓子跟杨明明吼,李天辉好歹没有吼,这一点看来,他对自己就要比刘轲对杨明明好。

莫南低着头抹掉了眼泪,自嘲地笑了。居然用这么可笑的例子来安慰自己,真是堕落了。再坐未免无趣,站起来四处转悠了一遍,渐渐心平气和,此时看着一栋栋清爽的小楼,不觉又动摇了,受气就受气吧,毕竟买房才是最重要的,只要房子能定下来,跟李天辉就不会再吵,何况这房子,的确令人动心。

这么多年都是李天辉让着自己,受惯了宠爱,如今他心情烦躁的时候,还是让着他吧,为了买房,他承受的压力也不小,人都瘦了一圈,要是自己不心疼,还有谁替他着想呢?

莫南一念至此,居然有几分羞愧。从小到大不知道受了莫北和老娘多少气,也并没对他们有多少埋怨,反而是一向对自己呵护有加的李天辉,有一点让人不满,

倒像受了天大的委屈似的，恨不得攒够一个加强排来讨伐他，是不是太过分，太不体谅他了？

不知什么时候从哪儿听来的一句话突然蹦出来在脑海里盘旋：男人，也是需要疼爱的人！

莫南越来越觉得罪孽深重。这阵子只顾着忙工作，房子的事不管不问，都是李天辉操心，上班时偷偷泡论坛，到处打听开发商和物业公司的信誉，请教收房时的注意事项，下了班挤公交去看房，磨破嘴皮子跟售楼小姐讲价，如今出了变故，还要忍着气权衡怎么才划算，千方百计省钱，如果连女朋友都不体谅，为了一丁点事情跟他闹别扭、起内讧，还让他怎么活！

莫南坐不住了。不行，这事做错了，李天辉太可怜了，得赶紧安慰安慰他。

她拔腿往售楼处赶去，想必李天辉还在那里磨。果然刚到门口，正碰上闷闷不乐走出来的李天辉，莫南笑着迎上去，柔声问他："怎么样，价钱说好了吗？"

李天辉有些意外地看着她，不由自主回答说："不行，她咬住九八折不松口，说顶多再能便宜两千块钱，还是从她的提成里扣的。"

"那就是说还得多交三万多？"莫南一语出口，看见李天辉郁闷的神色，马上改成笑脸，"不错啦，能少一点是一点，反正咱们是弱势群体，开发商要多少咱就得给多少，再说又不光咱一家掏这么多钱，别人不都得按这个价买吗？别郁闷了，你觉得合适就签了吧。"

李天辉诧异地看着她："你不生我的气了？"

"唉，咱们俩还有什么气好生的？再说这些天你这么辛苦，我怎么着也得让着你呀。"莫南笑嘻嘻地说着，特意靠在他身上，一副小鸟依人的乖巧模样。

李天辉先是笑了："刚才的事都怨我，你真好，还想着哄我。"跟着叹口气，"不过还是签不成。"

"为什么？"

"刚才在里头磨价钱的时候，旁边挨着财务室，刚好有人来交款，我注意听了一下，好嘛，还有个什么公共维修基金就得几万，领钥匙的话还得先交一年的物业费，装修的话又要交装修押金，还得先交几千块钱的水电费。唉，南瓜，咱们光知道得交契税，这些七零八碎的都没算进去，虽然看起来不多，可是乱七八糟加起来，至少还得四五万，好死不死又赶上涨价，一下子就比预算多出来八九万，南瓜，咱们，拿得出来吗？"

莫南已经听愣了。光是买房这一项就够花钱了，怎么还有这么多钱要交？苍天呐，到底得掏多少钱才能舒舒服服住进新房？

回家的路上两个人都像泄气的皮球一样耷拉着脑袋不说话，艰辛的生活进一步露出它的狰狞面目，莫南猝不及防，只觉得站在飘摇的浮冰上，四面八方都是深不可测的海水，一个不小心踏空了，湿淋淋的从心到身都是冰凉。

那天两个人都没心情吃饭，李天辉挂在网上疯了似的搜索，又在论坛里雪片似的发帖，莫南懒懒地靠在床上翻书，却一个字也看不进去。将晚时李天辉总算把要交的钱弄了个大概齐，闷着头列了一张表，自己先倒抽一口凉气，有气无力说："得交这么多钱啊……"

"一万零三百一平米，咱们的房九十三平米，总价九十五万七千九，打九八折是九十三万八千七，再减两千是九十三万六千七。契税和公共维修基金大概是百分之五，合起来大概四万八。物业费是一平米三块五，按建筑面积算，一年将近四千，装修押金六千，水电费再交两千，印花税大概六七百，装修的话还得交垃圾处理费、楼梯使用费，大概也得五六百吧。这样算的话，咱们如果要买，首付必须拿出来十八万七，加上这些乱七八糟的就算六万吧，这就将近二十五万。"

李天辉眼光越来越暗淡："咱们手头能凑二十万，咱俩的公积金加起来有三万多，这一摊儿事办完，装修肯定没钱，买车也别想了。而且，我开始算的贷款也不对，咱们要贷七十多万，我开始算的分二十年还清，均摊到每月连利息大概还三千多，刚才从网上查了，根本不是这么算的，要是贷七十万，加上利息最后咱们一共得还一百二十万左右，每个月五千多，南瓜，你的工资全搭进去都不够。"

莫南心里酸涩得难以忍受。强撑着微笑说："再算算呗，哪有那么高的利息？说不定是你弄错了。"

李天辉默默摇头，最后说："南瓜，没想到这套房咱们还是供不起。"

屋里静得能听见李天辉凝滞的呼吸声。静到最极的时候，莫南听见厅里严志在床上翻身，又听见刘轲模糊的笑声，杨明明的木屐笃笃笃地踩过地板。

为什么他们没有烦恼，我们却活得如此沉重？

莫南灰心至极，靠在墙上闭着眼，脑袋里嗡嗡直响。许久，听见李天辉怯怯地说："要不咱们看看二手房？"

八 焦头烂额

1

起初的几天,莫南一直抱着一丝希望,或许是李天辉把利息算错了呢?怎么可能贷款七十万,还款就要还一百二十万,这岂不就成了敲诈?银行有那么黑吗?

一向对数字十分不敏感的她头一次认认真真打起了小算盘,一五一十算下来,得出的结果居然与李天辉说的一模一样,整个人顿时像泄了气的皮球,一点精神也打不起来了。

几天前已经开始筹划装修,一眨眼间就退回到最初,虽然现代化的日子没过多久,然而乍然退回到原始社会,仍然是件极其难以忍受的事。莫南辗转反侧间,一次次掂量着李天辉关于二手房的建议,只是二手房这仨字根本就等同于黑黢黢的楼道、油乎乎的墙壁以及睡梦中爬过脸颊的蟑螂,李天辉如今住的房正是这样一个经典代表作,要让她一辈子在这狗窝里待下去,还不如死了算了。

莫南思来想去,唯一的出路似乎就是借钱。借七八万就行,装修先对付过去,以后再想办法换。

李天辉听见这话连连摇头:"不行不行,借钱是大忌,多少人就是为了借钱闹翻了脸。"

"又不是借了不还,怎么会翻脸呢?咱俩交朋友都够谨慎了,凡是常来往的都是能帮忙的,我就不信这点钱还借不来。"

"咱俩的朋友差不多都是同学,这个岁数都要买房,怎么好张口?总不能让人家把钱拿出来给咱们买房,人家自己不用吧?"

一句话说得莫南犯了怵,的确,朋友们都是跟自己岁数差不多的,基本也都该买房了,家庭宽裕的没有几个,怎么张得开这个嘴?然而要她去买又脏又破的二手房又是万万不甘心的,想了半天才说:"要不再从家里要点?"

李天辉闷闷答道:"我家你是知道的,我估计顶多能拿出来一万。"

莫南心一横:"我回家跟我妈要,我看她好意思一分不给。"

"算了,何必呢,莫北两口子还不知道怎么艰难呢,再说人家要生孩子,咱们再怎么也比他们强些。"

莫南撅着嘴说:"咱们又不是不生,我就是气不顺,凭什么什么事都尽着他,我难道是马路边上捡来的?"

李天辉在苦闷中还是忍不住笑了,轻轻拉住她的手说:"别较真儿了,清官还难断家务事呢。不说别的,我们家不也是什么事都先尽着我吗,我姐我妹小时候连件新衣服都没穿过,我上高中时一天一个鸡蛋,她们只好吃咸菜,眼巴巴看着。"

莫南撇嘴:"天下乌鸦一般黑,都是老封建。"

因为李天辉极力反对,借钱的打算就这么不了了之。莫南不甘心,影影绰绰向吴敏透了点风声,吴敏倒是大方,干脆把银行卡推到她面前:"卡里大概有两万多?我也记不清了,你不嫌少就拿去用吧。"

莫南只是试探而已,哪能真要?赶紧双手奉还,真心真意感谢她说:"我不能要,都不知道什么时候才还得上,再说这房子我也买不起。"

吴敏笑说:"嫌少?你知道我从来不存钱的,有一点算一点,先凑着吧。"

莫南知道她是有名的月光女神,感激她居然将全部家底交给自己,同时更加诚恳地谢绝:"哪能呢,咱们这么多年,我难道还跟你假客气?这套房真的供不起,再看看别的吧,我可不想为了房弄得饭都没得吃。"

吴敏收回了卡:"别的房你就供得起了?想买房,你俩这点工资怎么行。"

"唉,慢慢攒吧。"

"关键是李天辉还得养他们一大家子。"吴敏欲言又止,最后淡淡一笑,"算了,懒得说你,谁叫你喜欢凤凰呢!"

当晚莫南装作无意向李天辉透露这次碰面的情形,李天辉恨铁不成钢地摇头:"说了不借钱嘛,干吗又去麻烦别人。"

"我又不是真借,闲问问呗。"

"我还不知你那点鬼花招?无非想证明给我看钱是能借到的。"李天辉笑笑地搂住莫南,"南瓜,向朋友借,他们肯定会伸手帮的,可是咱俩的收入又不高,买了房的话每年还要还贷,拿什么还他们?人家也不容易,咱们不能只想着自己。这套房,还是算了吧,咱们再找找看。"

"我有那么自私吗?"莫南冲他翻白眼,"我无非是不甘心。唉,要是只差两三万,我就厚着脸皮借了,偏偏差这么多。"

李天辉脾气虽好，决定了的事却极少改主意的，那次谈过之后，果然不再过问那套房子。莫南见他执意不肯借钱，只得暂时收起对这套房的垂涎之心，然而她偶尔想起来，难免还是不服气，朋友的钱不好借，那家里呢？自己碰见这么大的事，爸妈不能只顾着莫北甩手不管吧？

她思来想去，正心痒痒地想往家里打电话哭穷，先接到了老娘的电话，要她回家参加莫北的订婚宴。莫南深知老弟的底细，未免笑老娘火烧眉毛了还忙着这些虚热闹，这个时候了还踏踏实实按着订婚结婚的步骤一步步来，要知道肚子大了不等人，总不能头天摆婚宴第二天就请吃小孩的汤饼会吧？

她盘算了一天怎么样婉转而又诚恳地将如今的难处一五一十告诉爸妈，打动他们那颗挚爱莫北的心，分一点恩惠给自己，老娘曾许诺给一万，这数目太小了，要是能扩充成五万就好了。有这五万，李天辉家里再凑一万，这两个月俩人工资不动又是两万，再加上吴敏的两万，虽然还是少，总能对付了收房时要交的那笔钱，剩下的再说吧，实在不行先不装修。

赶回家时只见摆了满屋满院的酒席。莫北订婚是大事，十里八乡的七大姑八大姨都凑齐了来赴宴，莫南上班以后回家的次数越来越少，亲戚间经年不见，寒暄的话未免格外多。

有羡慕莫家孩子有出息的："俩孩子都在城里上班，啧啧，真了不起！"

有夸奖莫北婚姻顺利的："小北真能干，上班、结婚没一件事要家里操心，唉，我家那个，现在还没找到媳妇儿呢！"

姑妈、姨妈级别的长辈关心的则是莫南的终身："小北都要结婚了，你怎么还不急？你妈说你不是找了个男朋友吗，什么时候喝你的喜酒呀？"

莫南见老娘站在旁边，于是意味深长地说："男朋友是有，就是没钱买房，唉，想结婚，难啊！"

果然某位姨妈热心答道："瞧你说的，你城里上班的还能没钱买房？再说还有你爸妈哩，攒那么些钱不都是你姐弟俩的？你怕什么！"

莫南得意地拿目光搜寻老娘，回头却扑了个空，想必陈春丽听见这个敏感话题早已经躲开了。

当晚莫南没有回城，一心找机会借钱。陈春丽两口子收拾完宴席已经是七八点钟了，莫南满以为有空了，俩人却又拧开台灯一五一十算起礼金来。农村人上礼，两百便是大数，何况这是订婚，将来结婚还得破费的，所以有些邻居和不大走动的亲戚只肯拿五十,陈春丽算了半天,有些失望地说:"刨去酒钱、饭钱、烟钱,才两千多。"

莫福生弹弹烟灰,闷声说:"有一点算一点吧,反正下个月就正式摆酒。"

莫南好容易抓到这个话茬,忙问:"小北下个月结婚?"

陈春丽有些胆怯地望着莫福生,轻声轻语说:"到下个月小华的肚子就四个月了,就怕显形,要不再早点?"

莫福生不以为然:"衣服这么厚,谁看得出来?"

"小华要穿婚纱……"

莫福生瞪眼:"穿什么婚纱!大冷天露胳膊露腿的,你跟她说,咱们莫家不时兴这套!我看你做的那件大红袄穿着就不错。"

陈春丽一脸为难,到底没有反驳,想了半天又说:"上回说的那套房过完年才能住上,要不然这阵子先叫小华回来住?"

莫南猛地一惊,莫北的房已经定了?怎么自己一点消息也没听见?好啊,女儿不闻不问,一眨眼先给儿子买了房!气呼呼开口说:"小北的房买了?哼,你们挺有钱啊!"

陈春丽没好意思回答,莫福生倒像突然想起什么大事,看着莫南说:"还没买,钱不够,前天我还跟你妈说问问你有没有,小南,小北两口子不像你俩有能耐,我们钱又少,这节骨眼上你该拉你兄弟一把。"

2

莫南的心中气愤、委屈、不平、惊诧,种种情绪交织,以至于她愣了十几秒没说出话来。最后只觉得脑袋嗡嗡直响,气愤之情率先杀出重围,于是抬高声音极其不恭顺地答道:"凭什么!你们讲不讲理!"气愤之极,声音又高又尖,吓了陈春丽一跳。

莫福生没料到她反应如此激烈,严父的威力发作,跟着喝了一嗓子:"冲你爹妈嚷什么,没大没小!"又看见莫南刷刷地掉眼泪,不觉心软起来,又不知道她哭什么,只好平心静气问:"你哭什么?我就是问问,你没钱就算了,爹妈又不逼你。"

陈春丽女人家心思到底细密些,上回莫南伸手要嫁妆的情形历历在目,自然知道她这眼泪有几分是为了嫁妆的事,赶紧哄她:"你爸就是问问,没钱我们再想办法。"

莫南伸手胡乱一抹眼泪,连珠炮似的轰了起来:"你们真好意思!我就不是你们

生的？小北结婚你们掏钱买房，你们怎么不想想我也要结婚，也要买房？为了凑买房的钱我都急成什么样了，我容易吗我！我没问你们要钱已经不错了，谁家闺女结婚爹妈一分钱不掏的？亏你们还好意思问我要！我就没见过谁家当兄弟的结婚当姐的掏钱买房的！从小你们就偏心他，什么好的都给他，我不说你们就算了，亏你们这个时候了还只想着他！"

陈春丽的眼睛也湿了，有几分惭愧，有几分委屈，低声说："我们要是钱充裕，谁不想帮你一把，可不是不够嘛！小北的事着急，你当姐姐的体谅点。"

"还让我怎么体谅，这么多年我什么时候没体谅他？"

莫福生一拍桌子："弄了半天你委屈还不少哩！我们就算多想着小北，那也是因为他本事没你大，你一个月挣三四千，他一个月才挣一千多，丁小华又是个临时工，他们怎么跟你俩比？你挣那么多，就是帮点又怎么了？我随口问你一句，就招出你这么些话，瞅你那意思，我跟你妈还虐待你了？"

"虐待倒没有，偏心，偏心至极！"莫南眼泪汪汪反驳，"你看着三四千不少，你自己去城里住住看，这点钱够干什么？攒二十年还不够买个卫生间！我早说了小北学历低又没有专长，去城里混着还不如回家挣钱实惠，他自己图排场非要去城里，挣不着钱难道还怨我？再说了，都是你们生的，你管我们挣多挣少，不都该一样对待吗？哪怕他挣得少你们多帮着他我也不怨你们，谁见过我的事一分钱忙也不帮，全都拿来贴他的？"

莫福生一时无语，想想才说："我也没说你的事一点也不管，这不是小北的事比较急嘛，你还能再等等，小华的肚子可等不了。"

莫南赌气只想说"那干脆我把肚子弄大算了"，可是当着老爸，到底没好意思说出口，只是抽泣着，半天听见陈春丽吞吞吐吐说："上回说过给你一万，要不待会儿我给你拿上？"

莫南头也不抬说道："不够！我也不多要，五万有没有？小北一套房至少七八十万吧？我不敢跟他一样，你们先借给我五万应应急，过两年一定还你们。"

陈春丽急忙说："小南呀，你这不是逼你爹妈吗？我们上哪儿找那么多钱？小北的事都愁得头发胡子白了哪！"

莫南心说又来了，你就偏心吧！冷冷看着她不吭声。

莫福生一咬牙："五万就五万，我给！让你看看我们到底偏不偏心！"

莫南大喜过望，没想到这么痛快老爸就发了话。还没来得及道谢，看见老娘哭丧着脸问老爸："他爸,那边的钱还凑不上哩……"

莫福生闷声闷气回答："旅馆不开了,那些空调、床铺、热水器拆下来打给对门周家,多少能换俩钱,后院也租给他们,他们不是跟咱说过几回要租咱院子圈养鸡场吗,跟他抬抬价钱,先凑出来两万再说,别的再想办法,别让孩子戳咱脊梁骨。"

莫南一时不知道说什么好。办养鸡场? 好好的住家户,清清静静的院子,怎么能办养鸡场? 周家的鸡圈她进去过一回,又腥又臭,一进去就浑身奇痒,好像空气中到处是看不见的小虫子似的,怎么能让爸妈住在这种院里?

她呆了半天,原本想着父母是有钱不肯帮自己,现在听起来,难道他们真的两手空空?

陈春丽磨蹭一会儿,最后还是回屋取了一沓钱,犹犹豫豫说："这一万块一直给你留着,你先拿去。"

莫南忍不住问："你们真的没钱? 小北的房子怎么说的? "

陈春丽偷眼看丈夫没有阻拦的意思,这才答道："他俩手里才攒了一万块不到,城里的房子买不起,小华一个亲戚在黄村有套三十多平米的旧房子,答应便宜点卖给他们,不过人家要一次结清账,至少也要给个八九成吧,丁家凑了六万多,剩下的咱家想办法,我跟你爸愁了几个月了,这一万块,你爸说留给你,谁也不能动。"

莫南不由自主问道："房子要多少钱? "

"二十八万。"

"这么便宜? "莫南皱着眉头想了半晌,恍然大悟,"黄村还在大兴的南边吧? 都到六环外了,也太远了! 在那儿买房还不如回咱怀柔。再说小北他们在潘家园上班,隔那么远怎么住? "

陈春丽叹气："上班只好早点起,反正小华是临时工,一生孩子人家肯定不要她,到时候搁附近另找吧。我也说不如回怀柔,小北爱面子,死活不干,怕人家说他在城里混不下去才回来。"

"现在还差多少钱? "

莫福生打断她："别问了,你要五万,我们给你凑,小北的事我跟你妈再想办法,你别操心了。"

陈春丽吞吞吐吐："小北的事着急……"

莫福生上火了："说了给闺女,打什么岔! "

陈春丽不敢开口,莫南倒于心不忍了。一直怨他们偏心,现在看来,至少老爸不

偏心,五万虽然比不上给小北的那么多,可是做儿女这么逼爹妈,未免也太不孝了。那套房即使凑齐了首付,一年供六万压力也太大了,再说李天辉已经放弃,何苦为了这事跟爸妈拧巴?

她要五万,一半的意思还是赌气,抱怨父母只肯为弟弟花钱,如今心结既然解开,顿时豁然开朗,反倒觉得钱财再多也比不上这个家重要,怎么能为了自己有房住要逼得爸妈住养鸡场? 于是和颜悦色问道:"小北那边还差多少钱?"

莫福生大手一挥:"你不用管。我原先当你手里有富余才向你张口,你既然有难处,我们再想办法。"

莫南忙说:"那五万我不要了,房子我再慢慢找,总有便宜的。"

"不能再慢了,你都几岁了?"莫福生把那沓钱往前一推,"小北都要当爹了,你还没结婚,我这心里也不是滋味,这钱你拿着,我们再给你凑凑,早点把房子定下,该结婚就结吧。"

莫南印象中的老爸一向是说一不二、专横专治的主儿,难得见他对女儿柔情流露,顿时喉头哽咽起来:"爸,我先前错怪你,说话不中听,你别生气。你说得对,我再怎么样也比小北挣得多,房子的事我们自己想办法。小北那边还差多少?"

莫福生还是一句话:"你别管,我们再凑。"

陈春丽怯生生说:"连上这一万还差三万多。"

莫福生狠狠瞪她一眼:"多嘴多舌!"

莫南心一横:"这一万你先给小北,我再添两万。"

陈春丽喜上眉梢:"好,好!"

莫福生大手一摆:"说了不用你管!"

3

有时候莫南想,简直是鬼使神差,明明是气势汹汹管家里要钱的,怎么最后反而贴钱给莫北? 后悔谈不上,只是感慨颇多,果然像李天辉说的,每家都会有个最受宠的孩子,其他的虽然有怨言,遇到紧要关头,还是亲情第一。

她犹犹豫豫好几次,才半说半瞒地跟李天辉说了这事,一直担心他埋怨,谁知道他很通情达理地说:"应该的,咱俩还能对付,莫北却是火烧眉毛的事。"

找了这么个宽厚的男人,莫南的高兴自然不用说,可是静下心来一想,却又有另一种后顾之忧:不用说将来李家遇到难事李天辉也会这么做,这房子究竟什么时候才买得起？

这话她不好意思跟人说，言语之间却难免有一星半点儿流露，吴敏听见了抿着嘴笑她："总不能让小李子只给你家出钱，自己家里倒不管不顾吧？"

莫南脸一红，嗔道："看把你机灵的，我什么都还没说，你就跳出来下结论，谁说不让他接济家里？每年的年终奖都给他家了我不也没吱声吗？"

吴敏只是笑，又说："上次说的那事你到底去不去呀？"

原来几天前吴敏亲自致电，邀请莫南陪她参加一个慈善酒会，莫南对这种事一窍不通也没有兴趣，推托说再想想，谁知道吴敏却很上心，一有机会就问，催她早点把事情敲定。

莫南见她又提起这事，有些奇怪，随口问道："干吗非让我去？我从来没参加过这种活动，心里有点发怵。"

吴敏笑说："怵什么？有我陪你呢。"

莫南更奇怪了："你到底是找人陪还是专门陪我呀？"

吴敏收起笑容："让你去你就去嘛，啰索什么！真不够意思，一年也不一定央你做一件事，瞧把你为难的，又不是让你上刀山下油锅，至于吗？一句话，到底去还是不去？"

莫南只得回答："去，吴大小姐下了命令，我敢不去嘛！"

好在这些日子系里没什么事情好忙，莫南闲来无事，一边找房，一边打探慈善酒会是个什么东东，网上众说纷纭，显然听过这个名头的人很多，亲身参与的却很少，想来能在这个圈子里混的怎么也得是上流社会，这种人日忙夜忙，自然没工夫在网上发帖闲聊了。

她正心不在焉地翻看网页，忽然手机响了，一看居然是刘家明，他俩虽然是同学，但若不是吴敏，向来没有联系，他打电话做什么？

刘家明的声音准确无误地诠释了心灰意冷这个词："莫南，吴敏把我甩了你知道吗？"

莫南一时不知道说什么好。上次吴敏虽然说过跟他长不了，不过乍然听到，还是有点突然。想到刘家明那样阳光帅气的男生也会如此消沉，莫南心生怜悯，却不知如何安慰，只得明知故问道："是不是你们吵架了她说气话？"

刘家明声音极低，似乎提不起一丁点精神："不是。她已经三个多月不肯见我了，今天一大早打电话过来，开口就说分手。"

莫南只能"哦"了一声。

"你知道为什么吗？"刘家明不等她回答，自己先阴阳怪气地笑了一声，"我知道，她傍上了我公司的老总。"

莫南心说我也知道，却不好出声，只是静静听着。

刘家明却也不再开口，直静了三四分钟，才听见他说："莫南，我心情坏得很，晚上你能出来跟我吃个饭吗？"

莫南虽然为难，仍然答道："行啊。"

刘家明说完了时间地点，又沉默片刻，忽然毫无征兆地挂了电话。

莫南长出一口气，心说这算什么烂摊子啊！正在此时，忽然觉得背后似乎有两道犀利的目光盯着自己，回头一看，顿时张着嘴愣在了那里，原来安义信正面无表情地站在自己身后。

电脑上着娱乐论坛，电话里说着私事，面前一点与工作有关的东西都没有，莫南暗叫完蛋，不知安义信来了多久，听见了多少，总之今天这事是大大不妙，原来一个人居然可以背运到这等地步。

安义信不说话，莫南也不敢辩解，旁边的杨林燕原本给莫南使了无数眼色，无奈她专心讲电话一个也没看见，此时见她被逮了个正着，于心不忍，于是搭讪着说："刚才我们在讨论寒假前办些什么文艺活动比较好，所以小莫姐上网查些资料。"

安义信微微一笑："慈善酒会？学生搞活动似乎不用这么大费周章吧？以后上班时间专心点。"也不听莫南分辩，径直出了门。

莫南郁闷得无以复加，连给杨林燕道谢都没有，对着电脑发了半天愣，心想怎么这么倒霉，每次都被安义信撞上？本来就不会讨好他，现在更爽了，粗心大意开错发票不说，还在上班时间上网、聊电话。

其实上网之类的都是常见，只不过被领导抓了现行就另当别论，更何况有开发票的例子在前，莫南给安义信留的印象并不好，如今两罪并发，又是在一把手跟前出的错，前途如何，可想而知。

莫南闷了许久，丝毫补救的办法也想不出，只能恨自己流年不利，后来一想，反正已经这样了，管他呢！本来想等休息时再给吴敏打电话，索性公然拿起电话拨通吴敏："喂，你跟刘家明摊牌了？他刚才打电话给我，一副半死不活的模样。"

吴敏冷笑一声："你理他呢，怎么想起来找你。"

"他还要我晚上一起吃饭呢，也不知是不是要跟我诉苦，到时候我说什么呀？"

"你别理他。"

"我怎么好不理？同学一场，听他的声音蛮可怜的，你呀，真是……"欲待再说下去，想起到底是人家的私事，交情再好也不能多问，赶紧刹住车，顿了一顿忍不住追问，"你老实跟我说吧，是不是因为赵阳？"

"你别管那么多了，晚上他要是发牢骚你也别理，管他呢，过阵子就好了。"吴敏匆匆忙忙说道，"我正忙着，下回再说吧。"

莫南挂了电话，再也没心思打探该死的慈善酒会，一会儿想不知道刘家明会说什么，一会儿想吴敏该不会真的是为了钱吧？一会儿又郁闷自己的运气，担忧将来的前途，就这样东想西想，渐渐地天色暗了下来，与刘家明约好的时间就要到了。

莫南赶到时刘家明看样子已经到了很久，眼前摆着两个空啤酒瓶，人漫不经心地斜歪在椅子背上，目光没有焦点地看着前面，不知是在想心事还是在发愣。

莫南在他对面坐下后，才发现刘家明衣冠不整，头发凌乱，眼睛里布满了红血丝，显然许多天没有睡好了。昔日令无数少女怦然心动的校草落得如此下场，莫南的怜悯之情越发汹涌澎湃，暗自慨叹吴敏的狠心，几年的情分，亏她轻描淡写一副事不关己的模样。

刘家明看见她，勉强笑了一下，依稀恢复几分昔日的神采："真是不好意思，这个时候叫你来。"

莫南忙说没关系，刘家明沉默了一阵子，低声说："我也不知道找你干吗，唉，你跟敏敏那么好，跟你说什么都让你为难。"

已经分手了，他还叫她敏敏，想来是多年的习惯一时改不过来，莫南内心感慨更深，只得轻声说："你别难过，她也许就是一时任性。"

刘家明摇头："你知道赵阳吧？"

莫南顿时尴尬起来，原来他什么都清楚，又不好答是又不能说不是，只好不说话。

刘家明看了她一眼，苦笑道："看来你知道。搞了半天就我蒙在鼓里。公司的人说赵阳开车接送敏敏，我还不信，敏敏认识他，还是我带她参加公司年会的时候，操，我真是个冤大头。"

刘家明渐渐激动起来，再不是刚才颓废失落的模样，莫南深吸一口气，暗自叫苦，这该死的吴敏，干的都是什么事啊！

4

刘家明自顾自唠叨了一阵子,抬眼看见莫南心不在焉,知趣地打住,说:"唉,我真是糊涂,跟你说这些有什么用?你跟她是什么交情,总不能让你帮着我骂她吧?怪不得她说我脑子有问题。也好,反正我也是穷光蛋一个,与其天天听她念叨我没前途,不如早点一拍两散,不耽误她的锦绣前程。"

莫南见他说得轻松,神色却极为复杂,既有不舍,又有气恼愤怒,其中又以恼怒居多。莫南深知其中诀窍,吴敏的行为本质上就是傍大款,这已经够让他难堪了,何况这大款还是自己的顶头上司,要是闹起来难免丢了饭碗,可要是不声不响咽下这口气,今后在公司怎么抬得起头?难怪他如此憔悴。

刘家明咕嘟咕嘟灌了一杯酒,往事稀里哗啦从脑子里往外蹦,顾不得眼前坐的是吴敏的死党,自顾自又说了起来:"我对她怎么样,你是从头到尾看着的,上学时就不说了,就说上班以后吧,别看我一年挣十来万,大小算个灰领,哼,我钱包里就没装过三百以上!这些年一分钱没往家里拿过,除了吃饭交房租,差不多都给她买衣服买化妆品了,她说要买房,我让我爸妈到处托人,好容易找到一个买得起的尾房,我厚着脸皮问家里要了几十万交首付,辛辛苦苦给她供着,她呢?就去看了一次,又嫌卧室小又嫌地段不好,劈头盖脸把我训了一顿,再也不去了……"

莫南吃了一惊,忍不住插嘴问他:"你们买房了?我上回问她她说没有呀。"

"她当然说没买,她怎么会瞧得上那房子?才十五平米的卧室,怎么衬得起她吴大小姐的身份?"刘家明酸溜溜地说道,"再说又没有步入式衣柜让她试衣服,又没有冲浪浴池让她泡香熏澡,她怎么会瞧得上?"

莫南此时顾不上关心他们的情变,抢着问他:"房多少钱?位置在哪儿?你一个月得供多少钱?什么时候买的?"

刘家明觉察到她的急切,虽然有些诧异,还是回答说:"八月份的时候一万四买的,在六里桥,差不多一个月供四千多吧。"

莫南脱口说道:"怎么这么便宜!"随即觉得这时候打听这个极为不妥,脸一红,低声说,"对不起,我一直在看房,所以听你一说就忍不住要问。"

刘家明笑了一下:"无所谓了,你又不是故意的。"想了想又说,"是我妈一个朋友介绍的,似乎认得开发商的高层,再说又是尾房,所以比较便宜。"

"什么是尾房?"

"就是一个项目里卖剩下的最后几套房。"刘家明有些疑惑,"你不是在看房吗,怎么连这个都不知道?"

"李天辉关心得多些,我就是瞎掺和。"莫南有心再细问他说的尾房还有没有剩,他妈妈的熟人能不能再说个情,又知道这时候说这个十分不妥,强忍住内心冲动不再多话了。

接下来的时间里刘家明无非絮叨些吴敏怎样狠心,自己如何窝火,莫南起初十分同情,渐渐发现他对于和吴敏分手并不见得如何伤心,倒是对她跟赵阳这事耿耿于怀,怒气难平。到最后莫南终于醒悟过来,原来刘家明并不是想讨伐吴敏,他是个聪明人,知道事已至此多说无益,然而心里憋得难受,总得找个渠道发泄一下,可这事又十分丢脸,不好跟别人说的,莫南反正深知内情,跟她说也无妨,所以单把她揪了出来。

这一通诉苦一直持续到小店打烊为止。莫南的同情彻底变成了身心疲倦,出门后一见刘家明钻进了出租车,立刻掏出手机找吴敏撒气:"死人,你们刘家明快把我絮叨死了!"

吴敏娇柔的声音在夜色中听来有几分陌生的冷淡:"谁让你理他的。早知道他那副德行,除了到处诉苦还能怎么样。"

"你们可好,一个电话拜拜了,我呢?夹在中间当和事老,烦死了!以后你再交什么男朋友别跟我说,免得你把人甩了我又得当不收钱的心理医生!"

"你自己心软要去,关我什么事。"吴敏语气里听不出一丁点惭愧或者怜悯。

莫南跟李天辉说起这事时,李天辉笑着问他:"要是有个大款追你,你是不是也不要我了?"

"去你的,想什么呢!"

李天辉笑嘻嘻说:"我看你对吴敏一点谴责的意思都没有,你俩一向又情投意合,你会不会跟着她学?再说了,放着那么个大款不要跟我这个穷光蛋,几个女人那么傻?"

"你去死吧!各人有各人的活法,我俩再好我也不能对人家的事说三道四,你让我谴责什么?难道她换个男朋友还得先问问我的道德观?"莫南想这个李天辉说话实在混账,于是狠狠拧了他一把,"这种鬼话你在我跟前说说就行了,见了她不许乱说,听见没有?"

"好好,我不说,唉,这年头,女人越来越现实了,长得帅有什么用?都不如有钱

实在。说真的南瓜，要是赵阳追你，你怎么办？"

"他？那么大肚子还是个地中海，贴钱送我都不要。"

李天辉半真半假说道："要是换个有钱又帅的呢？"

莫南竟然觉得心虚，仿佛眼前有无数个富贵帅哥的鬼影憧憧，暗自啐了自己一口，赶紧说："服了你了，这种事都想得出来！懒得理你。"说着翻身冲墙果真不再说话。

李天辉以为她真生气了，忙笑着推她："说着玩呢，你别生气嘛！早知道咱家南瓜对我忠贞不贰，哪怕是布拉德·皮特呢，咱南瓜瞅都不瞅一眼！"

莫南扑哧一声笑了："要是皮特同学的话，嗯，我还是考虑一下吧。"

说笑归说笑，莫南心里始终惦记着尾房的事，于是问道："你知道什么是尾房吗？"

"知道啊，就是卖剩下的房子，网上有好多尾房超市。"

莫南顿时来了精神："那你怎么没跟我说过？尾房是不是很便宜？哪些地方有尾房？咱们哪天去看几套？"

"有的确实便宜，不过大部分差不了多少钱。"李天辉沉思着说，"我觉得其实就是那么一说，真要是物美价廉怎么还能剩下？而且听说尾房大多数都是朝向不好或者结构不合理的，还有的是管道什么坏了大修过的，上回论坛里还有个人说他买了一套便宜尾房，住进去才发现卧室顶上接了俩排粪管，郁闷得不行。唯一的优点就是大部分都是现房，不用等。"

"这些都无所谓，反正墙是包起来的，眼不见心不烦，关键是要便宜。刘家明说他在六里桥买的尾房才一万四。"

"这么便宜？你没问他是哪个盘？"

"我有那么没眼色吗？这种时候问他这种事。"莫南白了他一眼，"他说是他妈托了熟人才弄到这个价。"

"我说呢。"李天辉恍然大悟，"咱们去肯定又得贵上几千。"

"你不说有尾房超市吗？哪天咱们去看看嘛。"

李天辉见她一脸热切，不忍扫她的兴致，于是点点头。

莫南心花怒放，缩在他怀里闭着眼睛憧憬：黄金地段上便宜又漂亮的小楼，宽敞的卧室，明亮的阳台，而且拎包就能住！尾房啊尾房，多美好的词汇，以前怎么不知道呢？

李天辉抚摸着她柔软的头发陷入了沉思。不是没想过尾房,可是网上的评价大多数都是负面的,而且确实比开盘时没便宜多少,只怕这条路行不通。一低头看见她兴奋的神情,顿时不忍心泼她的冷水,这些天工作和房子都有那么多不如意,难得见她高兴,哪怕是空欢喜一场呢,只要她高兴就好。

九 衣香鬓影慈善夜

1

酒会当天,莫南打扮了赶去见吴敏,吴敏开门看见她,两条弯弯细细的眉毛一下拧成了一字:"你就穿这个?"

莫南从镜子里看了看自己,纳闷道:"怎么了?我还是照你的话选了半天衣服呢。"

吴敏无奈地看着她:"你真是……唉,算了,先穿我的吧。"从衣柜里拽出一条吊带裙:"你试试这个。"

莫南接过来一看,薄薄的一层,又轻又软,看起来像是真丝,扑哧一声笑了:"没搞错吧,这么大冷的天就穿这么点?你想冻死我啊。"

吴敏拽出一条披肩:"外头披上这个。"

"我不穿,我怕冻死。"莫南嘀咕着把裙子往床上一扔,"我这身怎么了?为了你我可是破例穿了裙子呢。"

"今天晚上到场的都是社会名流,穿的戴的哪一件不是名牌?参加这种活动,至少也要有件晚礼服吧,你这身算什么?"吴敏鄙夷地瞧着她商场打折时置办的这身行头,"你应该看过电视上走红地毯吧,谁会穿高领毛衣、帆布鞋去这种场合?快换了,别让人笑你。"

莫南本来就对这事没多少兴趣,无非吴敏催得急才勉强答应的,如今见她摆出这份脸色,不觉有些冒火,冷笑一声说:"我又不是什么名流,怕谁笑话?本来就不想去,衣服你又说不行,刚好,省了这趟腿。"

吴敏一听便意识到得罪了她,轻笑一声说:"好啦,是我说错话了,你大人大量别计较还不成吗?真是的,毕业这么多年了脾气还像上学时那么坏,你记不记得有一回我说你穿得像60年代的下乡知青,结果你一个多星期没理我?"

莫南想起当年的事,不觉也笑了。吴敏一向就是这样,娇滴滴的从来不肯让人,又爱打扮又会打扮,看见同学中谁穿得土,总要明里暗里讽刺几句,莫南一向对穿着打扮不是很上心，当初为了这个，俩人没少怄气。这么多年，她也一点没变，要是再为这个生气，真成了小孩了。

吴敏见她笑了，知道已经没事，便把披肩围在她肩上端详了一会儿，摇头说："不好，跟你不大配，我再找找。"

莫南笑说："干吗非让我去？你又不缺人陪，何必难为我？明知道我没有这种场合穿的衣服。"

吴敏拨拉着密密麻麻列成几排的衣服，心不在焉地回答："让你开开眼界呗，老跟着李天辉混有什么劲儿。再说，也有人想见你。"

"谁？"

吴敏回头一笑："我呀！"

莫南换上吴敏指定的青花瓷单肩小礼服时，怎么看镜子里的人都觉得别扭，倒是吴敏点着头一副满意的模样："不错，个子高就是撑衣服，我穿这件效果就没那么好。"又找出一条白色的毛皮披肩给她围上，松口气说，"OK，总算完成任务。南瓜，你该有些像样的衣服了，下回总不能还穿我的吧？"

"还有下回？别逗了，难受死我了。"莫南摸着滑溜溜凉沁沁的皮毛，随口问道："这是什么毛？摸上去还挺舒服的。"

"水貂皮，前几天在东北买的，那边皮裘比北京便宜多了，质量也好，下次带你一起去。"

"多少钱？"

"好像是一万二？记不清楚了。我在金源见过跟这差不多的一件，要两万多呢。这一件省下的钱就够去东北来回的机票了，赵阳就是精明。"

莫南"哦"了一声，才明白东北之行原来是赵阳的主意，不用说，钱肯定也是他掏的。不好评论什么，只在心里想，难得吴敏肯迁就买便宜货，看来赵阳不仅理财手段高明，口才更是一流。

吴敏挑出一双足有十厘米的高跟鞋给她换上，吴敏穿36码，莫南穿37半，勉强把脚塞进去，挤得她龇牙咧嘴，没等缓过劲，吴敏又死拖硬拽逼着她去了造型中心，虽然暖气足够强劲，轻薄的礼服仍然使莫南起了一身鸡皮疙瘩。设计师吹风夹板一起上，半小时过后，一头桀骜不驯的硬直黑发终于变成了漂亮光滑的中式发髻。

裹着风衣回到吴敏的公寓，莫南脑子里只剩下一个念头：抱着被子大睡一觉。

可是吴敏还不肯放过她。不容反抗地将她按在梳妆台前，干脆利落地拉开了抽

屉。莫南看了一眼,嘴巴半天没有合上,好一个包罗万象的抽屉!足有五六十个色彩缤纷的瓶瓶罐罐,满布着莫南不认识的英文或者法文,她一脸错愕地从镜子里盯着吴敏:"My God,你不会每天要弄这么多东西在脸上吧?"

吴敏拍了她一巴掌:"你当我是刷墙的啊?"

"也太多了吧,你用得完吗?"莫南随手捡起一个小牙膏管,"总不能是牙膏吧?"

吴敏抿着嘴笑了:"妆前底乳,均匀肤色的。"麻利地挤出一滴,拿手指摊匀在她脸上,"化妆刷不能混着用,将就用手给你涂吧。"

莫南又捡起一个瓶子:"这是什么?"

"高光。"

"这个呢?"

"闪粉,待会儿你脖子和胳膊上都得扑点,夜里效果特好。"

莫南泥塑木偶一般任由她摆弄,眼看镜子里越来越精致,越来越陌生的脸,只觉得面前那个忙来忙去的人也一点点模糊起来,这还是那个睡在上铺,床上堆满了毛绒玩具的小女孩吗?几时起她的衣柜塞满了名牌,她心坎上放着的浪漫爱情变成了沉甸甸的金钱?

吴敏端详着灯光下莫南美丽的脸庞,得意地一拍手:"哈,手艺不坏吧?"

莫南笑着笑着,忽然脱口说道:"赵阳真的比刘家明好?你不后悔吗?"

吴敏怔了片刻,耸耸肩说:"你那么向着刘家明?"

"要不是你,我才懒得理他。"莫南莫名奇妙有些激动,拉住她的手认真说道,"我不是向着刘家明,只是赵阳,赵阳是不是年纪有点大?而且他……你要是真喜欢他,我没话说,要是为了别的,敏敏,这是一辈子的事,你得认真点。"

"我替你说了吧,而且赵阳的长相和刘家明比可是天上地下。"吴敏淡淡一笑,"南瓜,你就是太认真了,人生一世,草木一秋,能有几天舒心的日子?我早想明白了,爱情太空虚,活得好才是最实在的。"

"可是跟不喜欢的人在一起,能活得好吗?"

"我喜欢赵阳呀。"吴敏收起笑容,"他成熟、稳重,虽然不像刘家明那样对我百依百顺,但是我在乎的事情他都能办好,我想要的他都能给我,我为什么不喜欢他?"

莫南直觉这话有问题,可是找不出毛病出在哪儿,急得只说:"这不是我说的喜欢。"

"有这点就足够凑合过一阵子了。"

"你总不能凑合一辈子吧？"

"一辈子太长，懒得想那么远。"吴敏慵懒地靠在沙发上，"南瓜，你活得太认真，工作和爱情，你都实打实地来，何必呢？爱情这东西，说穿了不过那么回事，刘家明口口声声说没有我活不下去，可他现在不是活得好好的吗？"

"那是因为你没看见他现在的样子，怪可怜的。"莫南心里一个声音蠢蠢欲动，憋得她实在憋不住，终于避重就轻问了出来，"赵阳那么有钱，又是刘家明的老板，你不怕别人说你是为了，嗯，为了……"

吴敏冷笑："为了钱？那个别人恐怕就是你吧！赵阳有钱怎么了？有钱又不是罪过，我难道就不能找个有钱又爱我的男朋友吗？"

莫南慌忙分辩说："你误会了，我不是那个意思。"吴敏只是冷笑，显然并不相信。莫南还要再说，门铃响了，听见赵阳乐呵呵的声音："敏敏，收拾好了吗？"

莫南忐忑不安地钻进了大奔，正在琢磨怎么安抚吴敏，突然见她回过头来惊呼一声："哎呀，忘了给你涂指甲油了！"

2

莫南以为礼服披肩加露趾单鞋的打扮在初冬季节算是异类，哪想到一踏进酒店大厅，满眼都是白腻光洁的胳膊大腿，美女们细长优雅的脖颈上吊着各色耀眼闪光的首饰，如同白天鹅凫在波光粼粼的湖面，闪得她一时竟有些头晕眼花。

吴敏低声说："糟糕，你脚上也没涂指甲油。"再定睛一看，更加郁闷了，"你这懒人，多久没修指甲了？"

"压根从来就没修过。"莫南嘟囔着，正要再次抱怨被拖到这里，一抬眼看见吴敏一脸懊丧，连忙改口，"别管我了，我站一会儿就走，谁看得见我涂没涂指甲呢，我又不是名人，谁有工夫看我？"

吴敏白了她一眼："走什么呀，你跟着我就行了，待会儿拍卖完了还有舞会，十二点之前散不了。"

莫南吓了一跳，脱口说道："没搞错吧，我还没吃饭呢，想饿死我呀！"

吴敏恨铁不成钢地对她做闭嘴的手势，赵阳假装没听见，快步走开，不多时又回来了，笑着说："Waiter 马上过来，饮料有香槟、红酒和果汁，点心也不少，莫南要是饿了先垫垫。"

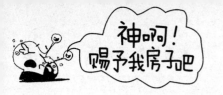

莫南正在翘首期盼，忽然听见门口一阵喧哗，回头一看，一个身着粉红色露肩深 V 领晚礼服，全身罩在珠光宝气中的年轻女子走了进来。原本站在门厅边的几个记者呼啦一声全挤了上去，又是举话筒又是七长八短提问，拿相机的咔嚓咔嚓闪个没完，那女子脸上挂着妩媚的笑容，熟练地对着镜头摆起了 Pose。

莫南觉得她十分眼熟，想了半天惊喜地叫了一声："她不是《在冬天等你》里的那个女二号吗？真人比电视上漂亮多啦！你怎么不早说有明星来嘛！"

"这种小明星什么活动都参加的，有什么稀奇。"

莫南兴冲冲地说："干脆我去找她签个名，明天给同事显摆显摆。"

吴敏一把拽住她："别去！她一个二三线的电视剧演员，又不红，要她签名干吗？今天到场的人什么明星没见过，你找她要签名，还不让人笑你。"

莫南不服气，争辩说："她要是不红怎么有那么多记者采访她？"

"谁知道是不是她自己花钱雇的，现在好多小明星都这样。"吴敏盯着她手里拿的精致小包，微微蹙眉说，"奇怪，她拿的好像是爱马仕秋冬季的新款手袋，连香港都没货，她怎么买到的？"

"人家是明星嘛，有什么买不到？"

"别逗了，这种限量版的新款才不是她这种没名气的演员能买到的。"吴敏又盯着看了半天，"我看多半是秀水淘的 A 货。"

莫南对什么 A 货 B 货向来搞不清楚，对人家手里拿的是不是正品也没什么兴趣，只是瞪着眼睛等着看还有没有名人，没多久络绎走进几个电视台主持人，几个穿得莫名其妙的歌手，不过更多的是像吴敏和赵阳这种衣冠楚楚看似大款的来宾。

她正瞧得起劲，听见吴敏的轻笑声："喂，刚才谁说肚子饿？"

莫南一回头，第一眼看见穿戴整齐打着白领结的 Waiter 托着托盘潇洒地走了过来，托盘里内容丰富，蛋糕、曲奇、起酥点心、泡芙应有尽有，顿时兴奋起来，顾不上看名人走秀，立马伸手捞一个泡芙塞进嘴里，本想每样再拿两个，看看手里塞不下，正要叫吴敏帮忙，吴敏做出躲闪的姿势说："别叫我啊，谁想吃自己拿。"

莫南只好再往嘴里塞了两块，含糊不清地说："看把你淑女的，等会儿饿了别后悔，不管你了，我先填饱肚子……"

话音未落，已经听见一个男人带着笑的声音："莫南？猜就是你。"

莫南怔了一下，这里还有人认识我？来不及多想，嘴里嚼着没吃完的曲奇猛一回头，居然又是王磊。

此时的王磊西装笔挺,皮鞋锃亮,手腕处两颗金袖扣在灯下熠熠闪光,他看着莫南,脸上带着几分捉摸不定的笑意,似乎在笑她贪吃,又像是说果然只有你能干出这种事。

莫南被他笑得不由自主红了脸,只挤出一句话:"又是你。"

赵阳哈哈一笑:"怎么一个人来?"

"别提了,我现在是孤家寡人,可怜得很呢。"王磊嘴里说着可怜,脸上的神色分明却是轻松,"哪像赵总,走到哪儿都有佳人相伴。"

吴敏对他的恭维报以微笑。莫南心说马屁精。

恰在此时,周围安静了下来,一个莫南经常在电视上看见的主持人走到台前宣布晚会开始,几个歌手激情洋溢地献歌后,某著名乐队奏起温情脉脉的舞曲,吴敏轻轻一搭赵阳的手,相携步入舞池,莫南放眼望去,满场飘着各色裙角,男人腕上的名表与女人们脖子上的钻石相映生辉。

Waiter 又朝这边走来,莫南一边拿水果,忽然蹦出一个念头:在场的大概只有自己和 Waiter 属于无产阶级吧?原来阶级这个概念压根没有消失,只是没穿上晚礼服的时候,人们看起来都差不多而已。

熟悉的声音在耳边响起:"莫美女能不能赏光跳一曲?"

果然是王磊,依旧是彬彬有礼却又带几分轻佻,几分捉摸不定的笑意,此刻他伸出右手,微微弯腰,做出一个请的姿势,一边已经准备迈入舞池,仿佛拿定了她不会拒绝。

可惜莫南接下来的话令他不得不停住脚:"不好意思,我不会跳舞。"

"莫美女说笑吧?"王磊一脸不信。

莫南只得诚恳地剖白不是说笑,的确从来没跳过舞,也从来没参加过舞会。

"我不信。"王磊闲闲地笑着,"小吴的闺蜜怎么可能不会跳舞?"

舞池里吴敏优雅地滑步,恰如一只娇俏的蝴蝶舒缓地煽动双翅,无声地印证着王磊的推论。

莫南只得再次辩白,虽然与吴敏是多年好友,但是一起参加这种活动,还是头一次。她想起大一时吴敏就是寝室里唯一一个定期参加学校舞会的家伙,想起大三时吴敏去一家公司实习的头一天就被三个人邀请参加圣诞舞会,而自己唯一一次舞会经验就是毕业晚会,可是就连那次,她也是整夜坐在旁边,胆怯地拒绝为数不多的邀请,后悔怎么没早点学跳舞。

有一种人似乎天生应该搭配钻石长裙华尔兹,比如吴敏;另一种却只有在拖鞋睡衣电视机的环境下才觉得舒服,比如自己。怪不得吴敏约着去舞会的时候自己不是真头疼就是装头疼,看来对这种环境的抗拒差不多已经成了生理反应。

正想得出神,听见王磊笑说:"奇怪,你跟小吴从头到脚没一处相同,怎么会那么好?"

这句话李天辉也问过,当时莫南答不出来,只好白了他一眼说:"你个大男人,管我们女生好不好呢!"

如今却不能拿这话对付王磊,莫南想了半天说:"性格互补吧?"

王磊哈哈大笑:"这个词好像是说夫妻俩的吧?"

莫南尴尬不已,心说这人还真讨厌,却又听见他说:"我们这个圈子里比较多见到的是小吴这样的,那次她带你来,又说你俩是好朋友,我以为你跟她差不多呢,呵呵,没想到差了这么多!"

莫南心想这话是损我,说我比吴敏差远了吗?却又听见他说:"要不是小吴说过,我还以为你是刚毕业所以才这么涩,这么拧呢。"

这句又不像是贬语了。莫南稀里糊涂看看他,不明白他的心思,王磊又是一笑,轻啜一口香槟。

乐声袅袅而止,吴敏和赵阳携手归来,赵阳低声说:"你看中哪件?我拍下来给你?"

吴敏悠悠然向墙边打量,莫南顺着她的目光望去,不知什么时候那里已经摆了一溜儿铺着深红天鹅绒的高几,上面摆着字画、首饰、瓷器,莫南甚至还看见了两张大红请柬,正在纳闷,听见赵阳说:"今晚是暗拍,不公开竞价,看中什么把价钱报上去就行。敏敏,你喜欢哪件?"

莫南这才明白原来都是要拍卖的东西,皱着眉头想,难道慈善就是拍卖?

仿佛在回答她的疑问一样,王磊在她耳边低声说:"有钱人高价买东西送女友,这就是中国的慈善。"

3

因为是暗拍,场面并不像莫南在电视上看过的那么热火,大多数人端着酒杯,带着女伴悠悠闲闲地在拍卖品跟前来回走动欣赏,若有喜欢的,随手写下价钱丢进旁边的竞价箱,更多的时候则是熟人见面相互寒暄,或者两拨陌生人经人介绍后立刻像多年相识一般亲亲热热地推杯换盏,比如眼下的赵阳和吴敏,就与刚认识的两对谈笑正欢。刚刚满场飞的是乐声和裙影,眼下却是此起彼伏的"×总"、"×董"。

莫南越来越觉得无聊,私下里盘算等吴敏一回来就立刻开溜,然而吴敏穿花蝴蝶一般走来走去,始终没有回来的意思。

王磊头一个周游列国归来,往桌边一坐,摊开双手笑道:"这种场合真是要命,认识不认识的都得亲亲热热聊几句,十分钟过得比一个小时还累。"

莫南心说又没人逼你来,可不是自找的吗,现在抱怨什么?哪像我是身不由己在这儿受罪。

王磊见她不答,又问:"看了拍卖品吗?有没有喜欢的?"

莫南只好笑说:"喜欢也买不起,随便看两眼就行了。"

王磊嘿嘿一笑:"没错,本来值两块钱的东西,这么一拍就要卖四块钱,果然打得好算盘,还好是打着慈善的名义,不然我是决不当这个冤大头的。"

莫南听他的意思,似乎已经看中了哪件准备买下来,此时正不知道聊些什么,便顺着他的口气问道:"已经选好了?"

"还没有,不知道人家喜欢什么。"

莫南想这个"人家"自然是上次在新光天地见过的俏女郎佳妮了,笑说:"你天天陪着她买东西,能不知道她喜欢什么?"

王磊眨了眨眼:"你是说佳妮?呵呵,不是给她,人家已经订婚了,未婚夫可不是我。"

莫南哦了一声,不好再往下问,心里疑惑不定。赵阳每次见他都要问起佳妮,可见他两个在一起时间应该不短,再说上回偶遇时两个人言谈神色没有一处不像是多年的情侣的,怎么说分就分?看王磊的神色却又不怎么伤心,难道他对佳妮并不是真心?那个佳妮也挺奇怪的,上回见面时明明是个挥金如土的物质女子,王磊这样年轻帅气的小开比赵阳条件还要优厚,她怎么会舍下他另嫁他人?

正在暗自琢磨,忽然听见王磊说:"要是你男朋友给你买礼物,这里的东西你挑哪件?"

"哪件都不要。"

"为什么?"

"这么贵,何必呢!"莫南笑说,"再说都是些首饰字画,首饰我平常又不戴,字画呢,我们连房子都没有,总不能挂在宿舍里吧?"

王磊点点头，忽然说："你看的那条裙子不错，配那边那条项链正好。"

"裙子？什么裙子？"

"上回在新光天地你看的那条。"

莫南没想到他居然记得这事，惊奇之余顿时多了几分亲切感，便也不瞒他，笑说："太贵了，那天纯是逛，一件东西也没买。"

王磊正笑着说："居然没买？我看你那么舍不得，还以为后来你又去买了呢，女孩子总要有一件奢侈品才好，贵点怕什么，喜欢就买呗，太老实只顾替男人省钱也不好……"话未说完，一个五十多岁的男人走到两人跟前，笑说："小王也来了？"

王磊慌忙站起，笑说："刘叔叔一个人来的？阿姨呢？"

"她嫌太吵，先回去了。"又看看莫南，"这位小姐面生，介绍一下吧！"

"这位是莫小姐，通瀛赵总的朋友。"

那男人冲莫南点了点头，神气中一股不怒自威的派头，莫南赶紧恭恭敬敬站起，心想王磊这次不叫×总而叫叔叔，想必是世交，大约比什么总啊董啊更厉害些？

两人站住聊了起来，莫南正听得无聊，忽然那刘叔叔问道："听说你最近又买了两套林寓的房子？最近房地产形势很难捉摸，若以我的主意，还是妥当些，别全压在这上面了。"

莫南顿时留了心，只听王磊笑嘻嘻答道："叔叔说得是，我也一直注意着呢，并没有全压上去。现在形势虽然不明朗，但像这种四环内的城市别墅，北京城今后很难再有了，何况又是这么好的开发商，就算房地产整体走势再怎么不好，这处应该问题不大，我算准了三年之内涨一倍出手应该没问题。"

刘叔叔笑了一下，似乎有些不以为然，又说："你陆陆续续置办了不少房产吧？你公司里的流动资金全变成了不动产，别闹到紧要关头手头挪不开就麻烦了。"

王磊仍是笑嘻嘻的："没事，每月的房租就足够公司日常开销了，再说我那个皮包公司，关张不关张的有什么要紧，反正钱也不在这上头赚。"

莫南已经听愣了。自己两口子辛辛苦苦挣了几年还付不起个首付，别人每月光收房租就能撑起一个公司，人比人为什么总是气死人？羡慕之外另有几分心酸几分不甘，心说穷人想要一个容身之所已经难上加难，你们却在这里倒房炒房，哄抬价钱。

她起初听说王磊买房，满心想打听是什么楼盘，什么价位，自己买不买得起，等后来听见城市别墅几个字，已经知道不是自己能消受的价位，再听见两个人说来说去，都是谁卖了哪处房产赚了多少钱，谁最近准备搞房地产分一杯羹之类的话，越发心里别扭烦闷起来。要知道在她心中安居乐业四个字是最自然不过的道理，几年间房价飞涨，要做到安居越来越难，她时常痛恨黑心开发商卖高价，痛恨炒房倒房的哄抬房价，却没想到今天自己身边正坐着这么一位。

她低着头出了半天神，再抬头时王磊已不知道哪里去了，吴敏坐在邻桌冲她眨眼，似乎有话要说。莫南将对王磊的一肚子不满全算在她头上，心说要不是你死拽着我来，我也不用在这儿做壁花，也不用听奸商炫富，于是横了她一眼并不回话。

吴敏不见她回应，只得撇下赵阳坐了过来，开口就问："王磊和你说什么呢？"

莫南没好气，硬邦邦答一句："跟他有什么好说的！"

吴敏奇道："你莫名其妙跟谁生气呢？总不会王磊又得罪你了？不能吧，我看他对你挺有心的，老跟我打听你，不至于一见面反而来惹你吧？"

莫南听得一怔，忍不住问："他打听我？什么时候？"

"有一阵子了，每次见到我都要问'莫南最近怎么样'，问得我烦了，所以这回带你过来让他自己去问。"吴敏定睛看住她，带几分试探地问，"你没感觉吗？刚才他没说什么？"

莫南这才明白她何以死拉硬拽非要自己来这种场合，没好气说："什么都没说，就听见他跟别人吹大气倒了几套房赚了多少钱！"狠狠瞪一眼吴敏，"他问就让他问，你干吗把我拽过来？一晚上无聊死了，我要走了！"

吴敏刚要开口，王磊突然冒了出来，上来就问莫南："喜欢看电影吗？成龙的片子看吗？"

莫南敷衍地点头，王磊笑嘻嘻地走开，吴敏盯着他的背影沉吟，忽然说："你不觉得王磊对你特别留心吗？"

"拉倒吧，那奸商！"

此时台上已经陆续开始公布拍中者的号码，莫南抬脚要走，想起自己的衣服都在吴敏家里放着，总不至于穿成这样回宿舍吧？只得耐住性子央求吴敏带自己走，吴敏哪里肯答应？正在软磨硬泡，忽然听见麦克风里传出自己的名字："成龙动作大片首映礼请柬两张，139号王先生三千元拍下，送给莫南小姐！"

莫南啊了一声，惊疑不定，心中直问：是叫我吗？

吴敏淡淡一笑："我说的没错吧！"

十　亲爱的同事们

1

莫南跟着李天辉看了几处出租屋，不是价钱太贵就是房子太破，到底没有谈成，她没料到租房也这么难，心里越发郁闷，连带上班也没了精神，好在逼近寒假，学生们应付考试还来不及，也没有心思搞什么活动，所以倒有不少工夫烦恼。

这天正在看租房信息，忽然听见手机响，号码又十分陌生。自从在中介那里登记了个人信息，时常接到电话向她推荐房源，起初她个个都接，后来发现十个里有九个不靠谱，剩下一个还是没热水没空调没独立卫生间的三无筒子楼，索性一个不接，如今见号码不认识，多半又是中介，索性不接，由它响去。

果然响了一会儿就停了，谁知过几分钟又顽强不屈地响了，再看时还是那个号码，莫南按了静音，几分钟后偶然瞥了一眼，居然还在打着，不知哪家中介如此有耐心，倒叫她有些好奇，于是一键按下，张口就说："是哪里的房子？我只看一居，一千五以上的免谈。"

那一头沉默片刻，跟着扑哧一声笑："昨天怎么没见你去看首映礼？"

居然是王磊。

那两张首映礼的请柬莫南给了杨林燕。当晚她曾百般推辞，王磊却执意要把请柬给她，还说已经拍下了，当众也说了送她，怎么能够反悔？莫南心里知道这事一百个不妥当，眼看吴敏笑得诡异，似乎吃定了她和王磊交情的不寻常，越发面红耳赤起来，推辞得更狠了。

王磊说了半天也不能让她接住，只得向着吴敏笑笑地说："小吴帮着劝劝？"

吴敏心里一百个愿意莫南接下这两张请柬。眼前的情形再明白不过，不管是真心还是游戏，王磊对莫南总是很有兴趣，吴敏一向与莫南交好，巴不得她早日摆脱嫁给凤凰男的厄运，此时见她推辞不肯，忙按住她强把请柬塞进她手里，笑说："你也太不给面子了吧，王总知道你喜欢看电影，好心好意送你，再推辞可就不合适了。"

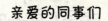

莫南正要往外推,吴敏又附在她耳边低声说:"别闹了,人家花了三千块买的,这么大张旗鼓送你,你让他当着这么多人怎么下得来台?你要不好意思接就自己掏三千块买下来,谁叫你害人花了钱还没面子?"

这话说的甚是不合逻辑,可是莫南惶急之下来不及仔细分,急得出了一头汗,三千块把门票买回来才不用领他的人情,这价钱未免太贵了吧?

她一迟疑间,吴敏已经抢着把请柬塞进了她的手袋里,王磊也笑着走了开去,转眼已经跟人攀谈上了,似乎并没把这事放在心上,莫南左右为难,到底也没想出妥当的主意,只得把请柬收了起来。

她几次想跟李天辉说,每次话到嘴边总又咽了下去,与王磊不过是三次见面的交情,他从未说过一句不妥当的话,也从来没跟她联系过,要是当做一件大事跟李天辉说,是不是太小题大做了?或者那晚根本就是有钱人的一个玩笑?

她犹豫几次,始终没有开口,接下来的时间王磊也并没有打电话或是通过吴敏传什么话,渐渐便将这件事淡了,心想多半是王磊闲极无聊的恶作剧,反正三千块钱在他看来也不值什么。

只是那两张请柬拿在手里却不知如何处理。她想去看,又怕李天辉知道了问起缘由,又见日期是周二,去的话还得请假,需要向安义信递请假条,这件事更让她发怵,思前想后,索性做个顺水人情,把票给了杨林燕。杨林燕拿了票十分高兴,居然践行诺言,当真请她吃了一顿呷哺。

此时莫南握着手机,心想王磊要是知道三千块钱只换来呷哺一顿牛羊套餐,不知道作何感想?

王磊半天没听见声音,以为断线了,又喂了两声,才听见莫南慌里慌张答道:"哦,昨天加班,太忙,只好送给朋友了。"

王磊倒没觉得有什么不妥,买礼物送女人的事他时常做,只要礼物送到便与他无干,对方如何处理他并不放在心上。此时莫南心里忐忑不安,生怕他埋怨几千块的东西随手拿来送人,殊不知几千块对他来说根本不算什么,哪怕她顺手扔了呢,只要她领这份情就行。

如今他听莫南说加班,随口问道:"你在哪个公司上班?很忙吗平常?"

莫南只好说在学校。

王磊大感兴趣,呵呵一笑:"啊哟,瞧不出来,我应该叫你莫老师才对!怪不得你身上一股学生气。中学还是小学?"

莫南心说难道我只配教小孩子？刻意加重语气回答："工商管理学院。"

王磊啧啧赞叹："厉害厉害，大学教授啊原来！应该早些向你请教的，小吴也不提醒一声。你教哪个专业？"

莫南这回可不能理直气壮了，于是放低声音带着些许惭愧回答："不教学，就管些学生们杂事。"

王磊唉了一声，语声中带着欢快说："挺好，挺好，你要是大教授我还不敢高攀呢，免得你笑我不学无术。"跟着却问道，"那就不对了，学校最闲了，你加什么班呢？"

莫南一惊，顿时有些圆不了谎，结结巴巴说："临时有点急事……"

王磊却并不深究，笑着说："我还以为学校里最清闲呢。加班也挺好，又能倒休又能拿加班费。"

莫南本能地反驳："谁说的，我们加班都是白干，既不能倒休也不多发钱。"

王磊呵呵一笑："既然没有物质利益，只好赶你们头儿在的时候加，挣几声夸奖喽。"

莫南忍不住想，从前老温在的时候经常亲自督阵，加班还能公款叫外卖，自打安主任走马上任，没一次留下陪加班的，别说公款外卖了，连个口头表扬也没落下过。

王磊闲唠了几句，总是没什么正经事，最后笑说："这次没请成莫老师，遗憾得很，也罢，有机会再说吧，只是别不接我的电话就行。这是我办公室的号码，你记一下吧。"

莫南心不在焉应着，心说下回谁还接你电话？谁想忽然听见他说："听小吴说你准备买房，我有几个朋友是这行当的，要是有什么能帮得上忙的你别客气，跟我说一声就行。"

莫南心里一跳，不由自主答道："好啊，多谢了。"挂上电话却又发怔，不知他说的是真是假，不过是几次见面的交情，买房子这样上百万的事情，凭什么要他帮忙？就算他肯帮，也不知能帮些什么？

呆了一会子，一抬头看见于信正站在姚媛身边，两个人不知在说些什么。莫南想起大二学生的道德课论文是学生办负责的，这门课虽然有两个学分，但一向不被系里和学生重视，所以才肯交给学生办负责，每周一次的教课任务由莫南承担，评分和录入存档往年也是莫南做，今年于信在，莫南顺手便交给了他，此刻看见他，顿时想起论文前两周已经收得差不多了，也不知道他改得怎么样，也没见他来问过什么，难道他一上手就做得如此熟练，居然毫无疑问？

于信听她问起论文，推了推眼镜，一脸憨厚地答道："正在改呢，快了，下周三之前吧，反正不着急。"

"我给你的往年的论文看了吗？其实这个分也没什么好评的，看态度好写的还算认真的就多给些分，实在不像话胡编乱造的就少给些，每年限两个不及格名额，不过只要大体上说得过去，咱们也犯不着去抓……"

话没说完姚媛就插了一句："小莫就爱瞎操心，让他先试着做嘛，他这么大的男人，又不是不会做又不是做不好。"

莫南一怔，接下去的话便没说出来。于信有些抱歉地对她笑了笑，似乎在劝她别跟姚媛计较，莫南纵然心里有些不舒服，也只好罢了。

2

看看将近五点，莫南正收拾了东西准备准时开溜，忽然门开了，袁明不请自来，也不跟姚媛打招呼，径直奔到莫南跟前，笑问："忙什么呢？"

莫南赶紧放下手头的事，一长一短问起她女儿的情形，最近乖不乖，会不会爬，有没有照片可看等等，袁明初为人母，满身满心都是兴奋，见她问起便一五一十说个没完，又掏出手机给她看新拍的照片，姚媛见状也来凑热闹，随口夸赞几句生得漂亮之类的套话，袁明虽然跟她合不来，听她称赞女儿，居然也报以微笑。

莫南嘴上聊着，心里却有些着急，说好了要跟李天辉一起吃饭，眼看已经五点二十了袁明还没有住嘴的意思，等会儿就是晚高峰，不知道又堵成什么。她心里不住叹气，直后悔周一偷懒把电动车撂在李天辉那里没骑，如今这个点儿，坐公交必定是一条无尽头的漫漫长路。

袁明说了一会儿，忽然像想起什么似的挽住莫南一条胳膊，极亲热地说："到我那儿去，有几张特别好的照片给你看。"

姚媛正要说我也去看，袁明已经挽着莫南飞快地出了门，竟没有一点邀请她的意思，姚媛只好憋着气独自收拾了东西下班。

却说莫南跟着袁明到了她的办公室，高秀云已经走了多时，莫南满心想着快点瞄一眼照片完事，谁知道袁明反手掩了房门，带着几分诡秘的笑容对她说："傻了吧，才不是让你看照片的，你最近是不是要租房？"

　　这系里果然没有一件事能瞒得了人。莫南刚一点头，袁明一拍手欢喜地说："太好了，我一个朋友刚好有房子要出租，就在北门外头过两条街，你住那儿上班可方便了。"

　　莫南顿时来了兴趣，也顾不得晚高峰，当下一五一十问了起来。原来这房子是袁明老公同事的，四十平米不到的小一居，九二年的房，在莫南看过的出租屋中算得上是新房了。

　　莫南听她说了半天，尽是夸那房子怎么干净，生活怎么方便的话，说的活灵活现，似乎她对房子十分熟悉，于是问她："你看过那房子？"

　　"那当然了，以前他那个同事两口子都住在里头，我们去过好几次，最近买了新房才搬出来。"

　　莫南想既然她亲眼看过，应该是真好吧，再说这房的位置也合适，她跟李天辉早商量过，租房要么靠近一个人的单位，要么就在两人中间，虽然理想状态是靠近李天辉公司，因为他们上班卡得比较严，迟到是要扣奖金的，莫南迟到顶多是挨顿批评，然而如果价钱合适房又好，也顾不得那么多了，于是忙着追问："他要多少钱一个月？"

　　"一千八。"袁明话音刚落，看见莫南失望的神色，赶紧补充一句，"价钱还能商量，我帮你说说去，他怎么也得给几分面子不是。"

　　莫南想开价这么高，就算谈顶多只能还下来一两百，还是超预算，有些泄气，摇头说："不行啊，就算谈到一千五也还是高，这附近的两居才租两千二，一居就敢要一千八？"

　　"一千六应该没问题吧，我老公跟他交情不浅，应该能商量下来。"袁明十分热心，抢着说，"你要是肯年付，说不定还能再谈下来点，对了，你准备租多久？"

　　"看情况吧，眼下想买现房也难，估计至少得八九个月吧。"

　　袁明似乎有些犯难："一年都不到啊？时间有点短……"

　　莫南无意中看向门口，虚掩的门扉露出一条宽逢，恰好给她看见闪过一片衣襟，跟着进了斜对面于信和张岩合用的办公室，接着听见里面嗡嗡的说话声，似乎于信正跟什么人聊着。

　　袁明想了半天，最后哈哈一笑："咱俩光在这儿说没用，你见不着房子肯定下不了决心，你有空没？要不现在去看看房？反正不远，看中了再商量价钱也不迟。"

　　莫南没想到她如此热心，心头一热，正要说好，忽然想起跟李天辉的约定，于是改口说："今天怕不行，我跟我男朋友约好了见面。"

"那就明天？他要是不方便过来，你自己去看看也行嘛，你总不会连这个主都做不了吧？"

莫南忙答应了，又感谢她帮忙，袁明轻描淡写说："这么多年同事，客气什么！"

莫南从她屋里出来，原本该折向另一头自己办公室，不知怎么的心念一转，回头倒向于信门口走去，到门前隔着门缝一瞧，居然是安义信站在那里，跟于信说得正热火。

莫南呆了一下，心想于信呆头呆脑的，倒能得安主任欢心？刚要迈步走开，忽然听见于信说："安主任，您说这份论文怎么评？字数挺多，态度也算端正，可是根本没把道理讲清楚。"

莫南惊疑不定，难道他撇开自己不问，居然直接拿着论文去请教安义信？真是岂有此理！转念又一想，以于信的老实，应该不至于，多半是安义信过来聊天，于信这才向他请教。

跟着听见安义信说道："拿不准的地方你跟莫南商量商量嘛，以前不都是她判的分？"

"哦，莫南把往年的卷子给了我几份。"

安义信的声音流露着不满："她自己就没给你讲讲？"

莫南一阵冲动，抬脚就想冲进去说"我跟他说过有不明白的地方来问我"，恰在此时，对面袁明的屋里传来一阵脚步声，袁明马上就开门出来了，莫南猛然意识到自己窃听墙脚的行为给人看见可是大大的不妥当，急中生智即刻转身冲袁明喊了句："看房的事就这么定了啊，明天下班我来找你，多谢！"

袁明虽然有些莫名其妙，还是点了点头。

莫南回去时，再也顾不上晚高峰的事了，呆坐在桌前思绪翻腾，隔门听见的一番话就像落在眼前的一只苍蝇，她想视而不见，无奈嗡嗡的振翅声搅得她不得不正视。

于信究竟是真老实还是假诚恳？安义信下了班为什么不走反而跑去找他？刚才听见的那番话，究竟是于信恶意挤对自己还是不会说话引起安义信的误会？而自己该怎么办？冲上门去解释，无疑明说刚才偷听；听之任之，安义信可不像老温那么火眼金睛，这个黑锅大概得永远背下去了。

她想了半天仍然找不出万全之策，当下心一横，蹑手蹑脚又溜到于信门前，果

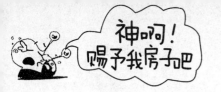

然又听见安义信的声音:"……不明白的地方我要是有空你尽管来问我,时候不早了,差不多就回家吧,没必要天天加班。"

于信惶恐感激的声音:"行,行,谢谢安主任,我把这份看完就走。"

莫南撒丫子就跑,刚背过走廊,安义信便踱了出来,总算躲得及时,没给他抓个现行。可是莫南心里这句话如鲠在喉,好几次就要冲过去大声辩白"我并没把活都推给于信自己不管,我也加班来着!"然而眼睁睁看着安义信走出大门,仍然下不了决心冲过去。

安义信走后,莫南又呆了一会儿,脑袋里一片嘈杂,一会儿怀疑于信,一会儿又替他辩白,忍不住就要当面去质问于信什么意思,正没个开交,忽然咚咚两声敲门,于信笑着探进脑袋:"怎么还没走?"

莫南瞪住他,一时不知道该说什么。

于信走近几步:"莫南,下午我小姨说的你可别放在心上,她就是那样,你多担待。"

莫南仍是怔怔看着他。

于信伸出手,居然拿着一份论文,推了推眼镜说:"这份论文一直不知道怎么评分,正想问你,刚好安主任来了,唉,我头脑一热糊里糊涂就问他了,他嘴上没说什么,心里大概烦死了,呵呵,肯定说这小事也好意思麻烦他。"

莫南在心底啊了一声,原来如此!就说嘛,于信这么老实,不像张岩,千方百计往领导眼里钻。当下心里一松,和颜悦色说:"没事,他们是大领导大教授,咱们向他们请教也是应该的。你怎么还不走,加班呢?"

"没,没加班,就是安主任来耽搁了一下,这就走。"于信说着果然走了。

莫南疑虑尽除,哼着歌儿收拾完东西出门一看,苍天呐,这哪里是三环,分明好一座停车场!绷着脸郁闷地想,好死不死去听什么墙脚,这下好了,没有俩钟头哪里回得了家!

3

李天辉听莫南说了那房子的情形却有些犹豫:"跟中介或者房主直接谈都没事,大不了价钱不合适咱就不要,可这个是你同事介绍的,咱们要是看了不租,耽误了事,她会不会怪你?"

"应该不至于吧,又不是她自己的房。"莫南被他说得也犹豫起来,迟疑着答道,

"而且她老公好像在一个挺大的公司,反正工资挺高的,既然是他同事,应该也蛮有钱吧,总不会为了这点钱跟咱们闹别扭吧?"

李天辉想想她说的也有道理,何况只要看过了房,租不租一两天就能决定,也不会太耽误工夫,于是应承了下来。

第二天李天辉不到六点就赶到了工商学院,两人跟着袁明七拐八拐过了两条街,穿过一个嘈杂的菜市场,袁明指着遍地的菜摊说:"你看,这块儿生活多方便啊,出门就能买菜,还特便宜!"

李天辉觉得离菜市场未免太近,太吵闹不说,到了夏天气味儿恐怕也不会好闻,心里不免就有些迟疑,转念一想,只要价钱便宜房子又好,吵点就吵点吧,反正白天都待在公司也听不见。

两人跟着袁明又穿过一条小巷子,果然看见一个大院,院门前的铁栅栏锈迹斑斑,看样子已经是几十年的古董,李天辉忍不住问道:"是哪一年的房子?"

"九二年呀,不是跟莫南说过吗? 这里是单位大院,你放心吧,房子肯定让你满意。"

袁明直走到院墙的最里面才停住,靠墙的一栋楼房果然看起来比外围的新一些,莫南看见楼下设着门禁,正在庆幸保安工作还算不错时,袁明走上前去轻轻一推大门,居然就开了,原来这门禁早已坏了。莫南微有些失望,转念一想,李天辉合租的房子也是没保安没门禁,不也没丢过东西吗? 只要房门锁得紧就好。

旧式楼房照旧是黑暗的走道,狭窄的楼梯,贴满小广告的墙壁,莫南一向看惯,倒也不觉得很触目惊心,借着狭小的窗口透过的微弱光线,看见楼道还算干净,对这房子的好感不由又多了一分。

袁明打开三楼一间屋子,防盗门的上半边脸已经破损,她轻描淡写说了声:"你们不放心的话钉块木板挡住就行。"

屋里一片黑暗,袁明拉开窗帘,兴冲冲地说:"你看,这里还有个封闭阳台,不错吧?"

李天辉探头一看,哪里是阳台,分明就是个小小的外飘窗,窄得只能摆两三个花盆而已,况且又是冲北,根本晒不到太阳,他瞟了莫南一眼,莫南与他心意相通,此时也皱着眉不说话。

袁明又引着在屋里转了一圈,说是三十七平米的房子,其实看起来并不觉得特别小,袁明得意扬扬地说:"单位的房子就是这点好,使用率特别高,三十七平米的

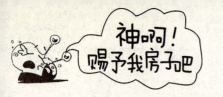

建筑面积,你量量这间卧室,最起码有十五平米!"

这一点莫南两个也特别满意,只是相比较大大的卧室,暖气片未免又太小了,莫南悄悄走近摸了一下,温温的一点都不烫手,有点小失望,袁明眼尖看见了,赶紧说:"现在试供暖,所以不是很热,你放心,正式供暖的时候特别热乎,你要是还怕冷明儿让房东再给你们买条电热毯!虽然冬天有点冷,夏天可舒服了,根本不用开空调!"

莫南下意识地往墙上找了一圈,空调呢?哪里有空调?

袁明笑嘻嘻的:"空调坏了还没装,你放心,夏天特凉快,根本用不着空调。"看莫南不说话,又添了一句,"到时候你要是觉得热就让房东给你装一个呗,又不费事!"

说话之间房子已经基本看完,除了光线差点家具破点电器少点,似乎也没别的不妥,莫南和李天辉交换眼色,相互一点头,莫南吞吞吐吐问道:"房子还行,就是价钱……"

袁明爽快地说:"价钱就按昨天说的,年付的话一千五怎么样?"

莫南红着脸继续压价:"我们比较想找个一千三左右的……"

袁明呆了一下:"一千三啊,有点低吧,这房子,你也看了,挺不错的嘛,压得太低我都不好跟人说了。"

李天辉瞟了一眼莫南,莫南只好再次挺身而出:"房子是挺好的,不过我们实在没那么多钱,本来说好一千三谈不下来就找个两居跟人合租呢,还能便宜点……"

袁明一摆手:"你等等,我打个电话给房东,帮你再说说。"

莫南满心感激地望着她躲进厨房,嘁嘁喳喳小声讲电话,舒了一口气问李天辉:"人家这么热心,咱们要不再往上加点?"

"你要是抹不开面子就再添五十?"李天辉凑近了低声说,"房子还算大,可装修跟电器太差了,我上回看过一个差不多的中介才要一千二。"

"那个不是太远嘛,这个好歹近点。"莫南听见厨房门吱呀一声响,袁明已经走出来了,慌忙住口。

袁明一脸笑意:"行了,那边也讲好了,一千三就一千三,谁叫是熟人呢?不过房东要求年付,免得中途还得再找人续租。"

莫南先是一喜,跟着又为难起来:"我们也说不定租多久,要是买房子顺利说不定半年就要搬……"

"哎哟，我买过两次房，没一回是半年就能住进去的，你现在买期房的话明年十一以前能交房就不错啦，装修至少不又得两三个月？你放心吧，最少得住一年。"

李天辉想她的话虽然也有道理，但是一下签一年还是有点不放心，于是赔笑说："能不能跟他讲讲半年付？"

袁明带几分不满对莫南说："价钱已经压得这么低了，唉，我也是好心想帮你们，总不能让我太为难吧……"

莫南早已觉得跟熟人讲价难以开口，此时哪里还好意思再谈，冲李天辉使个眼色，满口答应说："行，那就年付吧。"心说大不了到时候我们转租出去。

袁明这才重新露出笑容："那行，咱们这么多年同事，我信得过你，合同什么的也甭签了，你把钱交给我，我给你写个收据，钥匙就归你了。"

莫南忙不失地答应，李天辉一捞她，抢着说："得见见房东吧？两边都不见面的话万一闹出什么误会就麻烦了。"

袁明似笑非笑看着莫南："怎么还信不过我吗？我也是想替你们省事，大家都挺忙的，既然都谈好了，犯不着再跑一趟不是？你放心，房东跟我们特熟，你们住进来以后有什么事直接找我就行。"

依莫南的性子就要答应下来，李天辉比她谨慎得多，何况听她平常说起来，袁明跟她并没多少交情，敢这么信她吗？拦在前头说："话是这么说，可是到底双方见一面妥当些，也省了今后麻烦，不说别的，万一居委会啊社区什么的问起来，我们连房东姓什么叫什么长什么样都说不知道不也不好吗？"

"哎哟，现在租房有几个见过房东？一万多块钱的小事，何必闹得这么麻烦。"袁明虽然笑着，语调里流露出明显的不满，脸冲着李天辉，一双眼睛却斜过来瞪着莫南。

莫南越发难过了。本来人家就是好心帮忙，何况价钱也谈得这么低，再纠缠就显得太不够意思了，悄悄扯李天辉的袖子，要他答应。李天辉左思右想总觉得心里忐忑，这房租得太容易，就算是同事帮忙，也觉得不踏实，于是退一步说："你说的我也理解，的确大家都很忙，那这样吧，能不能把房产证给我们看一眼？哪怕复印件也行。"

袁明不说话，靠在门框上扁着嘴瞧莫南。

莫南被她看得紧张，又去扯李天辉的袖子，李天辉使劲甩开她的手，示意她别吭声，莫南只好闭嘴。

双方冷场几分钟,最后袁明一笑:"算了,看样子今天也说不拢,莫南,你们回去再商量商量吧,我那朋友就是图个方便才交给我,要是还弄得这么麻烦,那干脆给中介好了,价钱还能高点。"

莫南忽然觉得眼前这黑魆魆的小房子特别值得留恋,一阵冲动就要答应下来,李天辉连忙拉住她,抢着道谢:"也行,我们回去再商量商量,今天真是麻烦你了。"

袁明心知事情多半是泡汤了,锁门时脸色便没有进门时那么好瞧。走在院子里,袁明悻悻地说:"这价钱,这位置,呵呵,还有什么好犹豫的,真是搞不懂你们。"

她说话时眼睛根本不看莫南两个,莫南不好接茬,正在尴尬,忽然穿蓝色工作服的男人跟袁明打招呼:"姑娘,你家暖气得勤盯着点,要是再漏水赶紧打电话,这几天就要正式上水供暖,别把地板泡了。"

袁明含糊答应着,脸不觉红了。莫南一头雾水,难道她在这儿也有房不成?李天辉一抬眉毛,果然内中还有名堂。

十一 租房也难

1

依莫南的想法,管他房东露不露面呢,只要价钱合适房子还可以就租呗,反正袁明就在一栋楼里上班,还怕被她卖了?再说这么多年同事,谅她也不好意思玩什么鬼把戏。

李天辉却另有一番道理:"房本见不着,都不知道房东是谁,这种房你放心租吗?就因为她是你同事,所以更麻烦,难道出什么事你好意思认真跟她理论?万一这房根本不是她同事的,又或者这房是她替别人转租的,到时候扯皮的事太多了,麻烦,要我说还是再看看别的吧。"

莫南犹豫起来,再找费工夫不说,有价钱这么合适的吗?就算不见房东又能怎么样,反正袁明说了她负责。

李天辉想得比较多:"虽说可以找她,可万一房子三天两头漏水,你天天去找她也会烦吧?到底不是自己的房。再说这种事说大不大说小不小,万一她不好意思麻烦房东,甚至觉得这种小事不值得找房东,那咱们怎么办?你找她容易,关键是找她之后能不能解决就没谱了,你肯定也抹不下脸天天催她。"

莫南叹口气,果然他说得有道理。可是这房子果然就不租掉了吗?虽然光线差又没家具电器,好歹在预算之内,位置又不错,错过这村还真不知道还有没有那店。

李天辉做老谋深算状:"这样好了,你继续跟袁明说看房本,只要她拿得出来,咱就租下来,大不了出什么事咱不找物业自己掏钱修。我再去那儿转悠转悠,上回那个男的好像认识她,我跟他打听打听房子的情况,问问暖气漏水严不严重。"

莫南嘟囔着说:"算了,你离那么远,怎么好劳你大驾,还是我去吧。"

李天辉嘿嘿一笑:"那就辛苦娘子走一趟啦。"

第二天莫南见到袁明时还没来得及张口,袁明先已笑着拍她的肩膀:"没关系,你们就是不租那房子也好多人抢着要,你别太为难了。"

一句话堵得莫南无言以对,只好笑笑走开,暗自发誓今后再也不跟熟人打这种

交道。

下班后莫南眼巴巴看着袁明上了老公的车，这才鬼鬼祟祟往那小区走去，在院里晃悠了几圈始终没见到那个工装男人，倒是发现树上墙上贴了不少小广告，有写着"小区内二居室出租，干净舒适，有上下水，能洗澡做饭，电话……"也有写着"求租附近一居室，中介勿扰，电话……"莫南闲来无事，把那些出租的电话一个个记了下来。

正仰着头看号码，忽然有人叫他："姑娘，干吗呢？"

抬头一看由不得喜出望外，正是踏破铁鞋无觅处，得来全不费功夫，昨天那个工装男人正盯着她一脸警惕。莫南欢天喜地上前套近乎："师傅，您还记得我吗？昨天下午六点多我跟人到这里看过房，就在最里头那栋，您还问那屋里暖气还漏不漏呢！"

男人回想了一会儿，点头说："好像有这么回事，是七号楼二单元那家吧，你今儿又来看房？"

"是啊是啊，再来找找有没有合适的房，师傅您是这小区的？"

"我是物业的。"

"那太好了！我跟您打听一下啊，昨天我看那房漏得很厉害吗？"

物业笑眯眯地回答："老房子嘛，暖气片有几个不漏呀？修一回对付一个冬天应该没问题。"

莫南踌躇着不知道怎么张口问房东的事，物业见她不吭声，抬脚便要走开，莫南慌忙叫住，此时也顾不得圆谎，干脆直说："师傅，我昨天看那房还不错，可是房东一直不露面，闹得我也不敢租，师傅您是物业上的，您知道那家房东是谁吗？"

物业咦了一声："昨儿带你们来的不就是房东吗？"

"不是啊，她说是她朋友的房。"

物业歪着脑袋想了半天："那我就不知道了，每年漏水啊交暖气费什么的都是昨儿那姑娘来的，我当是她的房呢，怎么不是？那我可真不知道了，这房好像一直在出租，我们物业上也闹不清楚。"

莫南头脑里一片混乱。一直是袁明交的暖气费吗？这不是她老公同事的房吗，怎么要她交暖气费？她隐隐约约觉得袁明说的不是实话，可又不愿相信她骗了自己。

李天辉琢磨了半天，迟疑着说："恐怕就是袁明的房，她怕说了是她的房不好谈

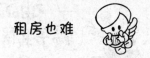

价钱,所以才骗你。"

莫南低着头生闷气,这房的位置和装修摆在那里,再讲价也不过是一二百块上下的浮动,至于让她煞费苦心骗人吗?

又过了一会儿,莫南把记下的电话号码拿出来献宝,李天辉扑哧一声笑了:"辛苦娘子,今天收获不小啊!"

"等明天中午她们都去吃饭了我就打一下问问。"

"想打就现在打呗,干吗等明天中午?"

"笨啊,明天用办公室电话打不能省点钱嘛!"莫南得意扬扬,"好几块呢,不精打细算怎么行!"

李天辉笑得前俯后仰:"好好,真是个节俭的好老婆,咱家发财致富全靠你了!"笑够了又摆出一副正儿八经的模样说,"要是自己的房就算了,如果是中介的话你一定要记住,只看房千万别交钱!"

"知道了!"莫南撇撇嘴,心说把人看得太不中用了,那期黑中介借看房为名骗钱的节目咱俩是一起看的,我能不知道看房不用掏钱吗?

第二天电话打过去,七八个号码无一幸免全是中介。起初莫南一听说是中介就挂机,后来见实在找不到私人出租,一横心,就算是中介又怎么样,我只要时刻警惕,难道还能被骗钱?

捡了一家说话还算靠谱的中介,下班后过去看房,居然有三四个人都约在这个时间,一个黑西服白衬衣黑领带穿得像黑社会的中介带着众人看了两套靠着大门的两居,那房子十分破旧,厨房里到处是蟑螂尸体,莫南见与袁明的那套房相差甚远,不由得动摇起来,管他是不是袁明的房呢,只要价钱合适,租下来不就得了?

她恨不得立刻给袁明打电话把这事敲定,谁知黑社会中介带着她拐进了另一间一居室,莫南不由得眼睛一亮,这屋子跟袁明那套布局差不多,方向却是朝南,屋里亮堂堂的,家具光鲜,地板明亮,冰箱空调热水器一应俱全,而且看起来都很新。

莫南一颗心怦怦直跳,赶紧问:"多少钱?"

有两个人跟她差不多同时问了这句话。

黑社会中介微微一笑:"年付一千三,半年付一千四。"

莫南心里叫了一声"就是它了",正想说这间我要,哪知另外几个人异口同声说:"这间不错,我要这套!"

黑社会中介又是微微一笑:"还有两套一居,你们看看再决定。"

到第二套时莫南惊叫一声，居然就是袁明带她看的那套，难道这房不是袁明的？

一个看房的嘀咕："比刚才那套差远了！我要刚才那个。"

黑社会中介又是一笑："这个也不错嘛。"

"便宜吗？"

"也是一千三，不过可以季付。"

莫南忍不住问道："租这套的话能不能见房主？有房本吗？没房本我可不敢交钱。"

"小姐请放心，我们是正规中介公司，我们代理的房全部是验过房本的，复印件现在我们公司就有，等签合同的时候我们会通知房主带原件过来看。"

莫南灵机一动，何不待会儿去看看复印件是不是袁明的房呢？

第三套房跟第二套情况差不多，几个人回到中介公司，异口同声要第一套，黑社会中介一脸为难："房只有一套，要不再挑挑别的？"

"就这套了，今天看的数这个最好，我只要这套！"一个胖子声若洪钟。

黑社会中介作为难状："等我跟房东联系一下再说。"果然开始打电话。

莫南趁机找一个业务员要看第二套房的房本复印件，那业务员查了半天取出来一个模糊不清的纸片，虽然漆黑一片，莫南还是认出了袁明两个字，尽管早有准备，心里仍然很不是滋味，假装是别人的房来避免麻烦，做法可以理解，感情上却接受不了。

这个空当里黑社会中介已经打完了电话，笑眯眯地说："这样，你们有意向的可以先交两百元定金，然后我们安排交了定金的跟房主面谈，谈得拢的就能租。"

呼啦一声，几个人差不多同时甩出了两百块，莫南吃了一惊，忙问："要是谈不拢定金退吗？"

黑社会中介笑眯眯的："酌情退一部分。"

莫南一颗心快跳出嗓子眼了，那房子真不错，价钱也合适，两百就两百吧，等见了房主跟他说说好话，一定能租到！可是，万一租不到呢？

一双手抓着钱包委实抉择不了，只得打电话给李天辉，偏就这么巧，电话打了十分钟还是没人接。

那几个人已经吵嚷着去查房本复印件，算建筑面积使用面积，看租赁合同样本，莫南一咬牙，刷刷抽出两张老人头："我也约房东面谈！"

2

莫南把这事瞒着李天辉,一心一意想单独完成一件大事,想到自己把这套干净舒适又便宜的好房子租下来以后李天辉又惊喜又佩服的表情,不由得就乐开了花,这一乐,不但对袁明的房子再没了兴趣,连第二天上班时都坐立不安,半点情绪也没有。

好容易等到黑社会中介的电话,约了下午面谈,莫南推说看病请了半天假,一溜烟跑去中介公司,黑社会中介一径把她带进一个小隔间,里面果然坐着一个小眼睛的富态女人。

莫南本能地觉得情况不大妙。这女人五十岁上下年纪,大卷发胖脸蛋小眼睛厚嘴唇,神色里便带着不好相处的标记,莫南不觉有些退缩,早知道是中年女人,应该找李天辉来才对,同性相斥,这买卖谈起来更增了几分难度。

她堆出一脸笑,先夸一句:"大姐这毛衣真好看,穿上可精神了。"

房东鼻子里笑了一声,连珠炮似的开始发问,年龄、工作、几个人住、是不是北京户口……莫南疲于招架,哪里还搜得出几句恭维话来拉近距离?何况谄媚本就不是她的长项。

房东问完了,端起茶杯小口啜着,眼睛从杯子沿上看她,莫南正想再套套近乎,忽听她不冷不热说:"行了,我没什么问的了,你回去吧。"说完拎起包三步两步走了。

莫南愣了一阵子,只得跟着出来,看见她对黑社会中介咬了几句耳朵,大摇大摆地出了门。莫南犹豫着不敢上前问结果,那黑社会中介主动走上前来,笑眯眯地说:"小姐,很遗憾,房东选了别人。"

虽然有些预感,莫南还是忍不住一阵沮丧。黑社会中介笑眯眯地说:"昨天定金的收条你带着吗?我给你退一部分定金。"

莫南没精打采地掏出收据,黑社会中介麻溜儿地抽出一张百元递了过来。莫南犹豫半天,忍不住问他:"只退一百?"

"对,这是我们公司的规定。"

虽然昨天认可了只退部分定金的说法,可这部分居然只有一半,代价未免又太高了些。莫南虽然自觉理亏,还是理论了一句:"你们也没提供多少信息啊,只退一百是不是太少了?"

　　黑社会中介保持微笑:"我们安排了你和房东见面,双方也谈了,房子也看了,不能说没给你提供服务。而且昨天你也认可了交定金的事。这是公司的规定,你要是觉得不合适可以投诉,但是退的话只能退一百。"

　　"上哪儿投诉?"

　　"你跟我说就行了,我帮你登记一下再反映给我们领导。"

　　莫南叹口气,跟他投诉?难道被小P孩骂了还要跟那小孩说:"你回去告诉你妈妈你做了错事,让她批评你"?只得收起不满,懒懒地出了门。

　　走出去又觉得不甘心,折回来又问:"房东选了谁租?"

　　"李先生,就是昨天那个比较胖的。"

　　莫南自嘲地想,果然异性相吸,胖女人就愿意把房租给胖男人,看样子就算让李天辉来也不行,谁叫他不是胖子呢?

　　她想反正请了一下午假,这时候也没必要回去,索性继续在附近转悠,企图再碰见一处合适的房源,哪知道没转几圈倒先看见黑社会中介又带着一批人来看房,其中赫然就有昨天那个胖男人。

　　他不是租到房了吗,还租?

　　莫南隐约觉得内中大有文章,不远不近跟着他们,行经的路线基本和昨天一模一样,想来看的房还是那几套。

　　一个念头自然而然冒了出来:别是黑中介骗定金的吧?她出了一身冷汗,同时怒火噌噌蹿起来:闹半天敢情是骗子啊!

　　再也按捺不住,噔噔噔冲上楼,果然黑社会中介正领着人在第一套房里站着,莫南火冒三丈,大声喊道:"喂,不是说这房租给他了吗,怎么又领人来看?"说着一指那胖子。

　　黑社会中介和胖子都吓了一跳,黑社会中介先反应过来,忙说:"按照公司规定,只要没签合同就不算租出去,这几位客户要看房,我就带他们来看看。"

　　胖子上下打量莫南:"你是干吗的?"

　　"我刚跟这房的房东谈过,她不是把房租给你了吗,你还看什么看?我的定金都没退!你们是不是一伙的,专门骗定金?"

　　几个看房的喊喊喳喳议论起来。

　　胖子粗声粗气说:"就算租给我,合同还没签,我想再看看房子,怎么啦?关你什么事,你吵吵个什么劲儿啊!"

黑社会中介在旁帮腔:"小姐,你误会了,你是房东最后一个面谈的,跟你谈完她才决定租给李先生,李先生不放心想再看看房子的情况,所以我带他一道过来了,你实在是误会了,定金的事是公司规定,我说了你如果不满意可以投诉的,但是你到这里来搅局,是不是不大合适?"

莫南听他们说得合情合理,顿时哑口无言,见他们也没有报复她的意思,赶紧灰溜溜地退出门来,只觉得一颗心怦怦直跳,脸上更是火辣辣的。

原本只是赔了一百块钱,现在可好,人也丢大了。

她憋了一肚子气,既不好跟同事讲,更不好跟朋友说,再见到李天辉时不免乱发脾气,李天辉察言观色,猜到她有事瞒着,三问两问,不多久就把实情套了出来。

莫南灰溜溜的,生怕他笑话,谁知他想了半天,十分严肃地说:"南瓜,你听我一句话好不好?今后千万别找中介,要实在没办法我陪你一起去,无论如何别单独跟中介打交道。"

莫南只得答应下来,低头一琢磨,李天辉分明是觉得自己上了中介的当,忍不住问他:"你说那家是黑中介?"

"我说不准,多半跑不了,你想那胖子既然租到了,就算想再看看不能自己去吗?干吗跟那么多看房的一起看?万一有人看中了非要见房东,到时候房东不租给他了怎么办?"

莫南啊了一声,头脑中一片空白。

"而且你说那房子那么好,价钱能这么低吗?要是昨天其他那些人又去看房还说得过去,那胖子又去看,多半是中介的托儿。"

莫南心里说不出的懊恼,拍着桌子叫道:"混蛋!我这就去找他!"

"得,你找他说什么?你又没证据。"

"我,我……"莫南我了半天,再挤不出一个字,恨恨地一拍李天辉,"谁叫你不跟我一起去,害我吃这么大亏!"

"好了好了,都是我的错,以后做什么事我都陪着你。"李天辉笑嘻嘻地搂住她,"吃一堑长一智,一百块钱学个乖不算太贵,以后别再冒冒失失让我不放心就好。"

经此一番波折,那小区的房再好,莫南也没心情去看,幸运的是李天辉找到一个房东自己出租的小房子,地段不错,房东在电话里夸了个天花乱坠,周末一大早,莫南就兴冲冲地跟着李天辉去看房。

房东是个瘦小干枯两鬓泛白的中年男人,一见面就滔滔不绝说房子多好价钱

多合适地段多方便,莫南跟着他七拐八拐走到一个貌似 80 年代产物的大筒子楼跟前,李天辉一怔:"筒子楼?不是说有独立卫生间和厨房吗?"

"没错啊,那边一溜儿都是四家公用一个卫生间,只有我那间在楼道尽头的是自带卫生间,八几年分房那会儿大伙儿别提多眼红了,到现在还许多人打听着想跟我买呢。"瘦房东沾沾自喜,一径来到楼道里按下了电梯。

莫南没想到这么破的筒子楼居然还有电梯,惊奇地问:"还有电梯呢?"

"是啊,你瞅瞅多方便,再没比这儿更合适的了。"

说话间电梯到了,大门对开,露出一张破旧的红漆桌子和桌前穿着大红家织毛衣的电梯大妈,面无表情问:"几楼?"

"十二。"瘦房东大力将两人推进去,一平米左右的电梯顿时塞得像只四喜丸子,李天辉只恨不能像电梯大妈一样躲在桌子后面,一双脚只好轮流挑战金鸡独立,力求给莫南挤出搁脚的地儿。

十二楼。肮脏污秽的窗户和楼梯扶手,小孩子此起彼伏的尖叫,谁家正在炸东西,刺啦一声油响。

莫南生出三分悔意。

瘦房东打开防盗门,进入一个狭长的黑洞。灯绳断了还没接,瘦房东掏出早已备好的微型手电筒跳上桌子扒灯闸:"没关系,待会儿找根绳子接一下就行。"

电灯亮了。黑暗中显现出一平米左右的客厅和厅里一张黑漆桌,一个小方凳,形貌与刚领教过的电梯极为相似。黑漆桌边隔了一扇类似宿舍门的黄漆小门,旁边的窗户里映出油腻的厨房和遍地开花的小强。

悔意达到五分。

瘦房东推开黄漆小门,一打再打三打,煤气灶始终沉默不语。瘦房东搔搔脑袋:"没气儿?还是灶坏了?我问问上一个房客。"

七分。

黑漆桌对面是没有灯的卫生间,微型手电筒的照耀下露着水泥茬的墙壁和光秃秃的水管头让莫南打了一个冷战,谁敢保证这里不是杀人抛尸的所在?

瘦房东挪过小方凳:"卧室锁着呢,上一个房客合同还没到期不让看卧室,你们站凳子上隔着窗户就能看见,里面特干净,还能晒太阳呢!"

十分。

瘦房东喜气洋洋:"怎么样,不错吧?一千二一个月,上哪儿找这么子?"

3

很久以后莫南回想起那座房子,仍然只能用"惨不忍睹"四个字来形容,他们私下里疑惑这房子难道真能租出去?然而那房东的帖子没多久就不见了,大约还真租了出去。

莫南只能说北京需要租房的人实在太多了。

这次经历带来的一个后果是严重地怀念袁明那所房子。一千三,客厅五平米,厕所有灯有瓷砖,厨房没小强,天哪,跟那儿比袁明的房简直就是天堂,还挑什么肥拣什么瘦?

然而晚了,袁明带着意味深长的笑说:"租出去啦,不骗你,真的,第二天就租出去啦!"

另一个后果是莫南开始认真考虑李天辉关于买二手房的建议。黑中介做诱饵的那套二手房真是不错,如果能买到这样一套二手房,是不是跟新房也差不了多少?何况还带家具带装修,提上包立刻就能住进去呢!

李天辉见她口气松动,大喜过望,忙说:"这不就对了,这一下子选择范围大了多少!我赶紧找中介问问去。"

"你不是说不能找中介吗?"

"租房可以不找中介,买二手房肯定得找中介啦。"李天辉貌似十分懂行,"找中介一来风险小,房本是不是真的,房东是不是本人咱们都闹不清,由中介把关,咱就能省一份心,退一万步来说,就算房本出了问题,咱还能找中介赔偿。二来过户、算税什么的个人办好像挺麻烦,交给中介咱也省事。再说绝大多数房主都是把房交给中介卖,咱根本找不到信息,也只能找中介。"

莫南嘟囔说:"才上过一回当,我可不敢信他们。"

"放心,这家中介我在电视上看过,挺正规的,再说咱只要认准一条,不见房本不签合同,不签合同绝不掏钱,还怕吃亏?"李天辉自觉算盘打得十分精明,得意扬扬,"干脆租房的事也找他们,说不定还能便宜点呢。"

莫南经过这几天租房的几番折磨,意气大不如前,一心一意想早日把这事了结,一个偷懒,叹口气说:"那就找中介吧。"

中介果然人多势众办事快,当天下午便打电话请她看房。莫南于是再次装病,杨林燕与她姐妹情深,关切地问道:"又不舒服?实在不行干脆请两天假好好歇歇

吧。"

"唉，上回感冒没好利索，再去开点药。"莫南随手拈来一个理由，自己倒一愣，嗨，原来我说瞎话也这么顺溜！

姚媛眼睛里立刻盛满警惕："听说最近禽流感比较多。"

莫南偷笑，没理她径自走开。

房子离李天辉公司不远，所以李天辉也溜了出来，两个人跟在黑西装白衬衣的中介身后，莫南眼神里充满了不信任："上回那个黑中介也是这么打扮的，跟黑社会似的，一看就不可靠。"

李天辉说："中介不都这么打扮嘛。"

莫南又观察一会儿，自我安慰说："那个黑中介打的是花领带，所以一肚子花花肠子，这个是黑领带，应该比较老实。"

李天辉扑哧一声笑了。

黑领带一路指引，三人走进一个貌似90年代的建筑，砖红色的干净外墙看得莫南一阵窃喜，连墙都这么干净，屋里肯定更好喽？

开门进屋，好一阵子莫南才适应黑暗的环境，原来这间房的窗户正对着另一栋楼，楼间距很小，再加上塔楼不通透的缘故，大白天看来也是漆黑一片。

黑领带熟练地按开了所有的灯，莫南把四周围看过一遍，稍稍松了口气，还算干净宽敞，家具电器也都齐全。

黑领带走进卧室："这间房的家具家电都是房东不久前换的，两位自己住的话非常合适，又舒服又干净，像这个双人席梦思床垫差不多就没用过。"

李天辉乐滋滋地一屁股坐下，哎哟一声，揉着屁股站了起来："这弹簧坏了吧？硌死我了。"

黑领带伸手一摸，咧嘴一笑："没关系，你们确定租的话我们公司会派人维修。"

莫南溜达去了客厅，冰箱看上去很光鲜，黑领带探出脑袋："冰箱也才换了没多久。"

莫南放心大胆伸手拉开，哗啦一声，冷冻室一波带着恶臭的黑水喷薄而出，来势之迅猛，出现之猝不及防，恰似那著名的暗器暴雨梨花针，莫南不会功夫，自然没能幸免，簇新的靴子上沾满了汤汤水水，乍一看好像靴子正号啕大哭，感慨自己的境遇。

黑中介赶紧递过餐巾纸："真不好意思，大概是我记错了，要不我给你擦擦？"

莫南狠狠瞪他一眼。

黑领带再次声明："没关系，你们确定租的话我们公司会派人维修。"

卫生间最显眼的是锃亮的热水器，黑领带带着笃定的口气下断语："这个绝对是新的，我没记错，房东才换过。"

莫南一朝被蛇咬，自然不敢再摸井绳，黑领带自觉地走上前去插好插头，又等了几分钟拿起喷头放热水，伸手一摸欣喜若狂："你看，热得多快，我肯定没记错，这个是新的。"

莫南松口气，一低头瞅见放出来的水汪成了一窝凑在地漏附近不动弹，黑领带赶紧一脚踩上去："这个是防臭的弹簧地漏，一踩就自动弹开，就能下水了。"

地漏大概觉得黑领带比较脸生，所以一动不动。

黑领带只好蹲下抠开，看着水吱溜吱溜放干净了，又一脚踩上去："再踩一下就能合上。"

地漏再次保持静止。

黑领带咧嘴苦笑："两位觉得怎么样？"

莫南扯扯嘴角，回应一个皮笑肉不笑，黑领带心领意会："得，咱们去看下一套。"

如果说第一套房是处处潜伏着危机的黑洞，第二套房就只能用天井俩字来形容了。

这栋楼一梯三户，出租屋位于正中，冲着楼梯傲然屹立，设计者秉持麻雀虽小五脏俱全的宗旨，一丝不苟地为这套不足三十平米的狭长小屋配置了厨房、卧室、卫生间、客厅，甚至还有一个储物间，可惜由于地形限制，所有的空间都只是狭长的一溜儿，储物间只勉强塞下两只拉杆箱，卫生间里李天辉发现蹲在马桶上膝盖就得亲着墙，看厨房时三个人甚至需要排成一列依次进门。

李天辉叹气："还有别的房吗？"

"附近就这两套，要是还想看别的就得另约时间了，而且距离都比较远，得坐公交车过去。"黑领带想到坐车看房的种种辛苦，顿时觉得大有必要说服这俩人租下一间，忙问，"两位觉得这套怎么样？"不等回答便开始滔滔不绝夸赞起来，"一居室还带储物间的上哪儿找去？这个设计特别人性化，住起来方便得很，有什么一时半会儿用不上的都能塞到里头。厨房还是明厨，多难得啊。卫生间虽然小点，不过马桶和洗手台都是美标，名牌产品，这配置多高档啊。卧室又宽敞，刚才你们也看了，床

边上那么大的空地儿,您可以再放个床头柜,搁个台灯什么的,方便得很。"

李天辉心说,搁一个床头柜的话我只好从柜子上爬着上床了。

黑领带见他俩神色不甚喜悦,于是转变策略,从价格上寻找突破口:"再说价格也合适,才一千四一个月,我们只收七百块钱中介费。"

莫南已经懒得再说什么了。

4

一周之内莫南请了三次病假,看了七套出租屋,姚媛心里断定她得了禽流感,为防传染,每天戴着口罩上班,连在办公室也不肯摘下,还私下劝说于信也买一个口罩戴上。

只是这七套出租屋没一套令人满意,不是太暗就是太吵,卧室宽敞的卫生间一塌糊涂,好不容易卫生间干净便利,厨房热水器偏又是陈年古董,一点火就漏气。

莫南屡次奔波徒劳,身心俱疲,觉得这辈子都不可能租到合适的房了,郁闷之下懒得去见李天辉,一个人躺在宿舍里呆呆瞪着天花板,心想,只要朱晓云不带男人回来,宿舍里住着也不坏,用水用电便宜不说,房租一个月才几十块,再说还能吃食堂,连做饭都省了。

她忍不住想给李天辉打电话说别找房了,凑合着继续住吧,然而李天辉抢先一步打了过来:"南瓜,刚刚中介又打电话,说有套新房让明天去看……"

"不去不去,烦死了,别说好的,连套能说得过去的都没有,不租了!"

李天辉耐心哄她:"这房说是比咱们以前看的都好,去一趟嘛!别灰心,咱们倒霉了这么多天,总要交好运吧,说不定明天就能租到房呢?别闹了,明天早点起啊。"

莫南磨不过他,只好答应,刚挂了电话又听见手机响,拿起来一看,怎么又是王磊?

她迟疑着不想接,然而终于又接了,王磊的声音永远带着一种什么都不放在心上的喜庆意味,随随便便说道:"出来玩吧!"

莫南一时没反应过来,迷迷糊糊问他:"什么出来玩?上哪儿玩?"

"我在你学校外头呢,我看附近有茶馆有咖啡厅,出来坐坐吧!"

莫南脱口而出:"你怎么知道我在哪个学校?"话一出口便心若明镜,自然是吴敏告诉他的了。此时第一个反应便想撒谎说自己不在学校,然而不知怎么竟然没说出口,就这么稀里糊涂地答应了。

出了校门四处找不到王磊的大悍马,正在东张西望,王磊突然从一辆银色的商务轿车中探出头,笑嘻嘻说:"上车吧!"

莫南坐在后排,左挪右挪仍然觉得别扭。这次王磊没带司机,自己坐在前面叼着雪茄,含糊不清地说:"我抽烟,可以吧?你们学校周边还挺热闹的,刚我看了一下,茶馆、咖啡厅、酒吧、书吧都有,现在的学生消费能力挺高的嘛。"

莫南随口答应着,心想学生消费能力再高也高不过你们,见了四次面你倒开了三辆车。

王磊找了一间茶馆,身穿和服的服务员低眉顺眼跪在榻榻米上做茶道,莫南对此一窍不通,自然不懂欣赏,尝了一口茶,除了味道浓些并没喝出什么不同,王磊看着她,笑得极为开心:"每次见面我都觉得你不像这个城市的人。"

莫南怔了一下:"你是说我……土?"

王磊笑得更欢了,摇摇头不回答。

沉默了一阵子,王磊闲闲问道:"房子买得怎么样了?"

若是别的话题,莫南大概没那么多可说的,可是这几天为了租房憋了一肚子不痛快,开始只想随便说两句,然而一打开话匣子就忘了收线,等反应过来时一壶茶已经喝光了。

她有些难为情,红着脸说:"真不好意思,尽说这些乱七八糟的。"

王磊右手五个指头依次轻敲茶艺桌,认真说:"你能拿出多少钱买房?"

"连贷款总共也不超过一百万。"

王磊闲闲笑道:"一百万?这个预算两年前还行,现在除非去五环以外。"

莫南前所未有的沮丧。王磊有那么多套房子,他既然这么说,大约真是不行。然而有什么办法呢?

屋里静悄悄的,只有王磊轻叩桌子的声音时不时响起。半晌,听见他说:"你有没有考虑过以租养贷?"

"什么是以租养贷?"

"就是买一套容易租也能租出高价的房,用租金还房贷,还贷期间你先租房住,等手头宽裕了再把房子收回来。"王磊看她一脸茫然,于是详加解释,"这么说吧,假如现在你每年只能承受两万块钱的房贷,以贷款二十年来算,不连利息,那么你的买房贷款总共在四十万左右,加上首付,你买的应该是五六十万的房子,这个总价挑选范围非常狭窄,而且大多数应该是郊区房,就算出租价钱也非常低。但是,如果

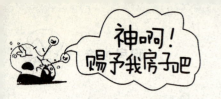

你能找到抵押,能够从银行贷更多的款项,那么你就可以买一套黄金地段的现房拿来出租,以每月租金五千来算,一年也有六万,再加上你自己的两万,一年你总共能还八万的房贷,还以贷二十年来算,你总共能从银行贷一百六十万,也就是说这么一变的话,你就能买得起将近两百万的房子。"

莫南头脑里一片混乱,张着嘴半天说不出话。王磊笑笑,看着她也不说话。服务员推门进来,熟练地续水添茶,两个人都在出神,居然都没看见她。

许久,莫南啊一声,欣喜若狂:"我明白了,买一套好地段的房子出租,拿租金还贷款,不但我自己负担小了,而且还能买到更大更好的房子!"

王磊一声轻笑:"这么半天你才想明白?"

莫南再也按捺不住兴奋,噌一下弹起来:"我赶紧回去查查。"

"别急呀,你得想好,现在这种好地段基本没有新楼盘,你想以租养贷,恐怕只能买二手房了。"

"没关系,我早想开了,只要房子好,管他一手还是二手呢。"

"要是这么说的话我倒可以帮你联系联系,你要是不介意的话,我自己就有几套,只不过总价可能还是超出你的预算,嗯,你要的话我可以让点价。"

莫南兴奋得无可无不可,此时哪里还听得进去什么?只觉得偌大一栋闪着金光的房子正在冲自己招手,脱口说道:"行行,我赶紧告诉我男朋友一声。"

王磊耸耸肩:"我只给你打折,这里头可没你男朋友什么事。"

莫南怔了一下,摸不清他是玩笑还是认真,他脸上笑嘻嘻的,眼睛里闪着狡黠的光芒,让她看不透他的心思,一时僵住,不知道该怎么说下去。

而他只是笑着,悠闲地把玩手中的紫砂杯,似乎置身局外。

之后的谈话就像煮过头的米线,夹起就断,总超不过两分钟,再后来,不知怎样就散了。

夜里莫南翻来覆去想的无非是这一席话,若是认真算下来,只怕还是想只给她打折这句话多些,想买房的事少些。她素来沾着枕头就着,今夜为了这突如其来的一幕,居然久久难以入眠,直闹到两点多才晕晕地合上眼,连给李天辉打电话报告好消息都忘了。

只是合上眼后,梦里也不得安稳。一时梦见拉着李天辉到处看房,走得一头大汗却死活找不到房子在哪儿;一会儿又梦见签了合同,卡里却没一分钱,急得号啕大哭;一时又梦见中介吵嚷着看一座房收一万块,气势汹汹来讨债……一夜之间喜悦、惊恐、愤怒、忧伤,种种情绪交杂,胸口宛似压了一块大石,如梦魇一般,在梦里撕心裂肺大叫却发不出声音。

天快亮时梦见搬家,依稀是买好了房子的模样,推开门一看,四周金碧辉煌,应有尽有,客厅足有网球场大小,正兴奋地乱跳,回头却不见了李天辉,莫南放声大喊,从花园里走出一个男人,笑嘻嘻地拉住了她的手,抬头一看,竟然是王磊……

正是惊怒交加,悲喜莫名,耳边一声喊:"莫南,你一晚上都在说梦话,吵死了!"

莫南睁开眼,窗户透进青白的光亮,对面床上朱晓云揉着眼睛,一脸委屈郁闷。

十二 房价高万丈

1

黑领带在前带路,莫南拉着李天辉滔滔不绝讲述以租养贷的大计。可惜李天辉此时一颗心全在眼前的房子上,半句也没听进去,只是敷衍说:"等会儿,咱们回去再说,先看房。"

莫南撅着嘴,心想你要是知道这么个好办法,还不乐歪了你的嘴!

似乎李天辉昨天关于时来运转的预言真的应验,这天看的房子特别顺眼,方方正正的户型,干干净净的房间,家具虽然不多,好歹够用,电器虽然只有电视,可黑领带一口允诺公司马上配齐,两个人走进卧室时,阳光正好透过纱帘映在床上,太阳影子晃得两个人都有些犯晕,在多日的疲惫和阳光的诱惑下,脱口说道:"就是这套了!"

黑领带松了一口气:"眼光不错,这套是我们昨天才代理的,还没放到网上呢,的确比你们先前看的都好,要是放到网上,估计半天就没了。"边说边翻笔记本,"哦,比你们预算贵些,一千四半年付。"

"还有得商量吗?"

"房价没得商量,不过这套中介费便宜,只收半个月房租。"

莫南试探着讲价:"五百行吗?"

黑领带笑嘻嘻的:"姐你就别再讲了,这套真的是物超所值,中介费又这么低,你上哪找这么合适的?也是两位幸运,刚好周末我们公司搞活动,要是周一你再租的话中介费就要一个月房租了。"

"再便宜点吧,你刚才也说了,这套价钱已经超出我们预算了。"

黑领带早从他俩眼神里瞧出对这房的情有独钟,笑嘻嘻地只是磨洋工:"真的是公司规定,我也没办法,我要是给你便宜的话这差价就只能我自己补了。这样吧姐,咱们也认识一场,要不中午我请你们吃饭?"

莫南想到去动物园买衣服时要是价钱谈不下来,往往作势走人,摊主便会老远喊着："小妹回来，就按你说的价！"此时见黑领带笑笑的似乎还有得商量，便做出一脸遗憾状："真没得讲？那算了，再看看下一套吧。"

李天辉急了："莫南，这套……"

莫南使劲一拽他的胳膊，做了个一切听我指挥的口型，李天辉将信将疑闭上了嘴。

黑领带通情达理："那行，还有一套离这儿不远，我带你们去看看。"

莫南满心以为他听了要挟之后会立刻让价，哪知他毫不理会，自己反而不知怎么才好，只得跟着他往外走。李天辉小声咬耳朵："这套挺好的嘛，七百就七百，前天看那个小破房中介费还要一千二呢！"

莫南不愿立刻就说自己讲价失败，只做出胸有成竹的模样说："先看看下一套再说。"

下一套房基本就是前几天噩梦的全面重现，漆黑一片的客厅，漏水漏电的家具，坑坑洼洼的地板，自然也少不了万年不死的小强。

黑领带领着两人转完一圈，一言不发站在门前，笑嘻嘻地看着他们。莫南懊恼之极，李天辉频频摇她的手，她只是不吭声，李天辉正摸不着头脑，老于世故的黑领带抢先开口："其实依我看，还是刚才那套合适，中介费可以再谈嘛，毕竟住得舒心才是最重要的。"

莫南听出这话里给人台阶下的意味，顺水推舟嗯了一声，李天辉喜上眉梢，立刻拍板："行，那就回去签合同吧！"

黑领带说到做到，中介费虽然没少，可是"恩准"两人提前入住，算是饶了几天居住权。李天辉在隔间签合同，莫南在四处转悠，发现展板上除了租房更有许多卖房信息，王磊那天的话猛一下蹿上心头，赶忙冲进去问黑领带："你们这里有没有合适的二手房？"

黑领带应声答道："有啊，二手房多得很，姐想要什么位置大概什么价钱的？"

"越容易出租租价越高的越好，一百五十万左右。"

"你稍等，我帮你查查。"

黑领带一走，李天辉急急忙忙开始发问："一百五十万？也太贵了吧，咱们怎么买得起？"

莫南正等着他问这句话呢，当下得意洋洋说道："出租啊，一个月租五千，还不够你还贷款吗？"

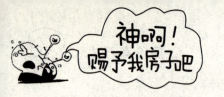

李天辉一拍脑袋:"嗨,我怎么没想到呢! 你怎么想到这法子的?"

莫南顿时支吾起来,半天才说:"我在网上看见的。"

"南瓜真厉害!"李天辉随随便便亲了她一口,眼梢扫见黑领带的影子,随即撤开。

黑领带拿着厚厚一摞房源信息进来了:"都在这里,大概有十来套,不过有五六套已经有人要了,就差签合同。姐再细说说你想要什么样的?"

这可问倒了莫南,她只知道这方法行得通,却从来没细想过该怎么操作,倒是李天辉条理清晰,立刻便答了出来:"两居比较合适,我想买了后出租,拿租金还贷,你帮我看看哪套的租价刚好能够换上房贷。"

黑领带麻利地翻拣起房源信息,边翻边说:"大哥这是想以租养贷啊? 那就得选比较新的房子了,老房子租不出价,别看买的时候价钱差不多,租的时候差别就大了,像三环上同一地段八几年的房和九几年的房买的话都得三万左右,可是租的话,老房子顶多租两千多,新房就能租五六千。"

莫南忙说:"那就找新房。"

"新房啊,那可比较少喽,抢的人又多。"黑领带拣了半天,抽出一张纸片,"这是最新的了,零三年的房,朝阳门地铁边上,三万五一平,总价贵了点,三百二十万。"

莫南无奈地看着他。

黑领带自己先笑了:"哈,我忘了,姐是要一百五十万左右的,我再找找。"又翻了半天,一摊手,"没了,就一套一百九十万的已经定了,要是过几天还没签的话我安排你们去看看。"

李天辉忍不住问他:"怎么这么贵? 没有便宜点的吗?"

"一般来说老房子面积比较小,总价符合你们的要求,可是租价又上不去,新房子租价倒是高些,可是面积一般都在八十平往上了,总价又不行。"黑领带一脸真诚的无奈。

莫南两个面面相觑,最后只好说:"那再等等吧,有合适的记得跟我联系。"

从公司里出来,两个人都有些淡淡的沮丧,之前租到房的欣喜被冲淡不少,低着头走了一阵子,莫南勉强笑说:"没事,反正已经完成一件任务了,这套房租得真值。买房的事以后再说吧,说不定明天他就打电话说有房源了呢?"

李天辉懒懒答道:"你才说以租养贷时我真是特别高兴,以为总算找到一条门路呢,谁知道还是这么难。唉,还是往五环边上看看吧,要不就买老房子算了,有地儿住总比无家可归强。"

老房子三个字一出口，两个人不约而同想起了这些天看过的低矮黑暗的小屋，心里都一阵发怵。买房是为了结婚，为了今后能高高兴兴一起生活，可是，人生第一套房，或许也是唯一的一套房，难道就只能是这么一座小破房吗？

2

之后的几天，莫南总是心急火燎给黑领带打电话，不知道是他故意吊胃口，还是事实如此，每次他的答案都是：实在没有租价高总价又低的房。这档子事把两个人搬家的兴奋冲淡了不少，按理说租到这么合心的房子总该庆祝一番吧，可是搬进去的当天一说到买房的事，两个人相对愁眉，直琢磨到半夜才对付着泡了点方便面。

黑领带不温不火，莫南却没法保持平静，她一次次打电话提价，根本已忘了细想到底承受得了多贵的房，到最后把总价放宽到两百万时，才听见黑领带松口说有一套九七年的房子，总价正好两百万。

李天辉听见这消息后喜忧参半。喜的是总算有房可看，忧的是价钱高得离谱。这只是一套七十六平的小两居，年份不算很新，朝向还是西北，位置更在三环之外，可是因为离国贸不远，价钱便涨得呼呼的，他私心里以为并不值这个价，可是有什么办法呢？上网一查，那里新盘已经卖到了两万八，这个价钱还算得上厚道。

莫南没想那么多，也不敢细想。等了这么多天，好容易才有了房看，她心满意足，虽然知道贵，却也顾不上细算价格，唯一头疼的是两百万的房首付至少要交百分之二十也就是四十万的首付，上哪儿去凑呢？想来想去没有主意，心一横，先去看了再说吧。

大早到了中介公司，黑领带笑眯眯的："两位来得真早，先坐会儿吧，等会儿有七个人一起去看。"

莫南吃了一惊，原来约的买主还真多。心里不大舒服，却又不能说什么，打开门来做生意，难道许你买不许别人买吗？

李天辉心里一沉，本能地觉得这事要起波折，转念一想，就算他不约别人又能怎么样呢？这么贵的房，就算看了多半也只是过过眼瘾，真要买的话首付拿不出来不说，一年还十来万贷款，这日子还过不过了？

莫南凑在他身边咬耳朵："真不够意思，找别人来看就算了，还找这么多人。"

"反正咱也买不起。"

"只要弄到首付,其他的再想办法嘛。"

"一年还十几万呢,上哪儿想办法?再说首付根本就没一点办法。"

莫南见他口气里很是消极,自己也便有点泄气。低着头大概一想,忘了问黑领带这房能租多少钱了,要是五千能租出去,一年也有六万,再加上两人工资,十来万似乎也还得起,看来唯一的问题便是首付了。拿手肘碰碰李天辉,小声算了一笔输赢账,李天辉出了一会儿神,忽然问她:"到底能租多少钱你问过没有?"

正在此时,黑领带快步走了进来:"大哥,姐,咱走吧,人都来了,房东也打电话说马上就到了。"

这回的交通工具是地铁。到了地铁站莫南发现同行的几人全部掏出公交卡来刷,顿时松口气,看来这几位都不是特有钱的主儿。

地铁飞驰而过,两边的广告灯忽明忽暗,莫南的眼神从站在左边的卷发大姐溜到右边的啤酒肚男人身上,再溜过面前一对儿小夫妻,这几位竞价者衣着普通,手上脖子上也并没有耀眼闪光的饰物,一切看起来都跟自己和李天辉没太多区别——难道他们也跟自己一样,揣着口袋里不多的钱,期望以租养贷?还是说现在随随便便一家人都买得起几百万的房子?

房子离地铁将近二十分钟的路程,黑领带带着炫耀的神情介绍说:"这套房是我这几个月经手的房子里头最值的一套了,诸位肯定也了解,哪怕在四环外,只要挨着地铁,也不止这个价,现在通州跟石景山都涨到两万多了。"

啤酒肚带着无所不知的神气哼了一声:"根本不值这个价钱,近跟前有个零七年新开的盘开盘时也才卖一万八。"

"你说的是视镜庄园吧?现在都两万九啦!"卷发大姐叹气,"当初开盘时我嫌地段不好,犹豫了一下没买,谁知道地铁一通,一下子翻了将近一倍,唉,没眼光啊当初!"

小夫妻插嘴:"这套房到底老了点,卖这个价挺贵的。"

黑领带微笑:"附近八几年的房也要两万七八呢,谁让人占了这么好的地段哪!我跟几位说句实话吧,从九月份到现在一直是买房的多卖房的少,我们公司的房源从没像现在这么少,估计接下来几个月房源更紧俏。没办法,现在市面上都传说过了年还要涨价,许多房主都宁愿再等几个月卖个好价钱。也就这套房吧,房主着急送儿子出国,保证金凑不齐,所以才开了这么低的价钱,也是各位运气好,这同一个小区的房上个月我们卖过一套，两万八千七出手的，你算算，一套下来贵了多少？就这还是好几家抢着买呢！"

几个人听了都不言语，脸上的神情却慢慢变了。

莫南越听心越凉。过了年还要涨？已经快三万，还要往哪里涨？记得零三年才毕业那会儿，北京力推回龙观的经济适用房，一平一千多都没人买，只不过五年多的工夫，回龙观已经卖到一万五，这房价简直不是涨上去而是飞上去的！

李天辉也是心事重重。才毕业那会儿没钱，后来慢慢攒了点钱，零六年初原本看中了一套房想买，谁知道正赶上父亲住院开刀，全拿去贴补了医药费，于是便没再提起。那时候三环边上房子才五六千一平，如今已经变成了两万五六千，要是那次父亲没生病，要是那次把房买了……他不敢往下想，怕陷在后悔里出不来。命运大多数时候像个刻薄寡恩的雇主，决不肯给人改过的机会，一旦错过，只有后悔莫及，更可恨的是，损失还会随着时间的推移飞速增长。

看看到了小区，黑领带引着众人上楼，房主正大开房门在里面等着。莫南大眼一看，窗明几净，空间虽然不算宽敞，布置得却井井有条，看着挺舒服的，尤其是客厅带着的一个小阳台，被精心布置成一个小小的花棚，此时虽然是冬天，可是暖气开着气温不低，所以藤蔓植物依旧葱绿可人，令人心神舒畅。

要是能住在这里，这个阳台一定要保留，到时候再种上几盆红掌，或者养几盆水仙，放一张咖啡桌，周末的早上，可以晒着太阳喝咖啡。对了，窗帘要换成纱的，看着飘逸，顶棚还要挂一个风铃，风吹来时叮叮咚咚……

莫南盯着阳台出神的工夫，其他几人已经走马灯似的在屋里打了一个转，啤酒肚站在窗前眺望，忽然指着远处大声说："那里在干吗？怎么圈了那么老大一片？"

其他人蜂拥而至，莫南本来站得就离窗户不远，此时没怎么动窝就占领了有利地形，顺着啤酒肚的手指望远方一看，果然有一大片地被圈了起来，只是四周架的板墙太高，根本看不见里面是在干吗。

小夫妻先猜了一个答案："是不是又有新楼盘？"神色中一股跃跃欲试，对这房的热情顿时下降不少，试想若新房价钱跟旧房差不多，谁还要旧的？

啤酒肚摇头："我查过，这附近根本没有新盘，连商用盘都没有。"

卷发大姐犯起了嘀咕："别是市政的工程吧？或者哪个单位的办公楼？哎哟，那块地周围好像没什么住宅区，别是要盖什么垃圾处理站、污水处理站吧？"

话一说完众人心中都一凛，要是办公楼还罢了，万一是垃圾或者污水处理

站,那这地方可就没法住了!莫南甚至想怪不得卖这么便宜,恐怕房主是得了消息着急出手吧!

大眼睛房主气定神闲:"都不是。有人去市政部门查过,这块地审批时写的是市政绿地,"他微笑的目光从几个人脸上一一扫描而过,"市政绿地么,嘿嘿,将来不是建公园就是建休闲广场,已经圈了好几个月了,说不定明年下半年就能盖好。"

"真的?"几个人异口同声问道,眼睛里都冒出了激动的火花。

3

市政绿地,没有谁比寸土寸金的城市人更理解这四个字包含的深刻意义。市政绿地,意味着大面积的绿化,意味着尘土飞扬闹市中一方清新空气,意味着安逸宁静的周边环境,意味着老人有地方健身孩子有地方玩耍,意味着从鸽子笼一样的小窝里出来后有公园可去而不是只能逛大街闻汽油,意味着站在窗前眺望时一片郁郁葱葱的绿色……当然,目前来说,它最大的暗示就是:这里的房价还将上涨。

这是明摆着的道理。人越来越多,房越来越密,地越来越少,出门就是绿地河水的日子只能从老照片上重温,可如今,这房子边上即将有一大片维护良好的绿地,想去时抬脚就能到,这概率有多低?

黑领带急忙煽风点火:"原来是市政绿地!嗨,这房真是太值了,又挨地铁又挨公园,难得,难得!"

大眼睛房主深表赞同:"是啊,要不是手头着急用钱打死我也不卖,将来岁数大了住这儿环境多好,多方便!唉,被你这么一说我还真有点后悔,何必卖呢,也不差这点钱,上哪儿借不来几十万?这走势早晚要涨,现在卖肯定吃亏……"

啤酒肚慌忙拦住:"别价,大哥,我们这么多人都过来啦,你这会子要说不卖,我们可找谁说理去!涨不涨的不都还是未知数吗,俗话说落袋为安,早几年炒股时大家伙儿都看着电脑上那钱数呼呼涨,到最后有几个挣着钱了呢?还不是那些卖得早想得明白的人嘛!大哥您要是着急筹钱,这样吧,我本来想贷一半款的,这不是缘分嘛,谁让咱喜欢这房呢,跟大哥您也投缘,这样吧,"啤酒肚一咬牙,摆出荆轲易水辞别太子丹的豪壮,"不就两百万嘛,我掏百分之七十的首付!"

一语既出,四座皆惊,卷发大姐目瞪口呆,小夫妻盯住啤酒肚不说话,黑领带搓着手直乐,莫南一颗心怦怦直跳,李天辉叹口气走去阳台看植物。

大眼睛房主歪着脑袋咂吧下嘴儿:"唉,开价开得有点低了,我跟他们报完价回头一查，这片儿都卖到两万九了，真是，糊里糊涂我怎么给报了才两万七不到。"

黑领带忙说："价钱还有得商量，我们总要以客户的意愿为主。"

莫南心说你当然巴不得涨价，谁不知道你们是按成交价提成，卖得越高你们赚得越多。

大眼睛房主露出一个狡黠的笑："真的？那行，两百万我不卖了，一平米两万八！"

别人还没说话，啤酒肚已经一迭声叫起来："行，两万八就两万八，说好了，我掏百分之七十的首付！"

"我还没报价呢！"卷发大姐一急之下嗓门又高又尖，"这房子我要，我付全款，一次付清！"

莫南半天没合上嘴。敢情那天没看成拍卖，倒在今天找补上了。她四处找李天辉，一心想向他讨个主意，最后才发现李天辉缩在客卧的书架跟前翻书，一副事不关己的样子，看来早已放弃。

此时场上形势再度发生变化。啤酒肚见有人抢房，脸红脖子粗地吵嚷起来："公平竞争，公平竞争啊，大哥说了算，大哥爱卖谁卖谁，可不管什么全款不全款的，是吧大哥？"眼巴巴瞅着大眼睛，那神情大有走失多日的小狗终于找到主人的依恋、欢喜。

黑领带乐得再次对搓手掌，此时仍不忘煽风点火，向着小夫妻问道："我记得两位是要生小孩了所以着急买房吧？这里不错吧，环境又好出行又方便，既省了新房的装修费，又能立刻入住，那两位已经报了价了，你们怎么说？"脸冲着他俩，眼睛却去找莫南，莫南情知自己无力抗争，心虚地低头。

小夫妻走到一边嘁嘁喳喳说了一阵子，那女的抬头说："我们也掏百分之七十的首付。"

剩下的人即刻炸了锅。有对着黑领带讲理的："说好了两百万，哪有坐地起价的道理？"有跟房主套近乎的："大哥在哪儿上班？孩子准备去哪儿念书？我有个朋友专门办留学手续的，没准儿能帮你问问。"也有心存疑虑的："那块地当真批了是市政绿地？我听说现在好多项目批的时候写着绿地，最后盖什么的都有。"

一片嘈杂中，莫南灰溜溜地找去客卧，定睛一看，李天辉翻的居然是一本《道德经》，莫南推推他，郁闷地说："你还有心情看书啊！外面都闹成什么样了！"

李天辉头也不抬："闹成什么样也跟咱没关系，反正咱俩肯定买不起。"

"你说这些人怎么都这么有钱呢？"莫南一肚子郁闷，越想越憋闷，"白跑了一趟，敢情给人送钱还得讨好人家，什么世道！我就奇怪了，到底是什么人在买房？按理说咱俩的收入也不算太少吧，至少是中等水平，为什么咱们看什么都买不起，他们倒跟买大白菜似的？他们从哪儿来的钱啊？"

"自己攒点，家里要点，两家人一辈子的积蓄全拿来买房，估计钱就是这么来的吧。"李天辉扬了扬《道德经》，"别嘀咕了，反正咱连首付都凑不出来，还是看看《道德经》，平衡平衡心态吧。"

"懒得理你！"莫南又好气又好笑，撂下他在那里继续修身养性，自己又回客厅看拍卖会。

此时七家买主强弱之势已分得十分明白了。啤酒肚坐在沙发上翻眼瞪着卷发大姐，鼻子里出气都带着响动，想来是竞价失败，十分气恼。小夫妻拉着黑领带站在阳台上向周围指指点点，好像在询问附近还有没有房源。卷发大姐手里拿着一摞人民币，正麻利地数钱："九十八，九十九，一百。"啪一声，抽出这摞搁在桌子上，"三万！"低下头继续数，"一百、二百、三百……"

莫南想，难道卷发大姐腰里别着两百多万，要当面点清付全款？不能吧！

卷发大姐数完五摞，向大眼睛身前一推："五万块定金，你数数。"

大眼睛点头，一二三四也数了起来。

卷发大姐松口气："幸亏临出门前多了个心眼带了现金，要不然就抓瞎了呢！"

啤酒肚又气又妒，粗声粗气说："这生意做得真憋屈！坐地起价还有人赶着送钱的！"

一个穿西服的站起来："得，今儿开回眼，买房改拍卖了，开天辟地头一遭。没我的事了吧？我先走了。"果真大步流星出了门。

这一走开了头，剩下的稀里哗啦没几分钟走了个干净。莫南叫李天辉时，他还抱着那本《道德经》恋恋不舍，嘴里说："回头买一本去，说得挺有道理。"

莫南哭笑不得，一边拽着他走一边数落："我憋了一肚子气，你倒好，还有闲情去参禅。"

"真是无知少女，《道德经》跟佛啊禅的没关系……"

"你真当我不晓得？那是老子写的，道教的！"莫南没好气，"好歹我也是本科毕业，你总不会觉得我无知到这个程度吧！今天真是邪了门了，买房的比卖房的积极，花钱还得求人才能花出去，你更强，摇身一变成哲学家了！"

"淡定,淡定,有点风度嘛!"李天辉半真半假地说道,"现在的世道真是奇怪,这几天我一直在想,咱们好歹也算是中产阶级,如果连咱们都买不起房的话,这个社会究竟有多少人买得起? 房价两年之内涨了将近百分之一百五,究竟是什么原因?难道纯粹是因为人多地少吗? "

　　此时已经到了地铁站,莫南正准备进去,李天辉却站住了,怔怔地望着眼前川流不息的人群,半天才说:"南瓜,我也是学经济出身,可是现在的房价真让我想破了脑袋也想不出原因。我真不知道接下来我们该怎么办。经济适用房政府不让咱们买,商品房咱们又买不起,难道我们真要去燕郊住? 还是一辈子租房? 咱们的出路究竟在哪里? "

　　莫南刚迈出去的脚缩了回来,眼前熟悉的城市景象刹那间变得如此陌生,如此冰冷。有种想哭的感觉,终于还是忍住了。不能当着那么多人哭,虽然都是些陌路人。

十三 求伯乐而不可得

1

寒假在莫南的期待中越走越近,只是今年的期待中又掺杂了几分忐忑不安,因为李天辉说了,带她回江西老家过年。

恋爱三四年,莫南还从没跟李家人打过交道,从李天辉的叙述中,她知道李家大姐憨厚朴实,小妹聪明懂事,李爸爸跟土地打了一辈子交道,是乡里有名的庄稼把式,李妈妈心灵手巧,李天辉上大学以前所有的衣服都是李妈妈一针一线做出来的,这些都是李天辉心中的亲人,都是疼他爱他的亲人,可是,这些人跟莫南,却是半点交情也没有。

他们会怎么待她?

李天辉笑她杞人忧天,说儿媳妇主动上门家里人高兴还来不及,瞎担心什么?难道李家人都是老虎,要吃了她不成?说话时张牙舞爪做穷凶极恶状,还从牙缝里发出嘶嘶的声音做伴奏,惹得莫南笑他扮的是老虎学的却是响尾蛇。

吴敏用惯常的不看好、不阻拦、不支持态度回应此事。莫南发现她的公寓收拾得整整齐齐,旅行箱立在墙边,衣柜里空荡荡的,只有常穿的几件外套,不由奇怪地问她:"准备去哪儿度假吗?"

"搬家。"

"这儿多方便呀,离你上班的地方又近,搬哪儿去呀你?"

"西山。"

莫南大为疑惑,西山风景虽好,离市区却不近,好端端的搬那儿去干吗?不方便上班就罢了,反正吴敏并不热爱工作,可是不方便购物就太要命了。

吴敏淡淡答道:"赵阳在那儿买了栋别墅,非要让我住,我磨不过他,先去混一阵子呗。"

莫南一时不知说什么好。搭讪着帮她归置桌上的小摆设,含含糊糊问她:"专门给你买的房?那你上班怎么办?两头跑也不是事儿啊。"

"说是给我买的,房产证又不写我的名字。"吴敏冷笑一声,"没意思透了,打量我稀罕这破房子吗?至于工作嘛,我已经辞了,这阵子心情不大好,歇一阵子再说,等有心情再找吧。"

莫南心里极不是滋味。吴敏话虽说得漂亮,然而事情怎么看都走的是包二奶的程序。当然,赵阳并没有结婚,吴敏更不是二奶——等等,赵阳究竟结婚了没有?

吴敏从床头摸出一个小匣子,抽出一支细细的烟抬手点着了:"离婚官司打了一年多了,因为财产一直跟他家的黄脸婆扯皮,黄脸婆要分一半,哪有那么便宜的事?赵阳的钱都是做生意赚的,有她什么事?"

透过薄薄的烟雾,吴敏俏丽的脸庞变得模糊起来,娇柔的轮廓看去似乎有些扭曲变形,莫南说不清是自己眼花还是事实如此。

冷场好久,莫南才找出话来问她:"他要是离了你们是不是就要结婚?"

吴敏垂下眼皮:"不知道。我又不是非嫁他不可,三条腿的蛤蟆不好找,两条腿的中年男人满大街都是,我犯不着在他这根歪脖树上吊死。随便吧,他对我真心真意就嫁。"蓦地冷笑一声,"给我买了辆车,倒是写了我的名字,打一巴掌给个蜜枣,有本事一千多万的房子你也写我的名字呗,三十多万的破车算什么!"

莫南不知该如何回答。这几个月来,与吴敏虽然还保持着频繁的联系,然而当初共用一瓶擦脸油,混穿一件衣服的亲密却一去不返。莫南仍时不时地跟她说说心事,然而吴敏有事却再不跟她商量了。比如与刘家明的分手,比如跟赵阳的纠葛,再比如这次搬家,如若不是刚好撞见,恐怕吴敏是不会告诉她的。

莫南自嘲地想,这也是必然的趋势吧,人家住着一千多万的别墅,总不能交连一百万的房都买不起的闺密吧!

吴敏突然问:"王磊最近找过你没有?"

莫南嘴里说着没有,下意识地红了脸。

吴敏并没看她,幽幽吐出一个烟圈,淡淡说道:"王磊跟赵阳不一样,赵阳是自己赤手空拳打下的江山,钱看得很重,轻易不会撒手。王磊家从他爷爷那辈儿就在生意场上混,家底厚得很,光是在王府井那几栋商业楼的租金就够普通人家几十年吃穿。而且,王磊没结婚。"

她说的似乎是不相干的事,莫南听起来却总觉得她在暗示自己,更有种做贼心虚的不安,嗫嚅着说:"管他结没结婚,跟咱们有什么关系。"

吴敏抬头,意味深长地看着莫南:"自从那次泡温泉,他已经跟我打听过四次你

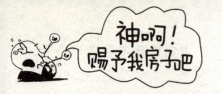

的事了。你自己想想吧。"

莫南脸更红了。

吴敏忽然又没了声息，只顾一个接一个吐烟圈。

莫南忍不住劈手夺下她的烟，板着脸说："你瞎抽个什么劲儿啊，年纪轻轻的，对身体有什么好处！"

吴敏任由她把烟按灭揉碎，只是淡淡地笑："无聊呗。原来觉得上班无聊，闹了半天不上班更无聊。好了，你不让抽就不抽了，这盒抽完就不抽了。"忽然又高兴起来，"走吧，我带你兜风，去我的别墅看看，花园可大了！"

第二天莫南上班时还在想着这事。别墅很大，屋里的摆设也是富丽堂皇，然而吴敏的脸上只有炫耀，根本找不出幸福的表情。莫南不由地想，值得吗？就算赵阳离了婚娶她，她会快乐吗？她说起赵阳时头脑清醒，逻辑严密，丝毫不像陷在爱情里的女人，这种生活除了有钱还有什么值得留恋？

杨林燕见她一直闷着头不理人，忍不住先打开话匣子："好容易姚老太请假咱俩能自在一天，你怎么又不吭声了呢？"

莫南回过神来，随口答道："嗨，想事儿呢，昨天一个朋友带我逛别墅区，受刺激了，正在平衡心态呢。"

"说到房子，你买房的事怎么样了？"

"别提了，根本没戏，一栋也买不起。"莫南愁眉苦脸。

"我这两天也在想这事呢。"杨林燕眨眨眼，"前几天我妈打电话，让我明年毕了业回长沙上班，她能托人安排我进银行，工资高工作清闲不说，离家还近，凡事都有人照应，我琢磨了好几天了，一直拿不定主意。"

莫南笑道："挺好啊，干吗非得往北京扎？累死累活一辈子连个房都买不起。"

"要这么说那你干吗不回怀柔？"

莫南顿时语塞，想了想才说："我也是骑虎难下，回去是容易，就怕找不到这么合适的工作，再说我出来这么久，你不知道，连我表姐家三岁的小孩都跟小朋友吹：'我有个表姨在市里上班，你们有吗？'"莫南摇头苦笑，"就算我想回去，我爸妈还怕人家说我是混不下去了，夹着尾巴跑回家。"

杨林燕哈哈大笑："死要面子活受罪！唉，其实我也下不了决心，回家是轻闲，可是年纪轻轻想到一辈子就这么过又有点不甘心。"

"哼，难道在这儿累死累活一辈子还要租房你就甘心？"

"是啊,房子的确是太头疼了,在长沙五六十万就能买一套特棒的房子,在北京也只好买个厕所,我爸妈就算把积蓄全拿出来,估计也只够交个首付。"杨林燕伸个懒腰,"愁啊,你说我该怎么办?"

"我也不知道,我要是有办法就不至于混得这么惨了。"莫南感慨上来,索性大吐苦水,"没房没车没钱,领导不待见,朋友没几个,唉,谁能比我惨?"

杨林燕指着自己鼻子说:"忘了我了吧?我从来最欣赏亲爱的莫南姐姐,啥事都跟你商量不是?"

"可惜你不是领导,再欣赏也没用。"莫南也开起了玩笑。

"哎,跟你说件事,特奇怪,安义信好像特赏识于信,"杨林燕压低声音,"听说好几回在办公会上夸于信呢,你说奇怪不奇怪?我就瞧不出来于信除了老实有什么好,上回让他帮我弄统计数据,错得一塌糊涂,害我连夜返工,真不如当初不找他帮忙。"

"你听谁说安主任夸他?"

"高秀云啊,主任办公会她是记录员嘛。"

莫南颇有些不是滋味。是啊,于信除了老实还有什么异于常人的?只不过嘴甜些腿勤些来得早些走得晚些。若是论工作,从公评论,自己比他麻利得多,稳妥得多,踏实劲儿也不输给他。可为什么他一个刚工作不久的毛头小子那么得领导欢心,自己却不受待见呢?

门开了,程星河出其不意走了进来,一摊双手:"倒霉催的,内网又崩了。"

2

这些年计算机普及,经管学院紧跟时代潮流,早开始推行办公自动化,把学生档案、成绩、论文什么的全放在网上,输入学号密码就能查询,只是校内网解决了,各系的办公内网建设却才刚刚起步,经管系上个月与一家软件公司签了合同做办公内网,如今一边抓紧写后台程序,一边在程星河的档案室旁边腾出一间屋子做机房。程星河上学时辅修过计算机,于是安义信指定他帮忙盯着机房,所以软件公司派来的工程师一般都在他屋里干活,他也时不时帮着接个线,组装组装新机器什么的。

自打后台程序开始测试,安义信便给系里这些年轻的,有点电脑基础的教工都分了任务,帮着录入数据。这些数据自打经管系建系以来便存在档案室里,如今由

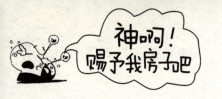

程星河分门别类抽出来,交给各人一点点录入电脑,这活既琐碎又无趣,直干得这帮年轻人叫苦连天。

杨林燕一见程星河,便撇着嘴抱怨:"又来了,上午才帮你录了那么多东西,总不会又来催进度吧!"

"催什么呀,崩了,全崩了,公司那俩小伙儿正抓耳挠腮想辙呢!今儿录进去的都找不着了,全白搭了!"程星河又是跺脚又是敲桌,一脸郁闷,"这星期崩三回了,这破程序谁写的,太不好使了!昨天安主任还说了我一顿,怪我没盯好天天崩,我又跟他说不清楚,你说这程序又不是我写的,我有什么办法?真是倒霉催的,我干吗揽了这么个苦差事呢!"

杨林燕比他还郁闷:"不会吧,又崩了?九二届毕业生我都录三回啦,总不会还要再录吧?"

"那可不再录吗?"程星河站了一会子,叹口气,"还得跟安主任汇报去,这顿批死也躲不过。"

程星河走了半个多钟头,袁明一脸不高兴进来了:"这个程星河怎么搞的,天天崩!真是的,安主任让咱们下班前把今天的数据再录一遍!"

杨林燕唉声叹气,莫南只好再次搬过那些发黄破旧的册子,数了数足有二十多页,上午录了四个多小时才弄完的,现在已经三点多了,看样子今天肯定要加班。

五点跟前时,安义信挨屋巡视,勉励众人继续奋战,早日实现内网无纸办公,为国家节省资源,为建设绿色地球尽一份力。同时展望未来,提出将来在各自办公室内进行视频会议,节省会议服务费用的美好设想。莫南脸上堆着笑,做出赞同领导提议的模样,心里暗自嘀咕:有个鬼的会议服务!哪次不是我端茶递水打扫卫生,干了这几年了谁给过我会议服务费啊!

大部分年轻教工都老老实实留下加班,唯有袁明大模大样说:"我要回家喂孩子,明天再录吧!"也不等他同意,提上包立刻走人。

安义信脸色极为不悦,大雪茄朝天一指:"年轻人啊,一定要有集体意识,不能什么时候都我字当先!"

于信和张岩连连点头,莫南垂头不语,杨林燕假装没听见。

谁知道这次莫南手极快,刚到六点就录完了,见杨林燕还有三四页,索性分过一半,不多时也录完了。两人伸个懒腰,嘻嘻哈哈说了几句便要锁门闪人,莫南顺路走去张岩那里,见他也干完了活闲坐着,于是叫他一起走,张岩笑了一下,神色怪异地说："安主任还没走呢。"

杨林燕没明白他的意思，笑说："他没走又怎么样？反正咱们分的活已经干完了。"

张岩咧了咧嘴，说："你们先走吧，我再等等。"

杨林燕这才模糊想到了一些，牙缝里哼了一声，收好包往外走，嘴里调侃说："反正我再表现也没人把我转成正式工，不奉陪了，你们好好表现吧！"

这一闹，莫南原本毫无想法的人也觉得为难了。抬眼一看，于信、张岩、程星河都没走，安义信办公室开着灯虚掩着门，大概也正盯着这事的进度。

她闷闷不乐地退回办公室，上了会儿网，听了会儿音乐，不多会儿李天辉打电话问她什么时候回家，她随口说还要加班，挂上电话又后悔了，凭什么安义信不走自己就要在这儿耗着？明明分配给自己的活已经干完了，又不是心虚，有必要留在这里吗？

一咬牙飞快地收拾了包，要锁门时又踌躇起来，万一安义信出来，别人都没走就自己溜了，他该怎么看？那时候才不管活有没有干完呢，他不是才说过，不能我字当先吗？

想到这里只好又坐了回来，百无聊赖地检查笔筒，圆珠笔、水笔、签字笔、铅笔、橡皮、裁纸刀，一样样拿出来擦干净，再慢慢吞吞放进去，低头一看表，才过了七分钟。

烦死了。她越来越气闷，难道因为领导不走，就要在这里干耗着？

在屋里转了几圈，最后一横心，走吧，先出去吃个饭，门先开着，不让人走，总不能还不让人吃饭吧！

正在校门外漫无目地瞎转，忽然一辆车停在身边，王磊笑嘻嘻地探出头来："要多巧有多巧，正想给你打电话呢，就碰上了。走吧，请你吃饭！"

莫南身不由己跟着他进了一家店，王磊笑问："又加班呢？"

"哪儿呀，真要是加班就没这么憋屈了。"莫南烦着呢，如今有人倾听，自然滔滔不绝地说了起来，末了气呼呼地说："你说无聊不无聊，活都干完了，不知道那些人都耗在那里干吗！"

王磊扑哧一声笑了："理他呢，反正你走也走了。"

"哪有，待会儿还得回去。"莫南想起此举颇有口不应心之嫌，红着脸说，"我也想走了算了，唉，到底不胆壮，我们主任本来就不待见我，要是今儿就我一个人先

走，他肯定更没好印象了。等会儿我就回去。"

"这又何必？"王磊掏出一支雪茄，悠悠闲闲燃着，"要走就走，要不走就老老实实待在那里，你这么一出来，先前熬那么久不都白费了？还不如一开始直接走人。"

莫南被他一说，也意识到自己犹犹豫豫，事情做得未免不太漂亮，耷拉着脑袋沮丧地说："唉，怎么做都不对，我算是明白了，我这辈子跟领导一点缘分也没有。"

脑海里掠过老温的身影，如果他没退，或者不会这么憋屈吧？为什么踏踏实实把活干好了不讨好，有事没事熬在那里做样子才合领导心意？她不由得怀疑起安义信的领导水平，如果连这一点都看不透，他凭什么领导这个班子？

莫南低着头想了半天才意识到此时不是傻想心事的场合，慌忙抬头，正迎上王磊饶有兴趣的目光，跟着又是一阵慌乱，糊里糊涂问道："你看什么？"话一出口顿时醒悟到这问题有多么不妥当，更加局促不安，恨不能找个地缝钻进去。

王磊的脸上又浮现出那种随随便便的笑容，竟是丝毫没觉得这话有什么不妥，夹着雪茄的左手轻轻点着桌子，悠悠闲闲答道："看你呀，我还是很好奇，你应该有二十七八岁了吧？奇怪，社会上的伪装和圆滑你一窍不通，真不知道你是单纯还是傻。这样的女人如今很少见喽，我忍不住猜想你是不是从不看电视从不上网，所以才与这个社会如此格格不入。"

莫南觉得脸上火辣辣的，忍不住又去琢磨他话里的意思是褒是贬。在她低头的几秒钟里，隐约又觉得那两道充满探寻意味的目光在自己脸上打转，令她心慌意乱，不得不拿起水杯挡在脸前，以免他看见自己的窘迫。

王磊轻声笑了："走吧，今天不请你吃饭了，去弄点外卖你带回去，你们老板应该会很高兴。"

3

去往外带餐厅的路上，王磊无意间问起："下周小吴搬去西山别墅，老赵说要开个Party庆祝一下，你去不去？到时候我来接你。"

莫南心里一沉，如果连王磊都知道了Party的事，吴敏为什么不告诉自己？难道真像自己猜想的那样，两人已经越走越远，她有许多事不再需要自己参与了？

王磊没注意她的脸色，随口又开起了玩笑："房子买得怎么样了？我上回跟你说的打折还在有效期哦，你随时可以来找我。"

这是莫南另一桩窝火事，顿时又唉声叹气起来，唐诗说蜀道难难于上青天，其实跟眼下的房价比起来,蜀道算什么? 连火箭也飞不了这么高的!

王磊哈哈大笑起来:"没发现你还挺有幽默细胞的嘛!" 停了停又正儿八经说道,"以我看,明年房价还会涨,这个大泡沫一时半会儿是消不下去了,除非政府用强硬手腕干预。莫南,你最好早点下手,越往后越买不起。"

莫南一颗心无比沉重。就算王磊说得对,能有什么办法呢? 连首付都拿不出来,还奢谈什么买房!

说话间已经打包好七份外卖,王磊嘱咐她要发票,殷勤地帮她接过去,一边向学校方向走,一边拿出前辈的架势侃侃而谈:"听你说起来,你们老板是个看重表面功夫胜于事实的人,既然这样,你就多做点表面功夫嘛,他心里舒坦了,你的日子才好过,何苦那么认真? 在人手底下讨生活,除非你有更好的出路,不然的话还是懂得讨老板欢心比较实惠。"

莫南叹气:"我又不指望升官发财,犯不着干这种无聊事。说起我们主任,唉,真不知道他是糊涂还是想法跟正常人不一样,就喜欢那些有事没事熬在系里不动弹的,觉得那些人才是好职工,唉,我辛辛苦苦的什么活都提前做好,就因为每天按时上下班,又不会讨好他,他就觉得我工作没别人用心。"

"那你就顺着他的意思呗,又不是什么难事,只要比他早来比他晚走就行,他又不会天不亮就来或者天天加班。别人溜须拍马的时候你随便帮个腔,别显得太另类。其实只要稍微改变下自己的心态,就不觉得日子很难过了。"

王磊的建议让莫南有些不痛快。以往同李天辉说起系里那些无聊事,李天辉总是帮她数落几声领导不识人才、张岩溜须拍马,或者劝她不必放在心上,说只要认真工作,大家早晚会发现真金。

莫南一向也是这么觉得的。

在与安义信的多次龃龉中,莫南不认为自己做错了什么,按时上下班是自己的权利,分内的工作做完为什么不能走? 何况她还经常帮杨林燕和于信做事,只不过并不到处宣扬自己的功劳罢了。每次开会,她都会帮着张罗茶水,散了会又帮忙打扫卫生,只不过于信和张岩做这些事总会当着安义信的面,而自己很少如此,甚至会刻意避开安义信,只是默默干活。

莫南天性中就有不愿张扬不愿趋奉的一面,她一直觉得是性格使然,李天辉却说她有一点傲气。莫南没有细究个中原因,只是很简单地觉得不必为了讨好某人而把自己的生活搅得乱七八糟。

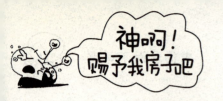
如今听王磊轻描淡写的口吻，似乎这根本不是什么大不了的事，只需要她稍稍改变自己的做法就能解决，难道他认为现在的局面是自己泥古不化，不懂变通造成的？

莫南心里越来越不是滋味。一向觉得自己委屈，难道在外人看来竟是自己错了？

王磊半天不见她吱声，少不得向她脸上细瞧了瞧："怎么了，不高兴？"

"没有。"莫南低头不看他。

王磊很是轻松地笑了："哦，我忘了，你要是这么做就不是你了。可怜的孩子。"他伸出手似乎想摸她的脑袋，莫南本能地一闪，他的手顿了一下，轻描淡写缩了回去，又笑了。

看看走到系楼下，王磊把外卖递给她，轻声说："进去吧，就说你特意出来给他们带晚饭。"走出几步又折回来，带着沉思的表情说，"我刚才说的，你多半听不进去。不过有时候呢，稍微放松下原则，日子会轻松不少。"掉过头走出几步，又停住了，咧嘴一笑，"我刚说的打折仍然有效哦，你随时可以来找我。"

莫南提着饭盒进去，几间办公室都开着门，依稀听见机房里人声嘈杂，似乎都在那里帮着参谋。她心里嘀咕说没一个正经学计算机的，都凑在那里添什么乱，转念一想，不帮钱场帮人场，就算帮不上忙凑在那里不也显得积极支持系里工作吗？自己叹口气想，要是再这么只搞面子活，这系里还真待不下去了。

走进机房，果然信他们都在，安义信脱了外套站在交换机旁边指手画脚，其他人随着他的声气三不五时帮腔，公司派来的两个工程师沉着脸东敲西看，对周围这帮人的"指点江山"充耳不闻。

莫南勉强堆出笑脸："安主任，你们都还没吃晚饭吧？我刚出去带了几份外卖，先吃饭吧，吃完再弄。"

安义信破天荒地对她露出赞赏的笑容，大声说："很好，想得很周到，来来来，一人一份，快点吃了帮着两位工程师再找找毛病出在哪儿。"

程星河离莫南最近，笑嘻嘻道了谢伸手就要拿，于信悄无声息走过来，抢先拿过一盒，双手递给安义信，安义信对他点点头，打开盒盖站在原地吃了起来，莫南本来想带回办公室吃的，见他不挪窝，只好也在机房吃了起来。

扒饭的声音此起彼伏，张岩说了一句："安主任今天实在太辛苦了，您吃完了先回去，这里我盯着吧。"程星河赶忙接口："你们都回去吧，我跟高工他们留下就行，一向也是我经手的,到底熟些。"两个工程师笑了一声,一个懒洋洋地开口说:"小程留下就行了,你们都耗在这儿也没用,一人一张嘴,你说东我说西,反而误事。"

莫南没听见于信插话,正抬头找他,却见他双手捧着一杯茶进来,恭恭敬敬交给了安义信。

莫南觉得喉咙口堵了些东西,出气儿都不畅快。鄙夷地直想说群魔乱舞,赶紧低头扒了一口饭堵住嘴。

吃完饭莫南默默地收拾了饭盒,走出去扔时,不由站在走道上大口吸气,心想我这是为了什么?就算我一走了之,又怎么样呢?难道都留下添乱才是热爱工作,才是领导眼中的好员工?凭什么!老娘还就是不奉陪了!

她对着墙压低声音,一字一顿重复一遍"老娘不奉陪了!"这才觉得一口恶气出了大半,一时间豪情万丈,重重地踏着脚步走进办公室,大摇大摆收拾了东西,咔嗒一声锁了门,走到机房门前,声音清脆地说:"安主任,我那份儿活已经录完了,计算机的事我不大懂,留下也帮不上忙,我先走了!"

安义信嗯了一声,自始至终不肯看她。莫南也不看他,提上包脚步轻快地出了门。

门外冷风一吹,头脑立刻降温,顿时又后怕起来。好容易领导肯给个好脸色,立刻又自毁长城,何苦呢?

夺门而出的快意消散不少。莫南无精打采跨上电动车,此时正是逆风,脸被冷气割得生疼,鼻子简直就像一块冻实在了的冰疙瘩。各样车灯交织成一张变幻莫测的光网,从莫南眼前溜过去,却留不下半点痕迹。她心中却空荡荡的,反反复复只有一句话:是不是又做错了?

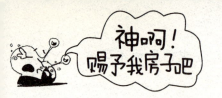

十四 到婆家看看

1

几天后莫南接受吴敏的邀请,携眷参加她西山别墅的迁居 Party。这次邀请消除了她对友谊的猜疑,却增加了她对吴敏未说出口的另一层意思的猜疑:吴敏邀请她时只字未提要带上李天辉,他俩到了之后吴敏有意无意拆开他们,制造王磊与莫南接近的机会。

莫南飘忽不定的思绪刚刚触到这里,立刻又滑开,不敢往下深想。本能地觉得不可能,王磊年轻又有钱,凭什么看上自己?换成吴敏这样的大美女还差不多。潜意识里却有份得意,让她不舍得拒人于千里之外。

两人告辞后莫南大发感慨:"有钱人真爽啊,房子真大啊!家家都带花园!刚我看见隔壁花园里支着个篮球架,一个小孩坐在秋千上,脚边上还趴着条金毛,唉,人家那才叫日子!要是咱俩有了孩子,只好在马路边上玩泥巴,哪有地方养狗!"

李天辉笑嘻嘻答道:"羡慕这干吗,我小时候家里也养了条大黄狗,只不过不是金毛,再说了,你家不也有条大黑狗吗?"

"能一样吗?能一样吗??"莫南感叹得都不知道该怎么组织语言。

"没关系,要对你老公有信心,总有一天我会买套漂漂亮亮的房子给咱家南瓜住。"李天辉亲昵地搂住她,"我把今年的加班全换成休假了,下周就能回家,你呢?啥时候跟我去见公婆?"

莫南掐指一算,再有十天就正式放寒假,之前得回家跟老娘交代一趟,顺便带点年货孝敬爹妈,再置办点礼物带往江西,于是说:"就订两周后的票吧。"

回怀柔后陈春丽意外地眷恋女儿。女儿长了二十八年,头一回不在家过春节,这个差别提醒她,自己一手拉扯大的宝贝闺女很快就是别家的人了。这个变化比莫北的结婚更能让她意识到时光的荏苒,于是那天晚上直到快十点还留在莫南房里不舍得走。

倒是莫南并没觉得有什么伤感,她觉得累了,明天还要赶火车,于是催着老娘快去睡觉。

陈春丽又把带给亲家的土产清点了一遍，恋恋不舍地坐在女儿床边，低声细气吩咐："到了你婆家千万别犯倔脾气，就算平常小李让着你，这会儿你也要让着他，要不你婆婆公公有意见。有什么吃不惯住不惯的都先忍着，横竖就住十来天，忍到头走了就好了。小李的姊妹你多哄哄，大姑子小姑子嘴碎，闹不好背后说你坏话就麻烦了。再有，手脚勤快点，饭做不好就帮着洗菜刷碗，眼皮子活点，看见地上脏了帮着扫扫……"

莫南不耐烦地打断她："妈，我是去过年，又不是去当保姆。"

陈春丽叹气，女儿到底还小，未经过这种人情世故，不知道其中利害。语重心长嘱咐说："头一回上婆家，一定要想着是去吃苦的，多干活少说话，能忍就忍，听妈的话没错，你那个爆脾气真让我不放心，唉……"

莫南听她念念叨叨尽是这几句话，心里十分不耐烦，连推带搡把老娘轰出去，锁了门睡觉，往常沾着枕头就着，今天刚一合眼，老娘的话就在耳边嗡嗡嗡嗡响了起来，扰得她心烦意乱，半信半疑：婆家难道当真这么可怕？

一夜没睡好，第二天赶火车时头重脚轻双眼泛红，两个人因为想省钱坐了趟慢车，一路上逢站就停，一停半小时，车厢里满眼满地的人，连洗手台和厕所都堵得严严实实，莫南这从未出过远门的京城姑娘彻底感受了一回最具中国特色的春运，累得连向李天辉发脾气的力气都没有了。

李天辉年年春节赶火车，这种大阵仗见得多了，提前三天就好吃好喝好睡养足精神，做好了杜绝大小便的心理准备，此时他以过来人的姿态，无比淡定的口吻告诉莫南，这种拥挤程度根本就是老天开恩，不信你看腊月二十五前后，那才真正称得上人民战争的汪洋大海。莫南一天水米不曾沾牙，加上人单力薄抢不到厕所，此时虽然恨得牙痒，也只能有气无力瞥他一眼，一歪头靠在窗台上闭着眼睛假寐。

莫南原本计划漂亮光鲜地出现在李家，让未来公婆眼前一亮，熬过这非人的一天之后，这幼稚的打算早已抛到九霄云外，摇摇晃晃出了火车站，李天辉居然又一头扎进了长途汽车站，原来到他家所在的乡村还要坐两个多小时的汽车。

下车时莫南觉得自己迥然脱胎换骨，满身满脸的气味、神色宛如当年的魏敏芝，或者后来的傻根，然而灾难并未到头，李天辉带着多年游子终于重返故乡的激动，无比兴奋地告诉她，只需步行半小时，就到家了！

之后的半天时间莫南如行尸走肉一般，事后半点想不起来当时是如何拜见的

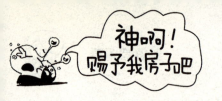

未来公婆，与大姑子、小姑子说的第一句话是什么，只记得当天晚上正吃着腊肉炖白菜，李天辉悄悄在她耳边说："南瓜，左边有眼屎。"

莫南慌忙清理，天，好大一块，难道今天一整天就是这副形象？她欲哭无泪，本就在海平面以下徘徊的心情瞬间更是跌落到了马里亚纳海沟。

当夜和小姑子睡一张床，半夜里冻醒过来，手脚冰凉，原来南方的冬天并不比北京暖和，而且他们没有暖气。

第二天早晨，小姑子换上了莫南送的机车夹克，乐滋滋地照着镜子感谢嫂子，婆婆大人看见了，指着衣袖上的暗黄的仿铜柳钉问："新衣服的扣子怎么就生锈了？"

小姑子咯咯笑了，告诉娘亲大人这是流行的复古装饰，莫南看见婆婆大人眼中掠过的不以为然。吃饭时未来公公也对女儿的新装表示了兴趣，说很像村头开拖拉机的王大头常穿的一件衣服，莫南哭笑不得。话题最后落在了衣服的价格上，一心讨好婆家的莫南毫不犹豫地报出了原价："680！"并试图用一脸灿烂的笑容告诉大家这钱花在小姑子身上一点也不冤枉。

李天辉在桌子底下使劲捏了捏莫南的手。婆婆大人说了句："这女娃娃花起钱来真是大手大脚！"

莫南猛然想起来之前李天辉的话"我爸妈挣钱不容易，一辈子艰苦得很，最不喜欢乱花钱"，原来给婆家人买东西也在乱花钱之列吗？慌忙补充一句："打折时候买的，360。"

这句是实话，不过仍然无法挽回乱花钱的印象，因为360也不是个小数目。

早饭过后婆婆大人追根究底细问莫南带来礼物的价钱，每听一个数字便倒抽一口凉气，嘟囔着莫南听不懂的土话，莫南狼狈不堪，手足无措地解释："北京买东西就是这个价，再说给您老买东西嘛，只要好用，多少钱都不在乎。"

婆婆大人犀利的目光令莫南不寒而栗："花钱这么没算计，将来怎么当家过日子！"

婆婆大人离开许久，莫南还是觉得脸上火辣辣的，没脸出去见人。好心好意买了这些东西，差不多花了一整个月的工资，像给婆婆大人带的鄂尔多斯羊绒衣，一千多块钱的价格，含绒量99%，连给老娘都只舍得买800多的，没想到怀抱着满满的"谄媚"之心，原来是马屁拍到了马腿上。

我真的是花钱大手大脚吗？她打量着自己动物园和淘宝上淘到的一身行头，委屈地流下泪来。如果不是为了孝敬你们,我有哪点不节俭?

李天辉溜进来,握着她的手低声安慰。莫南生怕给小姑子看见,慌忙擦干眼泪,勉强笑道:"没事,他们也是好心。"

李天辉赞许地看着她,原以为她会发脾气,没想到居然这么通情达理,他俯下身子偷偷在她脸上啄了一下,小姑子恰好进门,抿着嘴一笑,转身便走。

李天辉做鬼脸:"倒霉,又要听她笑话我了。"

2

为了扭转公公婆婆对自己乱花钱的坏印象,证明自己良好地继承了艰苦奋斗的优良作风,莫南对婆家的饭菜从没说过半个不字,当然腹诽是难免的。平心而论,李家的饭菜可以挑剔的地方实在颇多,比如自打头一天尝过腊肉的滋味后以后基本没见过荤腥,比如偶尔菜里有个肉末婆婆都夹到李天辉碗里并对李天辉把肉转送莫南的行为摆出明确的不满脸色,再比如炒菜用的都是有股子哈味儿的荤油令莫南经常毫无胃口,等等等等,不一而足。莫南低姿态地想,不仅小姑子大姑子,就连公公婆婆都没跟李天辉抢肉,自己少吃点怕什么? 何况吃得少还能减肥,过完年穿薄点正好秀秀身材。

转眼到了年三十,李家的饭桌上终于出现了鱼、排骨和猪蹄,莫南害了馋痨似的控制不住自己垂涎的目光,强行扭转头看李家客厅里的十七寸黑白电视,那电视大约是八十年代末的产物,由于没装有线,一直以来只有三四个频道发挥作用,好在年三十也只需要看春节联欢晚会,只是此时尚早,莫南只看见喜气洋洋的播音员在新闻联播里赞美祖国形势一片大好。

李天辉又给她夹菜,莫南看见婆婆脸色不悦,连忙夸赞婆婆烹饪手艺高超,顺带赞美李天辉完全继承家学渊源。公公、婆婆和小姑一起抬头看她,目光里充满惊讶,莫南莫名其妙。

后来公公咳嗽一声,声音洪亮地问李天辉:"伢,在外头你做饭?"

莫南在刹那间成了舆论谴责的焦点。婆婆抬高了嗓子义愤填膺地告诉莫南,李天辉在家的时候从来没做过饭,甚至连洗碗的事都绝对没有干过。莫南徒然地回忆起李天辉做饭的技艺似乎是刚工作时因生活所迫锤炼而成的,而非因为和她恋爱所以下厨,虽然恋爱期间他的厨艺进步不少,然而归根结底不是她莫南逼他走上煮夫这条路。

　　然而她说什么已经没用了，公公婆婆听说心爱的儿子居然要为女友做饭洗碗，诧异心疼恼恨齐齐涌上心头，若不是顾及到儿媳尚未过门，莫南大约真会在新年夜被打入十八层地狱。

　　李天辉挺身而出替莫南说话，李老爹狠狠瞪了他一眼，骂道："没出息！"

　　莫南强忍着眼泪主动到厨房洗碗。水冷得刺骨，阴暗潮湿的厨房里没有一丁点暖意，李天辉冒着被痛骂的危险溜过来，教她生火烧热水洗，莫南刚抽出两根柴，婆婆黑着脸走进来，一把夺了过去，嘟囔说："哪有那么娇贵！谁家刷碗还烧热水，费柴费火！"

　　莫南牙咬得嘴唇都青了。李天辉握她的手，她带着怒气甩开，李天辉坚持不懈继续握，莫南看见他一脸的关切，又是愤怒又是感动，软了心肠任由他握着。李天辉对父母不留情面的斥责无能为力，只好冲着莫南惶恐地笑。

　　不愉快的气氛直到本山大叔出现在春晚舞台上才有所好转。公公婆婆哈哈大笑，公公甚至指着屏幕说："看小品还得是他才行！"小姑子也怯生生地笑了，李天辉轻轻挠莫南的手心，莫南深吸一口气，心想哪怕是脱层皮呢也得熬过这几天再说，就算受了天大的委屈，也只能忍字当头。婆婆的笑声又响起来了，莫南连忙附和着笑了几声，搜肠刮肚想出些本山大叔做访谈节目时说的俏皮话给公婆听，公婆虽然没有明显的反应，好歹脸色和缓多了。

　　这么一打岔，原本鸦雀无声围坐看电视的情形渐渐转变成不紧不慢的闲聊天，再后来李天辉说起到莫南家的趣事，婆婆随口问道："那你们准备什么时候办事？"

　　莫南猜测"办事"的意思应该是结婚吧，瞟了李天辉一眼，李天辉忙说："就是想问问爸妈的意思，爸妈说什么时候好就什么时候。"

　　公公婆婆对望一眼："过年的时节就挺好嘛！"

　　莫南吓了一跳，不会是说今年吧？李天辉也慌了："现在？那不行，都没跟她家商量，哪能这么着急。"

　　公公咧嘴一笑："其实也没什么，无非是办几桌酒，趁着过年摆酒还能省点事，至于她爸妈，想过来就过来看看，不想来也行，又不是什么大事。"

　　莫南心里别扭到了极点。婚姻大事，哪有不跟对方商量说办就办的？这根本不像现代人结婚，倒像是从外乡买了个媳妇直接拉家里做饭生孩子。李家老两口只管自说自话，半点没有征求自己意见的意思，虽然明知道李天辉绝对不会同意，然而仍然窝火到肚子疼。她审时度势,知道这个时候自己出头拒绝必定会把刚刚缓和的气氛再次闹僵,于是绷了嘴不吭声,脸上保持客气而淡漠的微笑,只是把眼睛溜向地面不看他们,以表示自己的反抗。

李天辉果然极力否定了这个荒唐的想法,公公婆婆也没再坚持,看来他们也只是随口说说,并没有当真。莫南松了一口气,公婆还算是讲道理的。

既然谈到了结婚,未免又把两人的恋爱经过复述了一遍,什么时候认识的,什么时候确定关系,莫南正在拼命回忆李天辉第一次问她肯不肯做他女朋友是在吃完肯德基出来那次还是逛屈臣氏那次,忽然听见婆婆大人声音响亮地问:"你俩结婚的新房怎么搞?"

李天辉抢先说:"一直在看房,快了,快了。"

莫南猜到他的心思是怕父母听见天文数字一样的房价太过忧虑,虽然她很想实话实说同时向公婆请求援助,但是想到李天辉一片苦心,只得勉强笑了笑,点了点头。

谁想婆婆并没轻易放弃这个问题,一分钟之后又说:"要买就买个大房子,我和你爸要是想去也有地方住,你妹子还说以后想去北京上班呢,等她过去了住你们家里也方便。就是你姐想去也能带孩子去逛逛,小虎还一直跟他们村里的伢子炫耀他舅舅在北京上班哩。"

莫南险些惊呼出声,照这么说至少得替公公婆婆备一间,替小姑子备一间,再加上自住的和小孩的房间——难道需要买一个四居室?上帝呀,那得多少白花花的银子呀!

李天辉频频点头:"行,行,等我们买了房一定先接爸妈过去住一阵子,看看长城故宫。"

公公笑道:"看长城不急,我听说北京的医院挺高级的,我就琢磨着带你妈过去瞧瞧病,要是能治好除了根,以后干庄稼活不也利索点嘛。等你们买了房,先把你妈接过去瞧瞧病,我等庄稼忙完了再去。"

李天辉连连点头,丝毫不提房价和经济困难,莫南心急如焚。如果这次不把话说明白,公公婆婆一定会以为在北京买房是件轻而易举的事,不仅不会赞助,更有可能嫌他们不会办事,买的房太小不够一大家子住——再说不是跟李天辉说好不跟公婆一起住吗,他怎么一口就答应下来了?

眼看公婆已经沉浸在去北京住大房子的憧憬中,莫南再也无法保持沉默,鼓足

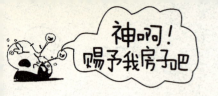

勇气开口说:"叔叔阿姨,说到买房的事,有好多问题我们正想跟二老商量呢。"说着轻轻推了下李天辉,"你快跟爸妈说说呀,说说咱们现在买房有多少困难。"

三个人六只眼睛齐齐望向李天辉,李天辉踌躇半晌,最后挤出几个字:"都是小事,没关系,犯不着让爸妈操心。"

婆婆带着不满瞥了莫南一眼,说:"天伢子都说了没事么你还……"后面的半句用土话说的,莫南没听明白,猜测大概是嫌她冒失咋呼的意思。

莫南快急疯了,此刻顾不得别的,也来不及组织措辞,开口便说了大实话:"叔叔阿姨,李天辉怕你们担心不肯说,其实我们根本买不起房,我们看房看了一年多了,连一套的钱也凑不出来!"

"瞎说!"公公婆婆异口同声喊了出来。

3

公公婆婆吃惊又质疑的表情倒在莫南意料之中,正准备一五一十细说困难,婆婆已经抢先开口了:"天伢子一个月都挣好几千块哪,还能买不起个房子吗?天伢子都说了没事么,你念念叨叨怎么就没个完了嘛!"

莫南忍着气回答:"阿姨,你晓得北京的房子现在什么价钱吗?"

公公不满地说道:"天伢子既然说买就买嘛,你总插在中间搅和什么?女娃子要听当家的话,你别吱声,让天伢子说!"

李天辉左右为难。一边是拉着他手恳求他说实话的女朋友,一边是年老多病对他充满期待的父母,如果说了实话,父母还舍得看病吗?还肯收下他每年带回来的年终奖吗?

李天辉选择让父母宽心。他向莫南使了个眼色,示意她别再说话,然后笑呵呵地对父亲说:"莫南跟你们说着玩呢,哪儿能买不起,我这么高的工资还买不起那北京的房子卖给谁去!你们就等着住新房吧!"

莫南吃了一惊,虽然明知道他会隐瞒,但也不能说得如此轻松呀,这样一来公公婆婆岂不是更加以为在北京买房不费吹灰之力?她忍不住又说:"咱们那点工资够买什么,别说大房子了,连六十平米的小公寓都不敢考虑,还尽是在四环以外转悠……"

话未说完公公黑着脸打断:"你老说买不起是什么意思?是不是不想让我们老两口过去住?"

李天辉慌忙替莫南解释："爸妈你们别多想，最近确实房价涨得比较快，莫南她爱瞎操心，老是为这事发愁，其实根本没什么，过完年我们就买房，买个大的先接你们来住一年。"

李天辉说完当着家人的面亲昵地搂了一下莫南，笑嘻嘻地说："别愁了，肯定买得起。"莫南看出他这一搂里明显的维护之情和恳求她装糊涂的意味，尽管觉得十分不妥，也只能挤出笑容点点头。

公公将信将疑："我就说嘛，你挣那些钱怎么能买不起房子！"

婆婆却对莫南的话耿耿于怀，只管追问："你倒是说给我听听北京房子到底有多贵？你俩人挣工资，天伢子单位上发那些老些钱，都不够你买个房子的？你说什么六十平都买不起，那是好大的房子？比咱家的院子还大吗？"

莫南本想打个马虎眼混过去，见她问得认真，又是一副不依不饶的样子，便避重就轻答道："六十平有厢房那么大吧。"

"你说啥？"婆婆的声音瞬间抬高了九十度，"就那么点地方？够谁住的！我们去了住哪儿？你妹子去北京了怎么办？她一个女娃娃，总不能到外头住店吧！"婆婆板着脸转向李天辉，"你就准备让我们住这么大的房子？"

李天辉用责备的眼神看了莫南一眼，赶紧哄母亲："哪能呢，至少买三个卧室的，你们去了肯定够住。"

婆婆胜利地对莫南笑，同时教导儿子："男人家做事得有主心骨，别听旁人瞎说！"

莫南再也无法维持表面的和平，深吸一口气，平静地说道："那好，李天辉，咱们买个四居室吧，上回看的那个楼盘四居室是多少钱来着？二百八十万还是二百七十万？等咱们回去就买，春节里头买房说不定还有优惠呢！"

公公婆婆同时瞪大了眼睛："二百……万？二百万？你瞎说的吧！"

李天辉有点沉不住气了，嗔怪地对着莫南说："无缘无故你说这种话干什么！买不买房咱们再商量，好好过个年吧你非要弄得大家不痛快！"

在莫南和李天辉相处的几年里，这算是他比较重的话了。莫南的眼泪一下子便噙在了眼里，吴敏的话仿佛在耳边盘旋："你看吧，如果你跟他家起了矛盾，他肯定不会向着你。"

公公婆婆从震惊中回过神来，连珠炮似的发问："北京的房子真有那么贵？两百多万那得是多大的房？你攒了多少钱？你们单位不给发房子啊？电视上不是说北京

那边有挺便宜的房子叫什么经济房吗？"

李天辉硬着头皮答道："差不多这么贵吧，经济适用房便宜是便宜，但是我们不符合申请条件没法买。"

婆婆还在纠缠着为什么不能买经济适用房的细节，小姑子怯生生地插嘴说："我想起来了，上回报纸上说北京的房子要两万多一平米。"

公公倒抽一口凉气，沉着脸说："不就是个房子嘛，怎么能这么贵！伢儿啊，照这么算你上一辈子班也不够买个大房子的？那还说什么让我跟你妈过去住！唉，唉，唉！"

连叹三口气后公公不再说话，抖抖嗦嗦从棉衣里面掏出一个破旧的纸烟盒，从破损程度看来已经珍藏了有一段日子了，公公伸手摸出一根纸烟，点上了慢慢吸着，烟头的红光一明一灭，照得他的脸阴晴不定。

莫南不敢吭声。她原本也就是委屈得憋不住，所以才说了实话，没想到公公居然如此消沉。李天辉几次张口都没说出一个字来，看样子也不知道如何安慰才好。

婆婆突然抬头说："你不是北京人吗？你家有房吧？"

莫南看见她眼睛中希望的光芒，迟疑着不敢说家在郊区，公公断然开口道："瞎说什么，咱天伢子又不是倒插门！"

本山大叔带来的片刻欢乐被严峻的住房问题挤得荡然无存。许久，李天辉字斟句酌地说："爸，妈，你们二老不用担心，我和莫南有点储蓄，还应付得来，房子嘛大的肯定有困难，买个差不多的两居室还行，你们二老想去尽管去，肯定有你们住的地方，说实话，北京房价是高了点，可是那么多人工资还没我高呢不也都买了房吗？艰难是免不了的，可也没到买不起的份儿上，真的，你们不用担心，结婚前肯定能买到房子！"

李天辉说话的时候眼睛刻意不看莫南，原本紧握着她的手也松开了，莫南知道他还在怪自己，心里很不是滋味。她懊悔让李家老两口为儿子担忧，但又觉得说实话是理所应当的，难道一味告诉他们买房多么轻松然后让老两口看着他们蜗牛壳一样的小房子猜测是不是儿媳有心拒绝他们？

可是当她看见老两口万般失望的神色，不禁又自责自己的做法太过自私，早知道就顺着李天辉的意思哄哄他们算了，至于将来，就到将来再发愁吧。

电视里新年钟声敲响的时刻，婆婆有些仓促、做作地大声笑了，一边拉扯公公和儿子，要他们也笑，否则新年运气不好。公公和李天辉都笑了，可是莫南看得出李天辉并不开心。

一家人就这么枯坐在黑暗的大厅里，直到晚会彻底结束。小姑子悄悄先走了，公公一言不发地抽着烟，婆婆耷拉着脸，一会儿看看儿子，一会儿看看丈夫，一会儿又盯着莫南。

莫南心里难受极了。没想到头一次到婆家过年竟会出现这种局面。

最后李天辉无精打采地说："爸妈，太晚了，年也熬过了，睡吧，明天又要早起。"

公公头也不抬地说："你们先睡，我再坐会儿。"

莫南将走时怯怯地摇李天辉的手，李天辉冷漠地回过头来看她，问："干什么？"

莫南低声说："别生气了嘛，我也不想这样。"

李天辉面无表情地说："莫南，你太不懂事了，大过年的非要弄得大家都不愉快吗？"

莫南觉得全身的血一瞬间全涌到脸上了，张了张嘴却说不出一个字，李天辉不再看她，转身走了。

十五 新年新气象

1

开学后一个多星期,莫南和李天辉的关系才恢复到春节前的热度。

从莫南如实报出北京房价之后到他们大年初五离开江西,公公婆婆一直无精打采,李天辉对莫南也爱答不理,就连原本对莫南十分亲切的小姑子也受了家庭氛围的影响,不敢跟她说笑。那阵子莫南深切体会到了人在异乡的滋味,孤独、委屈、愤怒,这是她有生以来最难熬的一个春节。

回北京后李天辉对莫南的态度好了不少,但是一提起房子,仍然会很不高兴。莫南原本指望他会对在江西期间明显冷落她的事道歉,哪知他根本没有这个意思,有时候莫南扯起来,李天辉还会摆出在家时的臭脸,再次批评她不懂事。

莫南恨得牙痒痒,猛然发现这个共同生活了两三年的男人原来如此不可理喻。难道他不知道应承买大房子的后果吗?难道他心里只有父母没有老婆吗?莫南跟他吵完架后,经常气得想分手,可是想起从前的甜蜜时光,总又狠不下这个心。

这样冷战了几天,学校开学了,莫南一上班就开始统计学生返校注册情况,家里的事只能先放在一边,渐渐淡了以后,反而不觉得李天辉的举动特别惹人生气。有一天晚上安义信提议教职工聚餐,吃完饭唱完歌已经很晚了,莫南就回教工宿舍住了一晚,第二天一大早就接到李天辉的电话:"南瓜,你昨天怎么不回家呀?是不是有什么事?怎么连电话都不给我打一个?"

他的声音像春节前一样充满关切体贴,莫南不知道怎么地觉得鼻子酸酸的。其实头天晚上她是故意没给他打电话报行踪,而且故意关了手机让他找不着,可他居然没有生气,就像没回江西以前那样待她。这么说来他已经不再怪她了。

那天下午她回到他们的小窝,李天辉做了一桌子菜等她,莫南正吃着,忽然听他说:"南瓜,关于春节那件事,对不起,是我太苛刻了。你别生我的气好吗?"

莫南虽然觉得很矫情,但还是哭了。那天夜里他们又说又笑直闹到半夜,像热恋时一样甜蜜,所以第二天早上都起晚了。莫南在疯狂奔向学校的途中想起吴敏几天前的话"你看,李天辉暴露真实面目了吧,凤凰男都是这样,老婆再亲近也是外人,只有他的父母才是最重要的"。当时莫南很为这句话灰心了一阵子,觉得自己一不留神上了贼船,可是经过昨天的和好,莫南如今对李天辉充满信心,天底下还能找到比他对自己更好的男人吗?

不幸的是,这次迟到又被安义信撞了个正着,因为安义信正站在莫南的办公室训话。

莫南溜着墙根摸进来,讪讪地放下包说:"安主任来了,不好意思,今天起晚了,迟到了。"

安义信倒没有批评她,只是不说话盯着她看了有小半分钟,然后慢条斯理说:"待会儿你到我办公室去一趟,九点半的时候吧。"

安义信走后杨林燕冲她做鬼脸:"你怎么这么倒霉,每次犯事都能撞到安主任手里。"

莫南也唉声叹气地感慨自己的坏运气。姚媛刚张嘴说了句"我听说",却又迟疑着闭上嘴,看看杨林燕又看看莫南,迟疑着不知道该不该说。

莫南抿嘴一笑,姚媛又在玩她那套"我有秘密就是不告诉你"的游戏了。

可惜这次她猜错了。因为姚媛很快就和盘托出了:"你们还不知道吧?天大的事!我听说咱系的教工要全部重新聘用!你们没听见风声?"

莫南吓了一跳,无法保持一笑置之的态度,赶紧追问:"重新聘用?什么意思?不会要把咱们全辞了吧?"

杨林燕也竖起耳朵听着,姚媛头一次看到自己的小道消息如此受关注,激动得圆脸蛋上飞起两片红扑扑的光晕,小眼睛贼亮贼亮的:"安义信干吗让莫南去他那儿?肯定是为这事!你们没看文件吗?事业单位改革,全部实行聘任合同制,不符合岗位条件的就辞退!"

杨林燕说:"咱们又不是事业单位。"

"性质差不多嘛!你看吧,最近风声紧得很,听说国际贸易系已经开始重新聘任了……"

莫南皱着眉头说:"就算重新聘任也不用头一个就找我吧?不论按资历还是按级别都轮不到我呀。"

"那谁说得准呢,找谁不是找?"姚媛兴奋地眨着眼睛,"反正我是要退了,哈哈,风平浪静一辈子,管不了你们的死活了!我们年轻的时候多好啊,又分房又是铁饭碗,你们这一辈儿哟,啧啧,说起来真可怜……"

姚媛独自沉浸在对过去光荣岁月的回忆中,莫南想来想去,觉得如果重新聘任

的话也不能是自己头一个被叫去谈话,于是不再理会姚媛,收拾好东西径直去了安义信的办公室。

进门后发现张岩和于信都在,莫南心说,不会真的是聘任的事吧?紧张地坐下来,于信跟着递过来一张纸,莫南更紧张了,难道是辞退书?定睛一看,原来是一个报告,题目是学生办工作情况的总结与思考,落款是于信,后面还附了一张纸,安义信针对这个报告的数百字意见洋洋洒洒写了一整篇。

莫南顿时觉得头大。莫名其妙从哪儿又弄出这么个报告来?俗话说多一事不如少一事,为什么总是有些人恨不得每天都找出些事来消磨消磨呢?

安义信带着无比欣赏和自得的表情说:"今天叫你们过来就是想让你们都看看小于写的这个总结,很不错,很有想法很有新意。他一个刚工作不久的同志,能主动总结,主动去发现问题并且提出问题,很值得大家学习,而且许多问题确实也提到了点子上,你们先看看吧。后面是我的一些答复和意见,你们有什么想法也可以现场提提。"

莫南硬着头皮匆匆看完。无一句不是老生常谈,无一句不是改头换面加入新的词汇并套上了时髦的说法,难为于信才来几个月的工夫就把过去几年莫南听到的见到的自己写过的年终总结堆砌到了一起。比如学生办组织学生活动太过单一,针对性不强,赫然就是年底总结时自己说过的,只不过他很委婉地写道:"目前组织的学生活动大致有以下几种……从上看来品种较为单一,不同年级、专业的学生间组织活动的针对性不够强,规模以大型活动为主,较少组织兴趣团体等小范围联谊……针对这个现状,我认为工作承担者应改变思维定式,主动与学生沟通,了解学生的真实需要……"

莫南抬起头来,正迎上安义信充满期待的目光,她有点糊涂,他期待什么?是想要她也提点意见?还是要她跟着夸奖于信一番?莫南有些不情愿,明明没布置他写什么总结,他莫名其妙抢什么风头?再说他资历最浅,就算写了什么按理说也该先跟她和张岩商量商量,哪有招呼都不打直接递给一把手的道理?况且说的又不是什么新鲜话,有什么好夸的。她低下头装作继续看总结,一言不发。

安义信又转向张岩。张岩哪里肯吃这个哑巴亏,忙笑说:"小于很有心,提的问题也很全面,才来不到半年看问题就这么透,我们这些老同志该学习。事实上这些问题每年我们总结、讨论的时候也都提过,就是还没有把所有问题集中起来一起讨论,今天主任把所有问题摊开来这么一说,还真是让我茅塞顿开。之前我就跟小于和莫南商量说要不要找个时间向主任汇报下学生办的工作，现实中确实存在一些考虑不周全的地方，既然小于已经提出来了，主任也给出了解决之道，我们今后按照主任的指示去办，肯定能把工作做得更好！"

虽然并不全合安义信的心思，但是话说得很得体，安义信还是满意地点了点头。莫南油然而生一种对张岩的钦佩，难为他每次都能找出这么多冠冕堂皇的话一套一套往外掏。

安义信又等了片刻，始终不见莫南附和，只得拿起一份总结，点上雪茄慢悠悠说道："那好，咱们具体讨论一下总结里提出的问题怎么解决。"

2

半个小时后，莫南对张岩的敬佩之情转移到于信身上。但见他表情严肃诚恳，态度谦虚谨慎，安义信提出的意见无不得到他最坚定的拥护，但他又绝不是不假思索言听计从，而是有理有据且加入了自己的思考。莫南彻底推翻了此前对他的看法。原来这个人比张岩更会做人，自己真糊涂，以前总以为他老实到什么都不懂的程度，还总以前辈的身份提醒他一些系里的注意事项，如今看起来，倒是应该向他请教怎么跟领导相处才对。

一个小时后，莫南又开始佩服安义信，因为他对于信提出的问题给出了无数个解决办法，而且往往是正在说 A 解决办法的时候灵光一闪又想到了 B 解决办法，简直称得上天才儿童。

一个半小时后莫南开始佩服自己。因为她眼睛盯着总结，耳朵听着那三个人的讨论，脑子里却是一片空白，半个字也不曾钻进心里。这样神游太虚的功夫恐怕只有得道高僧才有这般造诣吧！

可喜的是总结提出的问题终于一一得到解决。莫南在厌恶反感的同时又有些说不清的沮丧、失落：同样的问题存在了许多年，为什么自己年年在年终总结提出来总是得不到重视，而于信越级这么一递报告，安义信居然郑重其事把所有人招齐了共同讨论，而且看样子很快就要着手解决，难道处理非常问题必须要用非常手段？还是说要想做出实绩就必须先得到领导的喜爱和支持？

这么说来从前自己提出的问题不受重视根本原因还是自己不讨领导欢心，领导既然不重视你这个人，又怎么会重视你要办的事？

莫南忽然觉得很难过。一直讨厌这些官样文章，讨厌没完没了的会议和不着边

际的讨论,讨厌向领导讨好卖乖——难道这些当真是干实事不可缺少的前提?

莫南在低落的情绪下无精打采地听完了最后几句话,看样子要散会了,她轻轻叹口气,准备回办公室好好理理今天的思绪,决定以后怎么走,谁知就在这时,忽然听见安义信轻描淡写地说:"学校最近下了一个文件,要求教职工重新与系里签订用工合同,按照正规聘用流程进行考核聘任。我考虑过,也跟几个主任开会商量了一下,我们都觉得那些老同志像高秀云她们一来岁数都大了,来的年头也长,这些聘任什么的对她们就走个过场,到时候直接签合同聘用,但是年轻教师嘛就要正规点,按照聘任要求落实,做个示范以后招人也有个标准。咱系就数学生办年轻人最多,所以你们几个这几天回去好好准备一个述职报告,把工作情况都捋一遍,理清楚过程,把对岗位的设想也加上,还有聘任后的工作打算,到时候先从学生办开始重新聘任。"

莫南没想到姚媛的小道消息居然准确无误,看来真是错怪她了。她觉得重新聘任这话说得虽然严重,但以系里以往的做派,似乎还不到丁是丁卯是卯的程度,大约也就是走个过场吧。

只是于信的报告事件,像一根桀骜不驯的鱼刺,死死卡在她喉咙里,让她无论如何没法保持平静。有几次她甚至想私下去找于信,问问他为什么不跟同事商量一下直接就递了报告,接下来的时间她又觉得找他根本就是多余,他的意图太明显了,而且顺利得到了安义信的支持,如果就此与他纠缠不休,自己倒成了傻子。

晚上回家与李天辉聊起此事,李天辉笑说:"别想太多了,每个人都有自己的生存方式,于信也许并没有你想象的那么世故,也许他就是想做点事情出来。"

"那为什么不先跟我们这些同事商量商量直接就捅到安主任那里了?我觉得他就是想在领导跟前显示自己。"莫南不服气地嘟囔。

"别把人想得那么坏嘛!"李天辉笑着给她夹菜,"老是往不好的方面想,自己也累别人也累,咱们只管做好自己的工作,开开心心过日子,比什么都重要。快吃饭吧,菜都凉了。"

莫南把一肚子疑惑和着饭菜咽下去,洗了碗跟着李天辉听天桥相声,临睡时情绪果然好了不少,心说谁爱讨好领导就让他去吧,反正我不干!

接下来的几天,姚媛、高秀云等人陆续签订了新的用工合同,姚媛还抱怨说:"年底就退休了,费什么事签什么合同嘛,真是的,都是你们这些年轻人闹的花样。"

剩下的只有学生办的三个人外加出纳袁明了。

头一次开全体大会时，决定的聘用流程和安义信那天说的差不多，几个人先写一个述职报告，然后开会念念，领导们象征性地讨论一下就重签合同，莫南并没有太在意。

谁知道两天后再次开会，决定已经变成了述职加演讲，也就是说需要以演讲的形式述职，详谈对于本岗位工作的经验、计划，并且对自己的工作情况进行自我评价，然后由参会人员打分决定是否聘用。莫南仍然觉得这应该是走个形式，几年的同事，不会因为一次演讲发挥不好就不再聘用，但是有必要把很简单的一件事搞得这么复杂吗？莫南觉得简直是浪费时间和精力，更是大做表面文章的典型，要知道这些年谁干得怎么样大家都心知肚明，何必再弄这么一出？

第三次开会，安义信灵光一闪，突然冒出一句："对了，你们那个述职讲演，如果能弄个PPT，做个幻灯片什么的更好。"安义信每每把演讲说成讲演，莫南每次听见这个词都要反应半天。

安义信的提议得到了与会人员的一致赞同。莫南悲哀地想，不是说只走个过场吗，怎么越来越麻烦了！

她对着写了一半的演讲稿闷头改了半天，越改越泄气，不知道这些纯文字的东西有什么可以做PPT的。正咬着铅笔头发呆，杨林燕笑嘻嘻地凑过来："让我看一眼你的稿子行不？"

莫南唉声叹气把稿子推过去，杨林燕匆匆掠了一眼，笑道："你写得真简单哎，我刚看了张岩的，起码是你的三倍，而且还有图片。"

"汗死，图片？他弄的什么图片？"

"学生活动、组织实习，好像还有一张研究生篮球赛的。"杨林燕皱着眉头回忆，"你总不能一张照片也找不到吧？"

莫南心情更坏了，这是述职报告还是超女现场秀？她别别扭扭地从电脑里把存的学生活动图片调出来，一张一张给杨林燕看，自己无精打采地说："你看哪张好就给我挑几张搁里头吧。"

杨林燕一边看照片，一边幸灾乐祸："这次搞得还挺热闹，嘿嘿，跟招聘会面试差不多，不会以后都要这么搞吧？"

"这我哪知道啊，要了命了。"莫南郁闷地说，"政策一天一变，一天比一天花哨，我看我实在是老了，跟不上新潮流喽。"

"你呀，不能光做不说，也得跟上现在的形势才行，新官上任又赶上新年，总得

有个新举措,弄出点新气象嘛,再说,无非让你替自己美言几句,有什么大不了的,别人不夸就算了,自己夸自己两句难道就那么难?"杨林燕趁姚媛不在,压低嗓子说,"你可得小心,他俩准备的都比你细致,到时候给张岩比下去还罢了,万一给于信比下去了,多没面子呀。"

杨林燕的话一直在莫南耳边盘旋,新年新气象,难道自己真的要一直这么不开窍,事事跟人不一样吗?未免太愚蠢了吧!

3

莫南把心里的苦闷疑惑说给李天辉听,李天辉依旧告诉她只要凭良心做事就行,不需要管别人怎么做。莫南半信半疑。这些年她一直这么做,似乎并没收到什么好的结果,到底是自己太过斤斤计较,还是社会已经变了?

演讲的日期很快到了。莫南惴惴不安又跃跃欲试。她写了五千多字的稿子,做了一个PPT,虽然图片不多,但对她来说已经十分为难了,况且在工作业绩和岗位适应性评价那块她大肆夸赞了自己几句,心里委实有些难为情。她想,以往总是不善于表功,这次做得应该不错了吧?

张岩开讲后莫南越听越心惊。她没料到小小一篇述职报道居然还能跟国际形势挂上钩,更没想到张岩对研究生办这个平凡到只比本科生办公室不平凡的职位居然设计了多达二十几项的职责,并立志要做出一番成就,成为整个学校研究生办公室中的楷模,甚至提出要到清华北大的经管学院交流调研,把事业做好做大,大有引领天下舍我其谁的架势。张岩的PPT也做得美轮美奂,调用了声、光、动画等多种效果,文字背景一律设计成广袤无边的宇宙,显示他要把平凡的工作做成宇宙第一强的决心和信心。

听完张岩的报告,莫南觉得自己基本上不用出来丢人现眼了。

可是程序还是要走的,人也还是要丢的。

莫南照本宣科念完自己五千字的报告,红着脸在夸奖自己的部分模仿张岩又加了几句,她的PPT虽然只有七八张文字图,三四张照片,好歹也是一个完整的PPT,而且在演示的时候几个插入页面并没有放错顺序,总体来说,任务还是完成了。

莫南住嘴后明显地感觉到场内气氛的平淡。比起张岩,她的报告似乎只能用毫无新意四个字来形容。

更可悲的是,于信的报告也开始了。

如果张岩的报告可以用定位高远来形容，于信的就是做细做深，毕竟他来的时间比较短，没经手那么多事。不过他的切入点选得很准，每件事都展开了细说，从起因、开始、经过、发展一直分析到事件结束，然后再加上感想和经验教训，足足也撑起了四十分钟的演讲时间。令所有人吃了一惊的是，他居然是脱稿演讲，手拿鼠标熟练地操作PPT，再加上口若悬河侃侃而谈，莫南忽然意识到自己眼中这个老实巴交的人原来是个天生的辩论家。

假如你在厨房捣腾了一下午终于端出一锅色香味俱全的土豆炖牛肉并以为能在宴会上占一席之地时，却发现别人捧来的是澳洲龙虾和两头鲍鱼，你应该能够体会莫南此时的心情。

安义信等几个主任的点评，莫南沮丧中一句也没听进去。此时的她唯一盼望的是这场该死的演讲会早点结束，让自己赶紧回去好好舔一舔受伤的心灵。可恨三个主任的点评一个比一个细致深入，安义信甚至是一条一条地分析于信的述职演讲，难为他居然记得这么清楚。

打分的时候莫南觉得自己简直如槁木死灰一般。因为不能给自己打分，所以莫南只拿到了张岩和于信的评分单。下笔前她试图平静地思考一下，然而一动笔就来不及思考了——况且这评分表给人的思考余地也很小，总共只有品德、能力、纪律三项，每项各占约三分之一的分数，是该说人家品德不好呢还是能力不行？莫南糊里糊涂想了一分多钟，最后基本每项都给人打了满分，交表时她自嘲地想：我对革命同事还真是像春天般的温暖啊。

至于自己的打分表能收回什么结果，虽不奢望满分，但是想到一向兢兢业业勤勤恳恳的工作，想到几年的操心劳力，莫南觉得应该也不至于太惨，于是乎，在散会后沮丧郁闷并自我检讨了一个小时后，莫南便将这事丢在一边了。

谁知第二天中午，杨林燕和她端着饭盆在食堂吃饭之际，杨林燕忽然有些为难地开口了："莫姐，你晓得那天打分的情况不？"

莫南正认真地在遍地白菜中寻找水煮肉片的影子，心不在焉地摇摇头。

杨林燕想了一会儿才说："我只负责登记原始分数，后来算平均分还有三个主任二次打分那部分我没参与，不过原始分数你最低。"

莫南好容易扒拉出来的一小块肉片瞬间从筷子缝里脱颖而出，冲向油腻的地板。

杨林燕低着头不好意思看她："好像张岩最高吧，不过仨主任还要再评一次分，那之后怎么样也不好说，也许主任打完分后一平均，你的分数就上来了。"

　　杨林燕没告诉莫南的是，她从字迹里辨认出给莫南的最低分是安义信打的，所以所谓的仨主任再次打分后莫南分数就能上来一说纯粹是她安慰莫南的托。此时她看见莫南食不下咽的模样，有些后悔告诉她此事，反正分数再低也过了六十，肯定符合聘任条件，何必多此一举让她心里不痛快呢？她的原意是想提醒她以后小心行事，如今看来，倒是多一事不如少一事了。

　　那天夜里莫南破天荒地失眠了。李天辉开始还趴在她耳边说些什么问心无愧就行，没必要为这些小事伤神之类的废话，后来实在困得不行，一歪脑袋迷糊了过去，静静的夜里只剩下莫南瞪着眼睛努力辨认天花板的轮廓。

　　难道真是我做错了？她的鼻头酸酸的，却没有流泪的感觉。也许哭出来就会好些吧，可偏偏没有眼泪。

　　她一向所信奉的，也是李天辉一向告诉她的，只要认真做好本职工作不必理会表面功夫的想法，原来根本行不通——或许老温在的时候还行，但是一朝天子一朝臣，如今的系主任对此不感冒。

　　要向于信和张岩学吗？也要像他们那样只要看见领导加班无论有事没事就也赖在办公室不走吗？也要像他们那样把一丁点成绩用放大镜扩大到一栋楼那么大吗？也要像他们那样每次开会都积极建言，任何时候都与领导走成一条直线吗？

　　莫南在黑暗中无声地笑了，如果那样，不如改名叫猥琐好了。

　　天亮前她做出了自己的决定：一切仍像从前那样，不去在乎领导和别人怎么看。她想到吴敏和杨林燕，觉得这两个走得最近的女友肯定不会赞同这个决定，但是她莫南要的只是简单的生活，如果为了讨上司欢心博一个虚名搞得自己面目全非，就算得到上司的欣赏，又能如何呢？生活会快乐吗？不！只有按照自己的天性生活，她才能心安理得，夜夜安眠。

　　她想清楚这点后，顿时觉得遍体通泰，好像从心口上搬走一块巨石一样。彻夜未眠的困倦铺天盖地涌过来，莫南猝不及防一头撞进了睡乡，这场觉如此完美，连梦都没有一个，后来她听见李天辉一声高过一声的催促，这才意识到还要上班，胡乱抹把脸跳上电动车一通狂奔，冲进办公室时正赶上高秀云把聘任表送过来。

　　莫南正在填聘任表，姚媛晃晃悠悠过来了，拍着巴掌直乐："真给我争脸！这回于信拿了91分，你们仨他分数最高！我看以后谁还敢乱嚼舌头说他是走后门进来的！"

　　莫南像是被一把钝刀割到了，心上木木地疼。原来根本无法释怀。

十六 房子和工作都很悲剧

1

曾经有几天，莫南以为自己想明白了，无非就是工作嘛，自己虽然敬业，但也不至于到为工作牺牲一切的程度，干这份自己并不很热爱的工作充其量只能算是谋生，所以，没必要为了什么聘任啊打分啊之类的狗血事情烦闷。

可是接下来的几天，只要一看见于信，或者听见聘任这个字眼，演讲会上的情形就会自动在眼前回放，让她又郁闷又憋气——偏偏最近的主题工作就是年轻教工的重新聘任，所以莫南经常性地处于郁闷、憋气的状态。

每当这个时候，她都习惯性地催眠自己：没关系，我知道自己想要什么，我不生气。因为这个催眠术大部分时间是失灵的，所以莫南费尽心力为自己找到了另一个排解办法：疯狂搜房。

被她在记事本上记下的楼盘还是相当多的，但是打电话一问，几乎没有一个报价与网上一致的，最离谱的一家网上报价一万三，打过去一问居然是两万二，莫南气呼呼地问接电话的姑娘："那你们在网上登的岂不是虚假消息吗？"

那小姑娘不亢不卑地回答："怎么是假消息呢，女士你看看日期，那个价钱是刚开盘的价钱，都快一年了能不涨吗？白菜都涨了一倍呢，今年有什么不涨价呢。"

如果那小姑娘是熟人，莫南也许就会开玩笑地回答"工资呀，工资可是一分钱没涨"，可如今她是开发商的一份子，万恶的黑心商人，导致她买不起房的罪魁祸首之一，莫南可没有开玩笑的心情。她以标准的维权姿态继续争辩："那你们为什么不把网上的价钱更改一下呢？这么多人都是看了你们的网上报价才关注你们的楼盘的，谁知道根本不是这么回事！"

小姑娘笑嘻嘻地说："好，我跟经理反映一下，争取尽快更改，非常感谢您的来电。"居然就那么给挂了。

莫南握着话筒愣了半天，最后只能骂了句奸商了事。

当这种毫无结果的搜房工作进行了将近两个星期后，莫南觉得自己快疯了，满

世界都是房子,唯有自己一座也买不起。

她在绝望之中在中介那里登记了个人信息,从此迈入另一个万劫不复的境地。

登记信息的第二天,莫南一上午接了十七个电话,还不包括她去厕所时没接到的几个,一般来说中介电话的内容大致相同,不外乎以下流程:是莫小姐吗?你在我们公司登记了信息,现在有一处挺合适的房子,你有时间过来看看吗?价钱还有商量的余地,要不你过来面谈吧?哦,中介费呀,按百分比收呀,跟你最终选择的房子总价有关,现在还没发给你确切的数字。

最初莫南还很认真地问问在什么地段,哪一年的房,能不能用公积金贷款,朝向怎么样,几层,后来她一琢磨,明明只在一个中介那儿登记了信息,可是今天接的电话至少是五个不同的中介公司打来的,这是怎么回事?

电话再次响起的时候莫南禁不住问对方从哪里得到她的个人信息的,对方很坦然地回答他们与另一家中介的求购信息是共享的,莫南恍然大悟。

眼看手机颇有被打爆的危险,莫南只得给中介公司打电话,声嘶力竭地谴责他们这种不打招呼就公开私人信息的行为,并声称如果再有骚扰电话就投诉他们,中介在电话的另一头轻描淡写地说:"那这样吧莫小姐,你把我们公司的电话记下来,看见是这个号码就接,不是就不接你看行吗?至于你的个人信息,我们是严格按照公司规定在内网公布的,未经本人允许绝对不会透露出去,那些骚扰你的中介肯定不是从我们公司得到的信息,你再想想有没有在别的中介那里留过你的个人信息?"

莫南无语,这种狗血的事情上哪儿求证?也只好中介说什么就是什么了。

只是这么一闹,又等于在全系面前上演了一遍搜房大戏,果然就见姚媛眨着小眼睛笑眯眯地说:"要买了?下定决心了?不等学校分了?那得多贵呀!你准备在哪儿买?买多少钱的?最近房价挺高呀,哎呀莫南,看不出你才上了几年班攒的钱都够买房了?是不是你男朋友挺有钱的?"

莫南被她一波接着一波毫无喘息的发问搅得头晕脑涨,答了第一个忘了第二个,好在姚媛也只是满足一下发问的瘾,并没打算认真听她回答,莫南好容易把她搪塞过去,杨林燕又跟着凑热闹:"真准备买呀?不是说国家要控制房价吗?再等等吧,没准儿还能再降点?"

不说降价还好,一说降价莫南连吐血的心都有了。年前房价的确有些松动,莫南欣喜若狂,天天抱着电视看财经新闻,听经济学家们轮番忽悠房价拐点。李天辉那时候相中了一套五十平的小公寓，挨着西三环边，开盘两万二，原本挺符合他们的要求，莫南却因为轻信了关于房价即将下调的预言，以战略家的口吻告诉李天辉"不宜入市，保持观望"，李天辉倒是听话，果然保持观望了，哪想到两万二刚刚降到两万一千八，莫南还正在欢庆自己的战略眼光，一个春节过完，房价瞬间变成了两万三千二。

好脾气的李天辉虽然没说什么，但莫南想起此事每每恨不能揪出那帮经济学家，问问他们是不是忽悠大学调教出来的。如今见杨林燕也上了当，莫南悔恨到连幽默感都跳出来了："曾经有一套便宜的房子摆在我面前，可是我误信了房价要跌的谣言，没有好好珍惜，直到涨价的时候才追悔莫及……"

杨林燕放声大笑，顺手又把一个文件递过来："职称申请表，刚刚高秀云让捎给你的，说你工作就快满四年了，可以申请评中级职称。"

莫南拿着申请表，一时间感慨万千。已经四年了吗？时间过得真快啊。当初毕业时是个多么意气风发的小姑娘啊，一心期待着挣大钱做大事，谁想到在这个几乎一成不变的地方一待就是四年。四年，送走了多少志得意满的毕业生，又迎来多少怀揣梦想的小孩儿，唯有自己，铁打般待在学生办这巴掌大的地方一动不动，毫无变化——说毫无变化也不对，老温在的时候还能感觉到工作的价值被认可，如今连这点安慰也没有了，她莫南简直就是多余的一个，论说话比不上于信，论眼力劲儿比不上张岩，留在这里，究竟还有什么意义？

莫南感到沮丧的情绪渐渐又要弥散开了，赶紧深吸一口气，把申请表摊开，一笔一画认真填写起来，年龄、入职时间、职称、岗位、工作职责……写字的同时，感觉上班几年来的情形在眼前一一闪过，正沉浸在回忆中恍惚，忽然程星河探头叫了声："安主任让通知一下，十分钟后开会。"

又开会？最近开的会也太多了吧！莫南不情愿地掏出笔记本，程星河倚着门叹气："唉，这次会议轮到我记录了，据说还要写会议纪要，真是的。"

要写会议纪要？没有重要的事情一般是不用写会议纪要的，看来这次是大事，可是，能有什么大事呢，数来数去不就一个职工聘任吗，真是拿着鸡毛当令箭！

2

开会后莫南才发现自己错怪安义信了，这次还真是大事。

但见安义信态度严肃，目光如炬，神色中隐隐透出一种喜色，似乎对自己即将

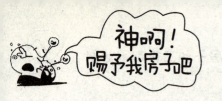

宣布的事件十分欣赏："经过一段时间的筹备，经管系教职工的聘任工作基本上圆满完成，十一名教工全部和系里重签了聘任协议，年轻同志还进行了竞聘演讲，这在咱们系虽然是头一次，是新生事物，但是效果还是很不错的，尤其是于信同志，在演讲中表现出色，得到了大家的一致好评，评分也是最高。"

安义信说到这里时停顿了一下，用目光在室内巡回了一周，最后面带微笑落在了于信身上，连坐在旁边的莫南都感受到了目光里洋溢的欣赏爱护之情。

"根据这次重新聘任，我感受到了咱们系年轻教职工的活力和潜力，也引发了我对于系里工作的一些思考。"安义信的目光转向刘安平，"我跟刘主任、高科长商量了一下，觉得有必要拿出几个中层管理岗位来，给年轻人一个向上的空间，也给大家增添点动力，呵呵。"安义信嘴里说着年轻人，眼睛顺势又盯住了于信，"有向上的空间，干起活来才有劲儿嘛，不能老要你们干活不给你们鼓励是不是？咱们系本来还有两个科级管理岗位，一个是人事的，一个是学生办的，过去因为人少，而且你们也年轻，资历不够，一直没有拿出来，这回看了一下，咱们大部分年轻人都够中级职称的标准，工作时间也都满了三年，符合科级岗位要求，所以呢，我跟刘主任已经向学校递了报告，要求动用这两个科级岗位，不出意料的话应该很快就能批下来，到时候我准备在系里来一次正式的竞争上岗。"安义信说到此处特意停顿了一会儿，以显示这部分内容的重要性，"对，正式的竞争上岗，严格按照报名、资格审核、演讲、评分、投票、公示的流程来办，严格程度大概跟外面公司的入职考试差不多，绝不评印象分、关系分，一切都严格按照报名人的工作表现、能力、品德来评定。"

安义信话音落后屋里静了片刻。莫南莫名其妙感到一阵阵紧张。学生办也有名额，学生办也有名额……要不要报名？于信符合报名条件吗？我拼得过他吗？

片刻后，高秀云笑着说："我补充一下，咱们系里符合报名条件的总共有莫南、张岩、程星河、于信……等八个人，这中间有学生办的工作人员，也有财务和人事上的，系里决定这次竞争上岗不论现在在什么岗位都可以报名，比如程星河，他虽然是人事口的，但他的工作经验和任职资格也符合学生办的任职条件，所以他想报学生办的岗位的话也是可以的，而莫南要是想报人事的，也可以报名。"

莫南觉得心跳得厉害。于信也符合报名条件，那其他人还有什么戏？还有必要报名吗？安义信的好恶难道别人看不出来吗？她自嘲地想，干脆报人事的岗位算了。转念又一想，报人事的，哪里拼得过程星河呢，人家才是土生土长，一进系就分在人事的，拿什么和人争？

刚刚燃起的一点希望瞬间熄灭了。别说科级岗位，就算现有的岗位还不知道保得住保不住呢。可是于信分明才上了几个月的班，怎么就符合报名条件了呢？管理规定上明明说了在本职岗位工作满三年才能升职呀。

　　有这个疑问的不止莫南一个。散会后不久，袁明坐在她身边咬耳朵："于信才上了几天班呀，怎么他也能报名？有这个规矩吗？"

　　袁明不躲不闪，专拣姚媛在的时候说这话，因为猜到是故意说给姚媛听的，夹在中间的莫南分外尴尬。果然姚媛不干了，大步流星走到袁明面前说："于信怎么就不能报名？他怎么不符合条件？你上了三年班我们家于信也上了三年，他怎么就不能报名？"

　　"就算他上了三年班，也不是在咱系里上的呀，我记得特清楚，规定上说必须在本岗位工作满三年才行。"

　　"哪个规定上说的？"姚媛嘴硬地争辩，"什么叫本岗位？照你说哪怕是四五十岁十来年工龄的来咱系里也得从头开始？你这不是胡搅蛮缠嘛！系里都说了于信能报名，难道系领导还没你了解政策？"

　　莫南头一回发现姚媛辩论起来也十分伶牙俐齿且条理清晰，她再次惊诧、沮丧地想，难道整个经管系就我莫南是个不会说话也不会讨好领导的白痴？

　　不管袁明们有多少不满，于信报名的事还是板上钉钉，成了铁一般的事实。莫南灰心的时候曾经想过不报，李天辉苦口婆心劝她："你好歹干了四年多，做事又认真又尽心的，干吗不报？领导怎么想那也是你猜测的，哪能不试试就灰心？退一万步来说，就算领导不看好你，不是还有民主投票吗？你干得怎么样大家都看得清清楚楚的，你怎么知道他们不给你打高分不投你的票？"

　　李天辉的话带给莫南几分希望。于信虽然深得安义信宠爱，但是工龄短经验不足的确是他的硬伤，看袁明的架势，笃定是不会投他的票，说不定系里这么想的大有人在，怎么就没有一拼了？

　　可是反过来想，上次重新聘任打分的时候，自己分数可是最低，就算于信竞聘不上，那也还有张岩，怎么也轮不到她。

　　处于极度的不自信和沮丧中，到报名截止的头两天莫南还没有报名。这天下班后莫南刚回到家，忽然接到高秀云的电话，问她为什么不报名。莫南踌躇半晌，委实编不出谎话，索性直说没有把握，没有信心。

　　高秀云沉默了一会儿，语重心长说："小莫啊，我也发现最近这段时间你不太积

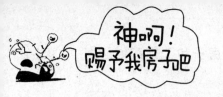

极,是为上回聘任打分的事情吧?你是我招进系里的,有些话我不瞒你,上次你的分数确实不高,尤其是仁主任二次打分以后,不过我看过原始票,你的分数低,嗯,你的分数低跟安主任的打分很有关系……所以,所以,你是个明白人,我也不多说,你明白吗?"

莫南糊里糊涂应了一声,明白什么?是说博得安义信的好感才是自己最需要努力的吗?

高秀云又说:"报名的事,你还是报一个吧,你是年轻人中资历比较老的,希望很大,再说学生办的事你一直在参与,你最有资本去竞聘。再说,报名的事是系里决定的,你符合条件却又不报名,也容易引起别人不合适的猜测。"

莫南一一答应,心里暖洋洋的。当初毕业时她应聘经管系学生办的职位,正是高秀云经办的,那时候系里人手少,高秀云财务和人事两头跑,笔试时莫南成绩居中,后来面试时高秀云看中她言语中透着一股老实肯干的劲儿,一力向老温推荐,这才把她招进了学生办。

这么算起来,高秀云算得上她的伯乐,只不过高秀云本身官运并不亨通,虽然资历老管事多,但由于学历不高,一直趴在中层岗位上不去,所以她的赏识聊胜于无。高秀云也觉得安义信对于信的偏爱有些莫名,暗地里替莫南叫屈,可是除了私下打电话鼓励莫南不要放弃,她的确帮不上别的忙。

莫南赶在报名截止当天递交了自己的报名表。这么一来,竞争学生办岗位的一共有莫南、张岩、于信和财务的一个小伙子,袁明、程星河几个人扎堆选了人事的岗位。

吃饭时杨林燕笑说:"唉,我真是替他人作嫁衣裳,天天泡在系里瞎忙,一到当官发财的时候领导们就想起我是临时工,不让我报名了。不过你放心,要是系里让我投票,我一定投你的!"

这么说至少有高秀云和杨林燕两个人支持我了,莫南无声地笑了。

3

莫南准备利用周末好好把几年的工作梳理一下,做一个漂亮的PPT,写一份赶超于信的演讲材料,重整旗鼓,一雪重聘时的耻辱。谁料李天辉也看上了周末的好时候,软磨硬泡非要她去看一个新开的楼盘,并且把这楼盘吹得天花乱坠,就好像全北京的房加在一起也不及这楼盘的一个脚指头。

莫南被他磨得没办法，只得放下电脑，无可奈何地出了门。

他们坐地铁，在终点站苹果园下车，此地虽然已经在五环以外，好在地铁没有堵车之虞，况且又准点，前后居然才用了一小时零十五分钟，比去四环还要快些。这给莫南留下了一个极好的印象，因为经管学院附近正在修地铁，据说一年后就能开通，这么一来上班立刻就成了很方便的事。

况且房子也不错。楼盘很大，社区里大大小小总共 21 栋楼，板楼塔楼板塔结合的都有，此时紧挨着马路边的一期工程已经开始封顶，楼房巍峨的体态清晰可见。莫南担心挨着路边太吵，李天辉笑说："你还嫌吵？告诉你吧，一期的早卖光了！哪里还轮得上咱们。"

"不会吧，这么远的地方还这么抢手？"莫南难免友邦惊诧。

"挨着地铁嘛，地铁边上哪有不抢手的房子。二期还没开盘，正在预订，运气好的话没准儿能抢到一个好位置。"

走进售楼大厅，莫南又吃了一惊，因为里面居然只有一个客户，大部分售楼小姐都闲坐着喝茶，这是莫南看房以来第一次碰见这么冷清的场面，不由得在心里嘀咕是不是个没人要的破房。

李天辉找了一个头发像琉璃瓦一样锃亮的销售人员，谈了没几句要看户型图，琉璃瓦走去办公室找了半天，拿出一个破旧的本子，里面是黑白印刷，纸张十分粗糙的户型图，莫南又吃了一惊，有史以来头一次看见这么简陋的户型图。

李天辉控制着好奇的心情，一页页翻看户型图，琉璃瓦从旁提醒说："先生，只有第四页至第七页这四种户型还接受预订。"

"这么少？其他的呢？"

"都卖出去了。"

莫南第三次惊诧。这么冷清的售楼处，居然房子已经卖得差不多了？真是活见鬼。

李天辉心急火燎地翻户型图，看一页摇摇头，再看一页又摇摇头，无奈地合上本子直接问琉璃瓦："只有这四种户型？可是这几个户型……这几个户型都太奇怪了吧！"

琉璃瓦点头附和："的确设计得比较怪异，没办法，这几种户型原本是没有的，后来套数太少了，只好临时从对面的阳台截下来一块，再加上从电梯、防火梯挪过来的面积，勉强凑出的几十套，所以这个户型就不是很理想。"

"其他户型都没了吗？"

"没了。"

李天辉和莫南面面相觑，后来莫南忍不住问了一句："不是还没开盘吗，怎么就都没了？"

琉璃瓦暧昧一笑："这个盘嘛，嗯，这个盘有一部分是内部留用的，明白了吧？"

莫南华丽丽地回了一句："不明白。"

琉璃瓦再次暧昧一笑："我明说了吧，外面快封顶的那几栋，也就是一期，百分之八十都是回迁房，剩下的刚一开盘就卖光了，二期有百分之三十是回迁房，剩下的一部分对外销售，另一部分是开发商留用的。其实两位要是觉得户型不太理想的话可以等三期，我们三期全部都是对外销售的，户型多，挑选的余地也大。"

莫南还是一头雾水。本想继续追问，琉璃瓦已经开始把三期的户型图递过来了，莫南只得放下疑惑，凑过去一起看图。

三期的户型果然要好很多，李天辉充满希望地问："三期什么时候开盘，什么时候交房？大概是多少钱？"

"开盘估计是明年年初，交房目前定在 2011 年上半年，价钱不好说，毕竟现在周围的二手房都已经一万三了。"

莫南哭笑不得，2011 年，得有多好的耐心才能等到那个时候？这楼盘还真是一个标标准准的期房啊！

两个人又待了一会儿，实在问不出什么了，只得拔腿走人。临走时琉璃瓦管李天辉要电话，说是二期开盘后跟他联系过来看样板间，李天辉犹豫了一下还是留了，走出门来笑说："留也白留，二期这户型简直是个悲剧。"

"他刚说那些卖光了的户型，究竟是什么意思？"

"我也是猜的，网上说像这种回迁房，开发商一般会留一部分房源送关系户，打点关系，要不然很多手续很难办下来，估计就是说这个吧，要不然那个售楼员怎么笑得那么暧昧。"

"猥琐！"莫南骂了一句，实在想不出该怎么评论，回头望着路边那一排巍峨的楼房，怎么看怎么别扭。要是爹妈早年有点战略眼光，早点举家搬进城里就好了，哪怕是在苹果园这种荒凉的地方呢，好歹有回迁房不是？

回家后莫南也没心思写演讲稿了，俩人一个洗菜一个淘米，说起房子的事，莫南撅着嘴埋怨："把那房夸得跟天仙似的，还非拉我去看，结果咧，浪费我一天工夫！

你赔我演讲稿！"

李天辉闷闷不乐："网上写得挺好的，价钱便宜位置又好，唉，坏就坏在去晚了。南瓜啊，我快愁死了，啥时候才能买得起房把你娶过门呢？"

听见最后一句，莫南一点气儿也没了，买不到房怕什么，只要能和李天辉高高兴兴在一起，比什么都强！

哪知道甜蜜的气氛没维持多久就被电视里播放的访谈节目给毁了，因为那个西装革履、贼眉鼠眼，号称是某地产巨鳄的男人一脸笃定地宣称"北京目前的房价跟纽约东京比起来是非常低的，已经低到不合理的程度了，而且已经维持了十多年没有出现大幅上调，所以说涨价是必然趋势，不涨就太不符合经济规律了！"

"涨你个大猪头，去死吧你！"莫南脱口骂道。

现场观众也出现了明显的骚动，一个观众一脸迷惑地提问："房价已经这么高了，现在大部分人都买不起房，难道还要再涨吗？这种现象是不是太不正常？"

"很正常！"地产巨鳄一脸正气，"正常的情况下大部分人就是买不起房，要不然怎么是大城市呢？像东京、纽约，大部分人都是租房居住，北京完全可以效仿这个模式，要是人人都买得起，那不成了农业社会了吗？还谈什么市场经济！"

"放狗屁，去死吧你！"莫南跳下床，狠狠关上了电视，还不能消气，拽起枕头朝电视砸了过去，想象中正是砸在房产巨鳄那火星地貌一般的橘皮脸上。

李天辉默默走去捡回枕头，轻轻拍着她的背心劝她消气。莫南低着头生了一会儿闷气，咕咚一声倒下，大叫一声："那些喊着房价太低的混账东西，我诅咒他们的房子全塌了，明天就去睡大马路！"

李天辉没理她，莫南独自抱怨了一会儿，曲高和寡，只得去推他："怎么不吭声？难道那家伙不该骂吗？"

李天辉苦笑："该骂，可是我觉得他说的好像又有点道理，看样子房价还是要涨的，我愁的是今后怎么办？钱越来越不值钱，南瓜，再涨下去咱连首付都凑不齐了。"

莫南无语。两个人各自抱一个枕头躺倒在床上，盯着天花板发愣。许久莫南低声说："要不就不买了，咱们租房，又省心又省钱。"

"那样太委屈你了。"

又过了一阵子，李天辉问："咱俩现在加起来还剩下多少钱？"

"不清楚，总有十五六万吧？"

李天辉沉吟了一阵子："要不再等等？这点钱买房差太多了，看看能不能搞点投

资,或者能赚些？"

莫南断然摇头："咱们从来没搞过投资，万一赔了怎么办？还是老老实实存着吧，万一碰见便宜的房子呢？"

李天辉面色犹豫,迟疑着说："我姐夫在搞一个项目,说是半年肯定能赚一半,前天给我打电话,说是能带我一份……"

"不行,万一赔了呢？"莫南虽不懂理财那一套,但是电视上天天都在播投资失败血本无归的段子,能不警惕吗？见李天辉仍然一副举棋不定的模样,赶紧提高声音再次叮嘱："千万别投钱,听见没有？咱们都不懂这些事,万一赔了找谁去？要是外人还能打官司要回来,这是你姐夫,你怎么要？你听我的,千万别给钱。"

李天辉半天不吭声。莫南使劲推他,最后他才闷闷不乐地说："知道了。"

十七 山重水复

1

周一系里开会宣布各职位报名情况,凡是符合条件的无一例外报了名;周二资格审查,高秀云和程星河又是调档案又是挨屋走访,听进去两耳朵无关痛痒的场面话;周三宣布所有报名人员资历均符合要求,可以参加竞聘。

周四以后,经管系出现了几十年难得一见的群魔乱舞的现象。

首先行动起来的是袁明。一大早就见她提了一兜车厘子钻进莫南的办公室,挨个分发。这车厘子颜色红得发黑,个个都有海棠果大小,皮肉紧实,看着就好吃,莫南目测至少得是七十块钱一斤的标准。袁明十分大方的每人分了一大堆,连她一向不看在眼里的姚媛都分到了,姚媛又惊又喜又鄙夷的表情引得莫南一阵阵暗笑。

袁明充分体现了亲民作风,无论对莫南还是杨林燕,一律亲热地问长问短,大有甘当闺中蜜友的架势,并且就两人目前最关心的问题进行了深入探讨。对杨林燕,没有比就业更闹心的了,袁明面带和煦的笑容,一五一十详细过问近来的态势,并表示有许多朋友在大公司任要职,没准儿能帮上忙。杨林燕一边怀疑此话的真实性,一边忍不住心生希望,一边又觉得自己非正式编制未必有投票权,袁明这番拉拢还不知道有没有用呢。

莫南的头号大事,地球人都知道是房子。袁明噼里啪啦抱了一大串楼盘的名号,热情询问莫南要不要帮忙打听消息。当听说莫南已经全部看过而且一座也不符合预算的消息后,袁明热情地表示有个朋友正好有二手房要出售,可以联系莫南去看看。莫南激动万分,锲而不舍地将位置、价钱、年份一一打探清楚后,不得不遗憾地表示房子太大也太贵了,还是买不起。袁明沉吟一阵子,忽然问:"上次你想租的那套房子你觉得怎么样?"

莫南反应了半天才想起来是上次看过但没租成,户主名字是袁明的那套房,心内突突乱跳,不至于吧,难道袁明为了拉自己这一票连房都舍得卖给她?

袁明又说:"那个房嘛,我老公的同事有一回说过想卖,但还没敲定,我再帮你

问问吧,那房子又不大,那个小区也就是两万多的水平,不到一百万的总价,肯定符合你的要求!"

莫南简直觉得袁明就是自己的铁杆闺蜜了。两人勾肩搭背,亲亲热热又说了半天的话,袁明又跟姚媛聊了几句,这才告辞而去。大家都心知肚明,半个字不提拉票的事,但是各自对对方的来意都心领神会。

袁明的话让莫南激动了大半天,下午的时候才头脑清醒了点。她莫南算什么,又不是好友又不是人事领导,袁明凭什么要把房子卖给她?难道她这一票真就这么关键?再说,袁明一直声称房子是她老公的同事的,难道卖房的时候还能作假不成?还是说她为了圆这个谎真要把房产证改成别人的名字?那也太可笑了吧!

想明白这点,莫南豁然开朗,袁明只不过给她在纸上画了一个大饼,目的在于拿到她这一票,至于结果,总之纸上的大饼肯定是变不成能入口的食物的。

杨林燕背地里打趣说:"看来这几天我能吃到不少零食啦,莫姐姐,你准备拿什么贿赂我呢?"

莫南从盘子里拣出一个肉丸子搁到她碗里:"四喜丸子一个!"

下午的时候程星河也坐不住了,笑嘻嘻地走来,有的没的聊了好一会儿,程星河刚走,张岩又来了,莫南冷眼旁观,越来越觉得好笑,哪里是竞聘,倒像是德云社的相声大会,不知道别的单位每到提拔干部的时候是不是也这样乱成一片?

周五安义信召开全体会,公布了竞聘的详细操作流程和各级考核小组成员。经管系所有在职的加起来也只有区区十五个人,八个人参加竞聘,剩下的几个不是要退休的就是领导,而且这些人也不能闲着,因为要担任考核小组成员。因此这次竞聘上岗,几乎称得上是全体出动,在整个学校也属罕见,莫南在路上遇见国贸系和会计系的教职工,没有一个不向她打听这事的。

这情形倒让莫南十分惊奇了。她本以为这是件再正常不过的事,而且她私心里颇有点不以为然,无非是提拔两个中层岗位,有必要弄得这么轰动吗?可是外系同事口里,基本都是赞叹安义信这事干得有魄力的,会计系一个三十多岁的大姐还唉声叹气痛心疾首地连声说:"唉,我们系要是也这么弄就好了!唉!安主任怎么不来我们系?"

莫南对她的夸张反应一时有些回不过神来。后来那大姐拉她到僻静处细聊,莫南才知道会计系提拔干部一向是系领导说了算,这大姐属于不得领导欢心的一拨人,几次都没上去,心里颇有怀才不遇的苦闷,所以听说经管系聘任要公开竞聘,又是演讲、投票什么的，大有千里马不遇伯乐的遗憾，只恨不得申请调到经管系来。

　　莫南这才知道自己眼中形式重于实质的竞聘在别人眼里居然是十分难得、十分公正的一次机会，她的态度不由自主严肃起来，准备材料时也多加了几分小心。这也促使她对自己一贯的行为多了几分反思，自从安义信上任，她总觉得自己备受冷落，郁郁不得志，觉得安义信重视表面功夫胜过实际，但是经过会计系大姐这一番感叹，她忽然发现，哪怕安义信的确是在做表面文章，哪怕他如此兴师动众只是为了造一番新官上任的声势，起码这个形式公平公正，给所有人一个均等的机会展示能力，这不已经很好了吗？又何必心存抗拒？

　　只是如此一想，她又心怀忐忑，其他人都已经行动起来了，唯独她纹丝未动，失了先机不算，安义信还不喜欢她，这下岂不是一点希望都没有？

　　夜里与李天辉说起来，李天辉一副战略家的架势替她分析当前局势："你看，学生办数你资历最老吧，来得早，干的活多，就连张岩不还比你晚来一个月吗？况且你们说起来四个人竞聘，可是有一个是财务的，根本打不着边嘛，所以实际上你只用考虑现有的三个人，比人事那个职位竞争又少了许多。再说你们三个吧，你跟张岩半斤八两，于信明显不行嘛，他才来不到一年，这是致命伤，肯定不能选他。你不是说杨林燕还要投你票吗？这你比张岩把握不就大多了吗，再好好做个演讲，跟同事们多联络联络感情，这职位跑不了你的！"

　　莫南叹气："杨林燕那票还不知道有没有用呢，系里到现在也没确定她参不参加投票。就算张岩吧，我们主任明显也更待见他，就是于信也不好说，人家虽然在我们系时间短，但是工龄什么的又不少，我们主任又喜欢他，就是程星河他们明显也对他比对我亲热，唉，我看我倒是把握最小的一个。"

　　"不要总担心你们主任怎么看你嘛，你是凭能力竞聘，只要系里的人都认可你的能力，都投你的票，就算你们主任偏心别人，又能怎么样呢？放心好啦，别瞎想乱想的，好好准备你的演讲材料，写完了我帮你再看看，一定滴水不漏，让所有人刮目相看！"

　　李天辉说完亲昵地亲了她一口，主动关上电视打开电脑，自己躲去客厅看书，把卧室留给莫南写演讲稿。莫南开始还三心二意，一会儿站起来看李天辉在干吗，一会儿又去厨房找点心吃，后来写得顺溜起来，便把李天辉抛在了脑后，等写到手酸眼花的时候，一看表居然已经一点多了，再看李天辉，早已捧着小说靠在沙发上睡着了。

2

莫南回想起来,觉得李天辉的话很有道理,只要全系的人都投自己的票,又何必担心安义信对她的看法呢?

只是如何确定全系的人都会投她一票呢?

她跃跃欲试,想像袁明一样挨屋串联,探探口风,联络联络感情,争取多拉一张票,可是在心里想了一上午,还是面红耳赤心如擂鼓,死活不好意思跨出这一步,这时她才意识到,能站出来拉票,也是一种难得的能力。

下午袁明又来莫南办公室与众人谈心。莫南听她滔滔不绝说了半天房子,几次想张口问她对学生办竞聘的想法,每次话到嘴边心就一阵狂跳,死活说不出口。她鄙视着自己拉票行为的猥琐,同时鄙视自己连拉票都不好意思开口的胆怯,内心激烈争执,憋得自己耳根都红了。

好在没多会儿姚媛被于信一个电话叫走了。袁明轻声笑着说:"哼,肯定是为了学生办那个岗位,于信这两天可是做了不少工作呢,天天找安义信谈心。"

莫南心里又一阵狂跳。既然袁明主动扯到学生办的事,是不是顺势说下去,问问她的想法?

杨林燕笑嘻嘻地说:"谈心?我的上帝呀,这年头还可以找领导谈心?我以为只有部队流行这种做法呢!"

袁明冷笑一声:"这才叫无孔不入呢,不过我看他折腾也是白瞎,他才来几个月呀,能跟我们莫南比吗,是不是莫南?"

莫南一颗心都快跳出嗓子眼了,结结巴巴地说:"我看不,不是,安主任一向比较喜欢于信,肯定更中意他,我,我没戏。"

"别逗了,你都报了名,给自己泄什么气呀,我看好你哦!"袁明热情地搂住了她的肩。

袁明走后许久,莫南忽然反应过来,袁明刚才那番话分明是试探,为什么不跟着说一句支持她的话呢?这下她肯定就放心了,说不定还会投自己呢。见鬼,怎么总是反应慢一拍!

她烦躁地敲打着键盘,琢磨着要不要找机会跟袁明说支持她,要不就趁这时候过去当面说清,一票换一票?这个想法一跳出脑海,顿时有个声音在耳边骂她:小人,背后耍手段的小人!

莫南猜想那声音应该是真实的自己。该死,从来没做过这种事,真想不到有一天她莫南也要为了职位跟人做交易!就算鼓足勇气找到袁明,难道就真能厚着脸皮把这意思挑明吗?

莫南更加烦躁了,键盘打得啪啪响,姚媛皱着眉头不满地说:"小莫啊,能不能轻点?吵得我都没法算账了!"

姚媛刚从于信那儿回来,回来时面带喜色,莫南猜她准是在跟于信商量竞聘的事,或者还在替他打听其他人的动向——不是或者,那简直是一定的,姚媛要是不打听小道消息,那就不是姚媛了,何况这些消息又关系到她外甥的前途。

这么说来于信不但有领导支持,还有亲戚帮忙,拿什么跟他争?莫南有些自暴自弃地想,算了,白费什么劲哪,何苦勉强自己做不想做的事,还不如不管不问,让他们爱咋咋地!

她心里气不顺,只当没听见姚媛的话,继续敲打键盘,姚媛坚持不懈地继续抱怨,最后终于烦了,黑着脸甩上门出去了。

杨林燕吐吐舌头:"怎么了?你这不是故意跟姚老头过不去吗?"

"没什么,心烦。"

"嘿嘿,准是为了竞聘的事吧,说出来我帮你参谋参谋?"

莫南不理她,杨林燕等了一会儿,大概觉得没劲,也悄悄溜了。

只剩下莫南一个,前瞻后顾,举棋不定。

第二天系领导召集所有竞聘的职工,先是开大会,重申了注意事项,了解大致动态,通报了资格审核的结果。大会散后又逐个开小会谈话,嘘寒问暖外加了解准备情况,莫南昏头昏脑的,连茶水也无心准备,好在此时所有人都很勤快,连开会时一向端坐不动的袁明都亲手给众人泡了茶叶,莫南正好乐得偷闲。

开小会的时候,莫南头一个被叫进去,她心里并没拿这当做多了不得的事,只准备了不到五分钟的话,简单说了说自己的情况。话音落时发现高秀云向她使眼色,这才想到是不是还要表表决心,慌忙添了一段今后要怎么努力之类的话,因为是临时加上去的,未免说得结结巴巴,颇为狼狈。

她住口时安义信面无表情地点点头,莫南偷眼看高秀云,见她轻轻眨了眨眼睛,似乎在暗示她干什么,莫南思前想后,猛然意识到还没有感谢领导,本来已经抬起身准备走了,慌忙重新坐下,没头没脑地说了几句感谢领导信任的话,半天没见安义信有什么表示,只好尴尬地住口,出门后一摸,这一脑门子的汗哟。

跟着是张岩，去谈了将近一刻钟，再接着是于信，差不多快半个小时。莫南十分好奇他们究竟有什么话可以聊那么久。袁明几个聊的时候也不短，那天中午经管系的都没有按时下班，等最后一个聊完，已经是十二点四十的光景了。

下午上班时莫南的情绪更不好了，有心找高秀云问问，又想到高秀云屋里还有袁明，未必方便敞开了谈，又想到高秀云虽然关照她，也许只是出于情面提醒几句呢，怎么好意思就此缠上人家问个没完？

这样思前想后左右为难，原本轻轻松松的一天，顿时如同在油锅里煎熬一般，浑身上下不自在，更要命的是内心一股说不清道不明的郁结之气，让她做什么都打不起精神，看谁都不顺眼，为了避免口舌之争，只好谁来都不搭理。

结果没到下班杨林燕就主动关心起她来了："莫姐，遇着什么事了，怎么一天都不带理人的？"

莫南这次意识到一举一动都会有人看在眼里，她不好意思跟杨林燕细说，便推说身体不舒服，杨林燕很是乖巧地给她冲了一杯麦片，嘱咐她好好休息，还说："赶紧把精神养好哦，你还得去演讲，舌战群雄呢！"

回家的路上莫南推着电动车一路步行，两腿走到瘫软乏力时忽然觉得想开了许多。既然已经站在风口浪尖上，何必扭捏作态呢？如果别人都去拉票，干吗还不赶紧行动起来？难道非要显得跟别人不一样吗？她暗自下决心第二天一早就去挨屋串联，哪怕把脸皮磨破，也一定要把不好意思出口的话说出口，把不好意思欠的人情结结实实欠下，管他呢，难道世上只有她莫南是老实巴交不懂人情世故的傻子？不行，一定要让所有人都看到，她莫南也不是笨蛋，她莫南也是有自己的想法的。

看看到了家门口，天已经全黑了，小区里每一处灯火下似乎都隐藏着一个幸福美好的家庭。莫南忽然觉得心很累，在这个城市她没有舒心的工作，没有温暖的小窝，究竟是什么值得她日夜忙碌、劳心劳力呢？

3

第二天，莫南鼓足勇气去了高秀云的办公室，袁明也在，莫南期期艾艾地半天不知道该怎么开口，高秀云还以为她是来找袁明的，便自顾自出门办事去了，莫南登时泄气，只好跟袁明闲聊了几句，快快离去。

回来了又不甘心，隔一阵子又溜过去打探，袁明依然稳坐钓鱼台，莫南的话又没说出口。

莫南第三次去时,袁明已经完全误解为是有事求她了,趁着高秀云到里屋翻文件的机会,伏在她耳边悄声说:"你是想打听我上次说的买房的事吧?"

莫南哭笑不得,也只好点头,袁明压低声音说:"你别着急,我一直想着替你问呢!等着啊,我下了班再打个电话问问房东!"

莫南将错就错,索性跟她道起谢来,又顺口问价钱,好把戏做得真些,免得她起疑心。高秀云一直没有出来,两人的话越说越多,再后来转念一想,反正是要"厚颜无耻"拉一把票,又何必在乎是高秀云的还是袁明的?反正袁明也登门拉拢过她!

此念一出,她不等自己反悔退缩,立时问道:"竞聘的事我看你很有把握呀,准备那么充分,人缘又好,唉,我就惨了,你觉得我有希望吗?"

袁明立刻笑着叹气,但却不正面回答她,只是一口一个说自己根本没有把握,就是响应领导号召凑热闹而已。莫南见她不肯漏口风,不禁有些丧气,以她的本性大约也就不问了,可是今日不同,既然已经厚了脸皮,已经开了口,难道就这么白白害臊一回,无功而返?

她有心与骨子里那个不肯多事不愿趋奉别人的莫南较劲,硬是逼着自己又追问了一句:"你觉得我竞聘的事有没有把握?"

问完后她手脚一阵发软,觉得额头冷汗涔涔,抬眼看袁明,脸上也闪现一丝尴尬,好在袁明比她精于世故,很快就脸色如常,笑嘻嘻地说:"除了你还有谁?就算资历也是你最老啊,你担心什么?还是专心看房吧,这才是首要任务呢!对了,听说最近南二环的二手房卖得挺火的,要不要我陪你去看看?"

"房子嘛,暂时也买不起,只好等等看会不会降价,但是竞聘的事,唉,头疼死了,这次可不是论谁资历老就行,"莫南强迫自己抬头看往袁明,"关键看大家投不投她的票。"莫南甚至拙劣地暗示了一句,"我觉得你报的岗位倒是很有戏,起码我会选你。"

袁明干笑两声,说:"大家肯定也会选你啦……"

话音未落高秀云从里屋走出来,目光停留在莫南脸上,只是出着神不说话。

莫南一颗心突突乱跳,刚才的对话高秀云听见没有?她会不会暗自感叹连莫南也会做小动作,从此瞧不起自己?

袁明借故走了出去,莫南举棋不定,要不要继续来此的目的,跟高秀云谈谈竞聘的事?

在她犹豫的时候,高秀云主动开了口:"你是为了竞聘的事吧?"

莫南忙不迭地点头。

"没关系,你别紧张,也别一看见别人挨屋串联你也跟着走动,这些都没用,聘不聘任,说到底还得看实力。"高秀云平静地说道,"老实人虽然有时候吃点亏,但大部分时候别人都是看在眼里的,不会待你不公平,所以,你不要慌张,那些人爱怎么拉帮结派就让他们去好了,你做好演讲准备,干好手头的工作就行。"

莫南一肚子话一句也没说出来,同时也觉得脸上火辣辣的,为自己的拉票行为感到难堪。她低声应了几句,红着脸出了门,不想回办公室,于是信步走到后院,来来回回打起转来。

高秀云所说的,其实跟她本身的想法差不多,只是,她说的话有用吗?群众的眼睛如果是雪亮的,为什么上次打分自己会那么低?就算是安义信给分低的缘故,如果别人都给得很高,平均分自然就拉上来了,可事实并非如此,那就是说,别人给她的分数本身就不高。

也就是说,老老实实做人,不搞花样不表现自己,这一套根本行不通。

就像她莫南,老老实实干了这么多年,不说别的,连每次开会时忙前忙后端茶递水都没人看在眼里记在心里。就像高秀云,来系里已经十来年了,就一个科级待遇,虽然管的事不少,说到底也只是名字好听罢了,连个正儿八经的工程师都没评上。

她自嘲中带着惆怅想到,现在已经不是高秀云们和莫南们的时代了。在这个环境里,要想脱颖而出,除了会干活,更要会做人,更要会讨领导喜欢。

回到办公室时,她觉得头脑清醒了不少,心情却沉重了更多。高秀云那里是不用再去打探了,她应该会投自己的票,但是除此以外不能指望她再给什么帮助了。至于其他十几张票,她莫南还得一张张往手里拉。

只是,从何拉起?三个是竞争对手,其余也不是铁杆关系,位高权重的系领导还不看好她,莫南沮丧的心情已经持续了许久,放眼望去尽是荆棘,不知道何时才有她生存的天地。

回屋时张岩正坐在椅子上笑呵呵地说着话,看见她进来就站起来打招呼:"刚还跟燕子说你是神龙见首不见尾,一眨眼不到半分钟的工夫你就回来了,难道你还是千里眼顺风耳,能看见我来了吗?"

杨林燕眼睛笑成了一条缝:"谁叫你在背后说莫姐坏话呢?这才叫报应哪,正好抓个现行。"

莫南不由得想，他两个又说又笑，关系看起来很好嘛——的确，张岩一直很喜欢和杨林燕聊天，还经常在网上送菜给她，也就是说，杨林燕的一票，还不一定是谁的。

几时这么敏感势利，竟然事事都能立即跟自己的利益挂钩了？莫南觉察到短短十来天里自己的巨大变化，忽然觉得一阵心凉。

张岩没发现她脸色不对，自顾自说着："刚才安主任通知，说是下周二系里各处室搞一次交流，对系里的工作或者自己的工作有什么想法的尽管在会上说，或者觉得有必要把自己的工作汇报一下的也行，让各人准备一下。"

莫南有些懵，这又是什么新花样？

杨林燕笑道："都是于信闹的，要不是他主动要做什么经验交流，安主任也不会弄这么大阵仗。"

张岩走后莫南才听杨林燕把个中原委说明白。原来于信主动向安义信建言，说系里的同事们沟通交流太少了，需要多创造这种机会，他自己就针对学生办的工作情况做了个PPT，希望借相关的会议机会跟其他处交流一下，互相通报工作动态，增进了解。

杨林燕边说边笑："你看，于信花样不少吧？我就奇了怪了，他以前到底在什么单位呀，怎么老是能想出些奇怪点子呢？"

莫南勉强笑着，又觉得头疼起来。于信既然要交流，张岩他们几个肯定也会闻风而动，那么自己就不能不动。前几次开会自己的表现都不好，不能再丢掉这次机会了。

只是，要说些什么呢？她打开PPT，半天没写出一个字，脑子里乱糟糟的，究竟是汇报工作还是谈建议想法？要是汇报工作的话也太逗了，不年不节的，又不是总结又不是计划，无缘无故汇报什么工作？至于建议，她冷哼一声，除了少搞形式主义，少把简单问题复杂化，她还真没别的建议，可这些话肯定是不能拿在会上说的。

莫南双手搭在键盘上，茫然坐了一阵子，忽然觉得自己的职业生涯可以用一个流行的网络句式概括，那就是"华丽丽的杯具"。

4

整个周末莫南都埋头于交流文件中，每一段文字都仔细推敲，让李天辉帮忙处理了图片，甚至从网上下载了许多漂亮的背景图片，一心一意想让自己的材料更加

吸引眼球。这对于不怎么常用 PPT 的莫南来说无疑是个大工程,以至于周一时还在不断修改完善,到了下班时间仍然没能完工。

六点的时候莫南站起来伸懒腰,借以舒展酸痛的腰背肌肉,整栋楼里只剩下她一个人,她在楼道里溜溜达达走着,抬头望见位于二楼楼梯旁边的大会议室,不由得憧憬起明天的交流会上自己意气风发,口若悬河的情形,深吸一口气,对着空无一人的过道低声说:"等着吧,我一定让你们惊诧得眼珠子都掉出来!"

这时她听见手机响,一溜小跑回去,居然是多时没有联络的吴敏。

七点刚过,吴敏雪白锃亮的 Mini Cooper 在经管系楼外停住。莫南从窗口看见这辆车进来,但还没意识到车里坐的就是吴敏,直到她探出半个身子向楼内张望,莫南这才大吃一惊迎了出去。

其实从莫南本意来说,今晚是不想见吴敏的,天知道跟她一聊会聊到什么时候,这交流材料哪还有时间推敲。可是吴敏用一贯的、不容置疑的口气说:"等着,我去学校找你。"莫南不知道该怎么拒绝,何况她说完话立刻挂了电话。

她把吴敏带进办公室,吴敏扁了扁嘴:"还是这间屋呀,又暗又小,难为你一待就是四年。"

莫南笑说:"没办法,办公室嘛,也不能指望跟五星酒店似的。你开的是赵阳的车?"

"我的。"吴敏挑了挑眉毛,"上星期赵阳买的,不过写了我的名字,应该算是我的吧。"她笑了一下,却并不显得开心,"我看不出这车究竟漂亮在哪里,不过赵阳说好,无所谓了,冲着价钱也没什么好抱怨的。你在干吗?"

吴敏随即看见莫南电脑屏幕上正在自动播放的 PPT,脸上显出一丝兴趣,走近看了几眼嗤一声笑了:"什么鬼东西,你在做什么?"

在同事跟前弄这个是一回事,被好友看见则是另一回事。莫南红了脸,抢过去关了屏幕,无奈地说:"没办法,系里让做交流材料,我只好把工作内容捋了一遍填进去。"

吴敏叹气:"你这工作太无聊了,换成是我,早不干了。"

莫南忙岔开话题:"怎么有空来找我?今天没活动?"

其实她本想问吴敏,今天不用陪赵阳吗,话到嘴边才改了口,不过吴敏似乎没听出来,低垂着眼帘闷闷不乐地说:"他有应酬,十天里八天都在外面。莫南,我整天闲呆着,无聊死了。"

莫南在灯下仔细端详吴敏。比起春节前那次会面,她清瘦了许多,眉目间的散淡气息更浓了,莫南想人真是奇怪,整天闲着看花赏月,怎么比从前还瘦了那么多。

冷场的时候吴敏懒懒地问:"房子还没买呢?"

又一件烦心事,似乎吴敏此来只为了盘点她不顺心的地方。

"你怎么不问问王磊?上回他说过能帮你忙。"

莫南乍然听见王磊的名字,心里升起一股奇怪的感觉。也是那次在吴敏的搬家聚会上见过他之后再未碰面,春节前那阵子他似乎很乐于跟她联络,可是春节过后就再没出现过。果然不过是有钱人一时的心血来潮,或者此时又有哪个女子有奇怪的地方吸引了他。莫南想到这里脸上一阵发烫,这简直像在吃醋了,可问题是那根本是个不相干的男人。

这时候她听见吴敏说:"走吧,咱俩去吃牛排,吃完我送你回家。"

"走不了啊,材料还没弄完,明天就开会了。"

吴敏嗤了一声:"有什么要紧,无非是开会,就算你没搞好难道你老板能吃了你?走吧,那儿牛排都是美国空运过来的,味道特别正宗,包你这个肉食动物一见倾心。"

莫南向往了几秒钟,仍然摇头说:"真不行啊,最近事情特别烦,我们主任正对我印象不好呢,明天不能再出岔子了。"

"真受不了你,什么时候你也成工作狂了?"吴敏有点生气,但最后还是说,"那我等你弄完吧。"

这下轮到莫南惊诧了,几时起吴敏这么迁就他人了?她不由得推测吴敏是不是遇见什么不顺心的事所以情绪低落,然而看她的神色,依旧是平时那种淡淡的什么都提不起多少精神的模样。

莫南在她的注视下哪能静下心来做PPT?最后不得不关了电脑说:"不弄了,吃饭去吧!"

吴敏开心地笑了,主动拉住她的手:"走吧,我饿了!"

然而牛排吴敏只吃了两口也就放下了,微微笑着看莫南狼吞虎咽。这牛排的确美味,肉质细嫩爽滑,调味汁香浓醇厚又不掩盖牛肉本身的味道,莫南大吃大嚼,含糊不清地问吴敏:"吃啊,怎么放下了?你不是说饿了吗?"

"没胃口。"吴敏懒洋洋的,"对了,你不是说春节时跟李家人相处不是很痛快吗?具体因为什么?"

这话问在了点子上，莫南瞬间爆发，竹筒倒豆子一般把在婆家的遭遇和盘托出，吴敏笑说："早猜到是这么个结果，不过南瓜，我想问你一句，你真准备就这么嫁了？你不觉得太亏了吗？李天辉能给你什么，他是有能力买车还是有能力买房？"

莫南一愣："反正我也什么都没有，有什么亏的？"

"不一样，你是女人啊，女人总是要在物质生活上满足了才会有安全感。"吴敏幽幽地看着她，最后莞尔一笑，"算了，我说什么都没用，你对李天辉死心塌地。"

因为和吴敏的晚餐，莫南不得不把修改PPT的工作移到夜里进行，李天辉不停地打断她，一会儿问她要不要喝水，一会儿拉她看电视，一会儿又催她休息，莫南不耐烦起来，随口说道："别烦我啦，都忙死了！"

李天辉叹气："你还真把这当成天大的事啊？至于嘛！管别人怎么说干吗，咱行得正走得直，何必非要迎合那些无聊人。"

莫南一听就火了："你以为我想啊！可我也不能眼巴巴看着人家一个二个都蹿到我前面，拿我当垫背的吧！"

"问心无愧就行，你想得太多了，或许都是你胡思乱想呢？"

"懒得理你，不信你去我们系上几天班试试！"

莫南扔过一个枕头盖住李天辉的脑袋不让他多嘴，自己继续战斗，却越来越没精神。李天辉对她工作这些不顺心的事，一直抱着身正不怕影子斜的态度，问题是要做到这点太难了，除非是聋子和瞎子，才能在这个充满功利的地方心静如水。莫南不禁怀疑李天辉是不是第二个高秀云，早已落伍于这个时代。

周二下午的交流会开得十分热闹。会议开始安义信率先提名让于信开始交流报告，于信果然不负众望，在众目睽睽之下脱稿发言，侃侃而谈外加漂亮的PPT，莫南自愧不如。

于信讲完后众人都在观望，安义信见迟迟没人毛遂自荐，就点名袁明发言。袁明的演讲几乎是个流水账，说了四十分钟还没结束，以至于安义信不得不提醒她控制时间。

第三个发言的是财务的人。他讲完后已经三点半了，年轻人还有五个没有发言。

所有人都意识到时间有点紧张了，即使每人只讲二十分钟，也要将近两个小时，可是只剩下一个半小时就下班了。

因此有四个人同时说了声"我说说吧"，例外的那个自然是沉默的莫南。于是张岩开始发言,他话音一落立刻又是几个人同时要求发言。

莫南又开始紧张了,手心攥出了汗。她不是不想开口,可每次听见别人叫了出来,她就主动退让,觉得这样抢来抢去十分滑稽。

程星河马上要讲完了,莫南一颗心提到了嗓子眼,她紧张地舔了舔干涩的嘴唇,目不转睛地盯着程星河。程星河翻到了PPT的最后一页,程星河开始念最后一段,程星河说"以上就是我交流的内容……"

莫南抢在这个当口叫了声"那我说说吧",与此同时,她听见另外两个人说了这句话,他们的声音都比她大,安义信朝其中一个点了点头。

五点四十。只剩下莫南没有发言。她松了一口气,这次总该轮到我了吧。

然而安义信平静地说道:"时间不早了,这样吧,这次交流会先开到这里,如果还有什么意见和建议下次有机会再和大家交流吧。"

莫南攒了一身的劲儿顿时散尽,斜靠在厚重的椅子背上,感觉所有的精力都被抽走了。

十八 仙人指路

1

周末一大早吴敏就打电话邀莫南逛街，两人约在当代见面，莫南赶到时意外地发现王磊和赵阳都在场，这局面让她有点摸不清头脑。倒是王磊笑呵呵地主动跟她打招呼，又说："前一阵子有点生意上的事出去忙了一个多月，一直没跟你联络，没生气吧？"

莫南心想哪怕你消失一年呢，跟我似乎也没有什么必然要有的联系，为什么要问我生不生气呢？然而看赵阳笑得甚是暧昧，不觉心中一动，讪讪地不知道说什么好。

几个人逛了半个小时不到，吴敏接了一个电话便拉着赵阳匆匆忙忙离开了，说是有点急事要去处理，临走时笑着对王磊说："我把莫南交给你了啊，好好照顾。"

王磊笑嘻嘻地看着莫南，莫南尴尬起来，慌忙说要回家，王磊倒也没有打岔，只是上车以后却绕着城兜起圈来，莫南忍不住问："不是说回家吗？"

"别着急呀，附近有套挺不错的房子，价钱你应该也承受得起，我带你去看看。"王磊轻描淡写地说。

莫南没想到他居然记得这件事，原以为只是有钱人随口一说，过后便忘的，此时不免有些感慨，对王磊的抗拒不由得少了几分。

车子不疾不徐地开着，看看是向北四环的方向，莫南越发觉得放心下来。北四环外的确有不少房子，如果不是在国贸商圈或者环路边上，价钱很有可能保持在两万三四的范围，如果是套小户型，倒真的可以接受。

她的心态轻松下来，身体也跟着放松，轻轻靠在椅背上，真皮座椅柔软舒适，散发着空气清新剂和新鲜皮革混合后含混暧昧的气味，倒有几分与眼前的场景相契合。

吴敏的意思再明显不过了。那天夜里她也曾明白说过，李天辉什么也给不了莫南，无论房子还是一个舒适的家。毫无疑问，吴敏就是为这个原因，身体力行甩掉了刘家明，换上了赵阳。赵阳对她似乎很好，买了别墅又买车，虽然别墅没有写她的名字，然而她舒服自在地住在那里，不用工作也不用担忧房价，十指不沾阳春水，指挥着三四个保姆,有赵阳的生活的确很惬意。

于是她同情莫南,觉得莫南这样自毁前途跟随一个穷小子实在是下下之策,而身边恰好有这么个对莫南感兴趣的富家子,她便责无旁贷地牵起了红线。

是这样吗? 莫南想到这里,表情复杂地看了看王磊。他的脸从后视镜看起来毫无表情,然而唇角微微上扬,似乎又有几分笑意。

莫南忽然觉得自己随随便便跟这个才见过几次面的男人去看房,实在很滑稽,也很莫名,心头又忐忑起来,脸上的红晕也开始慢慢集结。

然而就在这时,王磊开口了:"小吴说你工作很不顺利? 想不想换一个环境试试?"

吴敏还真是铁了心要做红娘,什么事都跟王磊说。莫南脸更红了,低声回道:"不用,先待着吧。"

"要是做得不如意,岂不是很气闷?"王磊沉吟着说,"记得我刚毕业那阵子在我爸的公司里做事,非常不开心,已经到了每天早晨一起床就无精打采盼下班的程度,所以一旦攒了点资金,我就立刻辞职了。"

"你爸的公司,能有多不开心呢?"

"老爸的又能怎么样,只要不是自己的,永远有许多束缚,何况是少爷入职,上上下下不知道多少眼睛盯着你的一举一动,那些股东又不知多想拿住一个把柄好挟太子之短以重自身威信。"王磊扯了扯嘴角,"不过我想你在学校应该不会这么复杂。能不能说给我听听? 好歹我在职场上混了这么多年,或者能帮到你。"

莫南微笑着摇头。这个忙有谁能帮? 有谁能让安义信喜欢自己? 又有谁能让系里那些视莫南若闲人的同事们意识到她是个踏实肯干十分难得的职员? 就算同事们知道她兢兢业业,可她莫南又有什么好处让他们毫不犹豫地交出手里的一票?

说话时王磊已经拐进一处幽静的开阔地,眼前不远处高低错落一大片房子,有保安在门前站岗,莫南看见一个中年女人提着购物袋刷卡进门,这个小区应该已经入住。

王磊朝门口努努嘴:"就是这里了,环境不错,二期还有两套尾房,其中一个似乎是60平左右,应该挺合适,咱们先去售楼处拿钥匙。"

莫南将信将疑跟着他进了大门,售楼经理认识王磊,很热情地迎上来说:"李总交代过您这两天就过来看房,钥匙我收着呢,我带您过去看看?"

王磊笑着伸出右手:"钥匙给我就行,我和我朋友过去看。"

售楼经理很快送来了钥匙。莫南出门时心里仍然十分恍惚,搞不清这样的好事

怎么会一下子砸到了自己头上。

进了小区才发现这好事好大发了。一期的四栋楼靠着围墙，看模样是板塔结合，三期的在尽右边围墙的角上，已经有七八层的规模，二期的几栋占据了最好的位置，楼前楼后全部是绿化带，而且二期是十二层的板楼。

王磊带着她穿过单元门口的小花园，花圃里月季刚刚冒出骨朵，栀子花叶绿油油的，莫南有些眩晕，难道这房真的便宜到她也买得起的程度？

王磊口中的尾房位于四层，开门时王磊笑着问她："尾房的层数一般都不太好，很有些喜欢吉利的人不愿意要，不知道你介不介意？"

莫南自然是摇头，对于有余力的人来说，或许什么层数、房号甚至谐音都是挑剔的理由，可对于大多数为一个容身之所苦苦挣扎的中产阶级来说，只要价钱合适，距离又没超过两小时以上，什么吉利不吉利的统统在可容忍范围以内。

莫南环顾四周，这是一座标准的毛坯房，除了轮廓和布局没什么可看的。房子南北向，两室一厅一卫，两个卧室都是十一二平的模样，分不太清楚主次卧，厨房很小，卫生间也不富裕，但是客厅还是蛮明亮宽敞的，虽然没有阳台，但是大落地窗的采光效果挺不错，从窗户望出去，下面是一片嫩绿刚刚冒头的小花园，也颇有些心旷神怡的感觉。

平心而论，如果价钱不贵的话，这套算是莫南看过的房子中比较好的了，朝向好，板楼，楼层不高，带电梯，窗外又是花园，然而，这房子是王磊介绍的，这点让莫南觉得十分别扭，就好像千挑万选拣出一件十分中意的衣服，最后发现竟然是情敌寄卖的。

她怀着复杂的情绪在屋里来回走动着，王磊靠在窗边点燃了一支雪茄，笑微微地说："觉得怎么样？价钱嘛，上次说可以按开盘价的九折走，大概一万八的样子，照今年的形势看也不算很贵了。"

莫南心中一阵狂跳，岂止是不贵，简直是很便宜！这附近的房子中介才打电话报过价，二手房已经是两万二了，这么新的房居然只要一万八，那得是多大的人情呢？

她告诫自己这样的便宜不好拿，一边忍不住憧憬这房子装修后的模样，心烦意乱之极，手指抠着凹凸不平的水泥墙面，指甲磨花了也没觉察。

雪茄浓郁的气味忽然蹿进她的鼻孔，猛然一惊才发现王磊已经站在她身边极近的地方，笑吟吟地看着她："怎么样，决定了吗？"

2

莫南猛地一惊,下意识地跳开几步,将两人的距离拉开到不足以尴尬的长度,这才犹疑着说:"价钱和房子都挺合适,可是,可是,我不知道怎么还这个人情……"

王磊笑得十分开心:"你头一个想到的居然是还人情?真有你的莫南!你知道吗,像你这样事事分得太清楚,反而寸步难行。人情这东西么,正是要搅在一起分不清你我才能长久,要是都像你这样丁是丁卯是卯分得一丝不乱,你不欠我我不欠你,将来如果我有了麻烦事,怎么好意思张口求你?正所谓今日我卖一个人情给你,不定将来哪一天我就有求到你的时候呢!"

莫南觉得这话似是而非,有些道理又有些强词夺理,稀里糊涂答道:"你怎么会有事情求我呢?我什么能力也没有,又怎么能帮到你?"

王磊摊开双手:"那可不好说,比如说你现在高校工作,说不定哪天就当了教授,或者什么系主任、党委书记什么的,万一到时候我儿子没出息考不上大学,不还得找你开后门吗?"

莫南本能地反驳:"怎么会!我又不教书,肯定当不上教授,再说我现在连个学生办管事的位置都聘不上,还谈什么系主任,做梦吧!"话题往这方向一带,不觉起了自伤身世的感叹,同时又惊奇道,"你有儿子了?今年多大?"

一团不成形的烟气透迤从王磊的嘴巴里钻出来,王磊笑得直岔气,断断续续地说:"你太逗了!我倒想有儿子呢,谁给我生呀?只不过打个比方而已,你还真不是一般的较真!就算不是我儿子是我朋友的儿子,有求到你的地方难道你袖手旁观?"

莫南被他笑得也觉得自己傻呵呵的像个无知少女,几分恼羞,不觉生硬地回答:"我哪有本事帮到你呀!吴敏把你说得无所不能,难道你还有事求我这无用之人?"

"怎么了,看来还真是心情不大好,说来听听嘛,就算我帮不到你,说出来总会轻松一些。"王磊不以为然,笑笑地看着她,"还是为了工作的事吧?你这人其实挺矛盾的,表面上看起来并没有多少雄心,也没什么具体的职业规划,可是一旦发生什么与你理想中的工作方式不相符的事情,你似乎又很在意,很有些自己的坚持,我在想是不是因为你生性比较涩,比较较真的原因。"

莫南果然生涩地回答:"你凭什么就能判断我的性格?"

"凭感觉吧,再加上上次你加班的事。"王磊悠悠闲闲地说道,"那次加班我猜你

最后还是甩下别人先走了吧？呵呵。"

莫南只觉在这人面前接近透明,无所遁形,似乎所有的心思都被他洞悉,有些生疏的抗拒,又有些莫名的安心。犹疑着在屋里来回走动,各种想法走马灯一样从眼前掠过,没有一个长久停留,也没有一个让她觉得能够心安理得领了这个人情,同时又不害怕人情的背后存着什么不能深思的初衷。

回过神时发现王磊饶有兴味地看着她,莫南假装没看见,故作镇定地说:"我回去跟我男朋友商量一下。"

"还是那个男朋友?"王磊笑笑地说。

莫南有些恼怒,断然转身道:"我要回去了。"

王磊没有再说什么,随手带上门,果然引着她出来了。

回家的路上王磊主动开口:"如果工作上不太顺利,我可以帮你想想出路。如果你不好意思找我,找小吴也行,他们老赵是个人精,主意多情面广,你想走想留,他应该都能帮到忙。"

莫南幽幽叹气:"可是我为什么要到处求人?听天由命吧,无非是混口饭吃,最多一辈子不得志,哪里就到了四处求人的地步。"

"真是搞不懂你是傲气还是不通世故。"王磊笑了笑,"如果你真能什么都不想,只是混日子,怎么会这么不开心。"

莫南心里升起一种异样的感觉。除了李天辉,这是唯一一个主动关心她工作上这些破事的男人,而且与李天辉不同,他不会反反复复劝她顺其自然,无所作为。

她想到吴敏说过王磊生意上颇有建树,又想起他刚才说毕业后很快从父亲的公司里脱身,心里升起一种模糊的敬意,他断然离开优裕的环境独自闯天下,必定不是处处坦途,但看他如今的模样,一切的苦楚似乎都是轻描淡写,这个人,并不是不谙世事的纨绔子弟。

这种敬意让她从与他的绯色联想中抽身出来,可以用平静的心态琢磨他的建议。经管系那些钩心斗角的把戏,在王磊和赵阳看来应该是小儿科吧?生意场上摸爬滚打过来的人,什么关窍看不懂,什么人情不会用呢?王磊说得没错,如果想求教工作上的事,找他或者赵阳都是绝好的选择。

莫南想,与赵阳说过的话应该不超过十句,与其找他,还不如问问王磊,何况王磊比赵阳更加随和,容易交谈。她踌躇着把近日的事情简要说了几句,原本是想轻描淡写,哪知道心里积怨已久,一开口越说越多,情绪也越来越激动,后来她发现王磊正面对她坐着抽着雪茄,吓得心里一凉:他在对面抽烟,那谁在开车?

抬头一看,才发现不知道什么时候车已经停在一处堤岸上,左边是新栽的红树苗,右边是水量刚刚开始增加的河水,王磊摇下车窗打开车门,一边听她说,一边时不时回头看掠过水面低低飞过的野鸭。

王磊见她停住,咧嘴一笑:"想不到学校也这么多乱七八糟的事,看来天下有人的地方就有权力争夺,真是个颠扑不破的真理。"

莫南说得太多,此时只觉一阵疲倦,叹口气闭着眼睛点头。

王磊笑问:"系主任不喜欢你,对吗?"

莫南点头。

"什么时候演讲?什么时候投票?你把流程给我说详细点。"

莫南这才意识到唠唠叨叨发了一通牢骚,这些基本信息反倒没有说清,暗叫一声惭愧,赶着说清楚了,王磊沉吟着说:"还有将近一个半月,时间肯定够,你觉得这点时间你能改变系主任对你的印象吗?"

莫南脱口而出道:"那怎么可能!"

王磊嗤一声笑了,又点上一支雪茄:"你们系主任是个什么样的人?"

"自命不凡,喜欢搞新花样,喜欢人家夸他有创意,芝麻大点的事都要开会讨论,问题解决得越麻烦,牵扯的人越多他越觉得有成效。嗯,对了,喜欢抽雪茄,还故作潇洒地吐烟圈。"

王磊的雪茄悬在脸前:"你究竟是说他还是说我?"

莫南猛地意识到这个问题,嘿嘿一声笑了:"我忘了,你也抽雪茄……"

"你不是想说我也自命不凡、故作潇洒地吐烟圈吧?"王磊笑着吐出一个圆溜溜的烟圈,跟着又是一个,后一个烟圈撞上前一个,在空中晃悠一下,一同化为虚无。

经此一番插曲,两人间那道看不见的屏障暂时隐退,莫南忍不住似的一直笑,到最后永远闲雅的王磊也被她笑得心里直发虚,偷偷从后视镜里检查自己的仪容:是头发乱了还是衣服脏了?难道是牙齿上沾有可笑的东西吗?他甚至趁莫南不备迅速照了下牙齿,确信并没有食物残渣或其他,这才放下心来。

他打开车载冰箱,拿出一罐饮料丢给莫南,故作严肃地说:"喂,跟你说正经事呢,笑什么笑?太不严肃了!"

莫南正在拉易拉罐,笑得手一抖,沾湿了老大一块椅垫,王磊叹息着摇头:"真拿你没办法。"

莫南好容易停住笑声，心里一时空虚，一时轻快：让那些抽雪茄或不抽雪茄的人统统见鬼去吧！至少在这个时刻，我不想再有烦恼。

3

"系里一共几个人？几个人有投票权？系领导参不参加投票？你觉得几个人会投你的票，几个人可能投，几个人肯定不投？系领导的票有没有决定权？你有没有投票权，能不能投自己？距离投票还有多长时间？"王磊胸有成竹，一口气问下来。

莫南被他问得有些发懵。这些问题的答案她都知道，但平时从没联系在一起想过，也不明白王磊连在一起问的目的是什么。她一边回忆着王磊的提问顺序，一边在脑海里飞速翻找答案，系里总共十五个人，外加一个学生工作人员杨林燕，杨林燕能不能投票目前还没有官方说法。安义信他们不投票，但是有否决权，而且在第一轮投票结束后系主任们要开会商讨投票结果，再从中圈出两个人进行考核，最后再次打分决定当选者，而且据说圈定以后还要进行民主测评，征求全部职员的意见。莫南想到这里，越发觉得先前对安义信的评价十分正确，他就是一个喜欢铺张，喜欢把一丁点小事都闹得天翻地覆才觉得有效果的官僚主义者。

王磊笑着吐了个烟圈："这是你的片面之见。要不是他把这事设计得这么复杂，你哪有机会插一脚？"

"什么意思？"

"我明白你的想法，你是觉得提拔负责人这种事开个会讨论下就能解决，这样的确省事，可是你想过没有，如果照这个形式走，肯定要由系里的头脑先提名，然后从被提名的职员中挑选，可是你们系主任不怎么欣赏你，那么你觉得，你有没有机会被挑出来呢？"

莫南哑口无言。难道还要感谢安义信不成？她不服气地辩驳："就算安义信不待见我，可我的资历摆在那里，他也不能跳过我直接点于信的名吧？"

"有什么不能的？他想把你刷下来，总会找到理由的。"王磊打开车门，把后排椅子放平，自己舒舒服服躺下，悠闲地看着窗外说，"我爸的公司招关系户的时候，总会按照关系户的经历设置报名条件，量体裁衣，筛选下来符合条件的不会超过三个，再加一轮面试，呵呵，关系户立刻脱颖而出，别人也挑不出毛病。你要明白，提拔谁和不提拔谁，总会找到恰当的理由给一个说得过的交代。"

莫南想不出反驳的话。没错，安义信大可以设一个莫南没有而于信有的关卡，比如党员，再比如年度优秀，因为于信在原来的单位曾经评过一次优秀，而莫南工作以来一直与优秀员工无缘。如此说来，还应该感谢安义信给了一个公平竞争的机会。

可是，这次竞聘形式上看起来公平，实质还是由系领导掌握大部分权力，他们有否决权，还能指定候选人，说公平，也不是完全公平。

"这样说未免就有些吹毛求疵了，"王磊懒洋洋地答道，"没有一件事是完全公平的，说到底他们是官，如果作用与你们相同，那官与民之间有什么差别？"

莫南觉得他的话似是而非，头脑越发混乱了。

王磊看她一脸迷糊，笑了："算了，一时半会儿你还拗不过来这个弯，你也别细琢磨了，照我的话做，包你两周之内看到转机——什么时候第一次投票？"

"还有一个月。"

"那就够了。下周一上班你要做的第一件事就是去找系主任谈话。"

"谈话？没搞错吧！"莫南顿时头大，找安义信谈话？这算是哪出？"我又不是于信！"

"你可以向他学嘛，古人还说师夷长技以制夷呢。抽雪茄的中年男人，如果我没猜错，他是极愿意得到属下的敬仰和信任的，你的主动谈心正好可以给他留下这个印象。到时候你不妨把对这次竞聘的困惑和忐忑如实说来，当然，你对他的真实看法一定不能泄露口风。"

莫南彻底晕死。居然给支了这么一招，找安义信谈心，真是笑话！

"你首先要改变系主任对你的印象，让他看到你积极的一面，要使他相信你与他站在同一个立场，只不过以前比较腼腆，所以不很主动。你不仅要跟他谈心，还要积极执行他的决议，必要时还得拍拍马屁，"王磊忽然想起什么，俯身从抽屉里掏出一个印刷精致的小本子，"喏，雪茄会所的体验册，这是个高档会所，没有引荐人还进不去呢。拿这个手册能免费去三次，还能用会员价买进口雪茄，我估计你的主任会喜欢这个礼物。"

莫南迟疑着没接，王磊笑着往她手里一塞："没事，这应该不属于行贿。"

说得莫南也笑了，又发愁该怎么送，王磊摊开双手："不会连这个也要我教吧？"

莫南只好实说从来没送过礼。

王磊翻翻眼睛："自己想办法！导师也不能样样包办嘛！你还没回答我，估计有几个人投你的票？你有投票权吗？"

"有两个人说投我，可其中一个不是正式员工，不知道有没有投票权。我倒是参

加投票。”

“那就是说你至少会有两票。”

莫南吞吞吐吐说：“我总不能自己投自己吧……”

“不投自己才叫傻呢，听我的，你的一票一定给自己。”

“要是被人知道了怎么办？”

王磊哭笑不得：“你怕什么？你既然参加了竞聘，肯定觉得你最符合条件，那你为什么不选自己？天哪莫南，对于这些职场上的学问你简直是幼儿园的水平，做你的老师太费劲了！”

莫南红了脸，低着头不好意思开口。

王磊笑着拍拍她：“没事，一张白纸教起来也有省气力的一面，至少我不用担心你会不会暗算师傅。”

“除了极力改变系主任对你的看法，对你的同事你要区别对待，跟你关系不错，有可能投你票的是你重点下工夫的对象，肯定不会投的暂且放到一边，但是不要得罪，一向没多少交往的你要摸清楚他们的需要，检查你有没有可能帮助他们达成目的，这部分人说白了是利益驱动，只要你上任对他们有利，他们就会倒向你……”

莫南懵懵懂懂听着，不到一个钟头的时间她接受了太多此前从未听过的理论，头脑中有些混乱，有些惊奇，有些不自信，又有些跃跃欲试。有一瞬间她极想抽身离去，保持从前那个万事不挂心、逍遥自在的自己，下一秒钟她又意识到生存在这世上就必须接受它的游戏规则，逃避解决不了任何问题。

有一阵子她想起了李天辉，发现自己无法坦然地将今天这番微妙的经历向他和盘托出，有一阵子她想到吴敏，猜测她如今的生活是否愉悦，后来她盯着王磊出神，奇怪他究竟抱着什么样的心态和自己谈话。然后她发现耳边已经有好一阵子寂静了，原来王磊不知什么时候已经住了嘴，正在看停在不远处的一只花斑野鸭。

王磊必定发现她走神了。莫南像个做错事被老师抓了现行的小学生，羞愧地低着头不吭声。许久，听见王磊笑呵呵地说：“填鸭式教育要不得呀，你果然一个字也没听进去，罢了，不知道怎么办的话随时打电话向我请教吧。现在你想吃什么？我饿了！”

莫南抬起头，正迎上他悠闲的笑容。一时间莫南拿不定主意了，回家？还是和他一起吃饭去？

十九 换一种活法

1

安义信听见敲门声，随口叫了声进来，他正专注于晨报副刊，一时没工夫搭理来人。半天没听见动静，他抬头一看，微微怔了一下，居然是莫南站在面前。

好像没有通知她来开会吧？安义信迟疑着说："有事吗？"

看得出对面的人十分紧张。她开了口，声音里有轻易就能觉察到的颤抖："安主任，关于这次竞聘，这次竞聘，嗯，我特别紧张，也很不自信，安主任，如果您有时间的话，我很想听听您的意见。"

安义信又一阵错愕。莫南主动找他谈心，这真是破天荒的头一次。印象中这是个十分生硬甚至有些不知好歹的女孩子，比如上次加班，别人都留在这里帮忙，就她火急火燎走了，一点集体观念都没有。再比如那次组织学生跳蚤市场，她跟没事人一样，也不早来也不加班，事情也不跟于信交代清楚，倒是于信每天早来晚走，一看就是用心工作的。再比如上次开交流会，别人都准备充分做了PPT，发言时抢着说，就她缩在后面到最后也没讲，多半是没准备好不敢讲。

安义信从镜片上面扫了一眼莫南，他有这个习惯，对自己不太喜欢的人总是不正眼看。不知道她有什么话要谈？这女孩子工作太不主动了，对了，于信入职面试那次她还问什么"如果工作任务一直苦乐不均怎么办"，对，她好像就是这么问的，难道她认为分给她的工作比别人多吗？笑话！领导都是干什么吃的，怎么会发生这种事！看来她活没干多少，牢骚倒颇有些。

安义信摸出一支雪茄点上，漫不经心问道："你问竞聘的事？哦，程序都是规定好的，我相信严格按照程序走下来，每个人都有展示自己的机会，不要害怕，好好发挥就行。"

莫南听出想尽快结束谈话的意味，一阵紧张一阵心酸。果然安义信很不喜欢自己。她极想一走了之，然而想起王磊千叮咛万嘱咐要她厚着脸皮上，终于咽了口气硬着头皮说："我明白，安主任设计的这套流程非常，非常完美……"完美两个字像

狗皮膏药一样粘在舌头上不肯下来，莫南拼命把它们请出喉咙，脸上心上都是一阵火辣辣的。

莫南在羞愧和自我鄙视的间隙偷眼看安义信，脸色居然比先前和缓许多，他甚至笑着说："并不是我一个人设计的，参考了机关和公司里选拔人才的一些方法。"

谄媚就像所有事一样都是开头最难，一旦开了口，难度瞬间就降低了百分之八十。莫南结结巴巴说道："在系里，在整个学校都是头一个呢，上周会计系的好几个员工都跟我说特想调到咱们系，说咱们系什么事都特规范，尤其是这次竞聘，特别公正，还能展示员工的能力，他们都很羡慕我有这个机会……"

"是吗？"安义信笑呵呵地问。

"对啊，"莫南觉得胸口那块大石一下子消失了，说话流利起来，"多少年都没有过这种事，大家都夸安主任有魄力有想法。"有一个刹那老温淡然的脸庞闪过莫南眼前，莫南一阵心慌，有什么办法呢，老温你离开了这个是非之地，可我还要活下去。

安义信缓缓靠向夸大舒服的圈椅，微笑看着莫南。别的系的反响他影影绰绰听见过，学校对他的做法也多有鼓励，可这些都比不上从一个素日里对自己不十分恭顺的员工口里说出来更有信服力。他甚至觉得是自己的能力感化了这个没有集体意识的员工，这让他一阵飘飘然。

"对于竞聘，我虽然报了名，可是一点信心也没有。"莫南偷眼看安义信并没有阻拦的意思，大着胆子说下去，"我知道安主任是想给所有人一个公平的机会展示自己，我也知道我应该抓住机会，好好表现，才不辜负主任的培养。可是，可是，我有很多缺点，尤其是比较内向，一向不会展示自己，这点我应该多向于信和张岩学习。"

"嗯，于信口才是很不错的，你们可以多交流，都是同事嘛。当然，你也不要有太大的思想包袱，演讲是一方面，关键还要看平时的工作成绩和思想态度，即使口才上差一点，只要工作能力和成绩摆在那里，我们是不会偏颇的。"

莫南一颗心提到了嗓子眼。昨天王磊在饭桌上的话在耳边盘绕："于信给你上的烂药你一定要想办法洗净，一定要让系主任知道大部分工作是你做的，这个万万马虎不得，嗯，我想到一个主意……"

王磊教的那套说辞她熟记于心，此时一个字一个字往外蹦："我相信领导一定能做出最有利于经管系发展的决定。其实能不能成功竞聘并不是做好工作的前提，无论我是否当选,我都会尽最大努力把领导交代下来的事情办好。"

她感到一阵肉麻,脖子上起了一层鸡皮疙瘩,可是眼前的安义信很是赞赏地点了点头,说:"这个态度是很正确的。"

这句话让莫南的紧张情绪消减不少。王磊教的话有用,而且,眼前的人也并不觉得这话可笑,反而很乐意听。她咽了口唾沫,努力把话题向于信身上带:"对,我一直是这么想的,也是这么跟同事说的。安主任,您也知道,我是老员工,许多事我都首先想着怎么做才能更好地立榜样,尤其是在于信他们这些新来的面前。于信一来系里就是我带,学生办差不多的事都是我一手教他的,当初怕他不明白,我还把好多事情都画了流程图,写了说明材料给他,不过于信也很聪明很努力,所以学生办的工作氛围特别好。"

安义信有些吃惊,追问了一句:"你都做了流程图?"

"对呀,"莫南认真答道,"我想今后要是还有新员工也可以用,所以做得特别用心,于信也说有了这些说明材料省事多了。"

安义信沉吟了。原来还有这层内情,这么说莫南并不是只顾自己不带新人,于信这小子也不早说清楚。

正在这时,又听见莫南说:"哦,对了,就有一回批道德课论文我没有写说明材料,不过我告诉于信有不懂的地方来问我,他也没问,后来我见他改得挺好的,呵呵,于信挺有能力,自己摸索也能解决。"

安义信不由自主说:"他来问过我怎么改。"

莫南心中一阵狂喜,终于解开一个套了。想起王磊说过点到为止,不能让安义信觉得自己是傻瓜,赶紧收住:"是吗?安主任亲自指点,肯定没问题。这阵子同事们都在准备演讲材料,我一想自己口才又不好,临场发挥又不行,又不好意思抢着说,唉,上次交流,本来我准备了四十分钟的材料,后来看大家都准备得很好,我就想等别人都说了我再说,哪知道时间又不够了,唉,我一直有这个缺点,做事不敢争先,总期待着领导分排次序。"

安义信又被她带着说:"你性格比较内向,人也老实。嗯,这样吧,如果有机会再开交流会,你第一个发言吧。"

"那太好了,我一定再认真修改准备,克服怯场情绪,好好发言。"

安义信点点头,心里忽然有些感慨。系里这些事,到底有多少自己能够掌握?原以为于信是难得的老实又有能力的年轻人,闹半天其中还有这么多曲折,而这个莫

南,平时看起来不招人喜欢,却忽然跑来谈话,又说出这些意想不到的事情,她又抱着什么目的?

莫南被安义信犀利的目光看得心虚起来。想起王磊说过,千万不能让安义信有上当无能之感,慌忙垂下头,低声说:"经过这段时间的磨炼,我发现我在许多地方表现很不好。集体意识不强,虽然能够完成领导分派的任务,但是主动帮助同事的自觉性还没培养起来,然后就是考虑问题太片面,经常只看到眼前或自己手头那点工作,不能从大局着眼,有时候同事们加班,我一看帮不上忙就自顾自走了,这样很不好。"

这些都是王磊教的。王磊在听她说起明显引起安义信不满的几件事后敏锐地指出不加班这一点是安义信印象最深刻而莫南无法轻描淡写带过的,所以一定要态度诚恳承认错误,请求安义信谅解并使他相信她以后肯定改正。

安义信刚冒头的一点疑心又渐渐淡了下去。这个女孩子虽然生硬不服管,集体观念不强,可是从今天的表现来看,她已经意识到自己的错误了,看来是最近的竞聘活动促使她深刻反省了平日的所作所为。

安义信有些淡淡的得意,竞聘上岗虽然是老生常谈,但在学校这样的金饭碗所在地还是比较少见的,他首倡此道,博得校领导的肯定原本在意料之中,他料想职工也是欢迎的,可是居然能够触动一个一向不太积极的职工,不能不算是意外的收获,也是对他领导能力的莫大恭维。

他带着欢喜安慰了莫南几句,要她不要灰心,说她的努力领导一直看在眼里,并且夸奖她带新人很用心。至于集体意识薄弱,既然已经意识到了,以后要努力改正,有什么不顺利想不通的地方,尽可以来问他。

莫南带着感激的表情认真听着,并且慌里慌张、言语不是那么得体地表示感谢,说以后还要努力。她生涩的表现让安义信更加确信今天的谈话行为并非预谋已久,而是她在现实中确实遇到了无法解决的困惑,需要一个导师予以指点。

安义信想到自己被下属当作导师看待,心中一阵舒坦。

下班时他发现莫南拿着笤帚在扫楼道,跟着听见杨林燕说:"莫姐,你又去扫楼道了?嗨,你真是勤快,要我说应该分到各屋轮流扫,总让你干活也太不够意思了吧。"

安义信再次吃惊,原来楼里的卫生是莫南搞的?怪不得没有请清洁工楼里还挺干净的。从前他以为是各屋打扫门前那块,如今听来居然是莫南一个人打扫的?会不会有假？他踌躇片刻,应该不会吧,这话是杨林燕说的,旁观者清,她一个学生助理与这里的人没有利益冲突,犯不着往别人脸上贴金。

安义信走出系楼时仍在思索,许多事原来表面与事实差得还挺远。

莫南拄着扫帚捶腰,偷眼望着安义信的车越走越远,心里说不出的痛快。就是要让你看看这些没人管的脏活究竟是谁在做,让你知道你的爱将并不是高大全的四有新人。

她想,以往专拣别人看不见的时候干活,真是傻到家了,王磊说得对,哪怕只做了一丁点好事,也一定要让所有人都知道,现在已经不是老好人的时代,懂得争取才有市场。

2

夜里莫南躺在床上挨个盘点系里的人员。

安义信那里还需要下工夫,要厚着脸皮多跑几趟,不但要改变他过去的印象,还要让他赏识自己。对了,那张雪茄体验卡还得找个合适的机会送出去。

副主任刘安平嘛,他是个可无可无不可的人,很少直接说出内心的想法,一般来说,系主任怎么说他就跟风而动。所以只要安义信没问题,刘安平也没问题。

至于高秀云,十有八九会投自己,她是个老实人,既然开口鼓动自己报名,多半是支持自己的。杨林燕暂不在考虑范围,变数太大,很有可能安义信一句话她就没有投票机会了。

剩下的那些,袁明是个大滑头,上次问到那个份上都不肯露口风,多半是指望不上的。无所谓,原本就是一票换一票的事,她不遵守游戏规则,也就别想得到我手里这张票。

程昇河倒算得上是这些人里比较谈得来的一个,还有商量的余地。人事那个女生小叶一向跟杨林燕比较好,也可以争取。

那些岁数大的,姚媛可以撇开了,哪怕自己好得像一朵花,她的一票肯定也是于信的,其他几个倒可以努把力,毕竟老同志们都是老温手里带出来的,跟莫南相处时间长,感情还是有的。

莫南紧张地盘算着。

一共十五个人,三个系领导不参加投票,就是说一共有十二张票,半数就是六票,能拿到六票就赢定了。她暗暗咬牙,得好好想想这六票从哪儿来。

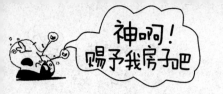

　　系领导和八个竞聘的放一边,剩下的四票里姚媛一票可以扔掉,那就是还有三票需要争取。再说八个竞聘的,袁明可以扔掉,于信这三个跟自己竞争的可以扔掉,也剩下三票需要争取。

　　那就是说,确定能拿到的有高秀云和自己两票,要争取的是六票。比较容易攻克有的程星河、人事小姑娘,其他都不好说。

　　莫南深吸一口气,天,还差好远,如果杨林燕也能投票就好了。

　　她焦躁地在床上翻来覆去,歪在一旁看书的李天辉拍拍她:"怎么了?车轱辘似的。"

　　"你觉得我这次竞聘有多大把握?"莫南一骨碌坐起来,"我刚才算过,大概能拿到四票,还不到一半,不对,不对,半数不是六票。"莫南双目炯炯,李天辉看得直想笑,"于信、张岩他们肯定会把票投给自己,所以外头一共有八张票是活动的,其中我只要能拿到四张就行了。现在已经有一张,还有两张可以争取,也就是说我的任务就是再拉到一张票!"

　　莫南为这个伟大的发现欢喜得一跃而起,光着脚在屋里走来走去:"这一票拉谁呢?老杨?老李?老杨比较好说话,可是张岩经常跟他一起打乒乓球,恐怕他俩交情深些。老李有些粘牙,人也磨叨,不过去年他侄女来上学,注册、分宿舍什么的都是我一手张罗,餐卡丢了也是我帮她补办,他欠我人情,也许有戏……"

　　李天辉怔怔地看着眼前手舞足蹈满场飞的人儿,终于忍不住打断了她:"南瓜,你能不能别再纠缠这件事了?"

　　莫南狂热的头脑中只听见铮的一声断响,她不满地停下来,大声问:"为什么?"

　　"不为什么,你都快变得让我认不出来了,这才几天的工夫嘛!"李天辉叹气,"之前不是说得好好的嘛,成与不成咱们尽到力就行,可是你这两天简直像走火入魔一样,睁眼闭眼都在盘算着上哪儿拉票,又是送礼,又是套近乎,又是什么跟领导谈心,南瓜,这一套你跟谁学的?"

　　莫南绷着嘴恼怒地瞪着他不吭声。

　　李天辉走近了搂她肩膀,被她带着怒意甩开,李天辉只好在床沿上坐下,慢慢地说:"我能理解你的心情,也知道你做了很多事,可是领导看不见,你受了点委屈……"

　　"什么叫受了点委屈?"莫南的"点"字说得极重,双眼直直瞪着李天辉,"那叫一点点委屈吗?我什么活没干?什么事没办好?凭什么功劳都是他们的,凭什么他们在背后捣鬼让安义信那个糊涂虫觉得我吃闲饭？凭什么！哼，我是想明白了，等着吧，等我把票凑够了，我看于信还穷折腾什么！"

"南瓜，我不反对你向领导辩白委屈，可是你现在，你觉得你现在的做法合适吗？送礼，拍马屁，处心积虑表现，南瓜，你不觉得这不是你吗？你不觉得累吗？"

"谁送礼了？"莫南气呼呼地说，"我一毛钱礼都没送过！"

"你不是说要送给你们主任雪茄会所的卡吗？"

"又不是我花钱买的，那是我朋友给的，算什么礼呀？"

"哪个朋友给的？"

莫南脱口说道："吴敏给的，怎么了？你又不抽烟，我拿去送人怎么了？这叫各得其所！反正安义信就算拿了卡也得掏钱买烟，那又不是现金券，凭什么说我是送礼走后门？"

李天辉无言以对，摇摇头说："是我话说重了。算了南瓜，我不想为这事跟你吵。你想怎么做就怎么做吧。不过我觉得你从前那样子挺好的，何苦为了往上爬闹得个面目全非，我觉得你现在这么穷折腾，未必比从前过得开心。"

莫南本来憋了一肚子火准备继续争吵，李天辉这一妥协，倒让她有些落寞。近些天她时常在他身边感觉到这种落寞，李天辉不再像从前那样处处与自己合拍，许多时候他更像是她前行路上的阻碍。莫南不无惆怅地想，两个人中有一个已经意识到平淡的生活不是心中所求，而另一个却认为那样才是最好的选择。

然而李天辉的话也不是全无道理。自从听了王磊一番教诲，这几天来满脑子想的都是怎么样拉拢人，拉拢谁放弃谁，怎么才能洗刷自己的委屈同时让于信站到对立面，头脑里永远闹哄哄的，每个神经都时刻准备着战斗，累，身累心累，连情绪都是累。

从前糊里糊涂受人排挤时，似乎没现在这么累，这么厌倦过。

她长长地出了一口气，忽然有点想哭。李天辉以为她还在生气，本着好男人的作风赶紧凑上来哄她，莫南不想拂他一片好意，勉强笑了，李天辉刮了刮她的鼻子刚要说话，忽然听见短信的声音，慌忙冲去桌子跟前拿手机，看短信的时候乐滋滋的，还回头说："南瓜，周末你跟吴敏去看的那套房子总价多少钱？是从中介那儿买还是开发商那儿？你问问吴敏手续怎么办，嘿嘿，要是顺利的话，咱们很快就能买了！"

莫南一阵心虚。近些天来谎言似乎是随手拈来，比如告诉李天辉上周是跟吴敏

一起看房，又比如告诉他这么低的折扣是赵阳出面办的，又比如刚才脱口说出雪茄卡是吴敏给的。她有些难过，似乎一旦开始第一个谎言，以后就再也刹不住车了。她不想骗李天辉，可是与王磊之间的事怎么能说清楚？虽然两个人没什么，可总有些暧昧含混的感觉。

何况，王磊那笑笑的模样近来经常在眼前出现，何况，这几日为了怎么拉票时不时与他通话。

不能让李天辉知道这一切。他纵然再好脾气，也不可能不疑心。

李天辉放下手机，眼睛笑成了一条缝："等着吧南瓜，很快就能买房了，说不定还超过你的预想呢，嘿嘿，南瓜，要是我为咱家赚了大钱，你是不是该叫我三声好哥哥并且附送香吻三个？"

莫南心不在焉听着，赚钱、赚钱，两个靠工资吃饭的人能赚什么大钱？还是想想能从谁那儿拉到一票比较靠谱。

3

下午一上班，莫南就留意到姚媛鬼鬼祟祟溜了出去，莫南竖起耳朵，没听到脚步的去向，这老太太近来行动越发敏捷了。于是她干脆趴在门上向外瞄了一眼，正好看见姚媛的身影消失在于信办公室的门缝间。

这倒让她放了心，无非是跟于信咬耳朵去了，要是她到别的办公室搞串联倒更麻烦。

杨林燕轻笑一声："你也开始听墙根了？"

"有什么办法呢，现在经管系全都是武林高手，我不防不行啊。"莫南懒懒踱回座位，重重地叹气，"我听说姚媛到处散布我和张岩的坏话呢，能不多长个心眼吗？"

"这事闹的，搞得跟台北市长竞选似的，还明枪暗箭，赤膊拉票呢。"杨林燕打趣说，"姚老太最近精力健旺得很，呵呵，也幸亏这事赶在这阵子办了，要是赶到下半年她退休时竞聘，她肯定气得鼓鼓的。"

莫南笑了笑，这个节骨眼上，大约也只有杨林燕这个局外人还能轻轻松松说笑话。

"对了，小叶说你给她带了英国原产的玫瑰膏？你怎么弄到的，网购？"杨林燕眨巴着大眼睛。

原来前几天莫南和小叶闲聊时，小叶对某个英国牌子的玫瑰膏十分眼馋，只苦于找不到可靠的代购。之后莫南与王磊合计怎么拉到小叶这票时无意中提起这事，没想到王磊很快就拿来了英国原产的玫瑰膏要她送给小叶。莫南很是踌躇了一阵子，这东西本身就贵，而且这么短的时间从英国运过来，国际邮费也是很可观的一笔开支——该怎么跟王磊计算价格？

可王磊笑着说："不是特意为你买的，恰好前几天有朋友从国外回来带的，赶得巧了。"

莫南知道这话未必信得，然而他肯为她解围，她也领这个情。她坚持按汇率付了钱给王磊，只是一想起居然有人带这种女人用的东西给他，就觉得王磊身边有无数妖冶的影子在徘徊，这联想让她觉得有些酸溜溜的。

小叶拿到东西后乐得眉开眼笑，谢谢不知道说了多少回。后来莫南发现她把玫瑰膏摆在办公桌最显眼的位置，好让每个进来的人都第一眼看见这个高档进口货，杨林燕就是其中之一。

如今杨林燕带着无限憧憬说："你是不是有同学在国外？那太爽了！我正想买海藻面膜呢，要是方便也给我带一瓶呗？"

莫南在心中呻吟，果然是这个结果，硬着头皮说："不是啦，我男朋友有个同事出差去英国，我正好托他带玫瑰膏，赶得巧了，就分给小叶一管。"

杨林燕失望地说："倒霉，又没赶上，要是他同事再去英国就给我带一个吧，去美国也行啊，可以带蒲公英粉和猪油膏。"

莫南胡乱答应着，心里不住叹气，女人啊女人，为啥一见到化妆品就迈不开步子呢？幸亏竞聘几年才有一回，不然岂不得天天给这帮小女子买化妆品！

姚媛回来时带着一股扬扬得意的神气，莫南猜她大约又听于信说了什么好消息，心里强烈的厌恶鼓动她断然地出了办公室，原本想去程星河那里聊聊，谁知张岩正在，于是转而走去保卫科。

屋里只有老杨在分信件，看到她进来，老杨随便点点头，手上的活计并没停。莫南坐了一会儿，见他始终没有说话的意思，自觉无趣，正要离开，桌上的电话忽然响了，老杨不等第一声铃响完立刻抓了起来，急匆匆问："怎么样，联系好了吗？"

电话那头传来嘈杂的声音，莫南听不清楚说什么，可是老杨的脸色渐渐暗了下去，似乎这消息并不如他所愿。半分钟后，老杨闷闷地撂下了话筒。

莫南正要走，转念一想，不是正要跟老杨套套近乎吗？看样子他有什么不顺心的事，倒正好是个开口的契机。于是小心翼翼问他："怎么了？有什么为难事吗？"

老杨瞪着她看了一会儿，似乎在琢磨要不要告诉她，半天才说："咳，我怎么忘了这茬，你不也管学生吗？你跟宿管科那些人熟不熟？"

莫南迟疑着摇头："不是很熟，就是见面说话的交情。"

老杨的脸色又黯淡下去，咂吧着嘴不吭声。

莫南被他这欲言又止的磨叽劲儿闹得心急火燎，忍不住又问："有什么事找他们吗？我看看能不能说上话。"

老杨这才说："咳，我一个远房亲戚来北京找了个工作，没地儿住，我琢磨着能不能从宿管科借间教工宿舍，前几天就托张岩打听，刚告诉我不行，说是教工宿舍连毕业生都不能租，更别说外校人员了，还把我数落了一通。真是的，我们家就那么大点地方，总不能让她睡客厅吧！真闹不明白一个二个都挤着往北京来干吗，这不是添乱吗？"

莫南恍然大悟。看来老杨是不愿意把亲戚带到家里去住，又不舍得掏钱租房，所以想借学校便宜的教工宿舍。问题是教工宿舍一向是宿管科的宝贝，别说校外人员了，就连那些毕业后没找到工作的应届生都别想租到，除非跟宿管科是铁关系或者本身极有面子。

可惜老杨和莫南都不具备这两个条件。看来是帮不上他了，莫南想，反正张岩也没帮到他，再说张岩跟他关系更好，就算老杨生气也怪不到自己头上。

她安慰了老杨几句，随口说有机会就帮他问问，将出门时心念一动，转过头来问他："你那亲戚是男的还是女的？"

"我表姐的姑娘，二十刚出头。"

莫南一拍巴掌："那就有门儿了！先让她住我宿舍吧，我的宿舍还没退呢，等她安定下来再慢慢找房子。"

老杨喜出望外，立刻抛下手里的信把椅子拖近些，摆出一副笑脸连声说："哎呀，那多不好意思，无缘无故麻烦你！宿管科的人不会来管吧？"

"应该不会吧，你放心，就算他们来查，一切有我呢！"莫南见他摆出多年不遇的热情模样，心中暗自发笑，刚刚还只顾分拣信件对她爱答不理呢，一听见有好处立刻就换了个人似的，人可真够势利的。

不过势利些也好，势利的人容易收买。莫南想起来此的目的，觉得差不多该开口说竞聘的事了，但又不好意思刚给人帮忙就要回报，于是想了想说："你让你亲戚先住着，我的宿舍能租到四月份，要是到时候她还没着落，我再想办法续租几个月，反正先把她安置下来。"

老杨欢天喜地："行,行,都拜托你了!"

莫南在屋里走了几步,说了几句不相干的闲话,老杨无不热情回应。时间拖得越久,莫南心里越犹豫,越觉得不好意思拉票,然而如果不开口,这一番努力岂不是白费了? 她背对着老杨,鼓足勇气问："老杨,你觉得这次竞聘我还有什么地方要改进的?"

老杨显然没料到她会问起这个,顿了一阵子才说："我觉得没有,你放心嘛,你活干得怎么样大伙儿都看在眼里,怕什么。"

"我总觉得比起张岩和于信,我还有好多地方做得不太好。"

老杨忙说："挺好,真挺好的,你别瞎想,多半跑不了你的。"

莫南到底没有经验,脸皮又不够厚,话到这里就不知怎么往下续,两个人都微觉尴尬,莫南咳嗽了一声,讪讪地转身走开,到门口时忽然想起来,忙又回头叮嘱老杨："我那个同屋有些难缠,你最好跟小姑娘说说凡事忍着点,不然闹起来她是要吃亏的。"

老杨连连点头,一直把她送出门外,莫南转过拐角时偶一回头,只见老杨仍定定站着,似乎陷入了沉思。

二十 挣扎与矛盾

1

安义信承诺过的交流会果然如期召开。由于上一次交流会刚开过不久，所以这次许多人并不是很积极，莫南私下问了问，做了交流材料的总共只有三个人。

安义信说完开场白后示意众人自由发言。莫南早已心如擂鼓地等了半天，此时趁一股勇气未消，慌忙头一个举手自荐。虽说众人都不踊跃，但当见莫南占了先，还是有好几个人好奇地盯着她看了一会儿，大约是没想到莫南也会如此积极。这些异样的眼神让莫南觉得一阵微微的焦躁，难道只许你们争先恐后，我一占先你们就像看戏一样盯着我？

她试探着望了望安义信，安义信喜怒不形，双目平视，淡淡地望着她，莫南忽然有些畏缩。这是第一次在安义信面前表现，万一搞砸了，之前那么多天的努力岂不是白费？

她抿口水润润嗓子，紧紧张张地开了口，起初心虚胆怯，只能照本宣科地念，就连念都不利索，三四分钟后渐渐忘记了所处的境地，况且PPT是自己一手做的，内容又是平日里十分熟悉的事，于是胆子也慢慢放开了，将结束时莫南意识到自己居然没看稿子在比画着，心里得意极了，偷眼瞧安义信，果然也是一副满意的模样。

这次发言的人不多，散了会后莫南一回想，差不多竟是自己的专场表演，有史以来从未有过如此情形，莫南低着头走着，忍不住抿着嘴偷笑。

下班时莫南手头的活恰好还剩个尾巴，正想抓紧时间弄完回家，忽然接到王磊的电话。这些天两个人的联络极为频繁，还曾趁李天辉出差的时候一起吃过两顿饭，眼见他掐着下班的点打来，莫南猜测是不是又要约她一起吃饭，这就麻烦了，不去吧，正有许多事要问他，况且又欠他人情，怎么好不去？可是去吧，又不知道怎么跟李天辉扯这个谎。

她犹犹豫豫接通了电话，果然是约她出去玩。思想斗争了半分钟，刚决定跟他走，忽然听见王磊说："你还在学校？"

"是呀，还有点活没做完，算了，明天再弄吧。"

"呵呵，别呀，正好加个班嘛！"王磊笑嘻嘻的，"跟你说过多少次，这阵子要早来晚走，有机会就多加班，要是你们系主任正好看见就更好了。"

莫南嗤一声笑了："好啊，那你可别怪我，要是加班就不能陪你吃饭了。"

"我可以等你嘛，有机会等美女下班也是几辈子修来的福分呢。"王磊笑得更开心了。

莫南挂了电话，索性斯理慢条做起事来，左右安义信办公室的灯还亮着，等他下班时看见她在加班，岂不是更多几分好感。

果然没多会儿安义信慢悠悠地踱进门来，手里提着包，看来正准备回家。莫南慌忙站起来，赔着笑脸说："安主任，今儿又加班呀？最近老见您加班，得多注意休息。"

安义信微微一笑："也算不上加班，把你们的交流材料捋了一遍，不知不觉就过了下班的点儿。"

莫南直觉应该再补几句恭维的话，或者大力赞扬一番主任如何辛劳之类的，苦于这方面的锻炼委实少得可怜，搜肠刮肚竟然找不到合适的词，只能干巴巴地说了句："主任想得太周到了，我也想改改那份材料，写得太匆忙，好多漏洞。"

安义信又是一笑："还行，比较翔实。怎么，今天加班呀？"

莫南忙说："是呀，这几天活比较多。"

安义信赞许地点点头："年轻人嘛，应该趁着精力好有干劲的时候多做些事情，尽量平衡好工作和生活，该加班就加加班，也是对自己的一种锻炼嘛！我看于信和你都比较自觉，工作需要时能主动加班，不像有的年轻人，非要等领导说了才肯留下来。好，这样挺好。"

安义信有的没的说了几句，迈步就要出门。莫南猛然意识到此时别无他人，正是送雪茄卡的好时机，慌忙叫了声"主任等一下，我有个东西"，急匆匆地从抽屉里抽出雪茄卡，双手递了过去。

安义信没接，迟疑着问："什么？"

"雪茄会所的体验卡，我朋友给的。挺高级的会所，在北京好像还挺有名气的，据说里面代售的大多数雪茄都是古巴原产的，市面上买不到。我认识的人只有您懂得抽雪茄，要不您去看看，投不投您的脾气？"这番话在莫南心里酝酿了不是一天两天，尽管如此，当着安义信的面说出来，仍免不了磕磕巴巴。

安义信果然接住了，翻了几页，"哦"了一声，说："我听说过这个会所，这卡应该挺贵的吧？我拿着不合适，你自己留着用吧。"跟着便把卡递了回来。

莫南慌得双手推辞，连连说："这也是朋友给的，我想了好久了，只有您拿着最合适，这世上有几个人懂得抽雪茄呢？除了您还有谁能用？安主任，您别推辞了，真不是什么贵重东西……"莫南慌不择言，差点就要说这东西不值几个钱，我不是贿赂你，幸好她并没有蠢到那个程度，及时刹住了车。

安义信推让几次，见她坚持要送，这才接过，呵呵笑道："骗了你的东西了，谢谢你啊小莫。"

安义信走后莫南仍觉得面红耳赤，王磊说得没错，虽然她做好了努力向上爬的打算，但是一遇到实质性的问题就会惊慌失措，不知如何是好，根本就是底气不足外加态度摇摆不定。更要命的是，每到这时候，她根本不知道什么话可以说什么话不能说，同时总会控制不住的脸红，活脱脱一副做贼心虚的模样。

莫南重重叹口气，该死的竞聘早些结束吧，这样的诌媚傻笑简直要人命。

正在出神，肩头忽然被人轻轻拍了一下，莫南吓得跳了起来，回头见是杨林燕，这才拍着胸口叫道："你这个鬼东西，怎么跟幽灵一样忽然冒出来，吓死我了！"

杨林燕似笑非笑："我回来上网查点资料，听见安义信在这儿就没进来……"

她欲言又止，脸上挂着不自然的笑容，莫南想到她肯定耳闻了刚才自己送卡给安义信的过程，脸上更难堪了。幸好杨林燕只是怪怪地笑着，并没有再说什么。

半小时后王磊准时到达。莫南飞快地收拾了东西，连跟杨林燕打招呼时都是含糊带过，几乎是夺门而出，出来后回头一看，办公室一点星火忽忽悠悠半明半暗，杨林燕的影子模模糊糊投在薄薄的窗纱上。她有些疑心杨林燕此时正隔着窗子注视着自己，忖度着老实的莫南姐姐为什么成了马屁精。这想法让她瞬间出了一身冷汗，心里百般煎熬。她停在原地一动不动，然后发现杨林燕的影子也一动不动，这情形又让她存一点侥幸心态：杨林燕或者并没有这么想？又或者她理解她的苦衷，根本没有谴责的意思？

这些天来一直存在的疲惫感再次萦绕莫南。一刹那间，她很想高喊一声，滚他的竞聘去吧，我不干了，我再也不这么低三下四、费尽心机讨好你们了！

王磊选择了一处大排档作为腐败地点，这个去处让疲惫的莫南有些意外的惊喜。他俩坐在露天地吃廉价而美味的烤肉串，桌上摆着三块钱一碟的带壳花生和盐水黄豆，莫南看着王磊停在台阶下的黑色莱克萨斯，忍不住扑哧一笑。

王磊耸耸肩:"怎么,没见过开车来吃肉串的吗?"

莫南笑得更欢了。

2

平民的晚宴后,王磊并不急于送她回家,而是信步到附近的公园散步。他一五一十问起近来竞聘的情形,兴致勃勃地夸赞莫南大有进步,莫南好容易轻快起来的心情被这个话题重又带回烦闷,面对他的夸赞,她只是闷闷地回答:"是吗?可我真不觉得有什么值得庆幸的,我觉得现在远没有从前过得开心。"

借着月光,王磊的表情少见的郑重,他慢慢说道:"这大概就是所谓的成长吧。你总会发现阴暗面,习惯阴暗面,进而加入阴暗面。唯有如此,才能在这个世界上如鱼得水。"

莫南心里一凉:"我真不想再这么过了!今天送卡的时候被同事看见了,你没见到她的脸色,唉,我心里很难受,她现在肯定特别看不起我。"

"可你也并不需要她看得起,只要你的顶头上司对你满意就好。"王磊的话语有几分洞悉真相的冷酷,"你只需要关心能决定你前途的人对你的看法,搞投机生意的,认得准谁对你有利才是首要大事。"

莫南突然产生一种从未有过的强烈反感。他居然敢把自己归入和他一样的投机商人,简直是莫大侮辱!一刹那间,她开始讨厌王磊,讨厌他灌输的这一切,甚至讨厌和他在一起的自己。她猛地停住脚步,生硬地说:"我想回去了,李天辉还在家等我呢。"

王磊顺从地折返回来,昏暗的光线里,莫南看见他脸上又浮现出随随便便的笑意,这让她更生出几分厌恶。

怎么会为了跟他出来吃饭而向李天辉撒谎说一直在加班呢?莫南充满厌恶地反思今日的行为,恨不得身生双翅,眨眼间便回到和李天辉的那间温暖小屋。

返程的前半段莫南一直沉默不语。王磊并不像李天辉一样放低态度迁就她的脾气,反而若无其事地打开音响,一边听歌一边自顾自开着车。莫南从没与这样的男人打过交道,只觉得压不住的火气噌噌向上攀升,终于忍不住开口抱怨:"自从按照你说的这套去做,每天口是心非地赔笑脸,小恩小惠拉拢人心,我觉得生活糟糕透了。"

"是吗?"王磊背对着她,轻描淡写答道,"如果你觉得你做不到,大可以停手,像

从前一样活着也没什么不好,反正你这么多年也是这么活的。"

莫南更火大了:"谁说我做不到?有那么难吗?别太瞧不起人了!我只是不想天天去溜须拍马,活得像条狗!"

"做不到和不想做,有什么区别吗?总之你设定的目标都没达到。"王磊仍然是不动声色的调子。

莫南气得咬牙,勉强保持镇定分辩道:"当然有区别!我要是不考虑内心的真实想法,只管厚着脸皮混,也不是做不到!可是我不想这么干!即使拿到这个职位又能怎么样呢?无非是继续恭维上司,有事没事留着加班,这种生活有什么意思?"

"等你脱离了小职员这个阶层,你会发现生活中有许多新的有意思的东西。"

"不可能!"莫南一口否决,"我想得清清楚楚,无非多拿几百块钱,挂一个虚名罢了!如果我竞聘不上,或者还能像从前那样爱怎么样就怎么样,可万一我爬到这个位置,恐怕只能一辈子像现在这样虚伪地活着了!我绝对不可能这么过一辈子,那还不如杀了我算了!"

王磊冷冷答道:"那你就一辈子做个最底层的小职员吧。"

若是李天辉开车,恐怕她早就拉开门跳下去了,可是王磊,介于熟与不熟,暧昧之间的男人,她本能地觉得还没到可以对他发脾气的境地。于是她咬牙坐着,气鼓鼓地像个充足了气的皮球。

一首挺长的钢琴曲听完之后,莫南听见王磊说:"其实你受不了这样挺正常的,呵呵,我能理解,本来你就是个挺轴的丫头,能做到目前这个地步挺出乎我的意料了。"

莫南的耳朵捕捉到"丫头"这个词,心内泛起一种含混的亲切感。她不再出言反驳,只是安静地听着音乐。

许久,听见王磊说:"不然周末一起去散散心吧?南方正是花开的时节,婺源怎么样?两天一夜,坐晚班飞机回来,休息一夜刚好上班。"

婺源是莫南烂熟于心的地名,她甚至非常熟悉那边的许多景点。去年这个时候她曾计划到婺源拍婚纱照,最后却因经济原因不得不改为门头沟,可是那些精修大片上如画的水景和幽静的花海一直在她心头萦绕。有一次她跟李天辉说,有钱的时候一定要到婺源补拍一套婚纱照,当时李天辉搂着她低声呢喃:"傻瓜,哥哥有钱了就带你去马尔代夫,岂止是婺源。"

往事幻灯片一般掠过心头,婚纱照拍完已经一年多了,可婚事和新房仍然遥遥无期。她没等到李天辉发财，却有另一个男人邀她去那个拍婚纱的圣地。

莫南没有回答。王磊回过头对她笑了笑，也不再说话。

车子停在离小区几十米的空地上。莫南偷眼看附近没有熟悉的人影，这才拉开车门，下车的一刹那，听见王磊问："你到底还要不要那个该死的职位？"

"不知道。"

"没剩几天了，不信你居然坚持不住。"王磊略带嘲弄的口吻让莫南一阵不满，终于还是忍住了没吭声。

李天辉留了饭菜给她，莫南说已经吃过盒饭了，李天辉便细问是什么菜色，莫南一边扯谎，一边瞧不起自己，同时更加厌恶王磊。

夜里李天辉把电视定格在财经频道，莫南要看电视剧，李天辉百般哄她交出遥控器："乖南瓜，哥哥关心国家大事呢，让哥哥看一会儿好不好？"

"屁国家大事，跟咱们什么关系啊？还不如看看楼市。"

李天辉诡秘一笑："别着急，下回就看楼市，听话，现在先别跟我抢嘛，让我看会儿股票，等哥发财了一定给你买个大液晶让你看个够！"

莫南只好交出遥控器。眼见李天辉神情专注地盯着电视，莫南不由犯起了嘀咕：这家伙几时关心起股市来了？莫不是他也开始炒股了？

这想法令她不寒而栗，从前听说过的入市后血本无归的故事自动在眼前回放。莫南一个虎跳，揪住李天辉的袖子尖声问："你是不是背着我买了股票？该死，你就不怕全砸进去呀！"

李天辉哈哈大笑："没有，真的没有，我能骗你吗？"

"那你为什么忽然开始看股票，还一直说发财什么的？"

"亲爱的，我也需要保留一点秘密嘛，你相信我，你老公我肯定会发财的，股票么，我是绝对不买的！"李天辉一脸扬扬得意。

莫南将信将疑，然而不管她怎么威逼利诱，李天辉始终咬紧牙关，只说没买股票，别的一丁点也不肯透露。莫南无奈之下，恐吓说要查他的银行卡，李天辉这才带着浮夸的恐慌表情说："老婆大人，我真的没买股票呀，相信我好吗？"同时冲她做媚眼。

莫南扑哧一声笑了："那你的钱呢？"

"买了个理财产品，你放心，保本的，利息又高。"李天辉轻描淡写说完，急匆匆跳去卫生间锁上门，借口内急，把莫南的问题全堵了回去。

等他终于从卫生间现身时，莫南已经没心情再追问财务走向了，正洗脸刷牙，忽然听见他大叫一声："哈，你从哪儿买的暴力熊？做工挺好嘛，猛一看还以为是正版呢！哈，居然还写着 Made in Japan，太逗了，淘宝出品吧？"

莫南一惊，这是上次见面时王磊送的小玩意儿，因为觉得好看，所以藏在包的夹层里，她慌忙冲过去一把抢过来，紧张地说："是呀，淘宝买的，你干吗乱翻我的包？"

"你还要查我的银行卡呢，我翻下包就不肯，太不公平了吧！"

莫南冲他翻白眼："总之以后不许你乱翻我的包！"顺手把小熊塞进口袋，只觉额头冷汗涔涔，见鬼，这情形倒真有几分像偷情了。

3

莫南抽出中午的时间安顿好老杨的远房亲戚，宿舍里还有些自己不用的锅碗瓢盆什么的，索性留给她用，朱晓云虽然脸黑得能落下暴雨来，总算没有公开说什么酸话，莫南便装作没看见，只管一五一十地交代那小姑娘宿舍楼的开关时间，并且语重心长地提醒她："女生宿舍男生是不能待太久的，你小朱姐姐的男朋友有时候会过来玩儿，没关系，你要休息的时候就说一声，小朱姐姐不会为难你的。"笑嘻嘻地转向朱晓云，"是吧小朱？"

朱晓云连笑都懒得给一个，只是鼻子里哼了一声。

倒是在旁边瞎张罗的老杨慌张地出了一头汗，提着水果一会儿让莫南吃，一会儿又要塞给朱晓云。

收拾好后老杨带小姑娘去食堂吃饭，出得门来莫南听见老杨吐出一声清晰悠长的闷气，大约是表示心里一块石头终于落了地。莫南不由得也笑了，有亲戚自远方来，不亦麻烦乎？只希望结婚后李天辉的亲戚别来得那么多那么勤。

上班后老杨专程到办公室道谢，莫南客气了几句，刚把人送走，张岩便推门进来了，笑笑地说："亏得有你，老杨起初托我来着，没办法，不认识上层人士，没本事替他办，还是你方便，都是女生，要是他家来个男的我就能解决了。"

莫南想他的耳报神也太快了吧，难道是老杨又去告诉他，他帮不了的忙莫南给解决了？岂有此理！正是敏感时期，张岩岂不是又多添一个疙瘩在心里了。

下班后莫南到小叶那里闲聊，才把这个谜给解开，原来竟是姚媛传的消息，因为小叶去张岩那里借双面胶，正撞上姚媛在那儿叽叽喳喳，一看见她来就闭了嘴，小叶出门时模糊听见宿舍的字眼,这才推测他们说的是莫南出借宿舍的事。

夜里莫南正在洗脸,思绪忽然跳到这件事上,蓦地一阵心惊。原来并不只自己费尽心机。这一招虽然暂时拉近了和老杨的关系,但又和张岩有了过节,若是今后一直这样步步荆棘,究竟该如何是好?

掐指一算,离竞聘演讲还有不到十天,这十天,还真是分分钟都难熬。

躺下后李天辉在她脸跟前嗅个不停,莫南起初以为是在逗她,后来发现他表情十分古怪,忍不住问:"怎么了?"

李天辉皱着眉头说:"你脸上抹的什么?好古怪的味道。"

莫南被他一提醒,也觉得脸上怪怪的,顺手一摸,居然一手细小的泡沫,莫南吓坏了,撒丫子跑去卫生间对着镜子左照右照,像狗狗一样反复闻个不停,这才意识到居然抹了一脸洗面奶在脸上,而且还是李天辉的洗面奶,该死!

她一边洗脸,一边发狠:"都是这该死的竞聘,去死,去死,去死吧!肯定是刚才只顾想着姚老太捣鬼的事,糊里糊涂把洗面奶当成晚霜抹了一脸,该死,还是你的强力控油,我这脸算毁了!"

李天辉笑得捂着肚子叫:"赔我洗面奶,你一定得赔我!"

莫南虽然涂了厚厚一层晚霜以补偿面部皮肤受到的损失,只是一想到还有十天要熬,而且结果还未必如愿,不觉又沮丧起来。李天辉笑够了,伏在她肩头问:"我家南瓜怎么又不高兴了?"

莫南叹气摇头:"烦躁。"

李天辉一副世事洞明的模样:"准又是为你们学校那点破事,你看你闹心不闹心,每天都唉声叹气的,搞得我都郁闷坏了。南瓜,你听我的,该怎样就怎样,别想太多了,咱从前不是过得挺好吗,何必为了一个芝麻大的官弄得浑身不自在?你看你今天要不是想着怎么跟张岩钩心斗角,能把洗面奶当擦脸油抹吗?"

照莫南的本心,对眼下的处境也是十分头疼的,可她偏偏听不得李天辉要他放弃。当下板着脸道:"你就会站着说话不腰疼!他们跟我要心眼,难道我还不能反击一回?我傻啊我!不跟你说了,从来都不支持我,就会给我泼冷水!"说完一拉被子盖住头不理李天辉。

李天辉轻轻摇她,低声说:"别生气嘛,我不是不支持你,我就是不舍得你每天闷闷不乐的。南瓜,我说句实话你别生气,你本来就是挺单纯的一个人,搞这些溜须拍马拉拢人心的事你也不行呀,何苦为了争这口闲气闹得咱俩每天都不高兴?"

莫南猛地一掀被子坐了起来:"你怎么知道我不行?难道我现在很不得人心吗?杨林燕和小叶她们不都说投我的票吗?只有你觉得我不行!再说我是为了争闲气吗?凭什么我老老实实工作,最后反而让他们听表扬,升官发财?他们要是当了我的顶头上司,干活的不就剩下我一个人了吗,这日子还能过吗?我就不明白了,你为什么就不能支持我一回?才认识几天的朋友还给我出主意呢,你就知道给我泼冷水!"

李天辉呆住了,静了一会儿才说:"南瓜对不起,我一直担心你情绪不好,所以才一直打岔。你放心,不管你做什么,我都支持你,只要你高高兴兴的就好。"

莫南听他这么一说,立刻心软,回应一个微笑,甜甜地说:"你放心,过两天就好了,我就是一时心急烦躁。我向你保证,等这事一完,我立刻跟从前一样,绝不惹你心烦。"

李天辉习惯性地拍着她的肩膀安慰,突然又问:"是哪个才认识几天的朋友给你出谋划策了?"

莫南惊出一身冷汗,一时疏忽,居然把王磊带了进来,慌乱中随口遮掩道:"小叶呀,她告诉我以后防着点姚媛背后捣乱。"

"嗨,小叶跟你能算才认识吗?"

"不一样嘛,虽然认识好几年,以前不是没怎么打过交道嘛。"莫南赶紧打开电视假装认真地看着,背心一阵阵发凉。

搞得真像偷情了,怎么办?究竟还要不要继续跟王磊联络?莫南耳朵里听着李天辉匀净的呼吸声,心乱如麻。上次和王磊见面后本想快刀斩乱麻断了往来,可是工作上一遇到棘手的事,忍不住又要向他讨主意——这真是无奈之举,李天辉对此一直抱着顺其自然的态度,别的人又都利益相关没法商量,也唯有王磊,既拿得出靠谱的主意,又置身事外且鼓动她奋力一搏。

莫南扪心自问,与王磊之间,暧昧是肯定有的,然而其他的呢?她确定自己对李天辉没有二心,然而想到王磊的优厚条件,也未尝没有感慨。如果李天辉能够如此成熟,有翻云覆雨的手段和不需要贴补的家庭,那该多好啊!

手机又响了,李天辉第一时间接通,非常小声地讲电话,莫南躺在他身边都听不清楚他在说什么。莫南不满中夹杂一丝疑心,难道他也有一个暧昧对象?

她使劲掐了一把李天辉,李天辉哎哟一声,急匆匆挂了电话,堆着笑脸说:"老婆大人别生气,我也是为了咱家的幸福大计。"

"老实交代,到底在捣什么鬼?"

"嘿嘿,告诉你吧,咱有钱了,周末咱就去把吴敏介绍的房子定下来!"

莫南大吃一惊,一骨碌爬起来抓住他细细拷问。李天辉在严刑拷打和威逼利诱之下岿然不动,只笑嘻嘻地喊着买房,至于钱从哪里来却只字不提,莫南无奈地想,总不会他也傍上一个女大款了吧?

李天辉嘿嘿一笑:"天机不可泄露,你就等着住新房吧!"

二十一 长翅膀的房子

1

莫南迫不及待地等着周末到来,没想到率先来的却是王磊的电话,他仿佛已经忘了上次碰面的不愉快,笑呵呵地问:"想好了吗? 要是决定了我就订周五的往返机票。"

莫南反应了半天才想起说的是去婺源的事,此刻她一心挂念着买房,兴冲冲地回答:"去不了啦,周末我跟李天辉去买房。"

"哦,是上次看的那套吧? 那我先给那边打个招呼,把合同给你们准备好。"王磊停顿了片刻,意味深长地说,"开始我说过不给你男朋友打折,呵呵,看来现在是由不得我做主了? 莫南,你准备怎么谢我? "

莫南一时语塞,吃不准他是玩笑还是当真,幸好他之后便顾左右而言他,顺利地给莫南一个台阶下。

周末在千呼万唤中终于来到了。由于王磊事先打过招呼,莫南和李天辉的看房过程很顺利,只是签合同时李天辉突然说,要到周三才能付首付,这次只能先交一部分定金。销售员没有表示异议,象征性地收了一万块,莫南恋恋不舍地抱着几乎到手的合同,惆怅万分地离开了售楼中心。

在小区院外,莫南再次恋恋不舍地对着那个窗户行了五六分钟注目礼,这才失望掺杂着幸福地挪开步子。再忍几天,很快,这里就是我的新家了!

李天辉一直忙着发短信,莫南娇嗔地问他跟谁联系呢,他笑而不答。想到这几天围绕着经济大事他一连串异常的表现,莫南忍不住旧话重提,再次追问:"周三你能拿到什么钱? 咱俩的定期取出来差不多也够首付呀,干吗不今天弄好算了? 害我白欢喜一场,我存折都带着呢! "

"不急这一两天嘛,再说就算今天交了首付也办不了呀,"李天辉双手一摊,"又要申请贷款,还有什么资格审查、备案、交保险,最快也得几个星期呢,等周三吧,周三有一笔钱到期,我一次全取出来,能交快百分之三十的首付呢。"

莫南狐疑地问道:"百分之三十? 你从哪儿弄那么多钱? 年前你不是说手里只有十万吗? "

"嘿嘿,百分之三十还得加上你的钱嘛,你别问了,反正我有办法,周三一定签合同!"李天辉眉开眼笑,"你给吴敏打个电话,请她出来吃个饭吧,人家帮了这么大的忙,总得表示一下不是? "

莫南顿时慌了手脚,这件事还没跟吴敏打过招呼,这一问岂不是要露馅? 慌忙阻拦道:"不用,我单独谢她就行了,反正她也喊我一起去逛街呢。"

"你俩逛街是一码事,这么大个人情,我总得出面表示一下吧? 要不别人还以为我多没礼貌似的,再说了,吴敏那家伙也挺心细的,万一计较起来,岂不是破坏你们的革命友谊? "李天辉笑呵呵地搂住她,"打个电话问问呗,要是今天有空最合适了。"

"不行,她没空,她家赵阳一到周末就有活动,她肯定没空。"莫南心如鹿撞。

李天辉有些疑惑地看着她:"不就打个电话吗,又不是什么大事,你问一声嘛!要不我打? "

"不行!"莫南一把抓住他的手机。

李天辉顿时警惕起来:"南瓜,你怎么回事? "

莫南大脑中一片空白,支支吾吾说:"没什么,她肯定没空,算了,明天再问吧。"

李天辉拿着手机,迟疑不决,时不时抬眼看莫南。

莫南勉强稳住神,大着胆回看他。

终于,李天辉以极其不确定的口气问道:"南瓜,你是不是有什么事瞒着我? "

莫南脑袋嗡一声大了,来不及思索,掏出手机气愤愤地说:"行,你说打就打,有什么大不了的!"说着当真开始拨号。

李天辉迟疑了一下,声音微弱地说:"要不就改天再说? "

莫南本能地想挂电话,然而一看到李天辉充满疑问的眼神,只能一横心说:"你说今天就今天! 免得你疑神疑鬼的!"

电话终于接通了,吴敏慵懒的声音问道:"哟,周末找我,这可是头一回啊,没跟小李同学在一起? "

莫南苦笑一声:"我们在售楼处,基本定下来了,周三来签合同,李天辉想请你吃个饭,表示感谢。"

吴敏果然没反应过来:"表示什么感谢? 恭喜哦,终于买房了,想要什么礼物? "

"感谢你帮忙啊。"莫南故意用比较古怪的声调说出"帮忙"二字，同时在心底祈祷吴敏能及时领悟，可惜吴敏并没能与她心有灵犀，依旧用甜丝丝的声音笑着说："我帮什么忙了吗？我怎么不记得？小李同学好客气呀，无功受禄，我都不好意思了。"

"跟我就别客气了，你今天有空吗？"莫南只恨人不在眼前，不能对她使眼色，只好在心里默念，千万不要有空呀，阿门！

上帝这次站在了莫南一边，吴敏很快回答："今天不行，我待会儿要跟赵阳出去。"

莫南快活得快要飞起来了，得意地瞟一眼李天辉，说："我早说了她跟赵阳有约，你非逼着我打，哼，要不你亲自邀请？或者吴大美女会给你个面子？"说着把手机递上去。

李天辉讪讪地没敢接，恭维她说："老婆大人神机妙算。"

吴敏抬高了声音在电话里笑："小李同学太给面子了，改天一定被你们请，顺便奉上乔迁礼物！"

那天剩余的时间，李天辉一直有心讨好莫南，时不时小心翼翼偷看她的神色，生怕她还在记恨。其实莫南哪里有心生气，她满脑子悔恨和矛盾，一时想彻底与王磊断绝来往，一时又觉得应该问心无愧。最后她躲进卫生间给吴敏发了个短信，直说房子是王磊介绍的，李天辉不知道，吴敏心领神会，回了一句："所以推在我头上？呵呵，何必？"

莫南被她这两个字噎得无话可说。半小时后心里实在不舒服，偷偷溜出门，躲在马路边给吴敏打电话，劈头盖脸说："你想什么呢！王磊只不过是帮忙介绍一个房子，你想到哪里去了！"

吴敏淡淡地说："自己心虚，反而要对我吼，你放心，明天见了小李子我不说破就是。"

吴敏优雅中略带鄙夷的面容浮现在莫南眼前，莫南无端一阵愠怒，沉声道："随你怎么瞎猜好了！"黑着脸挂了电话。

回去时李天辉正等在门口，莫南慌乱中随口说道："我去买菜了。"说完意识到两手空空，忙又补充道，"卖光了，想买点西红柿，居然没有。"

李天辉直直瞪着她，莫南被她瞪得心里发毛，勉强问道："你瞪着我干吗？怎么了，我脸上粘脏东西了？"

"你没带包。"李天辉不动声色地说。

一股凉气直冲脑门，莫南惊恐万分地想到，坏了，谎话当场被拆穿！她差点就要恳求他的原谅，然而就在此时，她的手指触碰到口袋里躺着的几个冰凉硬币。

莫南猛地抽出手，当啷一声，一个一元硬币被甩出来，滚到了李天辉脚下，与此同时，莫南高声说道："我口袋里有零钱，不用带包！"

李天辉嗯了一声，莫南也没敢再纠缠下去，在怪异的气氛中，两个人各自想着心事，度过了无聊的一天。

2

莫南虽然心怀鬼胎，然而想到房子即将落实，兴奋仍然超越了忐忑。她想，房子买好，竞聘的事尘埃落定以后，一定要慢慢和王磊拉开距离，看样子他不是个纠缠不休的人，只要她不再赴他的邀约，相信他也不会继续找她。

即使日后李天辉知道了，也无非是一段毫无特色的普通来往。

莫南把不多的时间挤出一部分备课装修。各大装修论坛她都注册了账号，实木门、复合门、三合板门、瓷砖、马赛克、墙纸、装修队、设计公司、DIY，铺天盖地的信息汹涌而来，令她眼花缭乱无从选择，展望即将卖给装修的未来，她在叹息省钱真辛苦的同时沉浸在亲手打造新家的无限甜蜜中。

当然，大部分时间还是分给了越来越近的竞聘演讲。每天串门拉近感情的功课是必须做的，年轻女孩子之间说悄悄话，为人古板的高秀云面前乖乖做事，安义信在的时候加加班，谈谈雪茄和百家讲坛——莫南自王磊处学了不少关于雪茄的知识，成为系里唯一一个能与安义信就雪茄的品质、产地和历史谈上十分钟的员工，这一点极大程度上改观了安义信对她的印象，现在说起学生办的人，时常是"小莫和小于"怎么怎么的。

下班后莫南经常会觉得心里空落落的，疲惫、厌倦、愤懑、自怜，时常会埋在复杂的情绪里无法脱身。更多的是厌倦，她咬着牙想，再坚持几天吧，马上就要投票了，等结果一出来，我还做从前的莫南，我要按时上下班，我不要每天都在不同的办公室间穿梭，我不要再绞尽脑汁思考怎么做能够得到别人的赞许和支持。

星期二夜里十点的时候，李天辉还没有回家。莫南打了无数个电话，始终没人接听。莫南又急又怕，难道在路上出事了？取钱时被抢了？不可能呀，说了可以刷卡，他总不至于傻到提十几万现金去买房吧？

莫南坐立不安，想出门找他，又怕出去时他恰好回来，可在屋里坐等，又生怕他

李天辉是出了车祸或者被抢,举目无亲,连医院也去不了。李天辉的同事她只见过两三个,而且都没留电话,公司的电话一直没人接,想来已经下班了。莫南急得快哭了,最后打114查了李天辉公司写字楼的物业电话,千恩万谢央求物业到李天辉的公司看看有没有人,十一点的时候,找到公司里一个值夜班的人,告诉莫南李天辉下午三点多就请假走了。

现在莫南几乎确信李天辉出事了。她疯狂地翻找抽屉,发现李天辉拿走了两张银行卡,这两家银行他回家的路上都有,莫南随手捞了一件外套立刻冲出门外,跑过一楼漆黑的楼梯间,黑暗中有个微弱的声音叫了声"莫南"。

莫南声音仓促地尖叫了一声,一楼住户的门前响起了细微的脚步声,想必是好事的住户凑在猫眼上仔细观看。黑暗中走出一个黑影,无声地站在她面前,莫南魂飞魄散。

幸好黑影只是在她面前静止,不说话也不动作。莫南惊魂落定后,借着微弱的路灯光,发现面前的正是失踪多时的李天辉。

焦虑顿时化为怒火,莫南粗声粗气吼了句:"这个时候你不回家躲在这儿干吗,想吓死我呀!"

李天辉低着头一言不发。

莫南火气更大了:"你看看这都几点了,啊?我快急死了你知不知道?我还以为你出了什么事,我打手机你为什么不接?你倒是说话呀!"

李天辉仍旧一言不发。

莫南怒极,顺手推了他一把,不料李天辉整个人竟轻飘飘地倒向楼梯,咚一声一头撞在了水泥台阶上。

莫南又是一声尖叫,下死力气把他拽起来,连声说:"对不起,我不是故意的,撞着哪儿了没有?"李天辉还是不说话,莫南在昏暗的灯下发现他一脸失魂落魄,一身怒气瞬间变成冰冷,难道真出事了?她像偶像剧的主角一般夸张地摇着他的肩膀,大声问:"怎么了,是不是出什么事了?"

许久,才听见李天辉低声说:"回去再说吧。"

房间里静得能听见空气流动的声音。莫南心急如焚,但是看到李天辉面如死灰,只好压住满肚子疑惑和怒气,忍着不去追问。

李天辉却仿佛陷入了自己的世界,只是低着头端详双手,眼珠子一动不动,完全无视莫南的情绪。

在无限寂静中他俩迎来了周三的凌晨。莫南绷着脸看李天辉,他双眼通红,神情呆滞,仍然没有开口的意思。

莫南只好打破沉默,轻声说:"你准备上午去还是下午去?说定了我好请假。"

李天辉嘴唇张了两下,最后脑袋深深埋进膝盖之中,声音喑哑地说:"不用请假了,买不成了。"

莫南一时有些不相信自己的耳朵。一分钟后她才回过神来,安慰自己似的问了一句:"是不是你今天已经交过钱了?你同事说你下午请假,是不是去交首付?"

"不是……那房,买不成了……"李天辉深深地埋着头一动不动,莫南有一刹那几乎疑心他是不是睡着了在说梦话。

她不敢再问,生怕听见什么确切的消息告诉她几天来的欢喜憧憬都是一场空欢喜。沉默保持了十几分钟,但也可能只有几分钟,因为莫南已经震惊到无法分清时间长短的程度了。

李天辉独自沉浸在痛苦中,直到天花板上传来一记响亮的撞击声,或许是楼上那个习惯晚归的住户终于回来了。这响声惊醒了李天辉,他猛一下站起来,在屋子里走了几步,然后回头看着莫南,带着难以掩饰的自责,声音沙哑地说道:"我对不起你,我现在手里只剩下四万块钱,房子买不成了。"

世上一切的声音瞬间都消失了。莫南有好一阵子没反应过来是怎么回事。等她那被疲惫和惊讶闹得十分麻痹的脑子终于搞清楚这句话的含义时,她已经没力气爆发了,只是极小声地问了句:"什么意思?"声音听上去甚至还十分平静。

李天辉鼓足勇气说:"我的那部分钱,之前投给了一个私募基金,上次给派了一万块钱的红利,都说周三还会分一大笔红利,可是,现在赔了,全赔了……"

莫南这才觉得心口疼得厉害,颤声问道:"全赔了?什么叫全赔了?难道一分钱都没剩下?"

李天辉不敢看她:"不是,还剩下四万……"

"四万,四万……"莫南茫然地念着这个陌生的数字,四万块够做什么?两平米地?一组红木沙发?一套科宝橱柜?四万块,当初李天辉卡里至少有十万多吧,怎么会一夜之间变成四万?怎么可能?世上有缩水这么快的钱吗?

她残存的理性思维提醒她,基金不是股票,应该不会赔这么快,她抱着微弱的希望问了句:"你买的是基金?基金怎么会几天之内赔了一大半?"

"基金经理卷包跑路了……"李天辉艰难地吐出这几个字,跟着两腿一软倚在

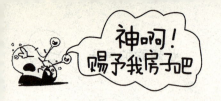

衣柜上，仿佛已经支撑不住身体的重量。

3

那天夜里他们整夜未曾合眼。天亮时莫南胡乱洗了把脸去了学校，待不到一个小时眼前一黑，咚一声撞在了办公桌上，杨林燕吓坏了，慌里慌张把她搀去校医院，一量血压，低压只有六十，医生听说是一夜没睡外加没吃早饭，便开了两剂万能的葡萄糖给她挂上，莫南惨白着一张脸，孤独地坐在输液室打完了吊针。

中午杨林燕给她送饭，并且好意劝她回家休息，可莫南一想到昨晚的噩耗，连带着对那间小屋也产生了极大的不满，况且早上走的时候李天辉还躺在床上，说是精神不好要请假休息一天，此时回去难免与他无语相对，她暂时还没做好这个心理准备。

系里虽然有各种各样的烦心事，到底比回去以后只能反复琢磨这桩悲剧强一些。莫南强撑着摇摇欲坠的身体，幽魂一般地飘浮在办公室里，那天下午除了系主任以外的所有人都挨个前来问候，并就现在的年轻人生活压力大身体坏得早发表了一系列感慨，莫南虽然对于不断复述病情很是厌倦，但是对众人流露出的关切又极其受用。她不无自怜地想，终究还是好心人多啊，就算因为竞聘产生些龃龉，说到底还是共事一场，人情还是暖的。

这次事件无意中也替莫南博得了安义信更多的好感。他虽然没去看望莫南，但是经管系这么大点的地方，几乎是没有秘密的，他很快就知道莫南打着吊针还坚持上班的事情，这令他十分赞赏。莫南这个年轻女同志还是很积极向上的，虽然有段时间她表现得不太好，但是她认识到不足以后，能够很快赶上来，这点是十分难能可贵，也令人印象深刻的。一贯滴水不漏的人，比如说于信，虽然令人赏心悦目，但同时也失去了教化的乐趣，但是把一个落后分子感化成先进就不一样了，其中的成就感绝对令人振奋。

安义信吸了一口雪茄，惬意地吐出俩圆圆的烟圈，别说，这正宗的进口货抽着就是不一样，会所的年费虽然高了点，但是那个圈子品位就是高，多花点钱也值。

下班时候莫南仍然拖着不想走，直到七点多才懒洋洋地回了家。屋里一片漆黑，李天辉不在，桌上留了一个纸条："南瓜，今天我加班，不用等我。"

莫南疲惫地倒在床上，回想起昨天上午心潮澎湃一心买房的兴奋劲儿，只觉得恍若隔世。

周五的时候，莫南基本已经释然了。虽然肉疼，虽然郁闷，但失去的钱此时此刻找不回来，着急上火也没用，何况李天辉说公安部门已经立案查处，莫南只能自我安慰只要抓到骗子，卷走的钱还是能拿回来的，大不了晚几天再买房。再说李天辉为了弥补损失，天天申请加班，每天十点多才拖着疲惫的身体摇晃回来，莫南看到他如此辛苦，气闷早被心疼替代。

周六一早李天辉又去加班，莫南正蒙着头补觉，忽然听见手机响，铃声又不是她的。摸索了半天，原来李天辉这糊涂虫把手机忘在家里了。

号码显示是李天辉的姐姐打来的，莫南只有春节时跟李家大姐见过两次面，本想不接，又怕是李家出了什么变故，犹豫了一下，还是接通了。

李大姐很疑惑地问："你是莫南？小天呢？"

"他上班去了，姐姐有什么事吗？最近家里还好吧？"

李大姐的声音突然就哽咽了："还好，还好，多亏了小天你们啊，莫南啊，我一定要好好谢谢你们，要不是小天，这次真不知道怎么挺过来！"

莫南丈二和尚摸不着头脑，李大姐有什么事要感谢他们？没听李天辉说起过呀，而且她的口气似乎还是件大事。

"要不是小天给垫的钱，你姐夫没准儿就救不回来了！"李家大姐呜呜咽咽哭了一会儿，接着又说，"莫南呀，弟媳妇，姐感谢你通情达理，这挺大一笔钱的，我们还不知道什么时候才能还上，不过你放心，我能缓过来的时候一定先给你们还钱。"

莫南越听越糊涂，忍不住问她："姐夫怎么了？李天辉垫什么钱了？"

李家大姐哭哭啼啼说道："都是那个作孽的梁经理！骗人的血汗钱去花天酒地！你姐夫他一听见这事血压就上来了，要不是抢救得及时，差一点就中风瘫了！我一直在想，这事闹成这样，我们两口子怎么对得起小天！没想到小天对我们真是仁至义尽，弟媳妇呀，都是我们糊涂，拖累了你们……"

莫南更糊涂了。有心再细问，偏偏李家大姐情绪上来了，呜呜咽咽哭个不住，一句囫囵话也说不清楚。莫南只能从刚才的对话中猜测到李家姐夫险些中风，李天辉垫了钱给他治病，可是梁经理又是怎么一回事？又是什么对不起小天，难道是说李天辉垫的钱太多了？

正在疑惑的时候，李天辉风尘仆仆推门进来，开口就问："南瓜，见着我手机了没？"抬眼看见正拿在莫南手里，不由一愣，"你打电话？"

李家大姐还在哭，莫南捂住听筒，低声说："你姐的电话，你什么时候给他们钱

了？怎么没跟我说一声？"

李天辉刷一下白了脸，冲过来一把拿走手机，飞快地说了声："姐，我还有事，待会儿给你打过去。""咔"一下合上机盖，转身就要离开。

莫南拽住他："哎，问你事呢，你什么时候给你姐夫垫的钱？"

"好几天以前的事了。哎呀南瓜，我着急上班呢。"

莫南越发疑惑了："几天以前？那时候你的钱不是投在基金里吗？"心头掠过一个不祥的阴影，她忽然就冒出一句，"梁经理是谁？"

李天辉额头上瞬间冒出豆大的汗珠。

莫南紧追着又问了一句："梁经理是谁？你姐为什么说对不起你？"

李天辉脸更白了。

"你说话呀！"莫南焦急地叫了一声。

李天辉终于开了口："前几天，就是星期二，我姐夫急病住院，我给垫了点钱。"

莫南眼珠子瞪得溜圆："星期二？你不是基金被骗了吗，你哪儿来的钱？"

李天辉吞吞吐吐："我是被骗了，不过，不过……不过我被骗的钱不多，只亏了三万，其他的其实我周一就取出来了……"

莫南两耳嗡嗡直响，李天辉骗了她，李天辉居然骗了她，而且是这么大笔的钱，这么重要的，买房子的钱！一口气憋在嗓子眼里，一时间她一句话也说不出来，只是直勾勾地瞪着李天辉。

李天辉偷偷摸摸抬眼看她，不多会儿又垂下眼皮，等了片刻再又抬眼。终于，李天辉鼓起勇气说："南瓜，对不起，我不是成心的，你原谅我。"

"原谅你？"莫南气得冷笑，"我有什么好原谅的，不都是你的钱吗，你爱怎么花我管得着吗！"

"南瓜，我真不是成心骗你，我是怕你生气……"

"怕我生气？这么说我还得感谢你的好心喽？"莫南觉得手心发冷，胸腔里一阵一阵冒冷气，"李天辉，我告诉你，你的钱你爱怎么花怎么花，关我屁事！你犯得着骗我吗？我莫南有手有脚自己能挣钱，我莫南不要你养！你的钱你爱给你姐你妹是你的事，可你居然为了这事骗我说钱被骗了，你也太猥琐了！"

李天辉也急了，慌忙上来拉她的手，被她一把甩开，于是尴尬地站在一旁，手足无措地解释："你听我说嘛南瓜，你别生气，你千万别生气呀！我姐说的那个梁经理是我姐夫一个朋友的朋友，就是我投的那家私募基金的经理，那个姓梁的把他的基金说得天花乱坠，我姐夫自己投了五六万，又惦记着咱们买房没钱，这才拉上我，他也是好心好意。我投了一个多月，就发了一万的红利，我昏了头，跟着就把手里的钱全押进去了，指望着赚钱买房。咱们不是说好周三交首付吗，所以我提前三天就赎回了八万块的本金，加上分的红利，一共有九万多，还剩了两万存在那儿，我准备装修时再取，谁知道星期二那个梁经理就跑了。我姐夫一听见消息突发脑溢血，他们两口子日子本来就紧紧巴巴的，一共就攒了五六万还全让梁经理卷走了，住院押金都交不起，我就垫了点钱给他们……"

"那你为什么跟我说只剩下四万？"

李天辉欲言又止。

莫南慢慢平静下来，既然是救命的钱，李天辉给也是应该，就算耽误了买房也无话可说，她只生气这么大的事李天辉居然瞒着她，害得她一连几天心思恍惚，又是心疼被骗的钱，又是郁闷不翼而飞的房子，还要替李天辉担忧，生怕他为此太过自责，憋出病来。

李天辉呆了一会儿，这才慢慢说道："南瓜，其实我一共投了将近十一万的样子，分红加上取出来的本金和红利，一共有九万多，咱们被骗的，其实只有不到三万块钱。可是，我姐我姐夫他们，五六万全押在里头，一分也没取出来。我姐夫这一病，几天时间就花了两万多，以后还不知道要花多少，我姐没固定工作，根本没什么收入，我侄子又在上学，正是花钱的时候。南瓜，我实在不能丢下他们不管，咱们着急，也无非是为房子，不是什么要命的事，可是他们，少了这钱就活不下去了，所以我，我把那九万块钱分了五万给我姐……"

"你说什么？"莫南几乎不敢相信自己的耳朵。攒了四五年的钱，拿来买房子结婚的钱，差不多是自己一年工资的钱，他就这么分给了姐姐了？他们处境艰难不假，可谁不艰难？谁不是被骗了血汗钱？又有谁不是拼死拼活为了生存挣扎着？

她木然望着李天辉，心中越来越悲凉。说到底自己只是女朋友，顶多是未过门的媳妇儿，怎么比得上他的家人？为了那个家，他可以不要年终奖，为了那个家，他可以因为女朋友说实话跟她翻脸，为了那个家，他可以欺骗女朋友，把买房的钱偷着拿去接济姐姐。

我算什么？我到底算什么？两行泪静静滑下，她慢慢收拾了东西，提上包向门外走去。

李天辉慌忙来拉，莫南冷冷地说："别碰我。"

李天辉望着她冷到冰点的脸，心虚地缩回了手。

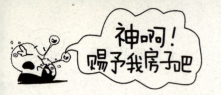

二十二 桃源虽好难避秦

1

到婺源已经是下午 6 点半了。

莫南拖着疲惫的身体冲了个潦草的热水澡，正在擦头发，然后听见有人敲门。不用猜也知道是王磊。莫南犹豫了一下，还是打开了门。

王磊一身崭新的旅行装，笑嘻嘻地踏了进来："走吧，一起去看油菜花。"

"太晚了吧？"莫南想也没想便说道。

"这样才别有一番风味嘛！"王磊笑得越发开心了，"你总不会告诉我你是专门来拍照的吧？只要不为了拍照，早去晚去应该没多少分别吧，夜里还越发能闻见花香。"

莫南无奈，只得胡乱吹了吹头发，又从包里翻外套，婺源之行原本不在计划之内，所以包里带的衣服十分有限，莫南翻了半天也只找到了一件夹克。王磊坐在沙发上饶有兴趣地看她慌张，末了嘿嘿一笑："天哪莫南，你这个女生也太不婉约了，包里居然连一件有女人味儿的衣服都没有。"

莫南心情不好，懒得跟他理论，只管披衣服出门，王磊耸耸肩，笑着跟了出来。

由于时间仓促，又逢节假日，饶是王磊舍得花钱，也只租到了一辆破烂吉普，一路车轮轰鸣，尾巴冒烟，万分拉风地开着去了乡村，驶进宁静安详的村头时，连王磊都有些不好意思了，低声说："早知道这么安静，我就走路来了。"

空气湿润、清新，还流荡着一种说不出的香气。两个人早早把车扔在空地上，徒步在乡间穿行，小桥流水，古道绿萝，灰瓦屋顶上飘出袅袅炊烟，伞一样的大樟树环抱着粉白的院墙，莫南几乎忘记了北京的烦躁生活。

有一刹那，她模糊地想到，为什么不在这样美丽安详的地方生活呢？尘世间那么多烦恼，只有这里才是乐土。

王磊默默地站在她身后。虽然抽出了一支雪茄，但是并没有点燃。

暮色温温柔柔地在时断时续的乡音间弥漫。莫南极力眺望远处的小山，刚来时还能看见昏黄的油菜花影子,此时已经成了一片起伏的黑色,唯有不时被风吹送而至的香气提醒她那就是来此的目的。

"去吗?"王磊猜到了她的心思。

莫南点点头,两人肩并着肩,慢慢地向山的方向走去。

似乎很近,然而总也触不到矮矮的山脚。莫南觉得额头开始冒汗,王磊笑了:"你好像很缺乏锻炼,才这么一会儿就大喘气儿。"

莫南叹道:"岂止是缺乏,根本就是没练过。说起来都不好意思,像这种长途旅游我好像是生平第三次吧。"

"哦?那第一次第二次是去哪儿?"

"第一次是小时候,父母带着去承德……"

王磊带着笑打断她:"承德也算长途?顶多比京郊远一丁点吧!"

莫南也笑了:"对我来说算是长途吧,京城长大的孩子,又懒,又不爱动,工作以后也没什么出差机会,所以出门的次数少得可怜。"

"这话说的,我看跟在哪儿长大没关系吧,根本就是你懒,像我吧,中学的时候就把国内跑了大半了。"

"我不行,幼儿园一直到大学都在北京耗着,再没有比我更不爱挪窝的人了。"莫南笑着说。

"那你怎么会答应跟我来婺源?"

莫南顿时语塞。

好在王磊也不再问,两人默默走了一阵子,看看到了山脚下,"还上去吗?"王磊问道。

"不知道。恰好接到你的电话,恰好我心情不好,恰好我很有改变生活的欲望——大概就是这样吧。"莫南答非所问。

黑暗中王磊的眼睛熠熠闪光:"是么?不过我觉得认识我以后你才开始有改变生活的欲望。"

他的气息中带着令人不安的危险元素,莫南不由自主退后了一步,转头看不远处零星的灯火。

王磊又笑了:"走吧,上去逛逛,累了就回去。"他从小背包里取出饮料和食物,扔给莫南一半,率先沿着小道向上爬。

莫南觉得今天的自己真是离经叛道到了极点。先是和李天辉吵架离家出走,然

后接到王磊的电话,他只不过问了句还想不想去婺源,她就答了句那就走吧,而他居然答应了,如今,她在夜里爬山看黑成一片的油菜花,身边还伴着一个算不上熟悉的男人。

刚刚被抛在身后的生活源源不断涌了回来。莫南叹口气,醒悟到旅行毕竟只是暂时的调节,人终归要回到原有的生活圈子,面对现实。

王磊很知趣地坐了下来,靠着梯田的田埂,惬意地呼吸着山间的空气。"你看,这里也不是世外桃源,白天那些游客丢下了多少垃圾。"他指着脚边的饮料盒,"这又证明了一个道理,做什么都得付出代价,表面上看着只是把好风景拿来换钱,事实上改变的不仅是经济,更多的是固有的生活方式和传统,而且当你意识到这种改变的时候,往往会发现结果并不是你想要的。"他在昏暗中面目模糊地笑,"这样说似乎有些悲观,人们常说树挪死人挪活,更多时候改变带来的应该是新生,你说对吗?"

莫南有些疑心他是在说她,而改变两个字有什么具体含义?她不想往深里想,只装作恍惚,仿佛没听见。

王磊一声轻笑,掏出雪茄,然后犹豫了一下又放回去,自嘲地笑了一声:"破坏油菜花的天然香气似乎有些不合适。"

两人就这样坐在夜色的黑影子里,静静的一言不发待了十来分钟,不知道是夜的缘故还是穿得确不多,莫南觉得身上心上一阵阵冷飕飕的,终于忍不住起身说:"走吧。"

"向上?向下?"王磊不动声色地问。

莫南抬头,山坡的影子在昏黑色调中越发不真实,不像是石砌泥堆的产物,倒像是电脑上拿喷桶晕染出来的一大片影子。细风过处点染着菜花的浓郁香气,无端使她想起了人间烟火这个词。

向下望,那里倒真的是人间烟火。山屋、小桥、流水、人家,亲切中带着生活的逼仄、烦扰,恰似在脑海中闪烁不停的、无法置之不理的烦恼人生。

莫南叹口气:"我不知道。"

"那就听天由命吧。"王磊随手撮起一把泥块,"你数数,单数向上,偶数向下。"

莫南接过来摊在手心一颗一颗数,六颗,她沉吟着说:"可我不想回去。"

"那就不回去,向上走。"黑暗中王磊咧嘴一笑,牙齿泛出了微弱白色。

莫南不由得也笑了:"那还瞎数什么!沾了一手灰。"

"骗骗老天骗骗自己喽,偶尔任性一把嘛!"

莫名其妙一阵轻松。骗骗自己,大约真是无伤大雅吧,无法抽离混乱的生活,就暂时麻醉自己,在桃源仙境中疯狂一回吧!

莫南轻快地站起身来,毫不犹豫地朝着黑魆魆的山路走去,黑暗中的香气越发馥郁,身后的男人嘴角衔着云淡风轻的笑容,轻松地跟了上来。

夜色渐行渐浓。

2

莫南回到酒店已经是凌晨三点多的时间。刚进门时她疑心服务员看她的眼神有些怪异,然而人家没说一句话,莫南纵然心里疙疙瘩瘩,也不好无缘无故发脾气说你凭什么这么看着我。

坐定了细想,三点多钟和一个男人一起回酒店,又不是夫妻,难怪人家要多看几眼。

莫南发了几分钟呆。真是疯狂,疯狂至极。平生第三次旅游,不是和李天辉,不是和亲朋好友,而是与这个认识谈不上久、交情谈不上深的男人,而且在到达的当天就相伴游山,夜半才归。虽然只是在山上有一搭没一搭地瞎聊,虽然只是闻闻花香看看夜景,虽然自始至终只在山路陡峭的地方王磊拉过她一两次,然而,今夜的经历算得上莫南人生中最大的一次冒险。

她有一种放纵过后的空虚。的确是将烦恼的生活暂时抛诸脑后了,然而未来将要如何?

王磊难道是学习雷锋,纯粹替她排忧解难?她自嘲地笑了,再单纯的小白兔也不会做如是想吧。他说做什么都要付出代价,那么她莫南要为这段时间以来他提供的各种帮助付出什么代价?

倦意和兴奋相互交缠,莫南只觉一时冷一时热,像是跌进一个巨大的安静水池,然而脚底触及的部分却是暗涌,提醒她繁华的表面下有潜藏的危险。

这倒激起她游戏的欲望。他既然要做多情种,何必执著于多情的背后是什么呢?且陪他游戏,反正莫南的人生多半是苦恼和沉重,这样放纵的时日并没有多少。

电话响了,王磊的声音温柔甜美,与他平日满不在乎的表情大相径庭:"莫南,还没睡吧?我这边的窗户能看见月亮,下弦月,细细的一条,像你笑起来时弯弯的眼睛。"

莫南的心突突直跳。这样多情而带有明显感情色彩的话语是他从不曾说过的，或许是夜深了无所顾忌？还是他以为她既然敢与他深夜出游，就是默许了与他的暧昧？

王磊并没有在意她的沉默，仍然悠悠闲闲，用好听的低音说着："很久以前看《倾城之恋》，范柳原深夜打电话给白流苏，要她看月亮，呵呵，刚才那话说出口，才意识到情形如此相似。莫南，要是现在突然发生什么重大变故，你和我没准儿也能成就一段传奇。"

莫南仍然沉默不语。脑海里过电影一般闪过《倾城之恋》的文字，范柳原说流苏像药瓶，是治他的药，他和她结婚，然后把俏皮话和甜言蜜语说给别的女人听，流苏成为再嫁的传奇，安心做范太太，不再追究有没有爱情。——他在此时忽然提起这个故事是什么意思？也想成就一段传奇？

抑制不住的激动蔓延到身体的各个角落。莫南猛然发现原来内心深处是如此厌倦平淡的生活，以至于偶然一段不怎么浪漫的插曲也显得如此诱人。

她等待他更明确的表示，又充满兴奋地策划如何以凛然的姿态拒绝他，李天辉的面孔不时从眼前闪过，她在兴奋中不无怅然地发觉，无论他怎样不如人意，她这一辈子却只肯爱他一个。

她以为王磊还会有什么露骨的言辞，却忽然听见他很平静地说道："累了吧？快些休息，明天去看水景，等我叫你。"然后他果然挂了电话。

现在轮到莫南辗转反侧。她有一种耗子陪猫玩耍的挫败感，同时又激起新一轮的斗志，意气风发要与天公试比高。

翌日一早，王磊如约打电话叫莫南出门。莫南强撑睡眼，头晕脑涨地跟他在乡间游荡，太阳好得不可思议，明晃晃的影子耀得她满眼白光，几乎疑心是在梦游。

许是现在的年轻人对婚纱照越来越看重，这个周末拍婚纱的情侣多得惊人，许多人风尘仆仆一脸倦意，看起来像是利用周末从外地赶来的，连觉都没睡足就忙着在镜头前大摆 Pose。

莫南原本就不多的兴致被满眼的白纱扯得七零八落。自己披白纱的日子看起来还遥遥无期，又摊上这么一段狗血的，得而复失的购房经历，凤凰男果然伤身伤财，更要命的是居然还对他死心塌地，除了赌气出走不理他，她竟狠不下心来对李天辉做出别的什么惩罚。

她叹口气，信步向人少处移步，想逃开眼前夫唱妇随的恩爱秀。

走几步发现王磊并没跟上来,而是站在原地,饶有兴致地看人拍照,不由又是一怔,几时起他居然对这些事感兴趣了?

莫南独自发了一会儿怔,不觉又掏出手机,反复犹豫要不要打开。上飞机前李天辉给她打了二十几个电话,她都不肯接,于是他又展开短信攻势,她看了其中一条,问她在哪儿,什么时候回来,又说自己做错了,求她别生气,赶紧回家。她看了以后并没解气,干脆借上飞机之际断然关了手机。

一天过去了,不知道李天辉是不是还在不屈不挠给她打电话?

她对李天辉万事临头抢先认错这点始终心存感激,以往两人争吵,他的主动服软使她避免了不少尴尬,但是这次,她由衷地觉得李天辉的道歉太过于轻描淡写了。他只说自己错了,却不提出任何补救措施,几万块钱说给就给出去了,丝毫不跟她商量,事后还扯谎瞒她,更可怕的是,听他的口气根本没有要回来的打算。两人的经济状况本来就不好,房价又一直在涨,说实话要不是王磊帮忙,买房根本就是不可能完成的任务,而他居然一点珍惜之情都没有,就这么让整件事泡了汤。

她欢天喜地做了十来天的买房梦,就这么稀里糊涂断送了。而他竟然想用一声对不起就收场。

说到底,在李天辉的眼里,老婆永远排在家人之后,比如春节时他因为莫南说了实话导致父母忧心而跟她冷战十几天,再比如这次,明明是被他姐姐、姐夫连累了,还要反过来给钱接济他们。

怒火不觉间又燃烧起来。莫南咬着嘴唇把手机塞进包里,暗自发誓至少一个月不开机,不见面,不回家。

然后她听见王磊的轻笑声:"我说你怎么这么痛快就答应出来呢!跟男朋友吵架了吧?"

总是什么都瞒不过王磊,这点很令她头疼。她没吭声,带着些许懊恼固执地不肯回头。

于是王磊踱到她面前,仍旧是令她恼火的笑模样:"吵架了才想起来我,我这么劳心劳力为你,原来都打了水漂。"

莫南不答。王磊自嘲地扯扯嘴角,淡淡地说:"要是评选自讨没趣的典型,我肯定稳坐头一把交椅。"

莫南看见他眼底下深藏的笑意,忍不住又笑了。王磊耸耸肩:"又笑了,你能当选变幻莫测的典型。"

经过这段插曲，莫南暂时又撇下李天辉，专心一意游玩。只是放眼望去委实纷纷扰扰都是人，与昨夜的清幽大不相同，走去走来也找不到一个清净地方。

王磊笑说："不然你也去拍照吧？"

莫南立刻摇头。

"那怎么办？这么挤，能去哪儿呢？"王磊想了一会儿，大步走去一个导游模样的年轻人跟前窃窃私语，不多时回来，大手一挥："走吧，带你去个好地方。"

"去哪儿？"

王磊一脸神秘，只是拉开车门，做一个请字姿势，莫南无奈，只得上了车，任由他风驰电掣，驶向未知的前途。

3

王磊寻得的清净地是一处依山傍水的庄园。从外面看是一家郁郁葱葱的农家院落模样，走进去才发现器具精美，侍应生彬彬有礼，各处摆设既显富丽又不落恶俗，王磊悠闲地靠在水边躺椅上啜饮红酒，得意地自夸："果然被我找到一个好地方！"

莫南不喝酒，只要了白水，端着杯子四下漫步。偌大的绿地被植物和水源分成若干不隔而隔的地界，依据景物不同分别摆设阳伞、钓竿、棋枰等物，看去清雅不落俗套，此时垂柳吐绿，碧桃将发未发，脚边蜿蜒着日渐清幽的流水，眼前斜倚着烟水蒙蒙的青山，直令人疑心眨眼间便从遍布婚纱摄影的凡间超升到了世外桃源。

午饭精致可口，外形、口味都与春节时莫南吃到的江西菜有很大不同，莫南一边填肚子，一边伤感地想，短短几十天的时间，在江西地界竟打了两个来回，可悲的是前后的心境居然如此大相径庭，与这个地方，真不知是有缘还是孽缘。

王磊吃得不多，酒却喝了不少，兴致来时举起相机对周围的景致一通狂拍，边拍边吹嘘自己的摄影水平堪比专业，莫南嗤之以鼻，谈笑正欢之际，王磊突然调转镜头，快速无比地对着莫南按下了快门。

莫南抢过去看时，画框中的自己正咧嘴大笑，俨然一副傻大姐横空出世的模样，她不顾矜持，夺手抢过相机就要狂删，恨只恨对于电子产品一向缺乏触类旁通的能力，折腾许久愣是没找到删除键，正是满头包的时候，王磊笑着拽回相机，很快删了照片，耸耸肩说："其实并不算特别傻，何必删呢？"

"什么叫并不算特别傻？你认为我应该有多傻呢？"

桃源虽好难避秦

王磊强忍住笑："其实今天也就是一般傻吧，根本连正常发挥都谈不上。"

"你！"莫南又好气又好笑，索性不再理他，专心吃饭。王磊十分严肃地说："这就是了，我一向认为你埋头大吃的状态才能把傻字发挥到淋漓尽致。"

"去死！"莫南再也忍不住，大笑着拍了他一巴掌。

饭后两人沿着山中小径漫步，经过午饭时那么一闹，莫南不再像之前那样时刻端着，两人的距离无形中拉近了许多，莫南甚至含含糊糊地谈起了和李天辉之间的矛盾。

王磊只是静静听着，并不评论。倒是莫南忍不住，追问他说："你说他是不是太过分了？"

王磊点头。

"可是我又觉得一直不理他也挺过分的。"

王磊又点头。

莫南无奈了："你到底怎么想的嘛！"

王磊却顾左右而言他："老赵前两天带着小吴去大溪地玩了你知道吗？"

莫南不由自主答道："真的？我好久没跟吴敏联系了。"

王磊笑了笑："吴敏绝不会有你这种烦恼。"

轮到莫南无语了。为什么总要拿吴敏和她比较？李天辉也比，王磊也比，有规定说闺蜜必须处处相同吗？

她闷闷不乐地快步向前走去，王磊对她情绪的突然转变似乎有些好奇，但最终什么也没说，只是拿着相机有一搭没一搭地拍着风景。

那晚莫南又接到了王磊打来的电话，邀她去他的房间聊聊。

"太晚了……"莫南十分为难。

王磊笑："我很令人没有安全感吗？"

莫南没说出口的理由不是安全感，而是恐惧，对两人日渐密切的关系的恐惧。不是没想过这会不会是王子爱上灰姑娘，问题是早已有了李天辉，尽管他并不是骑着白马的王子。

王磊等了片刻，淡淡地说："那好，你休息吧。"

他语气中隐忍的失落令莫南一阵不忍。不管怎么说，这个男人给了她许多关心和帮助，即使不爱，难道连他想一起聊聊的愿望都要拒绝吗？同行这么久，他几时说过不该说的话，做过不该做的事？

241

两分钟后,莫南穿戴整齐,敲开了王磊的房门。

他房间的窗子开着,纱帘的一角在夜风中轻轻飘拂,月光静静地流淌在柠檬色的墙壁间。靠窗的一角摆着茶几,桌上放着两只酒杯,像是预料到她会来,王磊微微一笑:"给你留了杯子。"

她带着些许不安坐下,许久,听见他轻声说:"你的头发烫过吗?"

这个问题大出莫南意料之外,以至于她半分钟后才糊里糊涂答道:"没有啊。"

"是吗? 从耳朵下面就开始弯,我以为你烫过。"他探身,伸手,再自然不过地拉了拉她的头发。

而她居然没觉得有任何唐突之意。

暧昧像一支劈空而来的箭,猝不及防地射中了她。许久之后,她才猛然意识到他的手臂正揽着她的肩,俯在她耳边喃喃细语,她像被开水烫了一样猛然向后一缩,跳起来逃得远远地坐下,脸刷地红了。

王磊只是淡淡一笑,并没有追过来。

莫南原想假装没在意,然而脸越来越红,终于忍不住说了声:"我走了。"刚起身,听见王磊轻声说:"莫南,这样躲来躲去准备到什么时候?"

莫南不由站住了。王磊慢慢走过来,望住她,慢慢地,带着前所未有的温柔和认真低声说:"你难道真的不明白我的想法? 从见你第一面到现在,我的表现还不够积极主动? 莫南,有时候我真好奇你那位李天辉,究竟有什么魅力吸引你这样可爱的女人。"

莫南不知所措地站着,一只手仍然保持着要去拉门的动作,只是整个人僵住了,脑袋里一片空白,倒是耳边细微的嗡嗡声,令她有误入迷雾的错觉。

王磊见她没有逃开,于是再上前一步,低声说:"别害怕,我并没有恶意。"

她梦游一般抬起头看他,想从他的表情中揣测他的心意。然而他又咧开嘴笑了,露出两排细白的牙齿,眼睛也趁势眯了起来,掩盖了内心踊跃的意图。

王磊轻轻拉着她,走回窗前坐下,又递上酒杯:"这样不是挺好吗? 累了烦了还有我可以依靠。你瞧,我永远不会成为你生活里不愉快的环节。相反,我还可以帮你,嗯,在许多方面帮助你。"

他似乎在暗示着什么。莫南思绪混乱地想,帮助,什么意思? 有一个刹那,她忽然想起了吴敏,不觉打了一个寒战。然而看他,仍是那种淡然、漫不经心、丝毫无害的模样。

她在腾云驾雾的状态中喃喃说道:"我们打算过阵子就结婚。"

他微微一笑:"你敢吗?他能给你房?还是给你安稳舒适的生活?连工作上的事他和你都无法统一意见。"

莫南哑然。

王磊缓缓伸手握住她的右手:"我认为我和你更加合拍,你说呢?"

莫南本能地想抽回手,然而内心深处又有一种微妙的情绪,似乎在害怕放手之后就再也享受不到他的优待,而这种优待又是她十分乐于享受的。

王磊无声地笑了。他从容地放开她的手,端起了酒杯:"我一向认为,对于女人来说,安逸舒适的生活是最实际的。没有良好经济基础的男人根本就不该结婚。"

莫南想为李天辉抱不平,张了张嘴却不知道说什么好,最终只露出一个不以为然的笑。

王磊似乎吃准了她会妥协,悠然望着窗外说:"等你忙完了学校的事,我带你去云南玩,看你,这阵子尽瞎操心,都有黑眼圈了。"

莫南只能软弱无力地答道:"去不了。"

"无非是上班,"他轻描淡写说道,"有什么大不了的,我不会让你饿肚子。就算你如愿以偿升了官,又能怎么样?女人嘛,何苦在社会上跟男人拼杀。"

莫南被他笃定的神气惹得有些恼火,淡淡答道:"就算是女人,也要有能力养活自己。"

王磊露齿一笑:"女人有很多种方式可以养活自己,最简单的是征服男人。我看小吴就很明白自己要的是什么。"

莫南终于被惹恼了,沉声说:"不要总拿吴敏说事!"

王磊笑着按住她的手:"好端端的怎么就恼了?"

莫南毫不客气地抽回手,起身说:"太晚了,我得回去了,明天还要赶飞机。"

王磊却紧赶一步,固执地拉住她:"再陪我会儿。"

莫南觉得他的口气甚至有些撒娇的意味,又或者是她的错觉。然而这一刹那她忽然心软,任由他牵着她,挨得近近的在窗边坐下,窗纱拂着她一边耳朵,另一边是他灼热的呼吸。

"真狠心,连一会儿也不肯多陪我。"他有意无意挨着她,"说也奇怪,我就是放不下你。美女我见过不少,没有一个像你这样让我念念不忘。莫南,你知道吗,认识你以后我一直没有再交女朋友。"

他的手指缓缓拂过她裸露的脖颈,莫南的身子一下僵直了。一种全新的体验冲击着她,新奇、虚荣、不安、恐惧,种种情绪交杂,一时想逃开,一时又想沉溺进去。

王磊仍然在喃喃细语,倾诉长久以来对她的眷恋。莫南慢慢地感动起来,混乱的意识触碰到李天辉,猛然打了个激灵,他怎么办?

然而下一秒钟王磊说:"好几次你坐在我旁边,我极力克制才没有抱你。莫南,你害我变成青春期的小男生了。"于是李天辉又被抛到了一边。

许久以后,王磊松开搂着莫南的手,站起关窗,那一瞬间莫南找回些许理智,连忙说道:"可是王磊,我还没有想好,你给我一段时间。"

他笑说:"无所谓,你好好想,想多久都行。"

"你不着急?"

"心急吃不了热豆腐,我有的是时间。"

莫南有心开个玩笑,于是说:"难道你家里不催你结婚?我看你并不年轻。"

"像我这样的家庭,婚姻是不自由的。"他说顺了嘴,轻快地接了下去,"我没那么傻,我还要多玩几年。"

这句话像一盆冷水兜头浇了下来。莫南沉默了,王磊也立刻意识到失言,拙劣地补了一句:"何必想将来?你放心,我这么喜欢你,肯定会想办法。"

相识以来,第一次看到他如此拙劣的表现。莫南一刹那间灵台清明,绯色的迷雾消失了,世界仍是她熟悉的、充满了烦恼和不如意的那一个。

或者会有改变,如果她肯出卖。

翌日一早,王磊被告知,他的旅伴已经退房离开了。王磊默默地站了一会儿,明白她不会再回头,他有些惆怅、有些不甘,然而最终还是选择耸耸肩,转身离开。

尾声

莫南双脚刚一踏上北京的土地，便立刻打开了手机。情人间的惩罚总是口不应心，她原打算一个月不理他，然而不过三天的工夫，她便满怀对他的愧疚，迫不及待地回来找他。

李天辉最后一条短信写着："南瓜，我腰疼去医院了，冰箱里有早上做好的饭菜，你回来热热就行。"

眼泪不由得滚了下来，莫南哭着拨通了李天辉的电话，耳边响起他惊喜欢快的声音："你回来了？你等着，我去接你！"

有女人的声音叫道："理疗区不能接电话！"

李天辉慌里慌张喊："大夫，怎么关机器呀？"

"你在医院？怎么样了？大夫说什么毛病？"莫南顿时紧张起来。

"唉，腰椎间盘突出，估计是前一阵子加班太久了。"李天辉生怕她担心，忙又补了一句，"没事，现在坐办公室的有几个没这毛病呢？你别担心。"

莫南赶去医院时，李天辉正趴在病床上，腰上架着冰冷的仪器，每听到有脚步声，他就呼一下翘起头向外张望，好容易看见莫南，顿时乐得眼睛眯成了一条缝，虽然身子不能动，仍然拼命向她点头。

莫南在他身边坐下，看着他身上满布的电线，又是心疼，又是害怕，含着眼泪说："怎么一下子病得这么严重？"

"嗨，不要紧，就是这些机器看着吓人罢了。真倒霉，没算计好，想着趁这阵子业务忙正好多加点班，挣点加班费贴补亏空呢，这一下全贴补医院了，还好有医保。"李天辉冲她挤挤眼，"不过还算划得来，我估计上个月光加班费就有将近两千，还不赖吧？要是一直保持大好形势，光加班费一年就有几万呢，不到年底咱就能补上亏空了。南瓜，你不生气了吧？我一定努力赚钱，早点把咱的房子买回来！"

莫南又是心疼又是愧悔，紧紧攥住他的手，柔声安慰说："别加班了，身体要紧，咱不缺这点钱。"

"那你就是不生气了？我就知道天底下只有你对我最好。你放心，我身体一点问

题也没有，歇两天就没事了，最近公司活好多，正好有几个同事休年假没回来，人手缺得很，我们部门经理天天到处拉人干活，嘿嘿，加班费非常容易到手。"李天辉试图抬起身子好好说话，才刚一动护士小姑娘就立时制止："10 号床的，别乱动！"李天辉吐了吐舌头，老老实实又趴下了。

莫南陪着李天辉直到夜里八点多理疗做完，出门时李天辉伸了个大大的懒腰，以证明自己身强力壮，百病不侵，莫南却心事重重，害怕他追问这些天她去了哪里。

如果他问起来，说还是不说？

可是直到第二天早晨上班之际，李天辉仍然只字未问。他只是念叨着自己多么自私，只顾着家里而忽略了莫南的感受，责备自己小看了莫南，以为她会极力反对而不敢把借钱给姐姐的事告诉她，庆幸自己找到了天底下最好的姑娘，在他做了这么天大的错事之后，她很快就原谅了他，在他生病的时候还细心照顾。

莫南的愧疚累积到了极点，如果不是马上就要迟到，她一定会拉住他将自己的动摇和背叛和盘托出，恳求他的原谅。然而李天辉一拍脑袋，说了句"哎呀要迟到了"，便飞快地冲出了家门，跑开老远还喊着要她下了班早点回家，他准备做大餐给她。

莫南心事重重来到了学校。照例是一堆鸡毛蒜皮的事情在等着她处理，然而今天的她特别没有心情，甚至连例行的问候、串联都懒得做，临近演讲，她仿佛忽然松了劲，宽了心，决定一切听天由命。

她甚至隐约觉得，聘不上最好，与其每天违心地与这些人周旋，费尽心机揣测上司的意图，还不如做一个没有前途的闲散人员，倒能过几天舒心的日子。

将近中午时，高秀云亲自通知，由于安义信原定于月底的一个出国交流计划突然提前到了本周五，所以竞聘演讲定于明天举行，周四以前完成打分评比。

这个消息令莫南以外的所有当事人都打了个激灵。下午杨林燕找张岩查档案，发现他正冲墙站着，面带微笑，抑扬顿挫地背诵演讲稿，两只手还随着语调和演讲内容用力地打着手势，杨林燕笑破了肚皮，回屋后见到莫南神色镇定，毫无临阵磨枪的意图，越发以为她胸有成竹，临危不乱，对她的佩服之情犹如滔滔江水一般连绵不绝，杨林燕甚至还去跟小叶咬耳朵，议论说唯有莫南有大将风范，压得住阵脚。

如果杨林燕能够窥探莫南的内心，得知她此刻正在煎熬要不要向李天辉坦白，如果她知道莫南几天来根本没再看过演讲稿，肯定会大大地吐血。

直到下班的时候莫南仍然没有心情准备演讲稿，索性关了电脑，早早回家。哪知道一推门就看见李天辉趴在床上一脸痛苦，莫南紧张地问："回来这么早？是不是生病了？"

"没事，"李天辉勉强挤出笑脸，"有点腰疼，请假了。"

莫南不知所措，想给他捶捶，又怕捶得不得要领反而加重病情，只能在旁干着急。李天辉咬着牙爬起来，笑着说："真的没事，你别担心，我这就出去买菜。"

"别动！今天我做饭吧！"莫南按住他，慌里慌张地跑了出去。

做饭一向不是她的长项，更何况今天心神不宁。李天辉几次到厨房帮忙，都被她推了出去，终于饭菜上桌，放眼一看，黑糊糊的鸡蛋，半盘子汤水的白菜还有一盘放了两次盐的小炒肉(莫南忘了之前已经加过盐了)，莫南很不好意思，李天辉却吃得很香，还一个劲儿地赞扬："老婆的手艺越来越好了，我真幸福！"

那一个瞬间，莫南真想流泪，或者大声告诉他，自己根本不值得他如此用心。

然而最后一刹那她选择了沉默，就让这件事成为心头一个十字架吧，至少可以提醒自己，任何时候都要用宽容的心对待这个男人。

夜里莫南趴在床沿上给李天辉揉腰，李天辉突然抬起身，抚着她的头发很认真地说："你放心，哪怕是天天加班，年底之前我一定把房子买回来，风风光光把你娶进门。"

莫南的嗓子一下子哽住了。许久，她强忍着眼泪说："天辉，明天咱们去领证吧，我不要房子，只要和你在一起就行。"

李天辉惊喜得许久没说出话来，然而最后还是摇摇头："不行，那样太委屈你了，你放心，我算过了，今年只要房价别涨得太厉害，年底的时候咱们的钱应该够。"他看着眼睛通红的莫南，顽皮地一笑，"别担心，你家男人有的是好体力，今年我不要休假了，加班全换成 money，一定给我最亲爱的南瓜置办一个新家！"

莫南再也忍不住了，哭着投进他的怀抱："对不起，都是我不好，我不该对你发脾气，还跟别人一起出去把你扔在家里……"

李天辉微微变了脸色，然而很快，他果断地拦住了莫南即将喷薄而出的忏悔，带着他最真诚的笑容说："南瓜，我相信你，那件事是我有错在先，我知道你是爱我的，这样就够了。南瓜，以后我一定好好待你，咱俩好好过，过一辈子，到老到死都在一起。"

莫南泪眼模糊地点了点头。还有什么可说的呢？就让这件事成为一个永远的秘密，或许大多数白头偕老的夫妻都有一段不为对方所知的往事吧。

那天夜里他们紧紧依偎在一起，一时回忆起往事，一时憧憬着今后的幸福，一

时又追究起某次争吵的责任究竟在谁。夜半三更，两个人仍然精神得双目炯炯，一丝睡意也没有，莫南在清醒和迷离之间做出了她人生第一个和第二个重大决定：明天领结婚证，买房不是结婚的必要条件。

睡着之前，她甚至发现，就连在四环以内买房也不是幸福的必要条件，那么多在燕郊买房的夫妇，即使他们的生活称不上完美，难道会因此减少幸福的可能性吗？她望着身边醉睡的李天辉，他的脸疲惫中透着无法掩饰的笑意，这种淡淡的温馨使她怦然心动，终于了解生命中对自己来说最重要的是什么。

周二上午的竞聘演讲如期举行。非但经管系全员到齐，就连其他系也有不少职工闻风而至，瞪大好奇的眼睛看新闻。这阵仗令原本就准备不足的竞聘者越发慌张，甚至连于信这样老练的人也露出了惶惑的表情。

安义信微笑示意众人主动开口，不料几个竞聘的你瞧瞧我我瞧瞧你，谁都不愿当头一个活靶子。安义信无奈，正准备点将，突然听见莫南轻声说："那我先来吧。"

安义信心中暗喜，这阵子莫南进步果然不小，从前不声不响，没一点敢冲敢闯的精神头，今天居然敢主动发言了，他赞许地看住莫南，郑重地点点头，心想，算是个可造之才。

这一切没能逃过于信的眼睛，他下意识地攥紧了拳头。

莫南的演讲只有十分钟，大出安义信意料，就连前一阵子的试讲她说得也比今天详细。安义信有些失望，不过想起她是脱稿讲的，中间还穿插了一些恳切的个人体会——虽然这些个人体会在安义信看来有些幼稚，甚至有些冒傻气，比如她建议一些短会可以用邮件通知的方式代替，这点令安义信忍不住犯疑：难道她是在暗示开会太频繁了吗？

因此当莫南讲完时，安义信的神色并不像她刚开口时那么充满了期许。安义信细微的神色变化令于信松了口气。

一上午很快过去了，有两个竞聘者没有发言，暂定下午两点继续开会。

莫南请了一小时假，揣着户口卡匆匆出门，不远处走着前来听演讲尚未散尽的人们，姚媛正挽着会计系一个大姐的胳膊窃窃私语。莫南有心去上前打个招呼，快步走近时，那个大姐低沉的嗓音钻进了她的耳朵："……说是明年七八月份能拆完，拆完就盖房，有消息说副科级以上的都有戏。"

"是吗？退休的呢？"姚媛凑得更近了，"刚提起来的参不参加排队？我外甥这次要是……"姚媛又压低了声音，后面的字莫南再也听不清楚了。

她醒悟到这个招呼不能再打了，只得放慢脚步，慢慢与她们拉开了距离，直到两个人的身影消失在拐角处。

李天辉在民事局门口等着她，还没到上班时间，他兴奋地拉着她逛大厅里卖喜糖和花球的小店："咱们挑哪种？"

莫南突然说："我刚听见一个小道消息，副科级以上的有可能分房。"

李天辉沉吟了一会儿："就是说你这次要是聘上了就有戏？"

莫南心事重重地点头。

李天辉不知道说什么好，末了轻轻拍她的肩："别担心，别有压力，我们南瓜这么能干，一定行！"

莫南苦笑："我可不敢这么自信。上午演讲时我本来是拼着聘不上的，不但第一个发言，而且没有按我原来写的稿子讲，我还傻呵呵地提意见说要少开会，少搞形式主义。这次肯定没戏。"

李天辉只能柔声说："没事，没事，你那么努力，又能干，肯定就是你。"

莫南只是苦笑："要是这消息是真的，真要分房，而我又糊里糊涂把这机会葬送了，你恨不恨我？"

李天辉不假思索答道："瞎说！要是你不开心，给我十套房我也不要！南瓜，我早说过，按照你的本性去做事，不用讨好他们，钱呀房呀都是虚的，只有你心情舒畅过得好才最要紧。我只希望你每天开开心心的，你放心，无论大房子还是小房子，无论在燕郊还是在三环，我都会珍惜咱们的生活，加倍努力，让你过得更好！"

卖喜糖的小姑娘听得愣了，心说这男人嘴巴真甜，简直比偶像剧的男主角还会说话！只是不知道几分真几分假，一套房子一两百万呢，谁能那么豁达，一点都不在乎？然而看准新娘子眼圈已经红了，似乎完全相信未来老公的话，于是小姑娘眼明手快立刻递上产品目录，甜甜地开口："恭喜两位，新婚快乐！我来介绍下我们店的喜糖吧，这种巧克力卖得最好啦，送包装盒，一盒六颗……"

下午两点，莫南风尘仆仆赶回学校，与几个竞争对手碰面时，彼此都挂着礼貌的微笑，然而看见于信，莫南忍不住想，他应该知道分房的风声了吧？接下来他会有什么动作呢？

演讲很快结束，安义信宣布休息，四点半之前把个人的打分表投到楼道里的票箱。

莫南抱着喜糖挨屋分发，所有人都大吃一惊，连最八卦的姚媛都咂吧着嘴说："哎呀，哎呀，怎么事先一点风声都没有呢？小莫呀，你保密工作做得太好了！"

于信道恭喜时仍然处于大脑空白阶段,选择竞聘当天结婚,什么意思?

安义信心绪复杂地看着桌上的喜糖。女同志结了婚难免就要生孩子,生孩子就要休产假,然后是接送小孩上下学,头疼脑热,家长里短,没完没了——袁明就是一个活生生的例子,基本上来说,几年之内没法全身心投入工作。莫南啊莫南,在这个节骨眼上,为什么不能让领导放心点呢?

捏着手中列满条条框框的打分表,安义信陷入了沉思。

那天下午,莫南是经管系唯一一个按时下班的。高秀云等几个人事处的加班统计分数,剩下的人都候在办公室,准备打听第一手消息,唯有莫南,挎着她装着结婚证的包包,犹豫了片刻还是走了。

安义信从窗口望见她的背影,慢慢地吐出一个烟圈。

李天辉下午请了假,早早准备了一桌丰盛的饭菜,而且还订了一个大蛋糕。拉起窗帘插上 CD,轻柔的音乐弥漫在陋室里,莫南想到自己从此就是已婚妇女,甜蜜中又有几分恍惚,几分惆怅。

啪啪几声,灯熄了,嗞嗞几声,五颜六色的小蜡烛亮了起来,摇曳的烛光下,李天辉深情款款拉起莫南:"南瓜,陪我跳支舞吧!"

他俩从未学过跳舞,只能跟着音乐随意地踩着步子。这样摇摇摆摆地晃着,直到一回头发现无数烛泪从桌角滴落在地板上,印出一小片五颜六色的"地毯"。李天辉叫了声糟糕,慌忙开灯吹蜡,蹲在地上做清洁工作,莫南笑他浪漫不成反添乱,说话时忽然灵光一闪,生活何尝不是如此? 平淡中潜藏着温馨浪漫,浪漫时又避不开日常琐碎。

她为这个发现感叹不已,李天辉轻轻走来拥住了她,低声问:"高兴吗?"

她点头。

"害怕吗?"

"怕什么?"

"明天的结果,还有咱们将来的生活。"李天辉埋在她后颈的长发里,呼吸挠得她痒痒的,麻麻的,"南瓜,你不知道我有多害怕给不了你幸福的生活……我连房子都没法买给你。"

她反身吻他,止住后面的话。或者他们将穷困潦倒,一辈子都买不起房,然而,又有什么关系呢? 幸福,根本不是一座房子所能保证的。

(全文完)